UN CROCODILE SUR UN BANC DE SABLE

Elizabeth Peters, de son vrai nom Barbara Mertz, s'est passionnée dès son jeune âge pour l'archéologie, avec une prédilection pour l'Egypte ancienne. Titulaire d'un doctorat en égyptologie de l'Université de Chicago, elle a sillonné tous les sites antiques, d'Abou Simbel au Delta du Nil. Spécialiste reconnue dans sa discipline, elle est l'auteur de plusieurs manuels universitaires de référence.

Mais cette égyptomane éclairée est doublée d'une romancière de talent qui a entrepris de faire revivre les « grandes heures » de l'égyptologie au tournant du siècle, lorsque l'Angleterre victorienne s'enthousiasmait pour les découvertes de Petrie ou de Maspero. D'où l'idée de recourir au mode d'expression le plus populaire, le roman policier, pour faire découvrir ce monde fascinant.

C'est ainsi que devait naître, il y a quelque dix ans aux Etats-Unis, un inoubliable trio romanesque qui allait conquérir des millions de lecteurs dans plus de douze langues : l'indomptable Amelia Peabody, son mari, le savant et coléreux Emerson, et leur imprévisible rejeton, Ramsès, à la fois charmant, génial et facétieux, tout droit sorti d'une nouvelle de Saki...

En 1986, Elizabeth Peters a reçu l'une des distinctions les plus importantes du roman policier : le « Anthony Grandmaster Award ». Elle a également publié d'autres romans sous le pseudonyme de Barbara Michaels. Aujourd'hui, son fan-club, « Les Amis d'Elizabeth Peters », est présent dans quarante-quatre pays. Elle vit actuellement dans le Maryland.

Paru dans Le Livre de Poche :

LE MYSTÈRE DU SARCOPHAGE

LA MALÉDICTION DES PHARAONS

LE SECRET D'AMON-RÂ

ELIZABETH PETERS

Un crocodile sur un banc de sable

TRADUCTION PAR LOUIS DE PIERREFEU

LE LIVRE DE POCHE

Titre original :

CROCODILE ON THE SANDBANK

La version française du présent ouvrage a été mise au point
par Maurice-Bernard Endrèbe.

A mon fils Peter

Mon très cher amour est de l'autre côté de cette large étendue d'eau.
Et il y a un crocodile sur le banc de sable.

Poème d'amour de l'Egypte antique.

NOTE DE L'AUTEUR

Bien que les principaux héros de cette histoire soient totalement inventés, quelques personnes connues y font de brèves apparitions. Aux alentours de 1880, Maspero, Brugsch et Grebaut collaborèrent avec le Service des Antiquités d'Egypte, et Sir William Flinders Petrie commençait alors sa brillante carrière d'égyptologue. Il fut le premier archéologue professionnel à entreprendre des fouilles à Tell El-Amarna, et j'ai pris la liberté d'attribuer certaines de ses découvertes — aussi bien que ses idées « avancées » touchant la méthodologie — à mes archéologues fictifs. Et c'est Petrie qui appliqua au pavement découvert par lui le traitement que je décris ici. A l'exception de quelques différences du même ordre, je me suis efforcée de dépeindre le stade auquel étaient parvenues les recherches archéologiques à la fin du XIXe siècle ainsi que l'Egypte de cette époque, en puisant des détails dans des récits de voyage alors publiés. Pour ajouter à la vraisemblance de cette histoire, j'ai orthographié les noms des lieux et des pharaons comme ils l'étaient alors, ainsi que certains mots comme *dahabieh*. Par exemple, le nom du pharaon hérétique s'écrivait jadis Khuenaten, mais de nos jours les savants préfèrent l'orthographier Akhenaton tout comme Usertsen est devenu Senousret.

CHAPITRE PREMIER

Quand mes yeux s'étaient posés pour la première fois sur Evelyn Barton-Forbes, elle arpentait les rues de Rome.

(Le critique non autorisé qui lit par-dessus mon épaule me signale une première erreur. Si ces quelques mots, à mes yeux si anodins, prennent un autre sens pour le commun des mortels, il faut, par égard pour Evelyn, que j'en trouve d'autres.)

Cependant, pour être juste, je me dois de répéter qu'elle faisait exactement ce que j'ai dit, mais sans aucune intention particulière. A la vérité, la pauvre fille était plongée dans un tel désarroi qu'elle aurait été bien incapable de nourrir un projet quelconque. Notre rencontre fut le fruit du hasard. D'un hasard heureux. J'avais et j'ai toujours eu des projets pour deux.

Ce matin-là, j'avais quitté mon hôtel au bord de l'exaspération. Depuis que je m'étais levée, tout allait de travers. Sentant ma mauvaise humeur, mon petit guide italien traînait les pieds derrière moi sans mot dire. Piero n'avait pas été aussi silencieux lorsque j'avais fait sa connaissance dans le hall de l'hôtel où, en compagnie de quelques-uns de ses semblables, il guettait le riche touriste étranger en quête d'un interprète et d'un guide. Je l'avais choisi parce qu'il avait une mine un peu moins patibulaire que les autres.

Je n'ignorais pas que nombre de ces intermédiaires profitaient souvent de l'ignorance et de la naïveté de leurs clients pour les gruger honteusement — ou même, à l'occasion, les frapper et les dépouiller.

N'ayant pas une vocation de victime, j'avais tout de suite mis les choses au point avec Piero, lors de ma première sortie en ville avec lui. Je voulais acheter de la soie et il m'avait emmenée dans une petite boutique où j'avais marchandé très durement. Le prix que j'avais réussi à obtenir était si bas que la commission de Piero en devenait dérisoire. Naturellement, il avait fait part de sa déception au boutiquier dans sa langue et ajouté des commentaires pour le moins désobligeants sur mes manières et ma « ladrerie ». Je l'avais laissé parler, puis je l'avais interrompu et lui avais exprimé vertement ce que je pensais de *ses* manières. Je comprends et parle l'italien couramment. Après cela, Piero et moi nous étions fort bien entendus. Je ne l'avais pas engagé comme interprète, mais seulement pour qu'il porte mes paquets et me rende de menus services.

Mon goût des langues et les moyens financiers pour voyager à l'étranger me venaient de feu mon père, un universitaire amoureux des civilisations antiques. Dans la petite ville où il s'était retiré, il n'y avait pas grand-chose à faire, sinon étudier, et j'avais une certaine aptitude pour apprendre les langues, mortes ou vivantes. Lui, il les préférait mortes. Ses savantes recherches le faisaient vivre dans un passé très lointain et lorsque, à l'occasion, il en émergeait, il clignait des yeux et exprimait sa surprise en voyant combien j'avais grandi depuis la dernière fois qu'il avait remarqué mon existence. Je trouvais ma vie avec lui fort agréable. J'étais la cadette de six enfants et mes frères, beaucoup plus âgés que moi, avaient depuis longtemps quitté le nid familial. Mes frères avaient réussi dans les affaires ou les professions libérales et ils affichaient tous un égal dédain pour la passion de leur procréateur. Etant restée seule à la maison, j'étais devenue, en quelque sorte, le bâton de vieillesse de mon père. Mon rôle n'avait rien de déplaisant et il me laissait du temps pour enrichir mes connaissances. Que mon Aimable Lecteur n'aille pas imaginer, toutefois, que je manquais de sens pratique. Mon père, lui, n'en avait aucun. C'était donc à moi d'affronter le boulanger et les autres commerçants de notre petite ville. Une tâche dont, je dois le dire, je me tirais très honorablement. Après avoir dû déjouer les filouteries de M. Hodgkins, notre boucher, ce n'était pas un simple Piero qui allait m'en faire accroire.

Mon père finit par mourir. Ou, plutôt, il s'éteignit après un lent déclin. La rumeur, colportée par une femme de chambre insolente, selon laquelle il était décédé depuis deux jours lorsqu'on avait enfin remarqué son décès, est une affabulation grossière. Je dois admettre, cependant, que la vie a pu le quitter à n'importe quel moment au cours des cinq heures que j'ai passées avec lui cet après-midi-là. Il était assis dans son fauteuil, la tête en arrière, comme souvent quand il méditait. Lorsque, mue par une sorte de prémonition, je m'étais précipitée à son côté, j'avais lu dans ses yeux grands ouverts et fixes cette expression, vaguement étonnée, dont il m'avait toujours gratifiée. Ma première émotion surmontée, je m'étais dit, en guise de consolation, qu'aucun mortel ne pouvait espérer fin plus enviable.

Personne n'avait été surpris par les termes de son testament. Il m'avait légué tous ses biens, par gratitude pour les soins prodigués en ses vieux jours et parce que j'étais le seul de ses enfants à ne pas avoir de revenus personnels. Mes frères avaient accueilli la nouvelle avec le même détachement qu'ils manifestaient touchant les soins dévoués que j'avais prodigués à mon père. L'atmosphère ne s'était gâtée que lorsqu'ils avaient appris que l'héritage en question n'était pas un pécule insignifiant, mais une fortune d'un demi-million de livres. Ils avaient commis l'erreur de croire qu'un savant distrait ne pouvait pas être en même temps un gestionnaire avisé. Si mon père n'avait jamais eu envie de discuter avec M. Hodgkins, ce n'était point par incapacité, mais seulement parce qu'il estimait l'enjeu trop faible. En revanche, il suivait avec attention la bourse, les taux de change et toutes les subtilités financières qui permettent à un homme habile de s'enrichir rapidement et sans trop d'efforts. Le dilettantisme éclairé qui était sa marque propre avait également fait merveille dans les affaires d'argent. A la surprise générale, il laissait une coquette fortune.

Quand l'étendue de ses biens avait été dévoilée, mon frère aîné, James, était même allé jusqu'à envisager un recours en justice, prétextant qu'il y avait eu abus d'influence sur un vieillard malade et sénile. Me Fletcher, le notaire de mon père, l'en avait tout de suite dissuadé. Ayant établi le testament, il pouvait témoigner, certificats à l'appui, de la parfaite santé mentale de son client le jour où il l'avait rédigé. Par la suite, d'autres manœuvres, plus subtiles, avaient été orchestrées. Ainsi, vint m'assiéger un flot continu de neveux et de nièces qui, tous, tenaient à m'assurer de leur plus complet dévouement. Je connaissais à peine leurs prénoms, tant leur sollicitude à mon égard avait été grande dans les dernières années de leur grand-père. Puis ce furent des belles-sœurs à la voix suave qui m'invitèrent affectueusement à venir séjourner chez elles. Je serais choyée et traitée comme une reine. Bien entendu, on m'avait mise en garde également contre les chasseurs de dot. Mises en garde non dénuées d'arrière-pensées et surtout bien vaines. Une vieille fille — j'avais alors trente-deux ans et je n'avais jamais cherché à dissimuler mon âge — qui n'a encore reçu aucune demande en mariage serait par trop stupide et naïve si elle ne se rendait pas compte que sa fortune toute récente n'était pas étrangère aux soudaines attentions dont elle était l'objet. Or, je n'étais ni naïve, ni stupide. Et, le matin, un coup d'œil à mon miroir suffisait à dissiper d'éventuelles illusions.

A la vérité, tous ces gens m'amusaient avec leur manège. Je ne les renvoyais pas. Au contraire. J'encourageais leurs visites, fort divertie intérieurement par leurs contorsions. Puis, un beau jour, lasse de ce douteux plaisir qui altérait mon caractère, je pris la décision de quitter l'Angleterre. J'avais toujours rêvé de voyager. Maintenant, j'allais enfin pouvoir visiter tous les pays dont l'histoire avait tant passionné mon père : la Grèce des philosophes et des artistes, Rome et sa grandeur militaire, Babylone,

Thèbes aux cent portes et tant d'autres cités dont les noms résonnaient glorieusement dans ma tête.

Une fois ma décision prise, il ne me fallut pas longtemps pour effectuer mes préparatifs de départ. J'allai rendre visite à Me Fletcher, le chargeai de veiller sur mes intérêts en mon absence — et refusai sa proposition de mariage avec autant de bonne grâce qu'il mit à la formuler.

— J'ai pensé que cela valait la peine d'essayer, m'expliqua-t-il avec un sourire un peu contraint.

— Qui ne tente rien, n'arrive à rien, commentai-je doctement.

Pendant quelques instants Me Fletcher m'étudia tout songeur.

— Je ne voudrais pas être indiscret, mademoiselle Peabody, mais, puis-je vous demander — à titre purement professionnel — si vous avez une quelconque inclination pour le mariage ?

— Aucune, répondis-je sans la moindre hésitation. J'y suis totalement opposée.

Me Fletcher eut un haussement de sourcils.

— Pour moi-même, naturellement, précisai-je. Je conçois fort bien que certaines de mes consœurs s'y prêtent volontiers. Pauvres créatures... Que pourraient-elles faire d'autre ? Mais je ne vois vraiment pas pourquoi une femme intelligente et financièrement indépendante devrait se soumettre aux caprices et aux exigences tyranniques d'un mari.

— Bien sûr, concéda l'homme de loi. Je comprends tout à fait votre position, cependant...

Il hésita. Visiblement, une question indiscrète lui démangeait la langue. Il résista un instant, mais la tentation était trop forte.

— Pourquoi portez-vous des vêtements aussi peu seyants ? Est-ce pour décourager les éventuels...

— Vraiment, Maître Fletcher ! m'exclamai-je en prenant un ton outragé.

— Veuillez me pardonner, mademoiselle, s'excusa-t-il en s'essuyant le front nerveusement. Je ne sais ce qui m'a pris.

— Moi non plus, répliquai-je sèchement. Quant à mes vêtements, ils conviennent à la vie que je mène.

La mode actuelle est affreusement incommode pour une personne active. Des jupes qui vous empêchent de marcher et des corsages tellement serrés qu'on ne peut pas respirer. Sans parler des tournures ! De tous les artifices stupides dont on se plaît en ce siècle à affubler la gent féminine, la tournure est certainement le pire. J'en porte une, parce qu'il est impossible de se faire faire une robe, de nos jours, sans ces détestables armatures, mais j'estime avoir au moins le droit d'exiger des couleurs sombres et de refuser les fanfreluches. De quoi aurais-je l'air, je vous le demande, avec toutes ces dentelles et ces volants — ou si j'avais choisi le satin que me proposait ma couturière : rouge vif avec des paons qui font la roue et des oiseaux de paradis voletant au milieu de bougainvillées ?

— Pourtant, objecta-t-il, j'ai toujours pensé que le rouge seyait à votre teint et que vous seriez charmante avec des volants et des dentelles.

Je lui rendis son sourire, mais secouai la tête.

— Cela ne sert à rien, Maître. Vous ne réussirez pas à me flatter. Je connais mes défauts mieux que personne. Je suis trop grande et manque de rondeurs à certains endroits, alors que j'en suis trop généreusement pourvue ailleurs. Mon nez est trop long, ma bouche trop large et quant à mon menton, il conviendrait mieux à un visage d'homme qu'à un visage de femme. Je ne parle pas de mon teint jaunâtre. Mes cheveux ? Le noir n'est pas à la mode cette saison. Mes yeux ? Ils sont d'un gris profond et auraient un certain charme, s'ils n'étaient surmontés par ces épais sourcils qui, paraît-il, impressionnent beaucoup les gens, même quand je suis d'humeur aimable et bienveillante. Ce qui m'arrive rarement. Vous voyez, je ne me fais aucune illusion. Alors, si vous le voulez bien, passons aux choses sérieuses. Je ne suis pas venue vous voir seulement pour badiner.

Nous réglâmes ensemble un certain nombre de problèmes matériels, puis Me Fletcher me suggéra de rédiger mon testament. Je n'avais pas l'intention de mourir avant de nombreuses années, mais quand on se propose de voyager dans des pays dont la salubrité laisse parfois à désirer, il est préférable de prendre ses précautions. Je léguai tout ce que je possédais au British Museum, le musée où mon père avait passé tant de moments heureux et paisibles. En songeant à la salle de lecture de ce vénérable établissement, j'éprouvai un moment d'intense émotion. Dieu aurait très bien pu le rappeler à lui alors qu'il y déchiffrait l'un de ces manuscrits dont il se délectait. Si tel avait été le cas, les gardiens auraient sans doute mis plus de deux jours pour se rendre compte qu'il ne respirait plus.

Avant de partir, il me restait encore à engager une dame de compagnie. Je ne le fis pas seulement afin d'obéir aux convenances. Pour opprimées que soient les personnes de mon sexe en cette fin de siècle prétendument éclairée, une femme de mon âge et de ma situation peut voyager seule à l'étranger sans offusquer personne, à part quelques vieilles bigotes confites en pruderie. Non, si je voulais une compagne, c'était pour ne pas être seule. Toute ma vie, je m'étais occupée de mon père et j'avais besoin de veiller sur quelqu'un. Mlle Pritchett était la personne idéale pour le rôle auquel je la destinais. Elle avait quelques années de plus que moi, mais jamais on ne l'aurait supposé à ses manières et sa façon de s'habiller. Elle avait un goût prononcé pour les robes à froufrous et était affligée d'une voix ridiculement aiguë. Elle était d'un naturel maladroit et avait à peu près autant d'esprit qu'un serin (J'espère que ces charmants fringillidés ne me tiendront pas rigueur d'une telle comparaison !). En outre, elle avait l'habitude de s'évanouir, ou, au moins, de se laisser tomber dans un fauteuil, la main sur le cœur, à la moindre difficulté. J'étais impatiente de l'avoir à mes côtés. Je me voyais déjà en train de la houspiller dans les rues malodorantes du Caire ou les déserts arides de la Palestine. Sa présence procurerait à mon esprit la distraction dont il avait besoin.

Finalement, Mlle Pritchett ne répondit pas aux espoirs que j'avais fondés sur elle. Les gens de sa sorte tombent rarement malades, étant trop occupés par leurs maux imaginaires. Pourtant, nous venions à peine d'arriver à Rome que ma compagne attrapa bêtement la typhoïde. Elle s'en remit, mais sa maladie avait retardé de quinze jours mon départ pour l'Egypte et de toute évidence il lui faudrait une longue convalescence avant qu'elle ne soit en mesure de soutenir mon rythme. Je décidai donc de la renvoyer en Angleterre, en la confiant aux bons soins d'un pasteur et de sa femme qui rentraient chez eux après avoir parcouru l'Italie. Naturellement, je me sentis tenue de lui payer ses gages jusqu'au moment où elle serait en état de retrouver une place. Lorsqu'elle me quitta, elle pleurait à chaudes larmes et j'eus quelque peine à couper court à ces effusions.

Elle laissait un vide dans les projets que j'avais si soigneusement élaborés et c'est à cause de cela que j'étais d'aussi méchante humeur en quittant mon hôtel ce matin fatal. J'avais déjà deux semaines de retard sur mon programme et toutes mes réservations avaient été effectuées pour deux personnes. Devais-je essayer de trouver une autre dame de compagnie ou me résigner à voyager seule ? C'est ainsi que, perdue dans mes pensées, je rendis une dernière visite au terrain vague, peuplé de chats errants, qui, jadis, avait été le forum de la Rome impériale.

Nous étions en décembre. Des lambeaux de nuages pourchassés par un vent du nord vif et pénétrant, obscurcissaient par intermittence un soleil rougeoyant mais glacé. En dépit de la veste chaude et confortable que je lui avais achetée, Piero grelottait. Moi, je n'ai jamais été très sensible au froid. Les bourrasques glaciales, l'alternance d'ombre et de soleil s'accordaient assez bien avec ce paysage de colonnes brisées, de chapiteaux effondrés et de blocs de pierre envahis par une herbe jaune et cassante. D'autres visiteurs déambulaient au milieu des ruines, mais je les évitai. Après avoir déchiffré deux ou trois inscriptions et identifié, à ma grande satisfaction, l'endroit où César était tombé sous les coups de poignard des conjurés, je m'assis sur le socle d'une colonne.

Piero se recroquevilla à mes pieds, les bras autour du panier que nous avions emporté avec nous. Mon siège était froid et dur, mais assez confortable. Je dois dire qu'en certaines circonstances, la tournure a du bon. Par compassion pour mon malheureux guide, je l'autorisai à inventorier les provisions dont nous avait généreusement pourvus la cuisine de l'hôtel. Cependant, il eut un regard pitoyable pour refuser le thé chaud que je lui proposai. Il n'eût en revanche pas dit non pour un verre de *grappa*, cette eau-de-vie du pays.

J'étais occupée à boire mon thé, lorsque je remarquai un attroupement autour d'un objet trop éloigné pour que j'en distingue la nature. J'envoyai Piero aux nouvelles et finis mon thé à petites gorgées.

Quelques instants plus tard, il revint en courant. Ses yeux noirs étincelaient d'excitation. Rien ne réjouit plus les gens de sa sorte que le malheur d'autrui et je ne fus donc pas surprise d'apprendre que les *turisti* faisaient cercle autour d'une jeune Anglaise inanimée qui était tombée raide morte.

— Comment sais-tu que c'est une Anglaise ? questionnai-je.

Piero ne me répondit pas avec des mots, mais ses gestes et sa mimique étaient si éloquents qu'aucun doute n'était permis. Pour lui, cette jeune personne était originaire de la lointaine Albion. Il en aurait donné sa tête à couper.

Anglaise ou pas, je doutai qu'elle fût morte. Piero, comme tous les Latins, avait une certaine tendance à dramatiser. Voyant que personne ne s'occupait de la victime, sauf pour la regarder, je me levai et, après avoir, d'un geste sec, remis en place ma tournure, je m'approchai de l'attroupement. Mon ombrelle me fut fort utile pour me frayer un chemin. Je dus même en appliquer le bout avec une certaine vigueur dans les côtes de plusieurs gentlemen qui, sans cela, n'auraient pas consenti à me livrer passage. Finalement, je parvins au centre du cercle. Comme je l'avais pressenti, aucun des badauds ne manifestait la moindre pitié. Deux ou trois dames avaient même déjà entamé une prudente retraite, non sans force commentaires à propos des risques de contagion et de la moralité probablement douteuse de la malheureuse.

Elle avait l'air tellement pitoyable, allongée sur le sol humide et froid, qu'il fallait avoir un cœur de pierre pour ne pas céder à la compassion.

Je m'accroupis près d'elle et lui soulevai la tête pour l'appuyer contre mes genoux et regrettai alors de ne pas avoir mis un manteau. Il était toutefois facile de remédier à cela.

— Votre manteau, sir, demandai-je au gentleman le plus proche de moi.

C'était un homme petit et rougeaud, naturellement assez enveloppé pour se passer d'un épais paletot doublé de fourrure. Il tenait à la main une canne à pommeau en or, dont il s'était servi pour aiguillonner la jeune femme, à la manière d'un chasseur voulant forcer un chien fourbu à se relever et reprendre place dans la meute. Il tourna vers moi un regard éberlué.

— Pardon ? Vous m'avez parlé ?

— Votre manteau ! répétai-je avec impatience. Qu'attendez-vous pour me le donner ? Que cette pauvre fille soit morte de froid ?

Ma détermination eut finalement raison de ses hésitations.

Après m'être assurée qu'elle était seulement évanouie, j'enveloppai soigneusement la malheureuse, indifférente aux protestations offusquées du gentleman dont j'avais emprunté le manteau.

Je crois avoir déjà dit que la nature ne m'avait dotée de ses grâces qu'avec parcimonie. Je m'étais fait une raison, et sans doute par quelque obscur instinct compensateur, je savais aimer sans réserve la beauté sous toutes ses formes. La jeune fille évanouie à mes pieds suscita d'emblée mon admiration.

Elle était anglaise. La blancheur de son teint et la blondeur de ses cheveux ne pouvaient appartenir à une autre nation. Son évanouissement avait encore accentué la pâleur de son visage, lui donnant la douceur translucide de l'albâtre. Ses traits étaient ceux d'une statue antique. Vénus ou Diane. Avec cela, les cils longs et dorés de la poupée en porcelaine qui avait enchanté mon enfance. Elle portait une robe légère et une longue cape bleue qui aurait été de mise par une fraîche soirée de printemps, mais s'avérait totalement inappropriée pour affronter un temps aussi hivernal. L'une et l'autre étaient usées et rapiécées, mais elles avaient eu leur heure de gloire. Tissu luxueux, coupe parfaite... Les gants qui protégeaient ses petites mains avaient été reprisés avec soin. Plus je la regardais et plus je sentais croître ma curiosité. Quel drame caché avait bien pu la réduire à cette extrémité ? Sans aucun symptôme apparent de maladie, elle avait dû s'évanouir de froid et de faim.

Comme je la regardais, elle battit des cils et ouvrit les yeux. Des yeux d'un bleu très profond qui, lentement, s'éclairèrent et revinrent à la vie. Puis, tout d'un coup, son expression changea. Ses joues reprirent un peu de couleur et elle tenta de s'asseoir.

— Restez tranquille, lui enjoignis-je avec douceur. Vous avez perdu connaissance et vous êtes encore trop faible pour vous lever. Vous allez essayer de manger un peu, ajoutai-je en faisant un signe de main à Piero. Quand vous aurez repris assez de forces, nous vous conduirons, si vous le voulez bien, à un endroit où l'on pourra vous soigner dans de meilleures conditions.

Elle tenta de protester, visiblement embarrassée par son état et les regards hostiles des badauds. Pour ma part, j'étais totalement indifférente à ce que pouvaient penser les gens qui nous entouraient, mais comme leur présence la perturbait, je décidai de les renvoyer. Mon ton péremptoire fit merveille. Ils se retirèrent tous à une distance respectable, sauf le gentleman au manteau.

— Donnez-moi votre nom et celui de votre hôtel, sir, déclarai-je pour couper court à de nouvelles récriminations. Vous aurez votre manteau avant ce soir. Mais si je puis me permettre un conseil, ajoutai-je, une personne de votre corpulence ne devrait pas se couvrir aussi chaudement. C'est très mauvais pour votre santé : vous êtes à la merci d'un coup de sang.

Sa digne moitié s'empourpra. Son tour de taille

n'avait rien à envier à celui de son mari. Elle était, de surcroît, affligée d'un visage dur et revêche.

— Comment osez-vous, madame ? Je n'ai jamais vu ça !

— Il faut un commencement à tout, répliquai-je en lui jetant un regard qui la fit reculer d'un pas. Il est à l'évidence trop tard pour vous enseigner la compassion. Je n'y emploierai pas de vains efforts. Allez-vous-en et emmenez avec vous cette créature de sexe masculin qui vous accompagne et que je ne saurais qualifier de gentleman.

Tout en parlant, je m'efforçai de faire absorber un peu de nourriture à ma protégée. Sa façon de manger, à toutes petites bouchées, en dépit de sa faim évidente, me fit penser que nous étions du même monde. Quand elle eut terminé un morceau de pain et le reste de mon thé, elle était déjà mieux. Avec l'aide de Piero, je l'aidai à se remettre debout et nous rentrâmes en voiture à mon hôtel.

II

Sitôt arrivée, je fis venir un médecin. Son diagnostic confirma ma première impression. La faim et le froid avaient seuls mis la malheureuse dans cet état d'extrême faiblesse. Elle n'avait aucun signe d'infection et commençait même à reprendre des forces.

Un plan était en train de germer dans mon esprit et, tout en marchant de long en large, j'en examinai, une à une, les implications. Il ne me fallut pas longtemps pour conclure. En dépit de son apparente fragilité, cette jeune fille devait avoir une solide constitution pour avoir, dans son état, résisté aux miasmes de Rome. Sans doute n'avait-elle ni parents, ni amis, pour avoir sombré de la sorte. Et elle ne pouvait rester ainsi.

Ma décision étant prise, il était inutile que j'attende pour lui en faire part.

Je la trouvai en train de boire un bol de bouillon avec l'aide de Travers, ma femme de chambre. Ni l'une, ni l'autre ne semblaient y prendre un plaisir particulier. Travers est un vivant démenti aux théories des physiognomonistes, car son visage n'annonce rien de sa personnalité véritable. Elle est toute en rondeurs, mais son apparente bonhomie dissimule un cœur et une âme de vieille fille acariâtre. Elle n'avait pas du tout apprécié que je ramène avec moi une « vagabonde » et ne s'était pas gênée pour me le faire sentir. A la vérité, elle ne pouvait guère s'exprimer autrement. Je ne tolère pas — et je n'ai jamais toléré — qu'une domestique se plaigne ou émette la moindre réclamation. Je paie et je veux être servie. Un point, c'est tout.

— Cela ira, déclarai-je. Une nourriture trop riche est déconseillée dans son état. Il faut d'abord un temps d'adaptation. Laissez-nous maintenant, Travers, et veillez à bien refermer la porte derrière vous.

Lorsqu'elle eut obéi, j'examinai ma protégée et fus satisfaite de mon examen. Ma chemise de nuit en flanelle était beaucoup trop grande pour elle. J'allais devoir l'habiller. Des petites robes légères et délicates — le genre de choses que je n'avais jamais pu porter moi-même. Les teintes pastel, bleu, rose lavande, lui iraient à ravir... Elle avait repris quelques couleurs et j'eus l'impression qu'elle avait encore embelli. Comment diable une fille comme elle avait-elle pu en arriver là ?

Gênée par l'intensité involontaire de mon regard, elle baissa les yeux, puis, soudain, releva la tête et fit front avec une fermeté inattendue. Si j'avais pu encore nourrir quelques doutes, son élocution me fixa sur son milieu d'origine comme sur la qualité de son éducation.

— Permettez-moi, madame, de vous remercier pour tous vos bienfaits. Je vous en serai éternellement reconnaissante, mais soyez assurée que je n'ai pas l'intention d'abuser de votre hospitalité. Je suis tout à fait remise, maintenant, et, si vous voulez bien me faire apporter mes effets, je serai...

— Vos vêtements ont été mis au rebut, l'interrompis-je. Ils ne valaient pas la peine d'être nettoyés. De toute façon, le médecin a prescrit une pleine journée de repos. Je ferai passer demain matin une couturière. Il y a un bateau pour Alexandrie vendredi prochain. En une semaine tout sera prêt. Naturellement, il faudra que vous fassiez quelques courses, mais, auparavant, il vaudrait mieux que je sache ce que vous avez déjà. Si vous voulez bien me dire où vous habitez, je vais envoyer quelqu'un chercher vos effets personnels.

Son visage passa en quelques instants de l'indignation à la méfiance puis à la plus complète stupeur. J'attendis une réponse, mais sa surprise était telle qu'elle se contentait d'ouvrir et de refermer la bouche.

— Je vous emmène en Egypte, déclarai-je avec impatience. En qualité de dame de compagnie. Mlle Pritchett, la personne que vous allez remplacer, a dû rentrer en Angleterre après avoir stupidement contracté la typhoïde. Ses gages étaient de dix livres par an. Vous recevrez le même salaire et, naturellement, je me charge de vous équiper pour ce voyage. Je ne vous vois guère vous promener dans les rues du Caire en chemise de nuit !

— Non, bien sûr, concéda-t-elle, de plus en plus abasourdie. Mais... Je...

— Mon nom est Amelia Peabody. Vous m'appellerez Amelia. Ce sera plus simple. Je suis une vieille fille un peu originale et, comme je suis à l'aise financièrement, je voyage pour mon plaisir. Voulez-vous savoir autre chose sur moi ?

— Non, vous m'en avez déjà dit bien assez, répondit-elle en souriant. Je n'avais pas totalement perdu conscience quand vous êtes venue à mon secours, aussi ai-je été touchée par votre bonté et votre générosité. Mais, chère mademoiselle Peabody — pardonnez-moi, chère Amelia —, vous ignorez tout de moi !

— Y a-t-il quelque chose que je devrais savoir ?

— Je pourrais être une criminelle ! Une fille de mauvaise vie, une gourgandine...

— Non, affirmai-je tranquillement. Je suis parfois un peu abrupte mais certainement pas irréfléchie. Je crois avoir l'esprit assez prompt, surtout pour juger des caractères et, en ce qui vous concerne, je suis persuadée de ne m'être pas trompée.

Une fossette apparut au coin des lèvres de ma protégée, mais s'effaça presque aussitôt.

— Pourtant, vous vous êtes trompée, murmura-t-elle en baissant les yeux. Je ne suis pas celle que vous pensez. Je vous dois trop pour ne pas vous raconter mon histoire et, quand vous l'aurez entendue, vous me chasserez de votre vue. Avec raison.

— Je vous écoute, déclarai-je. Toutefois je serais étonnée si vous réussissiez à me faire changer d'avis.

— Vous me mépriserez, j'en suis sûre !

La fossette réapparut fugitivement, puis elle se mit à parler, le visage très pâle, mais d'une voix calme et posée.

— Mon nom est Evelyn Barton-Forbes. Mes parents étant morts alors que j'étais encore en bas âge, j'ai été élevée par mon grand-père, le comte d'Ellesmere. Je vois que ce nom ne vous est pas inconnu. C'est un nom ancien et honorable, même si ceux qui l'ont porté n'ont pas toujours été des hommes d'honneur. Mon grand-père... Sincèrement, il m'est difficile de parler de lui en toute impartialité. Je sais que beaucoup de gens le jugent avare et égoïste. Bien qu'il possède l'une des plus belles fortunes de l'Angleterre, il n'a jamais brillé par sa générosité ou sa philanthropie. Cependant, il a toujours été bon avec moi. J'étais son ange, son petit trésor. Je suis, sans doute, le seul être humain pour lequel il n'a jamais eu une parole dure. Il m'a même pardonné d'être une fille et non le garçon, l'héritier qu'il avait si ardemment désiré.

« Arrêtez-moi si je me trompe, mais j'ai cru deviner que vous étiez une féministe, mademoiselle... Amelia ? Eh bien, vous serez sans doute indignée, mais nullement surprise, quand vous apprendrez que, même si je suis l'unique enfant du fils aîné de mon grand-père, je n'hériterai ni de ses titres ni de ses domaines. A de rares exceptions près, le droit féodal s'applique encore en Angleterre et seul un descendant mâle peut succéder à un comte ou un marquis. Mon père ayant disparu prématurément, c'est donc mon cousin, Lucas Hayes, qui sera le prochain comte d'Ellesmere.

« Pauvre Lucas ! Grand-père a été tellement injuste et cruel envers lui ! Il n'aurait certes jamais admis ses préventions à son égard. Il ne l'aimait pas, disait-il, à cause de ses extravagances et de sa vie dissolue mais ce n'était, j'en suis sûre, qu'un prétexte alimenté, le plus souvent, de rumeurs et de ragots sans fondement. En fait, mon grand-père détestait Lucas parce qu'il avait commis le crime d'être le fils de son père. Voyez-vous, sa mère, la fille aînée de mon grand-père, s'était enfuie avec... avec un gentleman italien... Pardonnez-moi mon émotion, Amelia. Vous allez bientôt en comprendre la raison. Là, cela va mieux.

« Mon grand-père est s'il est possible plus Anglais que nature. Il méprise tous les étrangers et, en particulier, ceux qui ont le malheur d'être d'origine latine. Pour lui, les Italiens, les Espagnols et les Français ne sont qu'un ramassis de gens sans aveu, dont la sournoiserie n'a d'égale que la cautèle... Non, je ne peux pas vous répéter tout ce que j'ai entendu sur ce sujet... ! Aussi, quand ma tante s'est enfuie avec le comte d'Imbroglio d'Annunciata, mon grand-père l'a reniée et a juré qu'elle ne remettrait plus jamais les pieds dans sa demeure. Il a tenu parole. Il ne lui a même pas envoyé un mot de réconfort — et encore moins de pardon — quand il l'a sue mourante. Pour lui, le comte d'Imbroglio n'était pas un aristocrate, mais un imposteur et un chasseur de dot. Je suis sûre que ce n'était pas vrai ! On peut être désargenté sans usurper son blason. Néanmoins, lorsqu'il est parvenu à l'âge adulte, Lucas a préféré changer de patronyme, car mon grand-père entrait dans des fureurs terribles dès qu'il entendait prononcer le nom de son gendre. Il s'appelle maintenant Lucas Elliot Hayes et il a renoncé à son titre italien.

« Un temps, j'ai eu l'impression que Lucas, par ses attentions assidues, avait réussi à gagner le cœur de mon grand-père. Je me suis même demandé si mon grand-père ne caressait pas l'idée d'un mariage entre nous. En un sens, cela aurait été une heureuse issue. Le château d'Ellesmere et ses terres étant attachés au titre, en vertu d'un majorat, Lucas devait en hériter un jour, mais, par contre, mon grand-père était libre de disposer de sa fortune personnelle sans laquelle un tel héritage aurait été un fardeau, beaucoup plus qu'un privilège. Or, mon grand-père n'avait dissimulé à personne son intention de me léguer cette fortune.

« Finalement ce projet, si tant est qu'il ait existé, ne fit pas long feu. Apprenant les dernières frasques de Lucas, mon grand-père entra dans une rage folle et le chassa d'Ellesmere. J'avais de l'amitié pour mon cousin, mais c'était tout. Sotte et sentimentale comme j'étais alors, je n'imaginais pas pouvoir me marier sans amour. Vous froncez les sourcils, Amelia. Vous pensez que je m'accable ? C'est tout le contraire.

« L'amour... J'ai cru l'avoir trouvé et cela a été ma perte.

« Pendant que Lucas séjournait avec nous, j'avais conçu une véritable passion pour le fusain. D'après lui, j'avais des doigts de fée et, avant son départ, il passa de nombreuses heures à m'apprendre les rudiments de cet art. Ensuite, j'eus envie de continuer et mon grand-père, qui ne savait rien me refuser, mit une annonce dans le *Times* pour engager un maître de dessin. C'est ainsi qu'Alberto entra dans ma vie.

« Il m'est difficile de parler de lui sereinement. La beauté de son visage, ses longs cheveux noirs, sa voix grave et douce... Tout ce que j'ai tant aimé en lui me semble aujourd'hui faux et artificieux. Enfin, pour être brève, il m'a séduite et m'a enlevée... avec mon consentement. Sans le moindre remords, j'ai abandonné le vieil homme qui m'avait recueillie et élevée, foulant ainsi aux pieds toute mon éducation morale et religieuse. Ne vous y trompez pas, Amelia, si j'éprouve une haine légitime pour Alberto, je me hais moi-même encore davantage. Je n'ai que trop mérité mon sort et je n'ai pas le droit de faire le moindre reproche à tous ceux qui...

Elle réprima un sanglot avant d'ajouter :

— Pardonnez-moi. Et surtout oubliez tout cela. La fin de mon histoire tient en quelques phrases. J'avais emporté mes bijoux de jeune fille : un collier de perles, un bracelet, une petite broche... les cadeaux de Noël ou d'anniversaires que je devais à mon grand-père. L'argent que nous procura leur vente s'évapora en quelques mois. Alberto insistait pour que je vive comme j'avais toujours vécu. Arrivés à Rome, notre bourse était vide et il fallut nous contenter d'une soupente. Lorsque j'interrogeais Alberto, il demeurait fort évasif. Quant au mariage, il éludait savamment la question. En bon catholique, il ne pouvait se contenter d'une cérémonie civile. Mais comme je n'étais pas catholique... Oh, l'inconsistance de ces arguties ne m'échappait guère mais ma naïveté, mon ingénuité finissaient par l'emporter.

« Le coup de grâce me fut donné la semaine dernière. Depuis quelque temps, Alberto était de plus en plus lointain. Il s'absentait pendant la plus grande partie de la journée et à son retour, il était d'humeur sombre et renfermée. Puis, un matin, quand je me suis réveillée, il n'était plus là. Il avait eu la courtoisie de me laisser une robe, un manteau et une paire de chaussures. Tout le reste avait disparu. Y compris mes brosses à cheveux en ivoire et les deux ou trois objets de valeur que je n'avais pas encore vendus. Une lettre était posée en évidence sur la table.

« Une lettre dont la lecture m'acheva. Le cynisme de ses aveux m'atteignit plus encore que l'ignominie de son procédé. Il m'avait enlevée seulement parce que j'étais une riche héritière. Il s'était attendu à une violente réaction de mon grand-père et il ne s'était pas trompé. Dès le lendemain de ma fuite, j'avais été déshéritée. Il l'avait appris par l'intermédiaire de la représentation diplomatique anglaise à Rome — mais il avait espéré qu'au fil du temps, le "Vieux", comme il l'appelait avec une goujaterie appuyée, finirait par s'attendrir. Sa dernière visite au consulat avait anéanti ses ultimes espoirs. Mon pauvre grand-père avait très mal supporté mon départ et avait eu une attaque. Cependant, avant de sombrer dans un profond coma, dont la mort serait un jour l'inéluctable issue, il avait eu le temps de me rayer complètement de son testament. Alberto ne voyait donc plus aucune raison de perdre son temps avec moi.

D'ailleurs, il avait déjà fait la connaissance d'une jeune veuve fort riche, qui ne serait que trop heureuse de l'accueillir et de lui donner ce que je n'étais pas en mesure de lui offrir.

« Vous imaginez mon état d'esprit après avoir lu pareille missive. Pendant plusieurs jours, je fus incapable de quitter mon lit, soignée à contrecœur par l'horrible vieille qui nous louait notre soupente. Je suppose que sa sollicitude avait pour seul motif la crainte de se retrouver avec un cadavre sur les bras — la compassion était certainement pour elle un sentiment inconcevable. Dès que j'eus recouvré l'usage de la parole, elle découvrit que je n'avais plus une lire en poche. C'était ce matin. Dans l'heure qui suivit, elle me chassa de mon ultime refuge. Je n'avais plus rien. Une fois dans la rue, j'ai décidé d'en finir. Que pouvais-je faire d'autre ? Je n'avais pas d'argent ni aucun moyen de trouver un emploi. Mon grand-père était sans doute mort. Et si, par miracle, il était encore en vie il me renierait avec raison. Vous savez tout désormais. Je ne sollicite pas votre indulgence et vous comprendrez ma hâte d'en finir.

III

Quand Evelyn eut terminé, les yeux pleins de larmes, je demeurai déconcertée.

Les questions se bousculaient dans ma tête et je ne savais par laquelle commencer. Ebranlée par mon silence, ma jeune protégée poussa un long soupir. Elle avait les mains tellement crispées que les articulations en étaient blanches. Recroquevillée sur elle-même dans sa chemise de nuit trop grande, elle semblait attendre le coup fatal que j'allais lui porter. Pour ma part, j'étais dans une confusion totale. Finalement, mes lèvres s'ouvrirent, mais les mots qu'elles prononcèrent ne furent pas du tout ceux que j'avais escomptés...

— Dites-moi, Evelyn, comment est-ce ? Agréable ?

La stupéfaction d'Evelyn n'aurait pu être plus

grande que la mienne, mais, après avoir commencé, je me devais d'aller jusqu'au bout de ma pensée.

— Pardonnez-moi si je remue le fer dans la plaie... Vous comprenez, personne ne m'a jamais parlé de ces choses-là... Et puis, les opinions que j'ai pu recueillir sont tellement contradictoires ! Mes belles-sœurs semblent porter le mariage comme une croix. Mais j'ai vu aussi les filles du village dans les prés avec leur amoureux et elles avaient l'air — comment dire ? — Oh, mon Dieu, je ne trouve même plus mes mots ! Cela ne me ressemble guère. Avez-vous compris au moins à quoi je faisais allusion ?

Evelyn me regarda fixement, les yeux écarquillés, puis, soudain, elle se prit le visage à deux mains, les épaules secouées comme d'un sanglot qu'elle parut réprimer.

— Je suis vraiment désolée, m'excusai-je d'un ton accablé. Je ne voulais pas... Je suppose que, maintenant, je ne saurai jamais...

Elle étouffa un dernier gémissement, puis découvrit un visage écarlate et ruisselant de larmes où je dus lire, à ma grande stupeur, la plus franche hilarité.

Immédiatement, je pensai à une crise d'hystérie. Je m'avançai vers elle, la main levée, mais elle me retint le bras.

— Non, non, inutile de me gifler ! Je ne suis pas du tout hystérique. Mais, Amelia, vous êtes... vous êtes tellement... N'avez-vous donc rien d'autre à me demander après le sordide récit que je viens de vous infliger ?

Je réfléchis un instant avant de lui répondre.

— Non, je ne vois vraiment pas. Le despotisme de votre grand-père et la conduite odieuse de votre amant se passent de commentaires. Quant au reste de votre famille, mieux vaut n'en pas parler.

— Vous n'avez donc pas d'aversion pour la fille perdue que je suis devenue ?

— Pas le moins du monde. Je suis au contraire persuadée que cette malheureuse expérience vous a rendue plus forte. Il n'y a rien de tel qu'une bonne leçon pour tremper un caractère.

Evelyn secoua la tête.

— Je n'arrive pas à croire que vous êtes réelle !

— Vraiment ? m'étonnai-je. J'ai pourtant l'impression d'être quelqu'un comme tout le monde. Cependant, je conçois vos inquiétudes. Vous ne me connaissez pas et, avant d'accepter ma proposition, vous désireriez en savoir un peu plus sur mon compte. Mon père avait de nombreux amis dans les milieux académique et universitaire. Si vous le souhaitez, je peux vous donner l'adresse de plusieurs éminents professeurs qui, sans nul doute...

— Non, non, protesta-t-elle. C'est inutile. J'ai confiance en vous. Asseyez-vous donc à côté de moi.

Je m'exécutai de bonne grâce. Elle me sourit.

— Avant de répondre à votre question, Amelia, déclara-t-elle gravement, j'aimerais savoir pourquoi vous avez dit tout à l'heure : « Je suppose que je ne saurai jamais » ?

Je haussai les épaules.

— Oh, simplement parce qu'il y a peu de chances pour que je connaisse moi-même un jour une telle expérience. Un miroir et un calendrier suffiraient à m'enlever toute illusion. J'ai trente-deux ans et, je le vois bien, un visage sans grâce, une silhouette à l'avenant. En outre, l'égalité d'humeur qu'on attend d'une épouse dans notre monde me fait totalement défaut. Je ne supporterais pas un homme qui se laissât commander par moi et je voudrais encore moins d'un mari qui prétendît m'imposer sa loi. Cependant, je suis curieuse. J'avais pensé... Enfin... bon... j'aurais mieux fait de me taire... C'est ce que mes frères ne cessaient de me répéter... Mais revenons à notre sujet... Pour ces références dont je vous ai parlé tout à l'heure...

— Non, m'interrompit-elle en secouant vigoureusement ses boucles blondes. Je n'en ai pas besoin. Votre offre est trop inespérée pour que j'hésite un seul instant à l'accepter. Je serai très heureuse de vous servir de dame de compagnie, Amelia. Et, sincèrement, je suis persuadée que nous nous entendrons très bien toutes les deux.

D'un mouvement gracieux, elle se pencha vers moi

et déposa un petit baiser sur ma joue. Son geste me prit complètement au dépourvu. Je grommelai deux ou trois mots incompréhensibles et quittai la pièce avec précipitation.

IV

Sans me vanter à l'excès, je peux dire que lorsque j'ai une idée en tête, je ne mets pas longtemps à la réaliser. Pendant la semaine qui suivit, la vieille cité des papes dut trembler dans ses fondations tellement je battis le pavé et secouai ses indolents habitants.

Une semaine qui m'apporta son lot de surprises. J'avais voulu traiter Evelyn et l'habiller, un peu comme une poupée vivante, la revêtir de tout ce qui me paraissait trop fragile ou trop délicat pour moi. Mais elle n'avait rien d'une poupée. Sans me contredire, elle fit l'acquisition d'une garde-robe à la fois simple, charmante, de bon goût et étonnamment peu coûteuse. Et, dans le même temps, je me trouvai pourvue d'une demi-douzaine de nouvelles robes que, seule, je n'aurais jamais achetées. Surtout pas cette robe du soir parfaitement inutile : comment oserais-je sortir, aller dans le monde, drapée dans cette pourpre, véritablement impériale ? Sans parler du décolleté ! Provocant, il n'y avait pas d'autre mot pour le décrire. Les jupes étaient drapées sur une tournure et laissaient entr'apercevoir un jupon orné de motifs en forme de paillettes. Et la taille ! Elle me serrait tant et si bien que je n'en avais plus, alors que ma poitrine, par contre, paraissait encore plus ample qu'elle ne l'est déjà — à mon grand dam.

Mais Evelyn avait balayé ces remarques. Elle m'avait dit simplement : « Elle est faite pour vous. Prenez-la. » Et j'avais obéi. Stupéfiant. Elle m'avait découvert également une faiblesse pour la batiste brodée, faiblesse si secrète que je n'en avais jamais eu conscience moi-même. Les délicats sous-vêtements et les chemises de nuit que je m'étais fait une joie de lui acheter se trouvèrent, comme par hasard, coupés à mes mesures.

Je vécus cette semaine dans un état second — comme si l'inoffensif chaton que j'avais sauvé de la noyade s'était brusquement métamorphosé en panthère. Néanmoins, j'avais gardé assez de mon proverbial bon sens pour ne pas entreprendre nombre de démarches.

En dépit des insinuations malveillantes d'une certaine personne dont le nom n'est pas encore apparu dans cette histoire, je n'ai rien d'une mangeuse d'hommes. Néanmoins, l'expérience m'a confirmé que peu de personnes du sexe masculin sont dignes de confiance, l'histoire d'Evelyn en était une nouvelle preuve. Alberto était fourbe et menteur sans aucun doute. Que croire alors de ce qu'il avait écrit à Evelyn au sujet de son grand-père ? Pour en avoir le cœur net je décidai de rendre visite à notre consul à Rome.

A ma grande déception, ce dernier confirma les propos d'Alberto. Notre consul connaissait personnellement le comte d'Ellesmere. Et, naturellement, la santé d'un pair du royaume ne pouvait laisser indifférent un haut fonctionnaire de Sa Majesté. Le vieux comte n'était pas encore mort, mais les nouvelles qu'il en avait reçues laissaient présager un trépas imminent.

Je lui fis un compte rendu de ma rencontre avec Evelyn Barton-Forbes. Il n'ignorait rien de la situation tragique dans laquelle se trouvait la petite-fille du comte d'Ellesmere, mais au lieu d'exprimer de la compassion, son visage se ferma et il prit un ton froidement diplomatique. Il eut même le toupet de critiquer mes projets à l'égard de ma protégée, mais je le remis à sa place. Si j'étais venue lui parler d'Evelyn, c'était seulement pour deux choses bien précises.

Premièrement, je désirais savoir si un membre quelconque de sa famille avait tenté d'avoir de ses nouvelles et, deuxièmement, je tenais à prévenir les autorités de notre départ pour l'Egypte ; au cas où quelqu'un chercherait à la joindre.

Non, il n'avait pas eu connaissance d'une démarche de ce genre. Quant à mon information, il la transmettrait aux personnes qui viendraient s'enquérir de Mlle Barton-Forbes auprès de lui. Sollicitude peu compromettante, car il n'entretenait aucune illusion ni sur le vieux comte d'Ellesmere ni sur les autres parents d'Evelyn.

Je lui donnai, pour finir, le nom et l'adresse de l'hôtel où l'on pourrait me joindre au Caire. Il me raccompagna poliment jusqu'à la porte de son bureau, mais je lisais dans ses yeux une totale désapprobation.

Le vingt-huitième jour de ce même mois, nous embarquâmes à bord d'un bateau à Brindisi et fîmes voile vers Alexandrie.

CHAPITRE 2

J'épargnerai à mon Aimable Lecteur la description de notre traversée et de la fange pittoresque d'Alexandrie. Tous les voyageurs européens qui ont appris à tenir une plume se sentent obligés de raconter, à leur retour, la tempête qu'ils ont essuyée, leur mal de mer et leurs pérégrinations à travers les rues de l'ancienne capitale des Ptolémées. Pour ceux qui se sentiront en manque de couleur locale, je leur conseille de se plonger dans le *Journal égyptien* de Mlle Smith ou dans *Mon hiver en Egypte* de M. Jones. Ils trouveront tout ce qu'ils désirent dans ces ouvrages et dans cent autres opuscules tout aussi bien informés.

Notre voyage avait été atroce, mais, à mon grand plaisir, Evelyn ne s'était pas plainte une seule fois et avait bien supporté les caprices de la mer, les odeurs pestilentielles du bateau et les fastidieux bavardages de nos compagnons d'infortune. Après un jour ou deux de repos à Alexandrie, nous nous mîmes en route pour Le Caire et nous installâmes sans incident notable à l'hôtel *Shepheard*.

Tout le monde descend au *Shepheard*. La salle à manger et les salons sont magnifiques et, depuis la terrasse, le touriste indolent, assis dans un fauteuil en rotin, un verre de citronnade à la main, peut s'emplir les yeux du spectacle toujours recommencé de la vie orientale. Imaginez des voyageurs anglais, casque colonial sur la tête et visage écarlate, assis à califourchon sur des ânes gris si petits que les pieds de leurs cavaliers effleurent le sol ; des Janissaires armés jusqu'aux dents et fiers comme Artaban dans leurs magnifiques uniformes brodés d'or et d'argent ; des femmes indigènes enveloppées jusqu'aux yeux dans leurs longues robes noires ; des Arabes majestueux, en djellaba bleue et blanche ; des derviches aux cheveux nattés et aux coiffures fantastiques ; des vendeurs de rahat-loukoums et autres sucreries turques ; des porteurs d'eau avec leurs outres en peau de chèvre qui ont l'air si horriblement vivantes... Mais me voilà, moi aussi, en train de succomber à la tentation du récit de voyage à l'européenne. Je vais donc en rester là. Ce défilé interminable est fascinant.

Cet hiver-là, les touristes anglais se faisaient rares au Caire. Les combats au Soudan les tenaient à distance. Le Mahdi avait déclaré la guerre sainte et assiégeait encore le vaillant Gordon à Khartoum. Cependant, l'expédition de secours de sir Garnet Wolseley avait atteint Wadi Halfa et les gentlemen que nous avions rencontrés nous avaient rassurées — ou, plutôt, avaient rassuré Evelyn — quand elle leur avait demandé s'il n'était pas dangereux de descendre vers le sud. Les combats se déroulaient à plusieurs centaines de miles au-delà d'Assouan et lorsque nous y arriverions, la guerre serait sans doute terminée. Le Mahdi et son armée de sauvages fanatiques auraient été écrasés et Gordon, notre héros, aurait brisé l'étau qui l'enserrait.

Je ne partageais pas l'optimisme de ces messieurs. Le charpentier fou du Soudan avait montré qu'il était un chef de guerre adroit et efficace. Nos pertes dans la région en étaient la preuve. Cependant, je m'abstins d'en faire part à Evelyn, car je n'avais nulle envie de changer mes plans, pas plus pour le Mahdi que pour qui que ce soit. J'avais prévu de passer l'hiver à remonter le Nil et je remonterais le Nil.

Voyager par bateau est le seul moyen confortable de visiter l'Egypte et comme le pays est très étroit, on peut facilement accéder à tous les monuments anciens à partir du fleuve. On m'avait beaucoup vanté les charmes d'un voyage à bord d'une dahabieh et j'avais très envie de tenter l'aventure. Comparer une dahabieh à une péniche aménagée ne donnerait qu'une bien pauvre idée du luxe dont sont pourvues ces maisons flottantes. Elles peuvent être aménagées avec toutes les commodités imaginables et les services dont on dispose à leur bord n'ont pour seule limite que la bourse du voyageur. J'avais l'intention de me rendre aussi vite que possible à Boulaq, leur port d'attache, et d'en réserver une sur-le-champ. Deux ou trois jours pour visiter Le Caire et ses environs, puis nous voguerions vers le sud.

Lorsque, après le dîner, j'exprimai mes intentions à l'un de nos copensionnaires, un vieux colonel de l'armée des Indes, il fut pris d'un tel fou rire qu'il faillit s'étouffer avec son cigare. Je n'avais pas compté avec le tempérament égyptien. Les mariniers du Nil n'étaient pas gens pressés et ils ne se laissaient pas bousculer facilement, même avec une baïonnette dans le dos. Alors, une femme...

J'avais mon opinion sur le sujet, mais mes yeux croisèrent le regard d'Evelyn et je gardai le silence. Son influence sur moi était vraiment stupéfiante. Parfois, je ne me reconnaissais plus. Quelques mois encore en sa compagnie et je serais aussi douce qu'un mouton.

Elle était très belle ce soir-là dans sa longue robe de soie bleu pâle et, naturellement, ne passait pas inaperçue. Nous étions convenues que sa véritable identité devait rester secrète. Pour tout le monde, elle s'appelait donc simplement Evelyn Forbes. Plusieurs dames qui nous avaient rejointes auraient aimé en savoir plus sur elle et, au bout d'un moment, lasse de leurs piètres ruses, je me levai, prétextant la fatigue, pour me retirer dans ma chambre.

Le lendemain matin, je me réveillai à l'aube. Une lumière éthérée et teintée de rose filtrait à travers le voilage des rideaux. Baissant les yeux, j'aperçus Evelyn, assise en tailleur devant la fenêtre. Etait-elle en proie à un nouvel accès de mélancolie ? Au cours des derniers jours, elle avait eu des moments d'anxiété, vite surmontés, mais qui ne m'avaient pas échappé. J'essayai donc de rester immobile, mais un froissement de drap involontaire la fit se retourner et je vis que son visage resplendissait.

— Venez voir, Amelia. C'est tellement beau !

Lui obéir n'était pas si simple car il me fallut d'abord me dépêtrer de la moustiquaire. Lorsque j'eus réussi à rejoindre Evelyn, je partageai son émerveillement. Nos chambres donnaient sur les jardins de l'hôtel. Des palmiers majestueux, longues silhouettes graciles, jaillissaient vers un ciel opalescent, d'un bleu translucide, où s'effilochaient de longues écharpes roses. Des oiseaux voletaient de branche en branche et les sveltes minarets des mosquées étincelaient de mille feux au-dessus des arbres. L'air avait la fraîcheur et la limpidité d'une source.

Après un début de journée aussi paisible et radieux, nous nous sentîmes plus fortes pour affronter l'agitation désordonnée des quais de Boulaq. Très vite, je compris mieux les réserves qu'avait émises le vieux colonel de l'armée des Indes. Plus de cent bateaux étaient amarrés aux pontons. Le bruit et la confusion étaient indescriptibles.

Les dahabiehs sont toutes construites sur le même modèle et ne diffèrent que par leurs dimensions. Les cabines occupent l'arrière du pont et leur toit forme un pont supérieur qui, lorsqu'il est aménagé et recouvert d'un auvent, fournit aux passagers un agréable salon de plein air. L'équipage est cantonné sur le pont inférieur. C'est là que se trouve la cuisine, avec son fourneau à charbon de bois, son impressionnante batterie de casseroles et de poêles. Les dahabiehs sont des barques à deux mâts et à fond plat. Lorsque leurs immenses voiles sont déployées et se gonflent sous les risées du vent du nord, elles ont vraiment fière allure.

Notre première tâche fut de choisir celle que nous allions louer. D'abord un peu désorientée, je déterminai très vite les critères décisifs de notre choix, au premier chef la propreté. Je pouvais être ici moins exigeante qu'en Angleterre, mais tout de même, il y a des limites... Malheureusement, les bateaux les mieux tenus étaient, le plus souvent, les plus vastes. Ce n'était pas une question d'argent, mais je nous voyais mal, à deux plus ma femme de chambre, disposer de dix cabines et deux salons.

Sur les instances d'Evelyn, nous avions loué à l'hôtel les services d'un drogman. Un intermédiaire dont j'aurais pu me passer, car les quelques phrases d'arabe que j'avais apprises pendant notre traversée m'auraient fort bien permis de négocier sans l'aide de personne avec un capitaine égyptien. Néanmoins, j'avais accédé à la requête d'Evelyn. Notre drogman s'appelait Michael Bedawee. C'était un Copte, c'est-à-dire un chrétien égyptien. Il était petit, rondouillard, avec un visage très foncé, une barbe noire et un turban d'un blanc immaculé — description, qui, je le confesse, pourrait convenir à la moitié de la population mâle de l'Egypte. Ce qui distinguait Michael était la chaleur de son sourire et la candeur de ses yeux bruns. Nous l'avions tout de suite trouvé sympathique et, apparemment, il nous aimait bien aussi.

L'aide de Michael nous fut précieuse pour choisir une dahabieh. La *Philae* était de taille moyenne et d'une remarquable propreté. Evelyn et moi fûmes tout de suite séduites par l'allure de son raïs, son capitaine. Il s'appelait Hassan et était natif de Louxor. Pour ma part, je fus surtout conquise par la fermeté des traits de son visage et la droiture de son regard — regard qui pétilla joyeusement lorsque j'essayai sur lui mes connaissances encore balbutiantes de la langue arabe. Je suppose que mon accent était atroce, néanmoins, il me complimenta fort aimablement et le marché fut bientôt conclu.

Avec toute la fierté de nouveaux propriétaires, Evelyn et moi explorâmes les quartiers qui allaient constituer notre demeure pendant les prochains mois. La *Philae* disposait de quatre cabines, deux de chaque côté d'un étroit couloir. Il y avait également une salle de bains avec eau courante. Le salon était au bout du couloir et, occupant l'arrière du bateau, il avait une forme semi-circulaire. Il était éclairé par huit fenêtres, et un long divan incurvé épousait la courbure de la poupe. Le plancher était recouvert par des tapis de Bruxelles et les cloisons étaient peintes en blanc avec des moulures dorées. Des rideaux de velours rouge, une table de salle à manger en marqueterie, des fauteuils, des chaises et plusieurs miroirs à cadres dorés complétaient le mobilier.

Avec toute l'ardeur de jeunes femmes qui vont emménager dans une maison neuve, nous discutâmes de ce dont nous aurions besoin pour agrémenter ce cadre un peu fruste. Il y avait de nombreux placards et des étagères pour recevoir les livres que nous avions emportés. J'étais partie d'Angleterre avec une malle pleine d'ouvrages sur l'Egypte ancienne et je comptais bien en acheter d'autres. Il nous faudrait également un piano. Je n'avais, personnellement, aucun talent musical, mais j'aimais beaucoup écouter de la musique, or Evelyn jouait du piano et chantait divinement.

Lorsque je demandai au raïs Hassan quand nous pourrions partir, j'essuyai ma première déconvenue. La *Philae* venait juste de rentrer d'un long périple. L'équipage avait besoin de repos. Il y avait les visites aux familles... Et puis, le bateau lui-même devait subir de mystérieuses opérations d'entretien avant de repartir. Finalement, nous réussîmes à fixer une date, vers le milieu de la semaine suivante, mais quelque chose dans le regard de Hassan me laissa un peu perplexe.

Rien ne se passa comme prévu. Trouver un piano en état et convenablement accordé fut une tâche surhumaine. Je voulais changer les rideaux du salon dont la couleur jurait horriblement avec ma robe du soir. Nous n'étions certes pas pressées mais je percevais l'anxiété d'Evelyn soucieuse de quitter le Caire au plus vite par crainte d'y rencontrer l'une de ses anciennes relations.

Grâce à Dieu, nous n'avions pas une minute à nous. Les bazars du Caire, leur pittoresque dédale, leurs éventaires bigarrés étaient un perpétuel divertissement. Comme au Moyen Age en Europe, chaque corporation avait sa rue ou son emplacement. Selliers-bourreliers, fabricants de chaussons, cordonniers, chaudronniers, marteleurs de cuivre, graveurs, marchands de tabac... Il n'y avait pas de vraies boutiques. Seulement de minuscules réduits, ouverts par-devant, au milieu desquels l'artisan ou le commerçant attendait le chaland, assis en tailleur sur une mastaba, sorte de plate-forme en pierre. Je ne pus résister aux tapis et j'en achetai plusieurs pour notre salon de la *Philae* — de véritables œuvres d'art fabriquées en Perse ou en Syrie. J'aurais voulu offrir également quelques babioles à Evelyn, mais elle ne voulut accepter qu'une paire de chaussons en velours.

Après avoir visité bazars, mosquées et la citadelle, nous projetâmes d'excursionner dans les environs. J'avais hâte, surtout, de découvrir les ruines de Gizeh, qu'auréolait une si glorieuse légende.

J'avais vu des gravures de la Grande Pyramide et beaucoup lu à son sujet, mais je n'avais rien imaginé d'aussi gigantesque que le spectacle offert à nos yeux : une masse énorme brusquement surgie devant nous, alors que nous cheminions péniblement sur la piste qui conduit à la plate-forme rocheuse où elle est bâtie. Elle était tellement grande que le ciel en était obscurci ! Et puis, il y avait la couleur. Aucune gravure en noir et blanc ne pouvait rendre sa teinte chaude et légèrement ocrée. Un triangle d'or dans un écrin d'azur...

Le vaste plateau sur lequel s'élèvent les trois pyramides de Khéops, Chéphren et Mykérinos est constellé de tombes, puits, amoncellements de blocs de maçonnerie effondrés, pyramides de moindre importance. A l'entrée du site, le Sphinx, gardien éternel de la nécropole, jaillit du sable dans lequel son corps est à demi enfoui, plus majestueux, malgré les outrages du temps, que toutes les autres statues jamais édifiées par l'homme.

La plus grande des trois pyramides érigée sur l'ordre du pharaon Khéops, trois mille ans — environ — avant notre ère, avait eu, jadis, le poli du marbre mais, au cours des siècles, le placage de finition avait disparu et laissé place à un escalier gigantesque.

En le voyant, Evelyn se demanda à voix haute comment nous allions nous y prendre pour le gravir.

— Et, de plus, en robe longue ! ajouta-t-elle.

— Nous y arriverons bien, lui assurai-je avec confiance.

Et nous y arrivâmes. Avec l'aide de six hommes — trois pour chacune de nous. Un de chaque côté et un poussant par-derrière. Nous fûmes ainsi hissées de bloc en bloc et, bientôt, nous parvînmes au sommet de l'édifice. Evelyn était un peu pâle, mais j'étais trop émerveillée par la vue pour songer à la réconforter ou la féliciter. Nous nous trouvions sur une plate-forme d'environ trente pieds carrés parsemée de petits blocs de pierre en forme de sièges. Je m'assis sur l'un d'eux, puis laissai mon regard parcourir le paysage féerique qui nous entourait.

A l'est, les sommets arrondis des collines de Mokattam encadraient de leur galbe lumineux l'immense fresque vert tendre des cultures rehaussée par le bleu très pur du fleuve, le blanc étincelant des coupoles et des minarets du Caire. A l'ouest et au sud, c'était à perte de vue le désert. Un désert couleur ocre où, çà et là, apparaissaient des vestiges d'occupation humaine et les pyramides de Saqqarah, d'Abousir et de Dachour.

Je fus tirée de mes rêveries par Evelyn.

— Nous pourrions peut-être redescendre, murmura-t-elle d'une petite voix suppliante en me tirant par la manche. J'ai le visage qui me brûle.

En dépit des larges bords de son chapeau, elle avait le bout du nez déjà un peu rouge. En proie à un vague remords, je me rendis à sa requête et nos guides nous aidèrent aimablement à redescendre. Une fois en bas, Evelyn refusa de m'accompagner à l'intérieur de la pyramide, prétextant les miasmes de ses galeries confinées. Cependant, elle me connaissait trop bien pour tenter de me dissuader d'y entrer. La laissant avec deux ou trois dames que cette expédition ne tentait guère, je relevai le bas de mes jupes et suivis les gentlemen dans les profondeurs du tombeau.

L'endroit était horrible — une atmosphère étouffante et une obscurité que les flammes vacillantes des torches brandies par nos guides parvenaient à peine à dissiper. A chaque pas ou presque, je trébuchais sur des gravats ou des débris de toutes sortes. Jamais je ne m'étais autant amusée ! Je savourai chaque instant de notre progression, depuis la traversée de la chambre de la reine, si basse que je dus marcher courbée en deux, jusqu'à l'ascension périlleuse de la Grande Galerie, cette rampe majestueuse, avec son plafond très élevé. Une rampe si raide que, pour ne pas tomber en arrière, j'escaladai en me retenant aux bras secs et noueux de nos guides égyptiens. Il y avait aussi des chauves-souris. Mais, tout au bout, j'arrivai à la chambre funéraire du roi, avec ses parois en basalte et son sarcophage noir dans lequel avait été déposée, il y a plus de quatre mille ans, la momie de Khéops. En nage, le souffle court, j'éprouvais néanmoins un sentiment d'intense satisfaction.

Lorsque je la rejoignis dehors, Evelyn me regarda comme si je revenais de l'enfer.

— C'était magnifique ! déclarai-je en remettant un peu d'ordre dans mes cheveux ébouriffés. Absolument prodigieux ! Si vous avez envie d'y aller, j'y retournerai volontiers avec vous.

— Non ! refusa-t-elle d'un air horrifié. Je ne descendrais pas là-dedans, même pour un empire !

Cela faisait maintenant une semaine que nous étions au Caire, et j'avais bon espoir de partir pour le Sud avant une quinzaine de jours. J'avais été plusieurs fois à Boulaq, voir où en étaient les préparatifs du raïs Hassan. Evelyn prétendait que je me conduisais avec lui en véritable tyran. Ces derniers jours, d'ailleurs, j'avais eu l'impression qu'il m'évitait. Une fois ou deux, je ne l'avais pas trouvé à bord, mais, au moment où je descendais de voiture, j'avais cru apercevoir un pantalon rayé et bouffant, exactement comme le sien, qui s'enfuyait à l'autre bout du quai.

Après Gizeh, Hassan eut un peu de répit. J'avais un nouveau centre d'intérêt — centre d'intérêt ? C'est là un mot bien faible pour exprimer ma passion.

J'éprouvais un véritable amour physique pour les pyramides ! Nous retournâmes à Gizeh où je passai des heures à contempler et visiter les dernières demeures de Chéphren et de Mykérinos. Ensuite, nous nous rendîmes à Saqqarah. J'y admirai la célèbre pyramide à degrés. Il y a beaucoup d'autres petites pyramides à Saqqarah. Contrairement à celles de Gizeh, la plupart d'entre elles ne sont pas bâties en pierre de taille et ne sont donc plus maintenant que des monticules informes, car leurs placages ont été depuis longtemps arrachés pour servir à la construction d'autres bâtiments. Mais cela ne m'importait guère. Elles étaient, ou avaient été, des pyramides.

J'avais conçu le projet de pénétrer à l'intérieur de l'une d'elles, car on m'avait dit que les parois de sa chambre funéraire étaient magnifiquement décorées et recouvertes d'inscriptions hiéroglyphiques. Si j'avais été seule, j'aurais mis ce projet à exécution, mais Evelyn m'en empêcha. Lorsqu'elle vit le puits étroit dans lequel je me proposais de descendre, elle se mit à pousser des cris d'orfraie et faillit se trouver mal. J'eus beau l'assurer que deux hommes tiendraient la corde et que je ne courrais aucun risque, elle resta inflexible. Si je descendais, elle viendrait avec moi et, en lisant dans son regard la terreur que lui inspirait une telle perspective, je préférai renoncer.

Travers n'appréciait guère non plus ma nouvelle passion. Elle gémissait sur l'état de mes vêtements quand je rentrais à l'hôtel, sur mes robes en lambeaux et sur les « souvenirs » dont me gratifiaient les chauves-souris lorsque je visitais leur royaume.

Après Gizeh et Saqqarah, je proposai une excursion à Dachour où il y a plusieurs splendides pyramides, mais, cette fois, Evelyn se rebella. C'en était trop. Vraiment trop. A la place, elle suggéra une visite au musée de Boulaq. J'y consentis. Il n'était pas très loin du port et, après l'avoir visité, je pourrais aller voir où en était Hassan.

Je me faisais une joie de rencontrer M. Maspero, le directeur français des antiquités égyptiennes. Mon père avait été en correspondance avec lui et j'espérais que mon nom lui serait familier. Ce fut le cas et nous eûmes la chance de trouver M. Maspero à son musée. Son assistant nous informa qu'il était rarement au Caire et passait le plus clair de son temps sur les chantiers de fouilles dont il avait exhumé des trésors qui l'avaient rendu célèbre dans le monde entier.

Cet assistant, Emil Brugsch, avait également une certaine renommée, car il avait été le premier Européen à poser les yeux sur la célèbre cache où avaient été entreposées plusieurs dizaines de momies royales. Pendant que nous attendions M. Maspero, il nous parla des paysans qui étaient à l'origine de cette découverte extraordinaire. L'« inventeur », un personnage retors et sournois, répondait au nom d'Ahmed Abd er-Rasool. C'était un habitant du village de Gurnah. L'une de ses chèvres s'était échappée et il était parti à sa recherche dans les collines avoisinantes. Alors qu'il désespérait de la retrouver, il l'avait entendue bêler faiblement. Elle était tombée dans un trou, une sorte de puits d'une dizaine de mètres de profondeur. En y descendant, Ahmed avait fait une découverte incroyable : les momies des grands pharaons qui, dans des temps très anciens, avaient été enlevées de leurs sarcophages, afin qu'elles ne soient pas souillées et profanées par les pilleurs de tombes qui infestaient alors l'Egypte.

Avec une feinte modestie, Brugsch m'expliqua que c'était lui qui avait effectué l'enquête policière qui, finalement, avait abouti à la découverte des momies. Des collectionneurs lui avaient envoyé des photographies d'objets portant des cartouches royaux et il s'était rendu compte qu'ils ne pouvaient provenir que d'une tombe. Comme la Vallée des Rois était située non loin de Thèbes, il avait alerté la police locale et lui avait demandé de rechercher un paysan qui dépensait plus d'argent qu'il ne pouvait en gagner par son seul travail. Très vite, les soupçons s'étaient portés sur la famille d'Ahmed Abd-er Rasool. Entretemps, le partage du butin avait créé des dissensions entre les voleurs et l'un d'entre eux, par vengeance, avait confié le secret à Brugsch.

La suite de son histoire me fit frémir. Surtout les interrogatoires qu'il avait fait subir aux frères Abd er-Rasool. Pas un muscle de son visage ne bougea pendant qu'il me racontait comment ils avaient été battus jusqu'au sang et torturés. Néanmoins, malgré toute cette barbarie, je ne pus m'empêcher d'être fascinée par une découverte aussi prodigieuse. Brugsch admit qu'il n'avait pas été totalement rassuré quand il était descendu dans le puits. Il s'était armé, certes, mais, dans l'obscurité, son arme ne lui aurait pas servi à grand-chose contre un agresseur déterminé. Tous les habitants de la région haïssaient les représentants du gouvernement et considéraient les tombes comme leur propriété. Puis, quand il s'était retrouvé dans l'étroit caveau, face à toutes ces momies royales, il avait été tellement fasciné qu'il en avait oublié sa peur...

Sa première tâche avait été de faire enlever les corps, afin d'empêcher qu'ils ne soient volés. Il avait réussi cette difficile entreprise en huit jours.

Les momies avaient été chargées sur une barge, sous la protection de l'armée, et les anciens pharaons avaient redescendu le Nil, vers le nord, accompagnés dans cet ultime voyage par des femmes en noir qui, tout le long du fleuve, gémissaient, déchiraient leurs vêtements et se versaient du sable sur la tête. Il en était là de son récit lorsque Maspero nous rejoignit.

Le directeur des Antiquités n'était pas très grand, mais solide et râblé. Son visage était plein de bienveillance et ses yeux pétillaient d'intelligence. Avec une galanterie toute française, il s'inclina pour me baiser la main et accueillit Evelyn avec l'admiration d'un esthète pour une œuvre d'art vivante. Il avait bien connu mon père et me parla de lui en termes fort élogieux. Naturellement, c'était un homme très occupé. Il n'avait pas beaucoup de temps à nous consacrer et s'excusa de ne pouvoir nous faire visiter lui-même son musée.

— A un autre moment, peut-être... ajouta-t-il en regardant Evelyn avec un regret évident.

— Vous avez fait une nouvelle conquête, murmurai-je à ma compagne, alors qu'il s'éloignait.

— Vous aussi, me répondit-elle, un sourire aux lèvres. Avez-vous vu comment Herr Brugsch vous regardait ? Il vous dévorait littéralement des yeux ! Et quand M. Maspero lui a dit qu'il avait un travail à lui confier, il a froncé les sourcils d'une façon très significative. Je suis sûre qu'il l'aurait volontiers étranglé, s'il en avait eu la possibilité.

— Allons donc, répliquai-je avec un haussement d'épaules, c'était vous qu'il admirait ! Encore une fois, vous essayez de me flatter. D'ailleurs, Herr Brugsch n'est pas du tout mon genre.

Heureusement, M. Maspero n'était pas avec nous pendant que nous effectuâmes notre visite. L'insincérité diplomatique n'étant pas mon fort, j'aurais eu quelque peine à dissimuler ma pensée sur l'état de son musée. Non que l'endroit ne fût pas fascinant. Il contenait des merveilles. Mais cette poussière ! Et ce désordre... Il offensait également mon goût de la science et mon instinct de ménagère.

— Vous êtes bien sévère, protesta Evelyn quand je lui fis part de mes sentiments. Il y a tellement d'objets ! On en découvre tous les jours et même avec les agrandissements récents toutes ces collections sont encore bien à l'étroit.

— Raison de plus pour faire régner l'ordre et la propreté, rétorquai-je. Dans les premiers temps, lorsque les richesses archéologiques étaient mises au pillage par les aventuriers européens, on pouvait se passer d'un musée national. Puis, M. Mariette, le prédécesseur de M. Maspero, a lutté pour que l'Egypte conserve une partie de ses trésors nationaux. La coopération entre la Grande-Bretagne et la France pour gouverner et donner des lois à ce malheureux pays a eu pour résultat de confier aux Français le contrôle du département des antiquités. Je suppose qu'il fallait leur laisser quelque chose. Après tout, nous avions la mainmise sur les Finances, l'Education, les Affaires étrangères et bien d'autres secteurs encore. Néanmoins, j'estime qu'en l'occurrence la propreté et le sens de l'ordre anglais auraient été plus efficaces que le laisser-aller français.

Nous venions de pénétrer dans une sorte de réserve, une pièce très vaste où avaient été rassemblés tous les objets qui n'avaient pas été jugés dignes d'être exposés dans les salles du devant. Des centaines d'étagères étaient surchargées de vases, colliers, petites figurines en bois sculpté et mille autres merveilles dont je ne connaissais ni l'usage, ni l'origine. Il y avait plusieurs personnes dans la pièce. Mon indignation était si grande que je ne leur accordai aucune attention et poursuivis ma diatribe :

— Regardez ça ! Ils pourraient au moins donner un coup de chiffon !

Saisissant une frêle statuette d'un vert délicieusement bleuté, je la frottai énergiquement avec mon mouchoir et montrai le résultat à Evelyn.

Un hurlement — un véritable hurlement animal — fit trembler aussitôt les murs de la pièce. Avant que j'aie eu le temps de reprendre mes esprits, un ouragan fondit sur moi et une main rude, tannée par le soleil, m'arracha la statuette.

— Madame ! Faites-moi la faveur de ne pas toucher à ces reliques inestimables. Elles ont eu la chance de parvenir intactes jusqu'à nous et il serait infiniment regrettable que votre maladresse endommageât, ne fût-ce que légèrement, un si précieux témoin de notre passé.

Evelyn n'était plus là. J'étais seule. Je rassemblai toute ma dignité et fis face à mon agresseur.

C'était un homme d'une taille supérieure à la normale, à la carrure de lutteur, arborant la grande barbe noire et carrée des anciens rois assyriens. Il avait le teint basané d'un Egyptien, mais ses yeux étaient d'un bleu étincelant. Sa voix, comme j'avais pu le constater, était riche et sonore. Une voix de basse, profonde et grave, dont les inflexions dénotaient l'éducation d'un gentleman. Mais la lueur qui brillait dans ses yeux n'exprimait pas quant à elle des sentiments fort policés.

Je le toisai de pied en cap :

— Qui êtes-vous, sir ? Si mes souvenirs sont bons, je ne crois pas que nous ayons jamais été présentés...

— Moi, si, madame ! rétorqua-t-il en s'enflammant à nouveau. J'ai trop souvent rencontré vos pareilles ! Vous êtes la vivante caricature de la femme anglaise, dans tout ce qu'elle a de plus dominateur, arrogant et sans-gêne ! Seigneur Dieu, il n'y a pas au monde de race plus redoutable ! C'est la huitième plaie d'Egypte ! Où qu'on aille, on les retrouve : dans les profondeurs des pyramides, sur les sommets de l'Himalaya. Partout ! Nul lieu de la terre n'en est épargné !

A ce point de son discours, il dut s'interrompre pour reprendre haleine. C'était l'occasion que j'attendais pour contre-attaquer.

— Et vous, sir, vous êtes le prototype du mâle anglais, imbu de lui-même et aussi dépourvu de tact que de manières. Si la femme anglaise a, comme vous le dites, envahi le monde, c'est à seule fin de réparer, si possible, les ravages de son prétendu seigneur et maître. Votre vanité, votre intolérable vantardise et votre...

Comme je l'avais espéré, j'avais réussi à faire sortir mon adversaire de ses gonds. Il roulait des yeux furieux et un peu d'écume commençait même de sourdre à la commissure de ses lèvres. Un bruit rauque s'échappa de sa bouche et il s'avança vers moi en marmonnant des mots sans suite.

Je fis un pas en arrière, les deux mains solidement agrippées à mon ombrelle. Je ne me laisse pas facilement intimider et j'ai une certaine présence physique, mais cet homme me dominait de toute sa hauteur et la teinte écarlate de son visage laissait présager un accès de violence que j'aurais sans doute quelque peine à contenir.

Soudain, une main se posa sur mon épaule. Tournant la tête, je vis Evelyn en compagnie d'un jeune homme qui était la copie conforme de mon adversaire. A deux détails près : il était moins grand et n'avait pas de barbe.

— Je t'en prie, Radcliffe, calme-toi, dit-il d'une voix pressante. Tu fais peur à cette dame.

— Je n'ai pas peur, affirmai-je calmement. Si j'éprouve une quelconque appréhension, c'est seulement pour la santé de votre ami. Il semble sur le point d'avoir une attaque. Est-il souvent sujet à des crises de ce genre ?

Le jeune homme avait maintenant les deux mains posées sur les épaules de son compagnon. Il ne paraissait nullement inquiet. Il souriait, même. Un grand sourire lumineux. Il avait beaucoup de charme et, à la façon dont Evelyn le regardait, je n'eus aucune peine à deviner qu'elle partageait mon opinion.

— C'est mon frère, madame, pas mon ami, corrigea-t-il avec bonne humeur. Il faut que vous lui pardonniez — Radcliffe, reprends-toi maintenant ! — Vous comprenez, expliqua-t-il, quand il reste ici, entre ces quatre murs, il devient facilement nerveux. Ce n'est pas votre faute s'il est dans cet état et vous n'avez aucun reproche à vous faire.

— Je ne m'en fais aucun, protestai-je avec véhémence. Je ne vois vraiment pas en quoi ma conduite inoffensive a pu justifier un manquement aussi grossier, aussi inexcusable aux règles élémentaires de la courtoisie et...

— Amelia !

Evelyn me prit le bras, tandis que Radcliffe s'efforçait d'apaiser son frère qui, à nouveau, semblait au bord de l'apoplexie.

— Allons, restons calmes ! Il vaudrait mieux éviter les provocations de part et d'autre.

— Je ne provoque personne.

Evelyn échangea un regard avec le jeune homme. Comme si un message était passé entre eux, il tira son frère en arrière, tandis qu'Evelyn m'entraînait à l'écart, avec douceur et fermeté. Les autres visiteurs ne se gênaient guère pour nous dévisager. Ne voulant pas risquer d'être mêlés à un esclandre, une dame et son mari sortirent, suivis bientôt par tous les autres visiteurs, à l'exception d'un Arabe en longue djellaba et turban qui avait regardé la scène avec un mépris amusé. Décidément, il ne comprendrait jamais les mœurs étranges de ces « roumis » !

Des pas rapides et précipités annoncèrent l'arrivée de M. Maspero qui, apparemment, avait été alerté par le tumulte. Quand il nous vit, il s'arrêta et un sourire envahit son visage.

— *Ah, c'est le bon Emerson**[1]. J'aurais dû m'en douter. Vous avez fait connaissance, je suppose ?

— Non, nous n'avons pas fait connaissance ! tonna le dénommé Emerson. Et si jamais vous vous avisez de nous présenter, Maspero, je vous préviens que je fais un malheur !

M. Maspero s'esclaffa.

— Bon, bon, ne nous fâchons pas. Venez, mesdames, je vais vous montrer les objets les plus précieux de notre musée. La collection qui est rassemblée ici ne manque pas d'attraits pour un professionnel, mais elle est trop hétéroclite pour retenir l'attention d'un profane.

— Cependant, il y a des pièces très intéressantes, murmura Evelyn en se penchant sur une étagère. Ces bijoux, par exemple. Regardez ces couleurs... Elles sont tellement douces, tellement pures !

— Des babioles sans valeur, affirma Maspero avec un geste de la main. Ces amulettes et ces colliers sont en céramique. On en trouve par centaines.

— De la céramique ? répéta Evelyn. Ainsi ce corail adorable n'est pas du vrai corail ? Et ces pierres qui ressemblent tellement à des turquoises... ?

L'enragé à la barbe noire nous avait tourné le dos et examinait — ou feignait d'examiner — une collection d'ushebtis. Cependant, il nous écoutait, j'en étais persuadée. Son frère était beaucoup plus sympathique. Il buvait les paroles d'Evelyn avec délices, mais lorsqu'il voulut lui répondre, le volubile Maspero le devança.

— *Mais non, mademoiselle**, ce ne sont que des imitations de corail, turquoise ou lapis-lazuli, façonnées à partir d'une pâte très commune dans l'Egypte ancienne.

1. Les mots ou phrases en italique suivis d'un astérisque sont en français dans le texte. (*N.d.E.*)

— Néanmoins, ils sont ravissants, déclarai-je. Et leur antiquité nous fait rêver. J'ai le vertige à la seule idée que ces perles ont paré les poignets d'une jeune fille quatre mille ans avant la naissance de Notre Sauveur.

— Trois mille ! corrigea le forcené en se retournant brusquement. La chronologie de Maspero est aussi peu précise que le reste de son travail.

Maspero sourit, mais le geste qu'il accomplit ensuite fut, je pense, en partie dicté par son agacement. Prenant un collier de petites perles en imitation de corail et de turquoises, il le tendit à Evelyn avec une fort courtoise inclination de tête.

— Ces bijoux vous plaisent, mademoiselle ? Permettez-moi, alors, de vous offrir ce collier. En souvenir de votre visite ici.

Evelyn tenta de protester, mais il la rassura immédiatement.

— Non, non, ne vous inquiétez pas ! C'est un présent de peu d'importance. Je regrette seulement de ne pouvoir vous offrir quelque chose de plus précieux. Prenez-en donc un, également, mademoiselle Peabody, ajouta-t-il en se retournant vers moi et me pressant dans la main un autre collier.

— Mais...

J'hésitai à accepter et jetai un coup d'œil inquiet en direction de l'enragé qui vibrait comme une machine à vapeur au bord de l'explosion.

— Allons, faites-moi cet honneur, insista Maspero. Prendriez-vous par hasard au sérieux les histoires de malédictions, de fantômes, de talismans empoisonnés...

— Certainement pas !

— Alors, je suppose que ce sont les imprécations de M. Emerson que vous redoutez, déclara-t-il avec une lueur malicieuse dans les yeux. *Regardez*...* Je crois qu'il est à nouveau sur le point de s'emporter.

— N'ayez crainte, répliqua Emerson d'un ton hargneux. Je m'en vais. Je n'ai passé que trop de temps dans cet établissement où vous pourriez tout de même tenter d'introduire un minimum de classement puisque vous prétendez le diriger. Jamais ailleurs, je n'ai vu un pareil fouillis !

Sur ces amabilités, il quitta la salle à grands pas rageurs, en compagnie de son frère. Avant de sortir, le jeune homme tourna brièvement la tête et son regard croisa celui d'Evelyn. Un regard empreint d'un peu de regret et... oui, d'espoir.

— Il a un tempérament de feu, presque latin, commenta Maspero avec une intonation admirative dans la voix. Ses fureurs sont si sincères, si magnifiques qu'elles inspirent le respect.

— Je ne partage nullement votre admiration, grommelai-je. Qui est cet énergumène ?

— L'un de vos compatriotes, chère mademoiselle. Il s'est pris d'une véritable passion pour l'antique civilisation de ce pays et a effectué des travaux de fouilles remarquables, mais il ne professe que fort peu d'admiration à mon égard et celui de mes collègues. Vous avez entendu le mépris dont il accable mon pauvre musée ? Il critique mes méthodes de fouilles avec la même virulence. Mais, à vrai dire, il n'y a aucun archéologue qui trouve grâce à ses yeux, ce qui tempère quelque peu la portée de ses condamnations.

Nous passâmes encore plusieurs heures à admirer les collections. Jamais je n'en aurais convenu, mais je partageais, au moins en partie, le point de vue de l'odieux Emerson. Un rangement méthodique aurait été de mise. Et puis, cette poussière...

Lorsque nous sortîmes du musée, Evelyn me dit être trop fatiguée pour aller voir la *Philae* et nous prîmes donc une voiture pour rentrer à l'hôtel. Pendant tout le début du trajet, elle resta pensive et silencieuse. Alors que nous approchions du Caire, je me retournai vers elle et la considérai avec un petit sourire en coin.

— Contrairement à M. Emerson, son jeune frère m'a semblé avoir un caractère pondéré. Au fait, vous a-t-il dit comment il s'appelait ?

— Walter, répondit-elle en rougissant.

— Ah...

Je feignis ne pas avoir remarqué son fard.

— Je l'ai trouvé fort aimable. Peut-être aurons-nous l'occasion de le rencontrer de nouveau à l'hôtel ?

— Oh ! non. Ils ne séjournent pas au *Shepheard*. Walt... M. Walter Emerson m'a expliqué que tout leur argent était absorbé par les fouilles. Son frère n'est soutenu financièrement par aucun musée ou institution. Sans être pauvre, il n'a que des revenus assez modestes. Mais, de toute façon, comme dit Walter, même s'il avait toute la richesse des Indes, ce ne serait pas assez, tant sa passion est dévorante.

— Vous semblez avoir couvert beaucoup de terrain en peu de temps, déclarai-je en lui jetant un regard de côté. Il est dommage que nous ne puissions poursuivre cette intéressante relation avec le jeune M. Emerson, même si son enragé de frère est plutôt du genre à éviter.

— Nous ne le verrons sans doute jamais plus, acquiesça Evelyn à voix basse.

Sur ce point, j'avais une tout autre opinion.

Dans l'après-midi, après nous être reposées, nous nous rendîmes chez divers apothicaires et marchands de simples. Les guides de voyage conseillent à leurs lecteurs qui désirent partir vers le Sud d'emporter toutes sortes de médicaments et de préparations pharmaceutiques, car, une fois passé Le Caire, il n'y a plus de médecins. J'avais fait une liste aussi complète que possible et j'étais bien décidée à ne pas embarquer sur la *Philae* avant d'avoir une bonne provision de toutes les potions et onguents que j'y avais inscrits. Si je n'avais pas été une femme, j'aurais peut-être étudié la médecine. Outre une aptitude naturelle pour cet art, j'ai la chance d'avoir des mains qui ne tremblent pas et d'être beaucoup moins sensible à la vue du sang et des blessures que la plupart des gens, hommes ou femmes, que je connais. J'envisageai donc également l'achat d'un bistouri et de plusieurs instruments chirurgicaux. Je m'imaginais très bien, en cas de nécessité, amputant un doigt, une main, voire une jambe. Sur moi-même, éventuellement.

Notre drogman, Michael, nous accompagnait. Je

le trouvais plus calme et moins disert que d'habitude, mais j'étais trop accaparée par ma liste pour me préoccuper de ses états d'âme : bleu de méthylène, arnica, calomel, acide phénique, laudanum, quinine, acide sulfurique, alcool camphré, ipécacuana...

Ce fut Evelyn qui lui demanda pour quelle raison il était d'une humeur aussi morose. Il hésita, puis secoua la tête, une profonde douleur au fond des yeux.

— C'est mon enfant, avoua-t-il finalement. Il est malade. Bien sûr, ce n'est jamais qu'une fille...

Sa voix s'était brisée et son trouble trahissait une émotion paternelle qui contredisait la dureté de ses paroles. Aussi, je gardai pour moi mes commentaires indignés et lui proposai notre aide. Il fit mine de protester mais je devinai, à la lueur de son regard, qu'il avait attendu et espéré ma proposition. J'insistai donc pour voir l'enfant et il nous conduisit chez lui.

Il habitait une vieille maison étroite aux balcons ornés de ces moucharabiehs en bois sculpté, un peu trop tarabiscotés à mon goût, si typiques des quartiers anciens du Caire. A l'intérieur, la propreté laissait à désirer, mais ce n'était rien si l'on songeait à la saleté repoussante qui régnait dans la plupart des demeures où nous étions entrées. Par contre, la puanteur de la chambre de la petite malade me souleva le cœur. La fenêtre et les volets étaient hermétiquement clos afin d'empêcher l'entrée des esprits malins. Toujours ces vieilles superstitions ! Dans un coin, une petite lampe à suif en argile dispensait une lumière si faible et vacillante que je ne parvins même pas à distinguer le lit où gisait la malade. Mon premier geste fut donc d'aller à la fenêtre et de l'ouvrir en grand.

Des cris de protestations suraigus émanèrent des femmes accroupies sur le plancher, serrées les unes contre les autres. Elles étaient six, vêtues de noir de la tête aux pieds, et ne faisaient rien, hormis ajouter par leur présence à la pestilence de l'air et, avec leurs incessants bavardages, empêcher la fillette de se reposer. Je les fis toutes sortir, à l'exception de la mère, qui était plutôt gentille, avec ses grands yeux noirs et son joli sourire. Elle était très jeune. Quinze ans, tout au plus.

Evelyn s'était déjà assise à même le sol, à côté de la couche sur laquelle gisait la fillette. Avec une grande douceur, elle repoussa en arrière ses boucles noires et chassa les mouches qui pullulaient autour des yeux. La mère de l'enfant ébaucha un mouvement de protestation, mais il me suffit d'un regard pour l'arrêter. Evelyn et moi avions été souvent horrifiées par la façon dont les Egyptiens laissent ces insectes infester leur progéniture. J'ai vu des petits enfants tellement assaillis par les mouches qu'on aurait dit qu'ils portaient des lunettes noires. Et s'ils tentaient de les chasser, leurs mères leur tapaient sur la main. Il n'est pas rare de rencontrer des gamins éborgnés — voire aveugles — en raison de cette affreuse habitude. Naturellement, la mortalité infantile est extrêmement élevée. J'ai entendu dire que trois enfants sur cinq n'arrivaient pas à l'âge adulte.

En découvrant le petit visage fiévreux de la fillette, je décidai de faire tout mon possible pour la sauver. Grâce à Dieu, nous venions de faire une ample provision de médicaments.

Le diagnostic ne me prit guère de temps. La petite était tombée en jouant et s'était coupée au bras, comme cela arrive à tant d'enfants. La blessure, en elle-même sans gravité, s'était envenimée, car, bien sûr, elle n'avait été ni lavée, ni désinfectée. Le petit bras était rouge et gonflé. Avec mon bistouri tout neuf, j'incisai la plaie et en fis sortir une quantité de pus jaunâtre et malodorant. Puis, après avoir soigneusement nettoyé et pansé la blessure, je fis de longues recommandations à Michael. De la propreté, de l'air non vicié et une nourriture saine. Avec cela et du sommeil, l'état de sa fille devrait très vite s'améliorer. Surtout, il ne fallait pas qu'il laisse quiconque d'autre que lui et sa jeune épouse entrer dans la chambre !

Pendant toute l'opération, Evelyn avait été magnifique. Cependant, quand nous fûmes de retour à l'hôtel, ses nerfs cédèrent et elle fut prise d'horribles nausées.

Elle resta allongée tout le reste de l'après-midi, une compresse sur le front. Vers le soir, elle commença à se sentir mieux. Elle aurait préféré boire un bol de bouillon et se coucher, mais j'insistai pour qu'elle descende dîner avec moi à la salle à manger. Bien qu'elle ne se plaignît jamais, je savais qu'elle était souvent déprimée quand elle restait seule. Nous n'avions encore eu aucune nouvelle du comte d'Ellesmere, mais Evelyn était emplie de remords à l'idée qu'il se mourait et qu'elle n'était pas près de lui afin de le soutenir et l'accompagner dans un tel moment. Personnellement, je n'éprouvais aucune pitié pour ce vieux tyran. Il avait bien mérité de mourir seul et abandonné de tous.

Dans sa robe du soir rose pâle, avec ses longues manches en dentelle et la profonde échancrure de son corsage, Evelyn était ravissante. Elle n'était guère enjouée, mais son sourire un peu triste lui donnait une expression romantique qui ajoutait encore à son charme. Je mis ma robe de satin. Son rouge éclatant manquait toujours autant de modestie mais, ce soir, j'avais besoin de me sentir brillante et pleine de vie. Notre entrée ne passa pas inaperçue. Après le dîner, plusieurs gentlemen dont nous avions fait la connaissance nous suivirent au salon et firent le siège d'Evelyn.

L'heure de nous retirer était presque arrivée, lorsque, soudain, je la vis rougir. Devinant immédiatement la cause de son émoi, je suivis la direction de son regard. Je ne m'étais pas trompée. Walter Emerson était debout sur le pas de la porte. Il était en tenue de soirée. Une tenue qu'il portait avec une élégance naturelle et aristocratique. N'ayant d'yeux que pour Evelyn, il traversa le salon si vite qu'il faillit se prendre les pieds dans une table basse.

Son frère l'accompagnait. En le voyant, j'eus de la peine à réprimer un éclat de rire. Son regard était aussi lugubre que celui d'un condamné à mort. Il était également en smoking. Un smoking qu'il avait dû exhumer d'une malle et qui, visiblement, n'avait pas vu l'ombre d'un fer depuis son départ d'Angleterre. En outre, le col de sa chemise était trop serré.

Il avait perdu toute sa superbe et suivait Walter d'un pas incertain, jetant autour de lui des regards timides et embarrassés. Il avait l'air de l'un de ces gros ours bruns que les gens de cirque promènent au bout d'une chaîne.

Après m'avoir hâtivement saluée, Walter se tourna vers Evelyn et très vite ils s'absorbèrent dans leur conversation. Voyant qu'on les négligeait, les autres gentlemen s'éclipsèrent et je me retrouvai face à face avec Emerson. Debout devant moi, il me considérait avec une expression renfrognée.

— Je suis venu vous présenter mes excuses, madame, bougonna-t-il à contrecœur.

— Je les accepte, répondis-je en lui indiquant la place à côté de moi sur le sofa. Asseyez-vous donc, monsieur Emerson. Je suis surprise de vous voir ici. D'après ce que j'avais cru comprendre, vous n'avez guère de goût pour les salons et la vie mondaine.

Il se percha au bord du sofa, le plus loin possible de moi.

— C'est Walter qui a insisté, dit-il sans détour. J'ai... j'ai horreur de toutes ces choses.

Il en bredouillait ! Jamais je ne m'étais autant divertie. L'arrogant Emerson était devenu aussi timide et doux qu'un agneau.

— De quelles choses parlez-vous ? questionnai-je en proie à la même jubilation que le pape Grégoire VII avait dû éprouver lors de l'entrevue de Canossa.

— De cet hôtel. De ces gens. De... de tout ceci.

D'un geste large, il indiqua le salon et les gens autour de nous.

— En somme, vous n'êtes pas à votre aise ici. Où donc préféreriez-vous être ?

— N'importe où en Egypte. Et, plus particulièrement, sur mon chantier de fouilles.

— Dans la poussière du désert, sans aucun des conforts de la civilisation ? Avec pour seule compagnie des Arabes ignorants et analphabètes ?

— Ils sont peut-être ignorants, répliqua-t-il, mais, au moins, ils sont francs et dépourvus d'hypocrisie. Seigneur Dieu, cela me rend fou quand je vois avec quel mépris les voyageurs anglais considèrent les

« indigènes », comme ils les appellent. Il y a autant de gens bien parmi les Egyptiens que dans tout autre peuple. J'irai même jusqu'à dire que c'est un peuple admirable. Gentil, accueillant, fidèle, intelligent... Voyez-vous, pendant des siècles, ce malheureux pays a été occupé et opprimé par des envahisseurs. Grecs, Romains, Arabes et Turcs. Ils ont pillé ses richesses et continuent de les piller honteusement. Si ses habitants sont aujourd'hui en proie à la maladie, la pauvreté et l'obscurantisme, ce n'est pas leur faute et il suffirait qu'on leur rende leur liberté pour qu'ils montrent à nouveau au monde ce dont ils sont capables.

Au fur et à mesure qu'il parlait, il recouvrait son assurance. Il avait les poings serrés et ses yeux étincelaient de passion. Je trouvai sa défense des Egyptiens plutôt sympathique, mais ne pus m'empêcher de l'aiguillonner.

— Vraiment ? Alors vous devez apprécier ce que nous faisons ici. En remettant de l'ordre dans les finances et en...

— Allons donc ! s'exclama-t-il avec véhémence. Croyez-vous que nous agissons seulement par esprit de charité ? Vous devriez aller demander aux habitants d'Alexandrie comment ils ont apprécié le bombardement de leurs maisons par nos vaisseaux de guerre, il y a deux ans. Nous sommes plus civilisés que les Turcs, mais nous poursuivons le même but : la protection de nos intérêts égoïstes. Et, en plus, nous laissons ces imbéciles de Français diriger en dépit du bon sens le Département des Antiquités ! Je ne prétends pas, d'ailleurs, que nos soi-disant égyptologues sont plus compétents ou efficaces. A leur place, ils ne feraient sans doute pas mieux.

— Si je comprends bien, à part vous, tout le monde se trompe ?

Mon ironie passa inaperçue. Il pesa la question, puis secoua la tête.

— Je n'irai pas jusque-là. Il y a un jeune homme qui semble avoir un certain esprit de méthode. Il s'appelle Petrie. Cet hiver, il a entrepris un chantier de fouilles dans le delta. Mais il n'a aucune influence et chaque année qui passe voit des dommages irrémédiables. Nous sommes en train de détruire le passé ! Nous creusons n'importe comment, dans le seul but d'arracher à la terre les trésors qu'elle contient, sans même tenir un registre de l'endroit exact et de la position où ils ont été découverts...

Je jetai un coup d'œil en direction d'Evelyn. Emerson parlait trop fort pour que je puisse entendre ce dont elle s'entretenait avec Walter, mais elle semblait prendre grand plaisir à leur conversation. Poliment, je reportai mon attention vers mon voisin qui continuait de fulminer.

— ... tous ces tessons ! Nous devrions les recueillir minutieusement et les recoller, comme les pièces d'un puzzle. Ainsi, nous pourrions étudier et classer les poteries auxquelles ils ont appartenu en découvrant, par la même occasion, quelle sorte de poterie accompagne certains types d'ornements, d'armes, de meubles...

— Dans quel but ?

— Oh, il y en a au moins une dizaine. Les poteries évoluent et se transforment avec le temps. A partir de leur classification, nous serions en mesure d'établir une chronologie qui, par recoupements, nous permettrait de donner un âge précis à des milliers d'autres objets. Et, bien entendu, tous les autres débris, aussi modestes qu'ils soient, devraient recevoir le même traitement. Des débris qui sont aujourd'hui dédaignés, quand ils ne sont pas détruits ou emportés par des touristes ignorants ! Maspero ne s'intéresse qu'aux pièces importantes. Il lui faut de l'or, des pierres précieuses, des matières nobles. Il se moque de tout le reste et laisse briser ou voler dans son maudit musée quantité de témoins précieux de ce passé plusieurs fois millénaire. C'est honteux ! Absolument honteux !

— Je vois ce que vous voulez dire, acquiesçai-je. Par exemple, on devrait étudier selon cette méthode les fragments d'ossements. De cette façon, on pourrait déterminer avec plus de précision la race des anciens Egyptiens, de même que les mélanges raciaux intervenus au cours du temps. Les gens qui habitent ici de nos jours sont-ils vraiment les descendants de ceux qui ont bâti les pyramides ? Mais, hélas, nos savants ne s'intéressent aux momies que pour les exposer et les montrer au public...

Emerson me regarda comme si j'étais une sorte de phénomène.

— Seigneur Dieu, une femme à l'esprit curieux ! Est-ce possible ?

J'ignorai délibérément le caractère insultant d'une telle remarque. Peu à peu, je m'étais passionnée pour ce qu'il disait et je m'apprêtais à lui poser d'autres questions, lorsque, soudain, notre conversation fut interrompue de dramatique façon.

Evelyn s'était levée, tout d'un coup, et son visage était devenu aussi pâle qu'un linge.

Je regardai autour de nous. Le salon était plein de monde et je ne vis rien qui pût expliquer pareil émoi. Avant que mes yeux eussent fini de faire le tour de la pièce, elle poussa un petit cri inarticulé et s'affaissa sur elle-même. Walter réussit à la retenir et la rasseoir sur le sofa, mais elle était sans connaissance et nous eûmes quelque peine à lui faire reprendre ses esprits.

Elle ne répondit pas à nos questions. Elle avait l'air terriblement choquée et répétait sans cesse qu'elle voulait regagner nos appartements.

— Laissez-moi vous porter, supplia Walter. Vous n'êtes pas en état de marcher et je...

Il lui tendit les bras, mais elle se recroquevilla au fond du sofa, comme s'il avait voulu la frapper.

— Non, non, murmura-t-elle d'une voix étranglée. Amelia va m'aider. Je peux marcher, ne vous inquiétez pas. Je vous en prie, ne me touchez pas !

Le pauvre Walter était aussi pâle qu'elle, mais il ne pouvait rien faire, sauf accéder à ses désirs. Elle se leva et je lui donnai le bras. Sa démarche était un peu hésitante, mais nous parvînmes sans trop de peine à sortir du salon. Au pied du grand escalier, je me retournai vers Walter et lui suggérai de venir prendre des nouvelles le lendemain matin.

Ma femme de chambre nous attendait, mais Evelyn repoussa avec lassitude les soins qu'elle voulait lui prodiguer. Des soins qui, comme d'habitude, étaient proposés à contrecœur. Apparemment, j'étais la seule personne dont elle tolérait la compagnie, bien qu'elle refusât toujours de me dire ce qui n'allait pas. Sur sa demande, je congédiai Travers et lui dis que nous n'aurions pas besoin de ses services pour nous coucher.

— Je crois que je vais la renvoyer en Angleterre, annonçai-je avec une feinte nonchalance quand elle fut sortie. Elle appréhende terriblement notre voyage en bateau et, de plus, déteste autant ce pays que ses habitants.

— Moi aussi, elle me déteste, murmura Evelyn avec un pauvre sourire.

— Oh, je ne crois pas non plus qu'elle ait une très grande opinion de moi, déclarai-je, tout heureuse de voir qu'elle était déjà un peu moins abattue. Nous pourrons nous passer d'elle très facilement. Dès demain matin, je prendrai les dispositions nécessaires. Mais, maintenant, ma chérie, ne voulez-vous pas me dire...

— Plus tard, m'interrompit-elle. Je vous expliquerai tout plus tard, Amelia. Quand j'aurai... N'avez-vous pas envie de redescendre au salon ? Vous aviez l'air très intéressée par ce que vous disait M. Emerson. Je suis sûre qu'il est encore là. Vous pourriez m'excuser et les rassurer, lui et... son frère, sur mon état. Je n'ai rien. J'ai seulement besoin de me reposer. Je vais me coucher et, ensuite, tout ira bien.

Un tel discours, débité sur un ton monocorde, ne ressemblait guère à l'Evelyn que je connaissais. Je scrutai son visage, mais son regard refusa de rencontrer le mien. Je m'apprêtais à insister, bien décidée à briser un mutisme qui commençait à m'inquiéter, lorsqu'on frappa à la porte du salon. Plusieurs coups, autoritaires et impatients.

Evelyn sursauta et son visage pâlit à nouveau. Qui cela pouvait-il bien être ? Walter ? Non. Il était bien élevé et il eût fallu vraiment une raison extraordinaire pour qu'il vienne frapper d'une façon aussi péremptoire à la porte de nos appartements privés. Pourtant, si j'en jugeais par sa réaction, il était clair qu'Evelyn connaissait l'identité de notre visiteur et que c'était ce même visiteur qui était la cause de son état.

Elle se raidit et grimaça un sourire.

— Je vous en prie, Amelia, allez ouvrir. Je ne me sens pas la force d'affronter...

Elle ne finit pas sa phrase, mais le peu qu'elle avait dit suffit pour que je n'éprouve aucune surprise en ouvrant la porte. Notre visiteur était un homme. Je ne l'avais jamais vu, mais son teint basané, ses cheveux noirs et le charme indéniable qui émanait de sa personne me confirmèrent tout de suite dans mes soupçons.

— Ah, *il signor Alberto,* je présume ?

CHAPITRE 3

Alberto s'inclina, la main sur le cœur. Son regard, ainsi que ses manières, étaient à la limite de l'insolence. M'ignorant délibérément, il dévisageait Evelyn, debout, très pâle et aussi immobile qu'une statue. Je me retins de le gifler.

— M'invitez-vous à entrer ? questionna-t-il en me regardant de nouveau. Il est des sujets trop intimes pour qu'on puisse les aborder sur le pas d'une porte.

Sans un mot, je fis un pas en arrière et m'effaçai devant lui, puis refermai la porte — avec une douceur contrainte. Alberto se précipita vers Evelyn.

— Ah, mon amour, mon cœur ! Comment as-tu pu m'abandonner ? J'ai été à la torture ! Tu étais partie et je ne savais même pas où ni comment te joindre !

Evelyn l'arrêta d'un geste. Ce voyou d'Alberto en fut décontenancé car son intention était bien de la prendre dans ses bras.

Inclinant la tête de côté, il soupira, le visage marqué d'un pli d'amertume.

— Tu me repousses ? Tu me rejettes ? murmura-t-il sur un ton de reproche. Je comprends. Tu as trouvé une riche protectrice. Elle te comble de présents et tu ne veux plus d'un amant pauvre qui n'a rien à te donner, hormis son amour.

Evelyn n'avait pas encore dit un mot. Je pense qu'elle était trop abasourdie par l'outrecuidance du faquin pour pouvoir lui répondre. Mon ombrelle était posée dans un coin de la pièce. Je m'en saisis et en enfonçai la pointe dans le dos d'Alberto qui sursauta et se retourna.

— Ça suffit, dis-je d'un ton brusque. C'est vous qui l'avez abandonnée et non l'inverse. Comment osez-vous encore l'importuner après l'avoir dépouillée en ne lui laissant que votre odieuse lettre ?

— Une lettre ? Quelle lettre ?... J'étais sorti pour chercher du travail, afin que ma bien-aimée ne meure pas de faim. En chemin, j'ai eu un accident. Il a fallu me donner des soins. Dès que j'ai été remis sur pied j'ai couru jusqu'à notre paradis. Mon ange s'était envolé ! Je n'ai laissé aucune lettre, je le jure ! S'il y en a eu une, elle a été écrite par quelqu'un qui me voulait du mal. J'ai beaucoup d'ennemis. Des ennemis qui m'envient mon bonheur et seraient prêts à tout pour me le voler !

Il conclut son impudent plaidoyer par un geste théâtral. Rien ne sonnait plus faux mais je craignais qu'il ne réussisse à convaincre Evelyn. L'amour a souvent un effet néfaste sur les facultés intellectuelles d'une jeune personne et je redoutais que de telles affirmations, pour mensongères qu'elles fussent, réveillent l'affection latente qu'elle éprouvait peut-être encore pour ce bandit.

Mes craintes étaient vaines. Le visage d'Evelyn avait repris des couleurs, mais la lueur qui brillait dans ses yeux ne laissait aucun doute sur la nature de ses émotions. C'était de la colère. Une saine et sainte colère.

— Comment oses-tu venir me poursuivre jusqu'ici ? murmura-t-elle d'une voix sourde. Tes reproches sont, certes, justifiés mais si je mérite ton mépris ce n'est pas pour t'avoir quitté, mais pour t'avoir suivi. Quant à tes insinuations malveillantes à l'égard de ma protectrice, elles te vont bien ! Va-t'en et ne reviens jamais plus troubler ma vue !

Alberto recula de deux ou trois pas, vacillant, comme frappé d'un coup de poignard.

— Ce n'est pas possible, bredouilla-t-il. Tu ne parles pas sérieusement. Et moi qui revenais pour t'offrir ma main, mon nom...

Et, passant brusquement de la geignardise au cynisme, il ajouta :

— Tu n'as guère le choix, tu sais. Aucun homme ne voudra de toi, lorsqu'il apprendra...

Bousculant l'intrus, j'ouvris la porte toute grande pour appeler le garçon d'étage, mais je vis Michael, notre drogman, assis de l'autre côté du couloir. Il se leva d'un bond et je lui dis en montrant Alberto :

— Jetez-moi dehors cet individu !

Quand ce fut fait et que notre drogman revint vers elle, Evelyn lui sourit avec gratitude.

— Merci, Michael. Comment va votre petite fille ? Voulez-vous que nous allions la voir de nouveau ?

— Non madame, ce n'est pas nécessaire, répondit-il, le visage radieux. J'étais venu vous dire qu'elle allait mieux. Elle s'est réveillée et a demandé à manger. Vous l'avez sauvée ! Maintenant, vous pouvez tout me demander. Ma vie vous appartient.

Il accompagna sa déclaration d'un geste tout à la fois humble et digne, puis il sortit pour vérifier qu'Alberto avait bien vidé les lieux.

Quand la porte se fut refermée, Evelyn se laissa tomber sur une chaise et fondit en larmes.

Des larmes qui durèrent peu. Pendant que je m'affairais à la recherche de mouchoirs, elle se reprit et me fit asseoir à côté d'elle.

— Vous êtes encore plus bouleversée que moi, Amelia ! s'exclama-t-elle en me débarrassant de mon ombrelle que je tenais toujours à la main. Laissez-moi vous commander un verre de porto.

— Non, refusai-je. Ce n'est pas nécessaire, mais peut-être que vous...

Elle secoua la tête.

— Moi non plus, je n'en ai pas besoin. C'est étrange, mais je me sens soulagée. C'est comme si j'avais réussi à exorciser un esprit malin tapi en moi.

— C'était Alberto que vous aviez aperçu au salon tout à l'heure, n'est-ce pas ?

— Oui, acquiesça-t-elle. Vous ne me croirez pas, Amelia, mais quand je l'ai vu qui me regardait avec ce sourire insolent et sarcastique, il m'a fait l'effet d'un démon surgi de mon imagination pour me rappeler mes fautes passées. J'étais tellement heureuse juste à ce moment-là avec... avec...

— Avec Walter. Pourquoi avez-vous tant de peine à prononcer son nom ? Êtes-vous amoureuse de lui ?

Un long soupir s'échappa de ses lèvres.

— Oui, je pourrais l'aimer, si j'avais encore le droit d'aimer un homme honnête et sincère.

— Oh, allons ! protestai-je. Ne soyez pas absurde ! Nous sommes presque au vingtième siècle, que diable !

— Pensez-vous vraiment que Walter me demanderait en mariage, s'il venait à apprendre ma fugue avec Alberto ?

Je me tortillai avec embarras sur ma chaise.

— Hum... Il m'a semblé très ouvert et très sympathique, mais c'est un homme, après tout. Cependant, il n'y a aucune raison pour qu'il apprenne...

Je ne finis pas ma phrase. C'était inutile. Il l'apprendrait parce qu'elle le lui dirait. La candeur était partie intégrante de sa nature.

Elle sourit. Un sourire triste et nostalgique.

— Changeons de sujet, s'il vous plaît, Amelia. Si j'ai été tellement soulagée, c'est parce que je me suis rendu compte que je n'avais pas eu une vision. C'était bien Alberto que j'avais vu, un être de chair et de sang. Enfin, nous en avons maintenant terminé avec lui. Seule une chose m'intrigue encore. Pour quelle raison a-t-il pris la peine de me suivre jusqu'ici ?

— Je me demande...

— Quoi donc ?

— Si votre grand-père n'aurait pas survécu à sa dernière attaque.

Evelyn eut un haut-le-corps.

— Oh, Amelia, comment pouvez-vous être aussi cynique ? Et perspicace. Je souhaite que vous ayez raison !

— A votre place, je ne me bercerais pas trop d'illusions. Il peut y avoir d'autres motifs, tout aussi cyniques, pour expliquer la réapparition d'Alberto. Demain, je tâcherai de m'informer auprès des autorités compétentes. Il faudra également que je me rende à Boulaq, afin de presser le raïs Hassan. Plus vite nous aurons quitté Le Caire et mieux cela vaudra. Pour vous, comme pour moi.

— Oui, approuva-t-elle. Il y a désormais au Caire trop de gens que je désire éviter. Walter, cependant, ne doit pas rester encore très longtemps ici. Son frère et lui partent dans deux jours.

— Pour aller où ?

— Il m'a parlé longuement de leurs fouilles, mais j'en ai oublié le nom. C'est à plusieurs centaines de miles vers le sud. Les vestiges de la cité du pharaon hérétique.

— Amarna, déclarai-je. Sur ce, il est temps d'aller nous coucher. La journée a été rude.

Elle n'était pas encore terminée. Evelyn s'endormit presque aussitôt. La pauvre enfant était épuisée par ses dernières émotions. Allongée sous ma moustiquaire, les yeux grands ouverts, j'entendais le rythme régulier de sa respiration. Son lit se trouvait du côté du couloir, le mien près de la fenêtre. Une fenêtre à balcon dont les persiennes ouvertes encadraient un fin rideau de tulle blanc qui nous protégeait des insectes. L'air de la nuit était particulièrement doux et frais. La lune était pleine et sa clarté illuminait le centre de la chambre, mais laissait dans l'ombre les profondeurs de la vaste pièce. Distraitement, un rayon argenté caressa le pied de mon lit.

Mes insomnies sont rares, mais les événements de la journée m'avaient donné à réfléchir. Chose étrange, j'étais surtout préoccupée par le comportement exaspérant de M. Emerson, ses idées pour le moins originales en matière d'archéologie. Originales — mais stimulantes. Certes, mais j'avais d'autres sujets de perplexité...

Walter et Evelyn. Si elle n'avait été qu'une jeune fille de bonne famille obligée de se placer comme dame de compagnie à la suite d'un revers de fortune, rien ne se serait opposé à son mariage avec le jeune archéologue. Enfin, rien à part quelques détails matériels. Par exemple, les revenus dont disposaient les frères Emerson n'étaient probablement pas suffisants pour permettre à Walter d'entretenir une épouse et financer en même temps leur expédition archéologique. Or, je soupçonnais que Radcliffe avait une très grande influence sur son frère. Si un choix devait être fait, ce serait lui qui prendrait la décision finale... en faveur des fouilles. De plus, Evelyn avait raison. Il lui faudrait apprendre la vérité à Walter. Quelle serait sa réaction ? Je ne l'imaginais que trop aisément. S'il acceptait de l'épouser, il passerait le reste de sa vie à lui rappeler sa faute et lui faire sentir sa grandeur d'âme. Rien n'est plus insupportable qu'une magnanimité ostentatoire.

Je me retournai nerveusement. Les ressorts de mon lit grincèrent. En écho, il y eut un bruit sur le balcon — un oiseau de nuit ? Je changeai de position, tournant le dos à la lumière de la lune, immobile, et bien décidée à me laisser emporter par les bras de Morphée. Mais mes pensées revenaient à Alberto et je me demandai ce qui avait bien pu le conduire ici, en Egypte, sur les traces d'Evelyn. Ce n'était certainement ni l'amour ni le désintéressement. Il devait y avoir une autre raison, tangible, matérielle. J'échafaudai plusieurs hypothèses. Quand il l'avait abandonnée à Rome, il avait sans doute une idée en tête.

Ce n'était pas avec des spéculations de ce genre que je trouverais le sommeil, mais, au moins, elles m'occupaient l'esprit et m'empêchaient d'entendre les bruits de la nuit. Jusqu'au moment où il y eut un grincement, tout près de moi. Le grincement de l'une des lames du parquet. Un bruit que je connaissais bien. La lame fautive était située à mi-chemin entre mon lit et la fenêtre.

Je me remis sur le dos sans éprouver une inquiétude particulière. Evelyn avait dû se réveiller et elle s'était levée pour aller admirer le clair de lune sur les jardins.

Ce n'était pas Evelyn. Une stupéfiante apparition s'offrit à mes yeux. Elle était au-dessus de moi, si près que je pouvais presque la toucher.

Elle était enveloppée dans un nuage blanc et vaporeux. Ses traits étaient indistincts, mais la silhouette était parfaitement identifiable. Elle semblait être sortie tout droit de la grande salle du musée de Boulaq où Maspero exposait les statues grandeur nature des dames et seigneurs de l'ancienne Egypte. Ses couleurs, quoique estompées par les rayons blafards de la lune, étaient vives et lumineuses. Un corps bronzé, nu jusqu'à la taille ; un large collier de perles bleues et oranges ; une coiffure composée de bandes d'étoffe rouges et blanches alternées.

Je fus frappée de stupeur. Ce n'était pas de la peur — non, je ne crois pas avoir ressenti un quelconque effroi. J'étais seulement figée par la surprise. La silhouette était parfaitement immobile et n'exhalait en apparence aucun souffle. Puis, elle leva un bras : son geste était une claire menace.

Je me dressai et m'élançai sur la « chose » en poussant un cri. Je ne crois pas aux apparitions. Je voulais la toucher de mes mains, sentir sa chaleur et sa texture d'être humain. Malheureusement, j'avais oublié ma satanée moustiquaire.

(Mon Critique me fait remarquer que « satanée » n'est pas un mot convenable dans la bouche d'une dame. Je lui réponds que j'avais besoin d'une épithète vigoureuse. C'est par souci des convenances que j'en écarte d'autres, plus imagées, et qui eussent été peut-être mieux adaptées aux circonstances.)

C'était le rideau de tulle qui avait donné à l'apparition son allure de fantôme et, dans mon émoi, j'avais oublié son existence. Naturellement, je me pris bras et jambes dans le tissu vaporeux. Quand je parvins à me libérer de l'infernal piège, j'étais hors d'haleine et la chambre était vide. J'avais seulement réussi à réveiller Evelyn qui, affolée par mes cris, se battait également avec sa moustiquaire. Mes tresses défaites, ma chevelure tombante, mon état de surexcitation me donnaient l'apparence d'une folle. En me voyant courir vers la fenêtre, Evelyn avait même cru que je voulais mettre fin à mes jours. C'est du moins ce qu'elle m'avoua plus tard.

Après m'être assurée qu'il n'y avait aucune trace de mon visiteur sur le balcon et dans les jardins en dessous, je rentrai dans la chambre et racontai ma mésaventure à Evelyn. Elle avait allumé une chandelle. A la lueur de la flamme, je vis son expression et devinai ce qu'elle allait dire.

— Ce n'était pas un rêve ! affirmai-je avec force.

D'ailleurs, je ne dormais pas. Je n'ai pas dormi une seule minute depuis que nous nous sommes couchées.

— Vous êtes-vous pincée ? s'enquit-elle le plus sérieusement du monde.

— Je n'en ai pas eu le temps, répondis-je en allant et venant avec fureur. Vous avez vu l'état de ma moustiquaire ?

— Je dois dire que vous avez livré une bataille fort valeureuse à vos draps et vos rideaux, concéda-t-elle avec un sourire. Dans les rêves, il arrive parfois que la fiction se confonde avec la réalité...

Je laissai échapper une violente exclamation. Craignant de m'avoir blessée, Evelyn me regarda d'un air inquiet, mais ce n'était pas son incrédulité qui avait provoqué mon cri. Je me penchai pour ramasser l'objet dur et pointu sur lequel s'était posé douloureusement mon pied nu. Sans un mot, je le montrai à Evelyn.

Il s'agissait d'un pendentif, de trois centimètres de long environ, en faïence bleue-verte. Il représentait Horus, le dieu faucon. J'avais vu le même accroché à un collier dans une vitrine du musée de Boulaq.

II

J'étais plus résolue que jamais à quitter Le Caire. Naturellement, je ne croyais pas aux fantômes. Non. C'était un être humain, en chair et en os, qui nous avait rendu visite au milieu de la nuit et cela m'inquiétait beaucoup plus qu'un vulgaire ectoplasme. Je pensai immédiatement à Alberto, mais je ne voyais pas quelles auraient pu être ses motivations. Il n'avait pas le tempérament d'un meurtrier. Il était roué, mais faible et, de toute façon, ma mort ou la mort d'Evelyn ne lui aurait rien rapporté.

Quel genre de criminel pouvait espérer tirer profit d'une telle expédition ? Après réflexion, j'optai pour l'hypothèse d'un simple voleur un peu plus imaginatif que ses confrères. En se déguisant, il avait espéré troubler assez sa victime pour mieux protéger sa fuite. L'idée ne manquait pas d'ingéniosité et j'aurais aimé faire la connaissance d'un malandrin aussi astucieux.

J'estimai inutile d'alerter la police. La police égyptienne est justement renommée pour son inefficacité et, en outre, j'aurais été bien incapable de décrire mon visiteur nocturne — à supposer qu'il eût été possible de le retrouver dans le fourmillement humain du Caire. L'homme ne reviendrait pas. Il m'avait trouvée éveillée et la vivacité de ma réaction avait dû suffire à le convaincre de chercher ailleurs une proie plus facile.

Cette conclusion me redonna une certaine sérénité. J'en fis part à Evelyn, dans l'espoir d'apaiser ses angoisses. En fait, ce n'était guère nécessaire, car, au fond d'elle-même, elle était toujours convaincue que j'avais rêvé.

Le lendemain, je décidai d'entreprendre une enquête sur les activités d'Alberto. Je ne réussis pas à découvrir où il logeait. Il y a des centaines de petits hôtels au Caire et il avait dû descendre dans l'un d'entre eux, car sa présence n'avait été enregistrée dans aucun de ceux réservés aux Européens. Néanmoins, j'appris qu'un homme répondant à son signalement avait pris un billet de train pour Alexandrie. Selon toute vraisemblance, il était reparti pour l' Italie et je cessai donc de penser à lui.

Chasser Walter de mon esprit s'avéra une tâche plus difficile. Il nous rendit visite le lendemain matin, aussi tôt que le permettaient les convenances. Evelyn refusa de le recevoir. Je comprenais et approuvais sa décision. Moins elle le verrait et plus facile serait la séparation. Naturellement, comme il ne connaissait pas ses sentiments, Walter se méprit sur la signification de son refus. Je lui assurai qu'Evelyn était pleinement remise de son malaise de la veille et me bornai à l'informer de son désir de ne pas recevoir de visiteurs. Que pouvais-je faire d'autre ? Il alla jusqu'à me demander si c'était un geste ou un mot de sa part qui avait été la cause de cet évanouissement. Je fis tout pour le rassurer, mais mes paroles ne réussirent pas à l'apaiser complètement. Avec la mine d'un héros romantique, il me pria de faire ses adieux à Evelyn. Son frère et lui partaient le lendemain pour leur chantier de fouilles.

Il faisait peine à voir et je faillis laisser échapper une partie de la vérité. Seul mon sens de l'honneur me retint. Je n'avais pas le droit de trahir la confiance d'Evelyn. Je regagnai donc nos appartements, afin de la consoler. Tâche aussi absurde que fastidieuse. Surtout quand je me disais qu'un peu de bon sens de part et d'autre aurait tout arrangé.

Ensuite, je me rendis à Boulaq et, avec l'aide de Michael, je réussis à presser un peu l'équipage de notre bateau. Le dévouement de Michael à notre égard était total. Il faisait tout ce qui était en son pouvoir pour nous aider, même si, parfois, je pense qu'il partageait l'opinion des mariniers qu'il bousculait avec tant d'ardeur : dans leur esprit, je devais être un véritable poison. Entre eux, ils employaient sans doute des termes beaucoup plus imagés. L'une de mes relations du *Shepheard* m'avait dit que j'avais eu tort d'engager un drogman chrétien, car les Coptes n'étaient pas aussi bien acceptés par les capitaines musulmans que leurs coreligionnaires. Cependant, le raïs Hassan et Michael avaient l'air de s'entendre plutôt bien et les préparatifs avançaient à une allure raisonnable. Le piano avait été installé à sa place au salon et les rideaux avaient été remplacés par ceux qu'Evelyn et moi avions choisis. La pièce en était métamorphosée. Les membres de l'équipage commencèrent à revenir de leurs villages. De mon côté, je renvoyai Travers en Angleterre et la vis partir sans le moindre regret.

Pendant ces derniers jours au Caire, nous fûmes très occupées. Nous avions encore beaucoup d'achats à faire et, plusieurs fois, nous allâmes rendre visite à Michael. Sa fille était maintenant tout à fait remise, et nous passions des heures à jouer avec elle ou tester nos connaissances de la langue arabe sur les dames de la maison. Il fallut également trouver un accordeur pour le piano. Quant au reste de notre temps, nous le consacrâmes à diverses visites au musée, à Gizeh (j'entrai de nouveau dans la Grande

Pyramide, mais, comme la première fois, Evelyn refusa de m'accompagner) et auprès des autorités britanniques afin d'obtenir les différents laissez-passer et autorisations dont nous avions besoin. Au ministère des Finances, je fis la rencontre d'un autre vieil ami de mon père. Il me reprocha de ne pas être venue le voir plus tôt, car il aurait eu grand plaisir à me recevoir chez lui. Il était très aimable et n'arrêtait pas de me dévisager. A un tel point qu'au bout d'un moment, je me sentis gênée par l'insistance de son regard. Finalement, il n'y tint plus.

— Ma chère Amelia, s'exclama-t-il, je suis stupéfait par la façon dont vous vous êtes épanouie ! L'air de l'Egypte doit vous convenir tout particulièrement. Vous semblez avoir dix ans de moins que lorsque je vous ai vue pour la dernière fois en Angleterre.

Je mis cela sur le compte de la robe qu'Evelyn avait choisie pour moi, un long drapé en foulard jaune moutarde, avec des parements verts.

— Les belles plumes conviennent aux oiseaux d'un certain âge, répondis-je d'un ton badin pour couper court à ces propos. J'étais venue vous demander si vous pouviez m'aider...

Je souhaitais obtenir des renseignements touchant le grand-père d'Evelyn. L'ami de mon père parut un peu surpris par l'intérêt que je portais au vieux lord Ellesmere, mais il avait trop de tact pour en chercher la cause. La nouvelle de la mort du comte lui était parvenue une quinzaine de jours plus tôt. Il n'en savait pas plus et, visiblement, le sujet ne le passionnait guère. Je ne pouvais, sans trahir le secret d'Evelyn, hasarder les questions que j'aurais voulu lui poser. Comme nous nous proposions de passer le reste de l'hiver en Egypte, il était préférable de ne pas dévoiler son identité. Il me fallut donc repartir en n'ayant que partiellement satisfait ma curiosité.

Alors que je m'apprêtais à quitter son bureau, je tombai par chance sur le major — maintenant sir Evelyn — Baring, le consul général britannique. Il me fit penser à mes frères. La bonne et solide respectabilité britannique le recouvrait comme une couche de poussière. Une moustache soigneusement taillée au carré, un pince-nez à monture d'or et d'honorables rondeurs enveloppées dans un costume d'une coupe absolument impeccable. Rien ne manquait au tableau. Tout en lui respirait la compétence, le sérieux et un incommensurable ennui. Néanmoins, il effectuait un travail remarquable et, grâce à lui, l'Egypte avait réussi à recouvrer une certaine stabilité financière, après des lustres d'un gouvernement où la gabegie n'avait eu de pair que l'irresponsabilité de tous les hauts fonctionnaires. Il se montra avec moi d'une très grande courtoisie et m'assura que je pourrais compter sur son aide chaque fois que j'en aurais besoin. Il avait connu mon père et entretenu avec lui des relations épistolaires fort intéressantes. L'image que j'avais gardée de mon cher papa se transformait peu à peu. Maintenant je l'imaginais assis au milieu d'une toile dont les fils s'étendaient tout autour du globe.

Nous décidâmes de mettre à la voile le vendredi suivant. Le jeudi soir, nous reçûmes une nouvelle visite qui, tout à la fois, éclaircit un certain nombre de points jusque-là restés dans l'ombre, et suscita de nouvelles et bien réelles difficultés.

Nous étions assises au salon. J'avais insisté pour descendre. Durant toute la journée, Evelyn avait été triste et songeuse — sans doute pensait-elle à son grand-père, et à Walter qui, voguant vers le Sud, s'éloignait d'elle irrémédiablement. Les Emerson n'avaient même pas affrété une petite dahabieh. Walter avait expliqué qu'ils emprunteraient un vapeur pour le transport de leur matériel. Ils devaient dormir sur le pont avec l'équipage, roulés dans des couvertures. En imaginant que ma frêle et délicate Evelyn aurait pu vivre dans des conditions aussi spartiates, je regrettais déjà un peu moins la perte de Walter.

Nous étions fatiguées, car nous avions passé la journée à courir en tous sens afin de régler une foule de petits détails, apparemment sans importance, mais qu'on ne peut laisser en suspens à la veille d'un long voyage. Je crois que j'étais en train de m'assoupir, lorsque, soudain, une exclamation d'Evelyn me fit sursauter. L'espace d'un instant, je crus que nous allions revivre la soirée avec Alberto. Evelyn s'était levée d'un bond mais son regard, fixé vers la porte, ne témoignait d'aucun désarroi, n'exprimant qu'une profonde stupéfaction. Je me retournai et découvris un jeune gentleman qui s'avançait vers nous, le visage illuminé d'un large sourire.

Je crus une seconde qu'il allait prendre Evelyn dans ses bras. Les convenances l'en empêchèrent, mais il prit ses mains dans les siennes et les serra avec une chaleur presque excessive.

— Evelyn ! Ma chère enfant ! Vous ne pouvez imaginer ma joie et mon soulagement... Comment avez-vous pu me causer une pareille frayeur ?

Il fallut plusieurs secondes avant qu'elle revienne de sa surprise.

— Seigneur Dieu, que... que faites-vous ici ? réussit-elle finalement à balbutier.

— J'étais à votre recherche, bien sûr ! Quelle autre raison aurais-je pu avoir de venir dans ce pays ? Je ne parvenais plus à dormir, tellement j'étais inquiet pour votre sécurité. Mais... nous sommes en train de manquer aux règles de la plus élémentaire politesse, ajouta-t-il en se tournant vers moi avec un sourire tout aussi radieux. Je suppose que vous êtes Mlle Peabody ? La noble et généreuse Mlle Peabody sans l'aide de qui ma chère cousine n'aurait pas survécu à ses épreuves romaines. Vous voyez, je sais tout. Grâce à notre consul dans la capitale italienne. Il m'a donné votre adresse ici. Et, sachant dans quelles conditions Evelyn avait quitté l'Angleterre — n'ayez crainte, ma chère cousine, je n'ai aucunement l'intention de vous parler de ce douloureux chapitre de votre existence —, je ne pourrai jamais assez vous remercier, mademoiselle Peabody, pour votre admirable dévouement. Veuillez me pardonner, mais je ne puis contenir mon enthousiasme. C'est trop sublime, trop... Je ne trouve plus les mots pour vous exprimer ma reconnaissance !

Saisissant ma main, il la secoua avec tant de vigueur que je me demandai dans quel état il me la rendrait — s'il me la rendait jamais...

— Vraiment, monsieur, vous me voyez toute confuse...

Le jeune gentleman laissa échapper un éclat de rire plein de fraîcheur et consentit à abandonner ma main.

— Je sais, acquiesça-t-il, je sais. Mon exubérance a cet effet sur beaucoup de gens. Je n'y peux rien. C'est dans ma nature. Mais, je vous en prie, mesdames, asseyez-vous !

— Vous pourriez peut-être, également, songer à vous présenter ? suggérai-je en massant mes doigts endoloris.

— Oh, pardonnez-moi, Amelia, s'exclama Evelyn d'une voix toute contrite. Monsieur est mon cousin, Lucas Hayes.

— Vous êtes toute pardonnée, répondis-je en grimaçant. Mais, je suppose qu'il n'est plus M. Hayes. Ne devrais-je pas dire « Votre Seigneurie » ?

Une ombre passa sur le visage d'Evelyn. Le nouveau comte se pencha vers elle et l'apaisa d'un geste.

— J'espère bien que vous m'appellerez simplement Lucas, mademoiselle Peabody. J'ai l'impression de vous connaître depuis toujours ! Et, en me donnant mon titre, vous ne feriez que rappeler à Evelyn la perte douloureuse qu'elle vient de subir, car je vois que la triste nouvelle vous est parvenue.

— Nous l'avons apprise il y a quelques jours seulement, répondit Evelyn. J'avais essayé de m'y préparer, mais... je vous en prie, Lucas, dites-moi tout...

— Etes-vous sûre d'en avoir vraiment envie ?

— Oui, affirma-t-elle. J'ai besoin de savoir, même si c'est douloureux. Et, bien que consciente de ne pas le mériter, je ne puis m'empêcher d'espérer qu'il m'a pardonné et qu'avant de mourir il a eu le temps de prononcer au moins un mot gentil à mon égard...

Elle se pencha en avant, les mains crispées, ses grands yeux bleus embués de larmes. Elle était adorable, très émouvante...

Le jeune comte hocha la tête et soupira.

— Ma chère Evelyn, je suis sûr qu'il éprouvait encore de la tendresse pour vous, même si... Je vais tout vous raconter, mais laissez-moi réfléchir un instant, le temps de mettre un peu d'ordre dans mes idées.

Je profitai de ce moment de répit pour l'étudier tout à loisir, avec une curiosité à peine dissimulée. Il était grand, large d'épaules et habillé avec une élégance affectée. Ses bottes de cuir étincelaient et il arborait un gilet brodé de boutons de roses. Un gros diamant était épinglé à son foulard et son pantalon était si ajusté que je me demandais comment il pouvait s'asseoir sans en faire craquer les coutures. Son humeur joyeuse et sa candeur étaient très anglaises, mais son teint basané et ses grands yeux noirs trahissaient l'origine méditerranéenne de son père. J'inspectai ses mains. Elles étaient grandes, mais bien proportionnées et aussi soignées que des mains de femme. J'ai toujours pensé que c'est dans les mains qu'on devine le mieux le caractère d'une personne. J'avais remarqué que celles d'Emerson étaient rugueuses et calleuses, avec quantité de cicatrices et d'égratignures. Des mains de travailleur manuel.

Pourquoi cacherais-je à mon lecteur l'aversion irraisonnée que m'inspira d'emblée le jeune lord Ellesmere ? Une aversion qui ne se fondait sur rien, car ses manières à notre égard avaient été, jusqu'alors, absolument irréprochables, même s'il s'était montré un peu trop exubérant à mon goût. La suite de ses propos montra qu'il était également un homme de cœur et d'honneur. Néanmoins, il ne me plaisait pas.

Il se caressa le menton et se décida enfin à commencer son récit.

— Notre vénéré grand-père, comme vous le savez sans doute, se mit dans une rage folle lorsqu'il apprit votre départ. Une rage si terrible qu'il en eut une attaque. Nous ne pensions pas qu'il s'en remettrait, mais il était doué d'une étonnante faculté de récupération. Les gens insupportables témoignent souvent d'une grande vitalité... Allons, Evelyn, ne me jetez pas ces regards réprobateurs. J'avais une certaine affection pour lui, mais je ne puis oublier la façon dont il nous a traités. Surtout vous. Je ne chercherai donc pas à farder la vérité, même si je souhaite que son âme ait trouvé le repos.

« A l'annonce de sa fin prochaine, je me rendis immédiatement au château d'Ellesmere. Je n'étais pas le premier. Vous, qui connaissez notre famille, Evelyn, vous pouvez facilement imaginer le pandémonium qui m'attendait. Oncles, tantes et cousins, personne n'avait voulu manquer une aussi belle occasion de se goberger à peu de frais. Ils s'étaient installés comme chez eux, avaient vidé les placards, et usaient des stratagèmes les plus vils pour s'introduire dans la chambre de douleur où notre pauvre grand-père luttait contre la mort. Sa chambre ressemblait à une forteresse assiégée ! Je ne saurais dire lequel a remporté la palme de la bassesse. Le cousin Wilfred tenta de graisser la patte de l'infirmière. Tante Marian barrait obstinément la porte et il fallait l'écarter sans ménagement pour entrer ou sortir. Quant au jeune Peter Forbes, il grimpa le long du lierre de la façade — à l'instigation de sa mère — et il fallut l'intervention d'un valet de pied et de votre serviteur pour le faire redescendre.

A cet instant, un serveur s'approcha de nous et Lucas lui commanda du café. Au passage, il surprit mon regard et un nouvel éclat de rire, tout aussi joyeux que le premier, s'échappa de ses lèvres.

— Ma chère mademoiselle Peabody, vous avez un visage merveilleusement expressif ! Je peux y lire vos pensées comme dans un livre ouvert. En ce moment, par exemple, vous vous dites que je suis le chaudron qui juge la poêle trop noire. Et vous avez absolument raison. Je respectais notre grand-père. Il n'était pas dépourvu de qualités. Si j'avais plus de temps, je parviendrais sans doute à en trouver une... Non, chère mademoiselle Peabody, la franchise est le pire de mes défauts. La dissimulation n'est pas mon fort, même si mon intérêt est en jeu. Je n'aurai donc pas l'hypocrisie d'affirmer que j'aimais notre grand-père. Evelyn, elle, est une sainte. Elle réussirait à trouver des excuses à un despote qui a piétiné allègrement...

Je l'arrêtai d'un geste. Evelyn était devenue très

pâle et regardait fixement ses petits poings crispés sur ses genoux.

— Une sainte ! répéta Lucas avec emphase. Seule une sainte pouvait éprouver de l'affection pour lui. Néanmoins, je ne suis pas non plus complètement dénué de sentiments et j'ai eu pitié de lui. Il n'est pas facile de mourir et c'est encore plus dur lorsque personne ne vous aime.

« Etant son héritier virtuel, je me trouvais dans une position plus forte que les autres vautours. Les médecins et les hommes de loi qui entouraient mon grand-père le savaient et, pendant tout le temps où il fut incapable de parler, j'assumai la direction des opérations. J'en profitai pour débarrasser la maison de notre envahissante parentèle. Si les malédictions ont réellement un effet sur le destin des hommes, je finirai sans doute sur la paille d'un cachot ou le pavé glacé d'une obscure venelle ! Je fus voué aux gémonies, mais restai inflexible et je continue de croire que le silence et la sérénité ont contribué pour une grande part au rétablissement du vieux tyran. Car, à la stupéfaction des médecins, il sortit peu à peu de sa léthargie. Au bout de deux ou trois semaines, il réussit même à faire quelques pas dans sa chambre, en injuriant copieusement les infirmières et son valet de chambre, comme auparavant. Pourtant, les médecins l'avaient prévenu que la moindre émotion pourrait déclencher une nouvelle attaque qui, cette fois, serait fatale.

« Après votre départ, Evelyn, son premier acte avait été d'appeler son notaire et de rédiger un nouveau testament. Vous ne l'ignoriez pas, je suppose ? Un testament aux termes duquel il vous laissait généreusement cinq livres afin de faire dire des prières pour le repos de son âme. Il avait fait de moi son héritier, non par affection, mais parce qu'il détestait encore plus les autres membres de sa famille. Lorsqu'il se fut suffisamment remis, je lui dis que je trouvais injuste la façon dont il vous avait traitée. Je ne voyais aucun inconvénient à hériter de ses biens, mais il y avait amplement assez pour deux et je n'aurais pu jouir en paix de ma part en sachant que vous étiez dans le besoin.

« Inutile de dire que mon intervention fut fort mal reçue. Finalement, je dus suspendre mon plaidoyer en votre faveur, de peur de déclencher une nouvelle attaque. Plusieurs fois, notre cher grand-père me laissa entendre que ma présence était désormais inutile, pour ne pas dire plus. Mais, sur la demande des médecins, je décidai de rester. Il n'était pas encore très solide et j'étais la seule personne ayant assez d'autorité pour interdire sa chambre aux importuns.

« Sincèrement, je croyais qu'il commençait à s'adoucir à votre égard, jusqu'à... Cela se produisit un après-midi, alors que j'étais à Londres pour affaires... Oh, une fois encore, je serai franc... J'avais besoin de m'amuser, de me changer les idées. Maintenant, je m'en veux, car, pendant mon absence, il se leva et ordonna aux domestiques d'emballer vos affaires. Oh, il n'y avait rien de bien précieux. Seulement vos vêtements et tous ces petits présents qu'il vous avait faits au fil des années. Il n'a rien laissé, même pas une barrette ! On m'a raconté qu'il avait vidé lui-même tous les tiroirs de votre commode et de votre secrétaire. Il entassait les objets dans des caisses, comme pris d'une folie démoniaque. Quand je suis rentré, les caisses avaient été clouées et emportées. Il n'y avait plus un seul objet dans le château lui rappelant votre existence. Après cet effort, il s'effondra, comme on pouvait s'y attendre. La maison fut de nouveau en émoi. Les médecins accoururent à son chevet. Les domestiques ne savaient plus où donner de la tête et, pour tout arranger, la neige s'était mise à tomber à gros flocons. Un décor de roman d'épouvante.

« Il ne devait plus reprendre connaissance. Au matin, son état avait empiré. Il tenta vainement de prononcer quelques mots. Cependant, ma chère Evelyn, je suis fermement convaincu qu'il aurait voulu vous parler — et vous pardonner. Si, à cet instant, vous étiez apparue, il vous aurait accueillie et fêtée comme l'enfant prodigue de la Bible.

Evelyn sanglotait, la tête baissée.

— Tout cela est fort touchant, déclarai-je sèchement. Vous allez gâcher cette robe Evelyn. Les taches d'eau salée sont très difficiles à enlever sur le satin.

Elle réprima un dernier sanglot et se tamponna les yeux. Lucas eut l'effronterie de m'adresser un clin d'œil. Je l'ignorai délibérément.

— Cela résout l'une de nos énigmes, n'est-ce pas ? poursuivis-je. Les motivations de notre visiteur de l'autre soir deviennent plus compréhensibles. L'individu auquel je fais allusion devait avoir connaissance du rétablissement de lord Ellesmere, mais ignorer sa rechute et l'issue fatale de celle-ci. L'espoir se nourrit de peu de chose.

— Vous n'avez pas besoin de prendre tant de précautions, Amelia, commenta Evelyn d'un air morne. Lucas sait parfaitement de qui vous parlez. Il a été trop généreux avec moi pour que je lui fasse l'injure de dissimuler...

— Vous m'insulteriez si vous faisiez jamais allusion de nouveau à cette histoire ! l'interrompit Lucas. C'est du passé. Un passé révolu et terminé, sauf si, un jour, j'ai l'occasion de rencontrer une certaine personne dans un endroit isolé... Laissez-moi finir mon récit, Evelyn. Après vous avoir raconté ces tristes événements, j'aimerais vous entretenir de sujets plus réjouissants.

— Plus réjouissants ? répéta-t-elle en haussant un sourcil étonné.

— Du moins, je l'espère. Après avoir célébré, avec toute la pompe requise, les obsèques du défunt comte, je suis tout de suite parti à votre recherche. Je n'avais qu'une idée en tête : vous demander de partager ma fortune et, au cas où cela entrerait dans vos vues, mon nom, mon titre et ma vie.

Il se pencha en arrière et un large sourire illumina son visage.

Cette générosité eut raison de mes préjugés à son égard. L'offre était magnifique et pleine de noblesse. Mais surtout, elle avait été faite avec une délicatesse dont je ne l'aurais pas cru capable.

J'hésitai un instant sur la portée de ses derniers mots.

— Est-ce un mariage que vous proposez, sir ? m'exclamai-je.

Son sourire s'élargit encore.

— Je ne crois pas que mes paroles puissent laisser place au doute, répondit-il avec une nonchalance vaguement amusée.

Après deux essais infructueux, Evelyn parvint à articuler quelques mots :

— Lucas, c'est trop. Je ne peux croire... Vous ne voulez pas dire...

— Pourquoi pas ? l'interrompit-il en se penchant et prenant ses mains dans les siennes. Dieu nous a créés l'un pour l'autre, Evelyn. Il y a tant de choses en faveur de notre union : le bon sens, les valeurs que nous partageons et notre affection réciproque. Oh, je sais que ce que vous éprouvez pour moi n'est pas de l'amour. Votre cœur est encore trop blessé, trop effarouché. Ce que je vous propose, c'est un refuge. Un refuge plein de tendresse et de douceur. Laissez-moi vous apprendre à m'aimer. Je ne vous demande rien, si ce n'est de me permettre de vous prouver la sincérité et la force de mes sentiments.

Ses grands yeux noirs, ses traits fins et délicats rayonnaient de bonté. Comment une femme pouvait-elle résister à un tel plaidoyer ? Certes, en dépit de son apparente fragilité, Evelyn possédait une étonnante capacité de résistance et — je ne devais pas tarder à l'apprendre —, sa tendre inclination pour Walter était beaucoup plus forte que je ne l'avais imaginé.

Elle lui sourit et secoua lentement la tête.

— Je ne saurais vous dire combien vos propos me touchent, Lucas, murmura-t-elle. Votre noblesse, votre générosité sont sans égales, mais, je ne peux pas vous épouser.

— Pourquoi ? s'étonna Lucas. Si vous craignez les mauvaises langues...

— Je les crains. Pour votre réputation beaucoup plus que pour la mienne. Cependant, ce n'est pas la peur du qu'en-dira-t-on qui m'inspire. Je ne me marierai jamais. L'image qui est gravée dans mon cœur m'interdit...

Lucas lâcha ses mains et la regarda avec incrédulité.

— Voulez-vous parler de ce misérable...

— Non ! l'interrompit-elle en rougissant. Certainement pas.

— J'en suis soulagé.

Le jeune lord Ellesmere prit un air pensif, puis il soupira et son regard s'éclaira à nouveau.

— Ma très chère Evelyn, je n'ai pas encore perdu tout espoir. Je m'attendais à un refus et j'ai été seulement surpris par le motif dont vous vous êtes servie pour le justifier. Néanmoins, cela ne change rien. Un aussi brusque engouement ne peut être bien profond. J'ai confiance. Avec le temps, je parviendrai à supplanter mon rival, quel qu'il soit. Comme vous n'avez pas de parents, ajouta-t-il en se tournant vers moi, je ne vois que Mlle Peabody à qui je puisse demander l'autorisation de vous faire ma cour.

Nous échangeâmes un sourire, légèrement contraint pour ma part.

— Je ne vois guère comment je pourrais vous interdire la société de votre cousine, répondis-je, mais, si vous voulez la faire changer d'avis, il faudra vous hâter. Nous partons demain matin pour une longue croisière sur le Nil. Il ne vous reste donc que quelques heures pour plaider votre cause.

— Demain matin ! s'exclama-t-il. Sans sous-estimer mes capacités de séduction, c'est un délai vraiment bien court...

— Je suis désolée, murmura Evelyn. Vous êtes très gentil, Lucas et je vous aime bien. Cependant, je ne puis vous encourager dans cette voie. Ma décision est inaltérable. Ce qui ne veut pas dire que je n'aurais pas été très heureuse de pouvoir profiter plus longtemps de votre compagnie.

— Non, Evelyn. Je n'ai pas dit mon dernier mot. Je suis au moins aussi têtu que vous et n'ai pas l'intention de renoncer aussi facilement à mon rêve de bonheur. J'espère au moins que vous n'interprétez pas ma proposition de mariage comme étape préalable visant le patrimoine dont vous êtes l'héritière, même en l'absence de formalités légales : car la fortune de notre grand-père vous revient pour moitié. Dès notre retour à Londres, je ferai le nécessaire. Votre place est à Ellesmere. Si la maison du douaire ne vous convient pas, nous en chercherons une autre...

Il s'interrompit devant les dénégations d'Evelyn.

— Non, Lucas. Il n'y a pas lieu de revenir sur les volontés de mon grand-père. Dussiez-vous maintenir votre généreuse proposition que je la repousserais encore. En outre, j'ai promis à Amelia de passer l'hiver avec elle et j'ai l'intention de tenir ma promesse. Elle a besoin de moi et je lui dois trop pour l'abandonner la veille de notre départ.

— Au printemps, alors... ?

— Je ne vous promets rien.

— Non, mais... Je comprends votre objection. Vous avez des obligations envers Mlle Peabody et il est naturel que vous ne vouliez pas la quitter aussi soudainement. D'ailleurs, cette croisière est une excellente idée. Un hiver au soleil d'Egypte est le meilleur des remèdes. Et nous ne pourrons ainsi que mieux donner le change à tous ceux que votre longue absence pourrait surprendre.

— Non, Lucas, vraiment...

— Un bon mensonge est absolument essentiel, mon amour. Rien de tel pour faire face aux soupçons et aux rumeurs qui ne manqueront pas. Ensemble, nous n'aurons aucune peine à faire front et démentir les insinuations, d'où qu'elles viennent.

— Lucas ! s'exclama Evelyn. Vous êtes vraiment déroutant ! Vous ne m'avez même pas écoutée !

— Si, si, fort bien. Mais permettez-moi de croire que votre refus n'était pas définitif. L'Egypte est un pays merveilleux en cette saison et il y avait longtemps que moi aussi je désirais visiter les temples et les nécropoles bâtis par les pharaons. Si, au printemps, je n'ai pas réussi à vous convaincre de la sincérité de mes sentiments, je vous promets de renoncer. Qu'en pensez-vous, mademoiselle Peabody ? Je vous en prie, donnez-nous votre avis, vous qui êtes notre égérie, notre fontaine de sagesse ?

— Ai-je vraiment mon mot à dire ? répondis-je d'un air amusé. A la vérité, cher lord Ellesmere, je ne puis que rendre justice à votre franchise et à votre sens de l'honneur. Quant à vous, Evelyn, sans accepter toute la fortune que vous propose votre cousin, vous pourriez en toute conscience recevoir une confortable rente annuelle. Par ailleurs, si vous souhaitez rentrer en Angleterre...

— Oh, Amelia, comment pouvez-vous penser une chose pareille ?

— Très bien, fis-je sans laisser paraître ma satisfaction. Dans ce cas, nous remonterons le Nil ensemble. A notre retour, vous étudierez à nouveau l'offre de votre cousin. Ainsi, vous serez en mesure de prendre votre décision en pleine connaissance de cause. Cela vous convient-il, à tous les deux ?

Lucas me saisit les mains et les serra avec enthousiasme. Evelyn hocha simplement la tête. L'idée ne lui plaisait guère, mais elle était trop droite pour me contredire.

— Cependant, poursuivis-je, notre jeune ami devra garder une certaine distance pour faire sa cour. Je ne puis guère lui offrir une cabine sur notre dahabieh. Ce ne serait pas convenable.

Lucas me considéra d'un air amusé.

— J'en conviens volontiers, mademoiselle Peabody, même si je n'ai pas eu l'impression que les convenances étaient votre principal souci. Je louerai donc ma propre dahabieh et me lancerai sur vos traces dès que possible. Vous ne m'échapperez pas aussi facilement, mesdames ! Quand je vous aurai rejointes, nous voguerons de conserve et je jetterai l'ancre aux mêmes endroits que vous.

— Voilà un programme très romantique, commentai-je avec froideur. J'espère seulement que vous ne subirez pas trop de déconvenues. L'affrètement d'un bateau est une affaire qui peut prendre un certain temps en Egypte.

— On me l'a déjà dit à plusieurs reprises, déclara-t-il en se levant. Je vais donc m'y mettre toutes affaires cessantes.

— Vous ne pourrez rien faire ce soir, objectai-je.

— Oh, vous me sous-estimez, chère mademoiselle ! J'irai louer un bateau demain matin, en vous accompagnant au port. Mais, aujourd'hui, il n'est pas encore trop tard pour m'attacher les services d'un drogman. Le hall fourmille de ces pauvres hères et on m'a dit qu'un voyageur ne pouvait rien entreprendre sans eux. A propos, vous pourriez peut-être m'en recommander un ?

— Non, vraiment.

— Michael connaît peut-être quelqu'un, suggéra Evelyn.

— Michael ? Il est sûrement rentré chez lui.

— Je ne le pense pas, me contredit-elle avec son adorable candeur. Il doit être quelque part dans l'hôtel. Il ne s'en va jamais avant que nous nous soyons retirées dans nos appartements. Parfois, je me demande même s'il ne dort pas ici. Il vous est dévoué corps et âme depuis que vous avez sauvé la vie de sa fillette.

Comme elle l'avait pensé, Michael était toujours dans l'hôtel. Nous le trouvâmes dans le hall. Après avoir pris congé du jeune lord Ellesmere, nous laissâmes les deux hommes discuter de leur affaire et montâmes nous coucher.

J'étais réellement irritée contre Evelyn. Quelle idée avait-elle eue d'aider son cousin à mettre en œuvre son projet ? Si je ne l'avais pas si bien connue, j'aurais pu croire qu'elle voulait l'encourager. En fait, il s'agissait seulement de l'une de ses faiblesses. Elle était gentille et incapable de mentir. Deux traits de caractère qui peuvent être fort gênants.

CHAPITRE 4

J'avais cru pouvoir éviter Lucas en quittant l'hôtel à une heure outrageusement matinale. Je l'avais sous-estimé. Lorsque nous descendîmes à la salle à manger, les premières lueurs de l'aube commençaient à peine à s'effilocher en longs filaments roses dans le ciel. Mais Lucas était déjà debout. Il nous attendait, avec une brassée de fleurs pour Evelyn. Il eut à mon intention un sourire entendu qui voulait dire : « Vous voyez, je ne suis pas aussi sot que vous l'aviez imaginé. » Il insista pour nous accompagner jusqu'à Boulaq et, pendant qu'une petite barque nous conduisait à notre dahabieh, il resta sur le quai en agitant les bras comme un sémaphore et nous envoyant mille baisers, destinés, je suppose, à la seule Evelyn.

Sur le pont, les hommes d'équipage couraient en tous sens. L'agitation était indescriptible. On finit par larguer les amarres et la grand-voile, hissée le long du mât, se gonfla sous les risées légères du vent du nord. Nous étions partis. Notre équipage le fit savoir par une véritable salve de mousqueterie, à laquelle firent écho les embarcations voisines.

Nous étions assises sur le pont supérieur, protégées du soleil par un auvent. Des tapis, des chaises longues, des tables basses y offraient un confortable salon de plein air. Habib, un jeune serviteur, apparut bientôt avec du thé à la menthe et des gâteaux. Evelyn avait retrouvé sa vivacité naturelle, émerveillée par le spectacle qui, lentement, se déroulait sous nos yeux. Palais et jardins se succédaient comme en un rêve et chaque minute qui passait nous faisait découvrir une nouvelle merveille d'architecture orientale, surgissant des palmeraies comme de vivants écrins de verdure dont l'émeraude moirée ondulait doucement sous l'effet de la brise matinale. Au loin, les triangles d'or des Grandes Pyramides se détachaient sur le bleu immaculé du ciel. L'air était si limpide qu'on avait l'impression d'avoir presque sous les yeux des monuments en miniature.

Nous passâmes toute la journée sur le pont. L'expérience était si neuve, si enchanteresse, que nous ne parvenions pas à nous en détacher. A l'heure du dîner, de subtils parfums montèrent de la cuisine. Evelyn fit montre d'un appétit que je ne lui soupçonnais pas. Puis, quand la nuit fut tombée, nous descendîmes au salon et elle joua du Chopin sur le piano. Assise près d'une fenêtre, je regardais le soleil se coucher et écoutais avec délice les accords tantôt tendres et langoureux, tantôt violents et passionnés qui naissaient sous ses doigts de fée. Un moment inoubliable.

Nous en connûmes beaucoup d'autres au cours des journées suivantes. Mieux vaut toutefois modérer mon enthousiasme, car les bonnes librairies sont déjà submergées par les récits de voyage. Les chants étranges et fantastiques des mariniers, le soir, au mouillage, les saluts interminables avec les vapeurs que nous croisions le long du fleuve, et les escales à Dachour (des pyramides) et à Abousir (encore des pyramides).

La plupart des voyageurs effectuent aussi vite que possible la remontée du fleuve et ne s'arrêtent qu'au retour pour visiter les grands sites archéologiques. Le voyage aller est le plus difficile, car on navigue contre le courant qui, comme aucun de mes lecteurs ne l'ignore, coule du midi vers le septentrion. Pour le remonter, les bateaux dépendent du vent du nord et, lorsqu'il fait défaut, ce qui arrive souvent, ce sont les bras des hommes, secs et hâlés par le soleil, qui doivent prendre le relais. Après avoir regardé plusieurs fois ces malheureux tirer comme des forçats sur leurs cordes et s'enfoncer jusqu'aux mollets dans le sable de la rive, nous n'eûmes pas le cœur de leur imposer un pareil labeur, sauf en cas d'absolue nécessité.

J'avais des raisons personnelles pour souhaiter gagner le Sud au plus vite. Je ne sous-estimais pas la détermination de Lucas mais il lui faudrait tout de même du temps pour affréter une dahabieh et j'avais grande envie de quelques semaines de repos et de tranquillité avant qu'il ne nous ait rattrapées.

Par ailleurs, je m'étais rendu compte au cours de mes lectures que le circuit touristique traditionnel était absurde. Les monuments près du Caire sont parmi les plus anciens. Pour suivre le déroulement chronologique de l'histoire égyptienne, nous devions nous arrêter à l'aller, en remontant vers le sud, et non au retour. Je désirais découvrir les tombes de la XIIe dynastie avant les temples de la XVIIIe et ne visiter qu'en dernier les vestiges des périodes grecque et romaine. J'avais donc établi un itinéraire précis avant notre départ du Caire et l'avais présenté au raïs Hassan.

J'eus l'impression de lui proposer une véritable révolution. Sur le Nil, il n'y avait qu'un seul maître : le vent. C'était lui et lui seul qui déciderait de notre itinéraire et de nos arrêts. Point final.

Je commençais à comprendre un peu l'arabe et pus saisir en partie le sens des commentaires non traduits dont Michael me gratifiait. Je n'étais, selon lui, qu'une femme et je n'avais donc guère plus d'esprit qu'une buse. En outre, je ne connaissais rien aux bateaux ni à l'art de la navigation. Car c'était un art ! Prétendais-je faire la leçon à un capitaine expérimenté comme lui ?

Je n'étais peut-être qu'une sotte, mais j'avais payé fort cher le droit de séjourner à bord de sa maison flottante. Lorsque je lui eus rappelé ce détail, le raïs Hassan se montra aussitôt beaucoup plus conciliant. Bien sûr. Il ferait tout pour me satisfaire. Cependant, comme tous les hommes, il avait quelque peine à accepter qu'une femme lui dicte sa conduite et il me fallut discuter longuement avec lui de l'opportunité de chaque arrêt que je lui proposais.

Si l'on ne tient pas compte du temps que nous perdions, échoués sur des bancs de sable — genre d'incident fréquent sur le Nil —, nous avancions à bonne allure. Le vent était régulier et soutenu. Le raïs m'opposa donc une résistance très ferme, lorsque je lui demandai de mouiller l'ancre à Beni-Hassan qui se trouve à 250 kilomètres environ au sud du Caire. Armée de mon *Egypte ancienne* de M. Maspero, je lui expliquai que les tombes de Beni-Hassan dataient de la XIIe dynastie. Leur construction était postérieure aux pyramides de Gizeh que nous avions déjà visitées et précédait le temple de Louxor où nous avions l'intention de nous rendre ensuite. Je ne suis pas sûre qu'il ait compris mes arguments. Néanmoins, je finis par avoir gain de cause et nous fîmes halte à Beni-Hassan.

Le village ressemblait à tous les villages égyptiens. En Angleterre, j'eusse dénoncé aux autorités un homme qui aurait osé loger ses chiens dans des conditions aussi atroces. Les habitations étaient des cabanes en torchis recouvertes de paille. En général, elles sont distribuées, plus ou moins au hasard, autour d'une sorte de cour intérieure qui sert, entre autres, à la cuisine. Il y a un foyer, une pierre pour moudre le grain et quelques jarres dans lesquelles sont entreposées les provisions. Les femmes filent, tissent ou s'occupent de leurs bébés. Les hommes palabrent, assis sur des pierres. Les enfants, sales et nus comme des vers, s'agitent pêle-mêle dans la poussière au milieu des poules et des chiens. Pourtant, ils ont souvent un visage adorable — lorsqu'ils ne sont pas défigurés par les mouches ou la maladie.

Quand nous apparûmes, le village se mit à grouiller comme une fourmilière sur laquelle on a posé le pied par inadvertance. Nous fûmes instantanément assiégées par des mains tendues — certaines vides, pour mendier l'inévitable bakchich, d'autres pleines d'objets à vendre : quelques antiquités authentiques volées dans les tombes mais surtout de grossières imitations destinées aux touristes trop crédules. J'ai entendu dire que des Européens et des

Américains participaient eux aussi à ce douteux négoce.

Evelyn poussa un cri et se recroquevilla sur elle-même lorsqu'un adolescent, plus hardi que les autres, lui mit sous le nez un objet particulièrement horrible. A première vue, cela ressemblait à des brindilles de bois mort enveloppées dans des chiffons sales. Au deuxième coup d'œil, je reconnus la véritable nature de l'« objet » — une main de momie, sectionnée au niveau du poignet, les doigts sortant des bandelettes. Leur couleur foncée était due au goudron dans lequel ils avaient été trempés autrefois, au cours des différentes opérations d'embaumement. Deux affreux petits anneaux ornaient les phalanges desséchées et les bandelettes avaient été déroulées pour présenter cette pièce de choix dans toute son horreur originelle.

Le vendeur ne fut pas découragé par nos exclamations de dégoût. Il voulait à toute force nous faire toucher son trésor et il fallut l'aide de Michael pour le convaincre que nous n'avions absolument aucune envie d'acquérir une aussi répugnante relique. De nombreux voyageurs achètent des souvenirs de ce genre. Il y en a même qui reviennent avec des momies entières ou les font expédier en Europe, comme s'il s'agissait de statues en bois et non de restes humains.

Tandis que nous nous éloignions, Evelyn soupira et prit un air pensif.

— C'est étrange de songer que ce... cette chose a peut-être été, jadis, serrée avec passion par les mains d'un mari ou d'un amant. Elle était tellement petite, tellement... Oh, Amelia, croyez-vous qu'elle ait pu appartenir à une femme ?

— Il vaut mieux ne pas y penser, déclarai-je fermement.

— J'aimerais bien pouvoir m'en empêcher, murmura-t-elle en secouant la tête. Une telle vision aurait dû me faire réfléchir à la fragilité de la condition humaine, à la vanité de nos efforts, à la grandeur de Dieu et aux autres préceptes de la foi chrétienne. Au lieu de cela, je n'ai vu qu'un morceau de chair mis au rebut — un morceau de chair ayant appartenu, jadis, à un être vivant, comme moi, comme vous. Si je l'avais touché, je crois que je me serais évanouie !

Nous gravîmes le chemin qui conduisait aux tombes. Vous pouvez être assuré, cher Lecteur, que je n'avais pas perdu mon temps pendant les longues journées sur le Nil. J'avais emporté avec moi l'ouvrage si précieux de Samuel Birch sur les hiéroglyphes égyptiens et les heures que j'avais passées à les étudier furent pleinement récompensées quand je réussis à déchiffrer pour Evelyn le nom d'un gouverneur de la région à l'époque de la XIIe dynastie. L'émotion que l'on ressent devant une photographie ou devant une reproduction, même habile, sur la page d'un livre n'a rien de comparable avec celle que l'on éprouve devant un mur recouvert de ces signes plusieurs fois millénaires. Quand, en plus, on réussit à leur trouver un sens, c'est...

Pardonnez-moi. Je me laisse emporter une fois de plus par mon enthousiasme. Les tombes offrent un intérêt considérable, même pour le touriste non érudit. Les scènes peintes sur les parois sont gaies et restituent la vie quotidienne du défunt tout comme les activités qui se déroulaient sur ses terres. Là, un esclave souffle du verre, ailleurs un autre travaille de l'or pour façonner des bijoux. Des bergers surveillent leurs troupeaux, des oies marchent fièrement au bord d'un canal, tandis que des paysans moissonnent ou retournent la terre.

Quelques années plus tard, je devais apprendre que ces tombes magnifiques avaient été défigurées par des voleurs qui avaient arraché des pans entiers de ces fresques pour les vendre à des marchands d'antiquités. Mais, même alors, je pus déjà constater certaines des dégradations, volontaires ou involontaires, dont M. Emerson m'avait parlé. Les murs s'écaillaient continuellement et la fumée des torches de nos guides noircissait les peintures, leur faisant perdre peu à peu ce merveilleux éclat qui était resté intact pendant tant de siècles. Les touristes, en outre, n'étaient guère plus respectueux de ces trésors que les Egyptiens qui, eux, avaient au moins l'excuse de la pauvreté et de l'ignorance. Alors que nous nous apprêtions à sortir d'une tombe, je vis un gentleman américain s'en aller tranquillement avec un fragment de pierre sur lequel était gravée l'image fragile et délicate d'un jeune taureau. Je l'interpellai violemment, mais Evelyn m'empêcha de le poursuivre pour l'obliger à remettre le précieux fragment à l'endroit où il l'avait pris. Comme elle me le fit remarquer avec justesse, quelqu'un d'autre aurait fini par l'emporter. Demain ou un autre jour.

Le nom d'Emerson vient seulement de réapparaître dans mon récit, mais que le lecteur n'aille surtout pas imaginer qu'il avait été absent de notre esprit pendant les jours sereins où nous voguions sur le Nil. Evelyn ne parlait jamais de Walter, mais, à la lueur qui brillait dans ses yeux chaque fois que je mentionnais son nom dans notre conversation, je n'avais aucune peine à imaginer que le jeune archéologue occupait une part non négligeable de ses pensées.

Quant à moi, je songeais souvent aussi à son frère, Radcliffe, mais, d'une façon qui, contrairement à Evelyn vis-à-vis de Walter, n'avait absolument rien de romantique. L'évocation de sa forte personnalité et de ses jugements à l'emporte-pièce sur ses collègues me procurait une pénible démangeaison, comme le prurit provoqué par une piqûre de moustique.

(Mon Critique, qui continue de lire par-dessus mon épaule, juge cette image bien inélégante. Néanmoins, je la maintiens.)

En tout cas, ses craintes étaient justifiées. Partout où nous passions, je trouvais des traces évidentes de vandalisme et cela me démangeait (en un sens à peine métaphorique) de ne pas être à la tête du Service des Antiquités. Il ne m'aurait pas fallu longtemps pour remettre de l'ordre et assurer une protection réelle de ces inestimables trésors !

Au fil des jours, nous avions lié connaissance avec les membres de notre équipage. Le cuisinier était un vieux monsieur édenté et très digne. Il était originaire d'Assouan et confectionnait ses délicieux repas sur un minuscule fourneau alimenté au charbon de bois. Les serveurs, Habib et Abdul, étaient deux charmants garçons qui, avec leurs larges épaules, leurs corps souples et sveltes, auraient pu servir de modèles aux artistes de l'ancienne Egypte. Très vite, nous conçûmes pour eux une grande affection, surtout pour Habib qui riait aux éclats chaque fois que je lui parlais en arabe. Quant aux hommes de l'équipage, je parvenais vaguement à les distinguer les uns des autres, grâce à la couleur de leur peau qui allait du noir d'ébène jusqu'au café au lait. Autrement, avec leurs longues djellabas et leurs turbans, ils se ressemblaient comme des frères.

Pendant le voyage, j'avais hérité d'un sobriquet. Les Egyptiens donnent des surnoms à tout le monde et certains d'entre eux sont très pittoresques, quand ils ne sont pas irrespectueux. M. Maspero nous avait parlé de l'un de ses amis, un gentleman américain qui répondait au nom de Wilbour et arborait fièrement une longue barbe blanche. Les Arabes l'avaient appelé : Le Patriarche du Fleuve. Mon sobriquet était également très suggestif. J'étais Sitt Hakim, la dame médecin. Un titre que j'avais amplement mérité. Il ne se passait pas une journée sans que je sois appelée à panser une coupure ou désinfecter une égratignure. A mon grand regret, hélas, je n'avais pas encore eu l'occasion de pratiquer une amputation. Quand nous nous arrêtions dans des villages indigènes, j'étais invariablement assiégée par des mères qui m'apportaient leurs bébés malades. Souvent, elles-mêmes étaient à peine sorties de l'enfance. A notre départ de Beni-Hassan, j'avais déjà quasiment épuisé mon stock de médicaments et je savais, malheureusement, que mes efforts ne seraient jamais qu'une goutte d'eau dans le désert. C'est chez les femmes que se trouve la clef du renouveau de l'Egypte. Aussi longtemps qu'on les obligera à se marier à peine nubiles — vendues à l'encan comme des animaux — l'Egypte ne parviendra jamais à se développer et à faire fleurir une nouvelle civilisation. Estimant que cette remarque ne manquait pas d'intérêt, je décidai d'en parler au major Baring dès mon retour au Caire. Que pouvait-il bien connaître ou comprendre de la réalité, lui qui passait sa vie plongé dans son livre de comptes ? A la vérité presque tous les hommes sont comme lui.

Au rythme de ces réflexions, les journées s'écoulaient fort agréablement. La compagnie d'Evelyn contribuait grandement à mon plaisir. Elle était l'amie parfaite : sensible à la beauté, émue jusqu'aux larmes par l'horrible spectacle de la pauvreté et de la maladie, curieuse de tout, sans cesse émerveillée par la leçon d'histoire qui se déroulait sous nos yeux, et toujours de bonne humeur. Sa compagnie m'était tellement chère que je finis par redouter l'arrivée du printemps. J'aurais tant aimé passer des années entières avec elle ! Nous aurions vécu comme deux sœurs, profitant des conforts de l'Angleterre et voyageant partout dans le monde, afin d'échapper, de temps à autre, à la grisaille et l'ennui de la vie quotidienne. Oui, mais un tel paradis n'était pas envisageable. Même si elle ne cédait pas aux instances de son cousin, Evelyn finirait un jour ou l'autre par se marier. Et, en mon for intérieur, j'étais persuadée que Lucas l'emporterait. Il avait tous les atouts dans sa main. Je décidai donc de profiter de l'instant présent sans penser à l'avenir.

Après Beni-Hassan, le site qui intéresse le plus les historiens est situé non loin d'un petit village appelé Haggi Qandil. L'endroit a un nom beaucoup plus fameux : Tell El-Amarna, la cité du roi hérétique Akhenaton — si réellement c'était un roi et non une reine déguisée en homme, comme l'ont prétendu certains archéologues. J'avais vu des copies des portraits de ce monarque et je devais admettre le caractère féminin de sa silhouette comme de ses traits.

Plus passionnantes encore étaient les spéculations sur les croyances religieuses de cet étrange personnage. Il avait abandonné le culte des anciennes divinités de l'Egypte et voué toute sa dévotion au soleil, Aton. Ne croyait-il qu'en ce seul dieu ? Etait-il le premier monothéiste de toute l'histoire humaine ? Quelle relation y avait-il eu entre ce monothéisme supposé et le monothéisme des Hébreux ? Moïse avait été élevé à la cour du roi d'Egypte. Il était possible, après tout, que la foi en Yahweh ait eu pour origine la religion iconoclaste d'un pharaon !

Evelyn fut très choquée lorsque je lui exposai une idée aussi peu orthodoxe et nous eûmes à ce sujet une discussion des plus animées, mais fort intéressante, qui me donna l'occasion de lui faire une conférence sur Akhenaton. Elle était toujours très ouverte à toutes les connaissances nouvelles.

— Après avoir abandonné la cité royale de Thèbes, expliquai-je, il a bâti une nouvelle capitale, dédiée à son dieu, sur une terre qui n'avait jamais été souillée par un autre culte. M. Lepsius, un savant allemand, a découvert plusieurs stèles portant des inscriptions de bornage tout autour de la cité d'Akhenaton. Il y a également de nombreuses tombes dans les collines environnantes. Les peintures qui les décorent sont d'un style très différent de celles que l'on trouve dans les nécropoles des périodes antérieures. Si le vent nous est favorable, je pense qu'une visite serait du plus grand intérêt. Qu'en dites-vous ?

J'étais en train de feuilleter le *Dictionnaire géographique* de Brugsch (Heinrich Brugsch, l'archéologue), mais j'épiais Evelyn du coin de l'œil et vis distinctement une rougeur envahir ses joues. Elle posa son crayon — c'était une artiste incontestablement douée, car elle avait réalisé de fort jolis dessins et esquisses depuis notre départ — et laissa son regard vagabonder sur les rives escarpées du fleuve.

— Comment s'appelle cet endroit, Amelia ?

Je me plongeai dans les pages de Brugsch et affectai un air très absorbé.

— L'ancien nom était...

— Le nom moderne est El-Amarna, n'est-ce pas ?

— Il y a trois villages aux alentours, répondis-je doctement, El-Till, El-Haggi Qandil et El-Amariah. Une déformation de ces noms...

— Oui, oui, je m'en souviens, m'interrompit-elle. Walter m'en a parlé. C'est le site sur lequel il travaille avec son frère. Mais, naturellement, vous n'avez pas les mêmes raisons que moi de vous en souvenir.

Le ton d'Evelyn avait été nettement sarcastique. Il était rare qu'elle se permette une telle insolence et je décidai donc de l'ignorer.

— Vraiment ? répondis-je avec nonchalance. C'est possible, mais je ne vois vraiment pas pourquoi nous devrions forcément rencontrer ces messieurs Emerson. Le site est immense et les tombes sont très éloignées les unes des autres. Enfin, je suppose que votre réponse à ma première question était positive. Je vais donc aller en parler au raïs Hassan.

Le vent ayant molli, il nous fallut deux jours pour atteindre Haggi Qandil et, lorsque nous y arrivâmes, j'eus beaucoup de peine à convaincre le raïs Hassan de faire halte. Il semblait avoir mille prétextes pour poursuivre notre route. Le vent commençait enfin à se lever, il y avait une épidémie dans la région, les vestiges intéressants étaient trop éloignés du fleuve, les abords de la rive étaient dangereux et bien d'autres arguments tous moins convaincants les uns que les autres. Pourtant, notre brave capitaine avait eu tout loisir d'apprendre qu'il ne servait à rien de discuter avec moi. Mais peut-être éprouvait-il un secret plaisir à nos joutes oratoires ? Ce n'était pas impossible. L'honnêteté m'oblige à admettre que ses objections n'étaient pas toutes injustifiées. Nous nous échouâmes sur un banc de sable, juste en face du petit port et il nous fallut l'aide des villageois pour descendre à terre. Tandis que nous accostions ainsi, avec fort peu de décorum, le raïs Hassan regardait lugubrement les efforts de ses hommes pour dégager son bateau. Ils ahanaient et se dépensaient comme des diables, mais la lourde dahabieh ne bougeait pas d'un pouce.

Michael, notre drogman, nous précéda dans le village, qui était typiquement égyptien — juste un peu plus misérable que les autres. Les étroites ruelles étaient jonchées de détritus de toute sorte qui fumaient dans la chaleur brûlante du soleil. Partout, de la poussière et du sable. Des chiens squelettiques étaient couchés çà et là, dans les rares endroits où il y avait un peu d'ombre. Sur notre passage, ils montraient les crocs et grognaient, mais ils n'avaient même pas la force de se lever, tant ils étaient mal nourris. Des enfants demi-nus aveuglés par les mouches tentaient de nous extorquer, à force de gémissements, quelque bakchich.

Sur la place, Michael fit s'écarter la foule avec autorité et plusieurs loueurs d'ânes nous présentèrent leurs bêtes. Nous choisîmes les moins efflanquées et je procédai ensuite à un rituel qui, partout où nous étions passées, avait provoqué l'hilarité générale et intriguait même notre fidèle drogman. Suivant mes ordres, traduits par Michael, les propriétaires des ânes les dessellèrent, enlevèrent les morceaux d'étoffe sale et graisseuse qui leur recouvrait le dos, les douchèrent avec des seaux d'eau, les brossèrent et appliquèrent sur leurs plaies un onguent que j'avais apporté. Ensuite, ils furent à nouveau sellés avec des tapis propres que je fournis également et qui étaient soigneusement lavés après chaque utilisation. Je pense que c'était la première fois de leur vie que ces pauvres bêtes étaient traitées avec autant d'égards. Comme leurs tapis n'étaient jamais enlevés, les parasites proliféraient sur leurs ventres et leurs dos, occasionnant d'horribles plaies purulentes.

Les grimaces méprisantes de leurs propriétaires se changèrent en sourires radieux lorsque je leur offris un généreux pourboire pour récompenser un effort aussi étranger à leurs habitudes. Je profitai de l'occasion pour leur administrer une brève leçon sur les bienfaits économiques de l'hygiène appliquée aux animaux domestiques, mais je ne suis pas sûre que la traduction de Michael ait été bien fidèle.

Ensuite, nous nous mîmes en selle et, accompagnées par des jeunes garçons qui couraient en riant à nos côtés, nous trottâmes dans le désert en direction des tombes.

Les collines qui, en d'autres endroits, tombent presque à pic dans le fleuve étaient ici assez éloignées et encerclaient une plaine d'une dizaine de kilomètres de profondeur sur six ou sept de large. Les terres cultivées n'occupaient qu'une bande étroite le long du Nil. Au-delà, c'était le désert, une vaste étendue caillouteuse, brûlée par le soleil. Les tombes avaient été creusées dans les falaises, parfois verticales, qui séparaient la plaine des collines.

Nous tressautions allègrement sur nos montures, les yeux mi-clos pour nous protéger de la réverbération du soleil, lorsque, soudain, j'aperçus un homme qui avançait vers nous. En Egypte l'air est si limpide qu'on distingue les détails des choses à une distance inconcevable en Angleterre. A son allure et à sa tenue vestimentaire, je vis tout de suite qu'il ne s'agissait pas d'un indigène. Mon estomac se noua, mais, très vite, je me rendis compte que ce n'était pas Radcliffe. Evelyn le reconnut en même temps que moi. Nous étions côte à côte. J'entendis son exclamation et vis ses mains se crisper sur les rênes.

Walter. Il nous avait aperçues et courait maintenant comme un fou. Il ne nous identifia pas tout de suite mais à la vue de deux voyageurs européens, il pressa le pas dans notre direction. Lorsqu'il finit par nous reconnaître, il s'arrêta si brusquement qu'il fit jaillir une gerbe de sable. De notre côté, nous continuâmes de trotter dignement vers lui. Il nous regardait d'un air incrédule, comme si nous étions un mirage issu de son imagination enfiévrée.

— Dieu soit loué, c'est bien vous ! s'exclama-t-il avant que nous ayons eu le temps de le saluer. Vous n'êtes pas une vision. Un instant, j'ai cru...

Ses yeux étaient fixés sur Evelyn, mais son agitation était trop grande pour qu'elle fût due seulement aux affres de l'amour contrarié qu'il éprouvait pour elle.

— C'est bien nous, acquiesçai-je. Y a-t-il quelque chose qui ne va pas, monsieur Emerson ?

— Il s'agit de mon frère, Radcliffe, bredouilla-t-il en essuyant son front trempé de sueur. Il est malade. Très gravement malade... Vous n'avez pas de médecin avec vous, naturellement. Mais il y a votre dahabieh — vous pourriez peut-être l'emmener au Caire... ?

Les dangers que courait son frère et l'apparition inattendue d'Evelyn lui avaient mis la tête complètement à l'envers. Je m'en rendis compte tout de suite et décidai aussitôt de prendre les choses en main.

— Courez au bateau et apportez-moi ma pharmacie ! ordonnai-je en me retournant vers Michael. Dépêchez-vous, je vous en prie. Maintenant, Walter, si voulez bien nous conduire...

— Un médecin, marmonna-t-il d'une voix suppliante. C'est un médecin qu'il lui faut.

— Vous savez très bien qu'il n'y a aucun médecin à plusieurs centaines de kilomètres à la ronde, déclarai-je doucement. Lorsque j'aurai examiné votre frère, je pourrai dire s'il est transportable. Il faudra plusieurs jours pour l'emmener au Caire. Allons, conduisez-nous auprès de lui.

Voyant qu'il continuait de regarder fixement Evelyn, comme hypnotisé, je l'éperonnai de mon ombrelle. Il sursauta et revint instantanément à la réalité.

— Suivez-moi ! cria-t-il en se mettant à courir dans la direction d'où il était venu.

D'eux-mêmes, nos ânes se remirent au trot. Nous soulevions un nuage de poussière derrière nous. Avec nos jupes au vent et nos ombrelles, nous devions offrir un spectacle assez cocasse.

Le quartier général des frères Emerson était installé dans une tombe creusée dans une falaise, juste en bordure de la plaine. Le sentier qui y conduisait était si étroit et si escarpé que nous dûmes mettre pied à terre pour continuer. Walter donna la main à Evelyn afin de l'empêcher de trébucher. L'un de nos âniers fit mine de vouloir m'aider, mais je le repoussai énergiquement avec mon ombrelle. Je n'étais ni vieille, ni infirme et je n'avais besoin de personne pour escalader trois malheureux rochers ! En arrivant à l'entrée de la tombe, j'étais certes essoufflée, mais c'était — je le confesse — l'effet de l'anxiété plutôt que de l'effort.

Le linteau et les pieds-droits de la porte étaient décorés de gravures en relief, mais je n'avais ni le temps, ni l'envie de m'y attarder. Une fois à l'intérieur, un coup d'œil me suffit pour comprendre la raison d'être d'un tel bivouac. Il y faisait frais et la demi-pénombre était très reposante pour la vue, après la lumière aveuglante du désert. La pièce où je me trouvais était longue et étroite. Plus tard, j'appris qu'il s'agissait d'un couloir d'accès et non d'une chambre funéraire. L'extrémité était plongée dans l'obscurité, mais une lumière diffuse éclairait l'entrée. Des caisses d'emballage faisaient office de tables. Certaines d'entre elles étaient chargées de boîtes de conserve, d'autres de livres et de papiers. Une lampe à pétrole, quelques chaises pliantes et des lits de camp. Sur l'un d'entre eux, un homme était allongé.

Son immobilité m'effraya. Etions-nous arrivées trop tard ? Puis, soudain, un bras remua et une voix rauque émit quelques borborygmes. Je traversai la pièce et m'assis à côté du malade.

Il était méconnaissable. Sa barbe avait complètement envahi ses joues et rejoint ses cheveux. Ses yeux étaient enfoncés très profondément dans leurs orbites et ses pommettes saillaient sous la peau. Je n'avais pas besoin de lui toucher le front pour comprendre qu'il brûlait de fièvre. Elle irradiait littéralement de son visage. Le col de sa chemise était ouvert et laissait voir une épaisse toison de poils noirs. Une couverture le recouvrait jusqu'à la taille, mais il s'était tellement débattu dans son délire qu'elle s'était enroulée autour de ses jambes.

Evelyn se laissa tomber à genoux à côté de moi.

— Puis-je faire quelque chose, Amelia ? questionna-t-elle doucement.

— Oui, acquiesçai-je. M'apporter des chiffons propres. Walter, veillez surtout à ce que nous ne manquions pas d'eau. Envoyez un homme en chercher, s'il n'y en a pas assez. Je suppose qu'il n'est pas en état de manger ? Avez-vous pu le faire boire ?

— J'ai essayé, mais je n'ai pas réussi à lui ouvrir la bouche, répondit Walter.

— Moi, j'y parviendrai ! déclarai-je en retroussant mes manches avec énergie.

Lorsque Michael arriva avec mon coffre à pharmacie, nous avions réussi à mettre le malade dans une position plus confortable. A force de bassiner son visage et son torse, sa température avait légèrement baissé et j'étais parvenue à instiller quelques gouttes d'eau entre ses lèvres craquelées. Non sans mal. Lors de mon premier essai, son bras avait fait sauter mon chapeau et, au deuxième, je m'étais retrouvée brutalement assise par terre. Une résistance qui n'avait eu pour effet que d'accroître ma détermination.

Je lui administrai une solide dose de quinine. Nous dûmes nous y mettre à trois : Evelyn s'assit sur ses jambes, Walter emprisonna les bras du malade auquel je pinçai le nez pour le forcer à ouvrir la bouche. Après quoi, il sombra dans un sommeil agité et je pus reporter mon attention sur les dispositions à prendre pour les heures et les jours à venir. Je renvoyai Michael à la dahabieh pour qu'il nous rapporte du matériel de couchage, des vivres et des vêtements de rechange. Evelyn l'accompagna afin de choisir les effets personnels dont nous allions avoir besoin. Je lui ordonnai de rester à bord, mais elle refusa avec cette obstination tranquille qu'elle manifestait dans certaines circonstances. Quant à Walter, je lui demandai de nous trouver une tombe jolie et agréable.

Sa réaction devant une telle requête fut des plus étranges. Il ouvrit et ferma la bouche plusieurs fois, sans qu'aucun son parvînt à en sortir. S'il n'avait pas été aussi svelte et beau garçon, il m'aurait fait l'effet d'un crapaud.

— Je suppose que ce ne sont pas les tombes qui manquent dans les environs, insistai-je, résistant mal au désir de l'aiguillonner à nouveau de mon ombrelle. Allons, Walter, nous n'avons pas de temps à perdre ! Je veux que l'endroit soit propre et balayé lorsque nos bagages arriveront. Où sont vos ouvriers ? C'est un travail dont ils pourraient se charger.

— Une tombe, répéta-t-il d'un air hébété. Oui, oui, bien sûr, mademoiselle Peabody. Il y en a plusieurs juste à côté. Mais je ne sais pas si vous les trouverez jolies et agréables...

— Walter, mon ami, trêve de sottises, répliquai-je sèchement. Ce n'est pas le moment. Je comprends votre affolement, mais il n'a plus de raison d'être. Je suis là, maintenant, et n'ai pas l'intention de m'en aller avant que votre frère ne soit à nouveau sur pied. J'ai toujours eu envie de passer quelque temps avec une expédition archéologique. Ce sera une expérience des plus intéressantes. Transporter notre malade ? Cela ne ferait que mettre ses jours en danger. Si mon diagnostic est exact, la phase critique aura lieu dans les prochaines heures, bien avant que nous ne puissions atteindre la ville la plus proche. Par ailleurs, je pense que nous n'avons pas lieu de trop nous inquiéter. Il a une constitution robuste. Et, au risque de me répéter, je suis là.

Walter était accroupi par terre à côté de moi. Il me regarda poser une nouvelle compresse humide sur le front de son frère. Comme je me redressais, il me prit par les épaules et m'embrassa bruyamment sur les deux joues.

— Je vous crois, mademoiselle Peabody. Tant que vous serez ici, Radcliffe ne courra aucun danger. Vous tiendriez tête à Satan soi-même si, d'aventure, il venait vous importuner !

Avant que j'aie eu le loisir de lui répondre, il se leva d'un bond et sortit en courant.

Je revins à mon patient et lui bassinai de nouveau les épaules et le torse. J'étais seule avec lui et, comme il dormait, je me permis un sourire. Apparemment, la nature s'était livrée à l'une de ces facéties dont elle a le secret. Des facéties que, nous autres, pauvres mortels, ressentons comme d'horribles injustices. Des deux frères Emerson, l'un avait hérité tout le charme et il n'était rien resté pour l'autre. Pauvre Evelyn. Comment aurait-elle pu ne pas succomber ? Grâce à Dieu, avec le pauvre Radcliffe aucune femme n'était exposée à ce danger.

Mais cette posture de colosse abattu lui donnait l'air plutôt pathétique. Je me souvins que l'un de mes seuls accès de larmes, quand j'étais enfant, avait eu lieu lorsque dans le parc de mon père, la foudre fendit en deux le plus majestueux de nos chênes.

Tandis que j'essuyais la sueur de son visage, ses traits se détendirent légèrement. Il exhala un soupir, comme un enfant qui, dans son sommeil, fait un rêve agréable.

Dans la soirée, il éprouva une brusque poussée de fièvre. Dès lors, nous n'eûmes plus un instant de répit. Evelyn et moi ne retrouvâmes notre lit qu'à l'aube. Walter avait fait déblayer une tombe par ses ouvriers et Michael l'avait équipée presque confortablement, mais jamais je n'aurais quitté mon malade et, malgré mes instances, Evelyn avait refusé de me laisser seule. Ou bien était-ce la présence de Walter qui l'avait incitée à rester ? Enfin, peu importe. J'avais d'autres problèmes plus urgents à résoudre. Juste après le coucher du soleil, le délire de Radcliffe prit des proportions impressionnantes, il fallut toute ma force et toute celle de Walter pour l'empêcher de se blesser ou de nous assommer. Au passage, j'héritai d'un joli bleu sur la joue quand, pendant une fraction de seconde, Walter laissa échapper l'un des bras de son frère. Je n'avais jamais vu pareil forcené. Dans cette sépulture, ses hurlements semblaient échappés à l'âme d'un pharaon disparu, en proie aux tourments de l'au-delà. Nous étions des monstres à tête de crocodile et nous lui barrions l'accès du paradis. La victoire resta de notre côté. Nous réussîmes à le maintenir sur le lit et je lui administrai une nouvelle dose de quinine. Il finit par sombrer dans un profond coma qui, comme je le savais, se terminerait par la mort ou la guérison.

En un sens, les heures qui suivirent furent encore pires que la longue et épuisante bataille que nous venions de livrer. Walter, sans couleur et sans voix, s'était agenouillé au chevet de son frère, le souffle suspendu à la respiration haletante et saccadée de Radcliffe. En dépit de nos efforts, la fièvre monta de nouveau. A force de tordre des serviettes, mes mains étaient prises de crampes et mes doigts me faisaient souffrir — surtout à la main gauche, car peu avant de perdre connaissance, Radcliffe l'avait saisie dans la sienne et ne l'avait plus lâchée. La violence avec laquelle il la serrait avait été terrifiante comparée à l'immobilité du reste de son corps. J'avais eu l'impression qu'il s'y accrochait comme à une bouée de sauvetage. Si jamais il l'avait lâchée, il aurait sombré dans l'abîme sans fond de la mort.

Vers le milieu de la nuit, j'éprouvai des vertiges et ma tête devint étrangement légère. La scène autour de moi avait quelque chose d'irréel : la flamme jaunâtre de la lampe à pétrole, les ombres chinoises sur les murs couverts de hiéroglyphes, les visages tendus de mes compagnons et le géant assoupi qui gisait sur son lit de douleur. Dehors, le silence de la nuit n'était brisé, de loin en loin, que par les jappements aigus d'un chacal. Jamais je n'avais entendu un cri d'animal aussi lugubre.

Puis, au cours de cette heure ténébreuse qui précède l'aube, il y eut un changement. Pour le meilleur ? Pour le pire ? J'eus l'impression, presque palpable, que le destin hésitait. L'espace d'un instant, mes yeux se fermèrent, puis j'entendis un sanglot étranglé. Il émanait de Walter. Il avait la tête enfouie dans le creux du bras de son frère. Le visage de Radcliffe était détendu et paisible. Trop paisible... Puis, tout d'un coup, sa poitrine se leva et il inspira profondément. La main qui tenait la mienne était devenue molle. Molle et fraîche. Il vivrait.

Je ne parvins pas à me mettre debout. A force de rester pliées, mes jambes s'étaient ankylosées. Walter dut presque me porter jusqu'à mon lit. Il passerait le reste de la nuit au chevet de Radcliffe, au cas où il y aurait une rechute, mais je n'étais guère inquiète à ce sujet. Sitôt allongée, je fermai les yeux.

Lorsque je me réveillai, tard dans la matinée, il me fallut un long moment avant de réaliser où j'étais. Des murs de pierre avaient remplacé les cloisons blanches de ma cabine et j'étais couchée sur une surface dure. Pourquoi n'étais-je pas dans mon lit tiède et douillet ? Je me retournai et poussai un cri. Ma main gauche, sur laquelle je m'étais appuyée, était enflée et tout endolorie.

Puis, la mémoire me revint. Je m'assis sur ma paillasse et cherchai à tâtons ma robe de chambre. A l'autre bout de la pièce, Evelyn dormait encore. Un rayon de lumière, filtrant à travers le rideau qui servait de porte à notre chambre improvisée, caressait ses cheveux blonds.

Je me levai et écartai le rideau. La chaleur me frappa en plein visage. Une chaleur torride, presque insupportable. En dépit de mon anxiété, je ne pus m'empêcher de m'immobiliser pour contempler le paysage. Devant moi, le désert ondulait doucement jusqu'au Nil dont les méandres bleus s'étiraient paresseusement entre deux minces rubans vert tendre de terres cultivées. A l'ouest, les falaises formaient un véritable rempart naturel qui resplendissait de mille feux dans la lumière aveuglante du soleil. Les cabanes du village, serrées les unes contre les autres et à demi cachées par les frondaisons des palmiers, avaient presque un air pittoresque. A mi-chemin entre le village et les collines, une multitude de fourmis noires s'activait au milieu d'un nuage de poussière — le chantier de fouilles, sans doute.

En suivant le bord étroit de la falaise, je me dirigeai vers la tombe qui servait de campement aux frères Emerson. Comme j'en approchais, un bruit d'altercation me parvint. Je m'étais inutilement inquiétée. Radcliffe avait recouvré toute sa virulence.

Qu'une chose soit bien claire : ce matin-là, mes sentiments étaient empreints de la plus pure charité chrétienne. L'intérêt que je portais à Radcliffe était celui qu'on témoigne à un malade que l'on a soigné et arraché à la mort.

Des sentiments qui ne durèrent que quelques minutes.

En entrant dans la tombe, je vis que mon « patient » — si tant est qu'on puisse lui appliquer un tel qualificatif — était à demi sorti de son lit. Seule la main de Walter l'empêchait de se lever. Il était à moitié habillé. Ses jambes étaient recouvertes par le plus incroyable des sous-vêtements — rose vif. Il injuriait copieusement son frère qui agitait sous son nez une assiette.

En me voyant, Radcliffe s'arrêta de crier. Son expression manquait pour le moins d'amabilité, mais je fus heureuse de voir qu'il avait à nouveau ses esprits et que ses yeux n'étaient plus brillants de fièvre. Je lui accordai un sourire plein de bonne humeur, puis inspectai le contenu de l'assiette que tenait Walter.

Je dois admettre qu'une telle vision me fit oublier mes belles manières. Au contact de mon père, j'avais appris plusieurs expressions énergiques et colorées. Il m'était arrivé de les employer en sa présence, car il ne m'écoutait jamais, mais, jusqu'à présent, je m'étais toujours gardée de les utiliser avec d'autres personnes. Il faut dire que la masse informe, d'un gris verdâtre, qui s'était offerte à mon regard aurait soulevé le cœur de bien des gens.

— Sacré bon sang ! m'exclamai-je. Quelle est cette horreur ?

— Des petits pois en boîte, répondit Walter en prenant un air tout contrit. C'est nourrissant et bon marché. Nous avons également du bœuf et des haricots en boîte, mais j'ai pensé que...

— Jetez-moi ça dehors ! l'interrompis-je en me pinçant le nez. Ensuite, vous direz à votre cuisinier de faire bouillir une poule avec deux ou trois légumes. Je suppose qu'on doit pouvoir trouver une poule au village ? Si c'est ainsi que vous mangez tous les jours, pas étonnant que votre frère ait été malade ! Je me demande même comment il n'a pas, de surcroît, contracté une bonne dysenterie et d'autres troubles intestinaux sur lesquels je préfère ne pas m'appesantir.

Walter se mit au garde-à-vous, salua militairement et sortit en emportant son infect brouet.

Je me tournai de nouveau vers Radcliffe. Il s'était recouché et avait remonté la couverture jusqu'au milieu de sa barbe.

— Allez-y, mademoiselle Peabody ! lança-t-il sur un ton ouvertement agressif. Enumérez mes autres déficiences organiques. A ce que j'ai compris, je vous dois la vie, encore que Walter ait tendance à dramatiser les choses. Quoi qu'il en soit, je vous suis reconnaissant des soins que vous m'avez dispensés. Et maintenant que je vous ai remerciée, je ne vous demande plus qu'une chose : allez-vous-en.

Je me proposais de le faire, mais il était hors de question que j'obéisse à pareille injonction. M'asseyant sur le lit, je tendis ma main vers celle de Radcliffe, qui l'écarta brutalement.

— Je veux seulement prendre votre pouls, dis-je avec impatience. Arrêtez de jouer les vierges effarouchées !

Il consentit à me laisser prendre son poignet pendant quelques secondes, puis il le retira de nouveau, mais cette fois sans brusquerie.

— Il est vraiment dommage que Mlle Nightingale[1] ne soit pas restée chez elle à faire du tricot, grommela-t-il. A cause d'elle, la moitié des Anglaises se croient investies d'une mission sacrée : soigner les hommes et guérir leurs plaies, même contre leur volonté. Je suppose, madame, que vos instincts d'infirmière ont été pleinement satisfaits ? Alors, laissez-moi, sinon je... je vais sortir de mon lit !

— Si telle est votre intention, je ne bougerai pas d'un pouce ! rétorquai-je. Vous avez interdiction de vous lever aujourd'hui. Et, surtout, ne croyez pas m'effrayer par une telle menace. Je vous ai soigné toute la nuit. Votre anatomie n'a rien de particulièrement engageant, mais elle m'est désormais assez familière pour que je ne m'enfuie pas en la voyant.

— Et mon dallage ! cria-t-il. Que va-t-il advenir de mon dallage ? Vous ne croyez tout de même pas qu'une femme, même enragée comme vous l'êtes, va m'empêcher d'aller voir ce qu'ils font à mon dallage ?

« Dallage » était un mot qui était revenu souvent dans son délire.

— De quel dallage voulez-vous parler ?

— Mon dallage peint, répondit-il, une lueur de folie dans les yeux. J'ai trouvé une partie du palais d'Akhenaton. Les dallages, les murs et les plafonds étaient peints. Certaines de ces peintures ont miraculeusement survécu.

1. Florence Nightingale (1820-1910) s'occupa activement des problèmes hospitaliers et se dépensa sans compter durant la guerre de Crimée. (*N.d.T.*)

— Vraiment ? m'exclamai-je malgré moi. Vous voulez dire que le palais de ce roi hérétique était situé dans ce désert de sable ?

— Vous connaissez Akhenaton ?

— Oui, bien sûr. Il avait une personnalité fascinante. Mais, peut-être, êtes-vous de ceux qui pensent que c'était une femme ?

— Des balivernes ! Voilà bien le genre de préoccupations auxquelles s'adonnent les imbéciles qui dirigent aujourd'hui la recherche archéologique. L'idée de Mariette[1] était qu'il avait été fait prisonnier par les Nubiens et chât... enfin, disons privé de ses...

— J'ai lu cela, déclarai-je tandis qu'il s'interrompait en rougissant. En quoi cette hypothèse est-elle absurde ? D'après ce que j'ai entendu dire, pareille opération entraîne des modifications profondes chez un homme et lui donne des traits féminins.

Radcliffe me regarda d'un air bizarre.

— C'est une façon d'envisager les choses, répondit-il sèchement. Pour ma part, j'inclinerais à penser que les particularités morphologiques d'Akhenaton ne sont qu'une simple convention artistique, opinion étayée par le fait que ses courtisans et ses amis présentent les mêmes particularités.

— Vraiment ?

— Oui. Vous n'avez qu'à regarder autour de vous pour vous en convaincre.

Il s'assit sur son lit et remonta sa couverture qui avait glissé. Je n'aurais jamais cru qu'un homme puisse être aussi velu.

— Cette tombe, poursuivit-il, a été creusée par un haut personnage de la cour d'Akhenaton. Ses murs sont décorés avec des hauts- et bas-reliefs dans le style si caractéristique d'Amarna.

Ma curiosité éveillée, je tendis la main vers la

1. Auguste Mariette (1821-1881), égyptologue : il fit déblayer tous les grands sites antiques d'Egypte et de Nubie, puis rassembla les pièces transportables pour fonder un musée qui constitua le noyau de l'actuel Musée du Caire. (*N.d.T.*)

lampe. Un mouvement qui fit pousser un cri de fureur à Radcliffe.

— Pas la lampe ! s'exclama-t-il. Je ne l'utilise que lorsque j'y suis absolument contraint. Je ne suis pas de ces vandales qui éclairent l'intérieur des tombes avec des torches ou, pire encore, avec des lampes au magnésium. Il faut être absolument inconscient pour agir ainsi ! La fumée grasse et la lumière trop vive sont les pires ennemis de ces délicates œuvres d'art. Le miroir... Prenez le miroir. Si vous le tenez convenablement, il vous donnera un éclairage bien suffisant.

J'avais remarqué le miroir et avais été surprise par la présence d'un objet aussi frivole à côté de Radcliffe. J'aurais dû me douter qu'il l'avait emporté dans un tout autre but que l'usage habituel. Il me fallut un certain temps pour réussir à m'en servir, mais, en dépit des remarques sarcastiques de Radcliffe, je ne renonçai pas et, finalement, un mouvement de poignet plus heureux que les autres réfléchit la lumière de la porte sur les parois. Le spectacle qui s'offrit à mes yeux me récompensa au centuple de mes efforts. J'en restai muette d'émerveillement.

Les reliefs étaient usés et, parfois, en partie effacés, mais leurs couleurs avaient une extraordinaire vivacité. Ils représentaient une parade ou une sorte de procession : une foule de personnages entouraient le pharaon que l'on n'avait aucune peine à reconnaître, car l'artiste lui avait donné une allure majestueuse et une taille dix fois plus grande que celle de ses sujets. Il était debout sur un char d'apparat, menant d'une seule main ses chevaux qui piaffaient et se cabraient. A son côté, il y avait une silhouette plus petite qui, comme lui, portait une couronne royale. Leurs visages étaient tournés l'un vers l'autre et l'on avait l'impression que leurs lèvres étaient sur le point de se joindre.

— Il doit l'avoir beaucoup aimée pour l'avoir placée aussi en évidence près de lui, pensai-je à voix haute. Vous avez sans doute raison, monsieur Emerson. S'il n'avait pas été vraiment un homme, il n'aurait pas osé violer la tradition en montrant aussi ouvertement son affection pour sa femme. Une femme, dont le nom lui-même, Néfertiti — La-Belle-est-Venue...

— Vous savez déchiffrer les hiéroglyphes ? s'exclama Radcliffe.

— Un peu.

J'indiquai, sans le toucher, le cartouche ovale dans lequel le nom de la reine était inscrit. Puis, mon doigt se pointa vers le cartouche vide qui avait contenu les noms et les titres d'Akhenaton.

— Je vois que, même ici, les prêtres d'Amon se sont vengés du roi hérétique en faisant marteler son nom. Ils devaient vraiment le haïr avec une violence extrême pour chercher à effacer jusqu'au souvenir de son existence !

— En agissant ainsi, ils espéraient aussi annihiler son âme, ajouta Radcliffe. Selon leurs croyances, un esprit humain ne pouvait être admis dans le royaume des morts s'il n'avait plus d'identité.

L'incongruité d'une telle conversation avec un gentleman en sous-vêtements roses ne me frappa que lorsque Evelyn apparut brièvement sur le pas de la porte et disparut aussitôt. Du dehors, sa petite voix timide demanda si elle pouvait entrer.

Radcliffe pesta et s'enfouit à nouveau complètement sous sa couverture.

— Bien sûr, entrez ! lui répondit-il d'une voix étouffée.

Evelyn réapparut. Dans une robe de cotonnade vert pâle, elle était aussi nette et pimpante que si elle avait eu à sa disposition toutes les commodités de la dahabieh au lieu d'une simple bassine d'eau tiède. Une légère rougeur avivait ses joues. La connaissant comme je la connaissais, je sentis qu'elle était amusée, sans pouvoir imaginer pour quelle raison. Radcliffe baissa sa couverture de quelques centimètres, juste assez pour découvrir ses yeux. Des yeux bleus qui considérèrent la jeune femme avec une hostilité non déguisée.

— Oh, Evelyn, m'exclamai-je en maniant adroitement le miroir, venez admirer ces reliefs ! Regardez, voici le pharaon, debout sur son char, avec la reine à côté de lui...

— Je suis sûre qu'ils sont fascinants, Amelia, m'interrompit-elle, mais remettons à plus tard le plaisir de les admirer. M. Emerson a besoin de se reposer et Walter a des problèmes avec la poule au pot que vous lui avez commandée.

— Il va encore falloir que je m'en charge, déclarai-je. Comme d'habitude.

Après un dernier coup d'œil aux soldats paradant sur les murs, je reposai le miroir à côté de la lampe.

— Tant que vous y êtes, vous pourriez peut-être jeter également un coup d'œil à mon dallage, suggéra Radcliffe à contrecœur. A chaque instant qui passe, la peinture s'écaille et, si cela continue, il ne restera bientôt plus rien.

— C'est vous qui l'avez découvert, lui rappelai-je. Qu'avez-vous fait pour le protéger ?

— Un abri en bois, mais cela n'a résolu qu'une petite partie du problème. Le plus difficile a été de trouver un enduit transparent, pour lui redonner une certaine résistance, et ne pas l'abîmer en appliquant cet enduit, pour lequel il est exclu d'utiliser un pinceau. Les vernis qui ont été employés dans des cas similaires sont absolument affreux et, de plus, ils se craquellent et ternissent les couleurs.

— Mais vous, vous avez trouvé une solution.

— Oui, acquiesça-t-il. Solution est le terme exact. Du tapioca dilué dans de l'eau.

— Comment l'appliquez-vous ?

— Par petites touches, avec les doigts.

Malgré moi, je ne pus m'empêcher d'éprouver une certaine admiration.

— N'est-ce pas une méthode quelque peu fastidieuse ?

— C'est un travail de patience, concéda-t-il. D'autant qu'il est hors de question que je confie une tâche aussi délicate à l'un de mes ouvriers. Jusqu'à présent, je n'ai eu le temps que d'en recouvrir une toute petite partie.

Il gémit et poussa un soupir presque tragique.

— Je vous l'ai déjà dit ! Il faut que je me lève et aille voir dans quel état il se trouve !

— Je vais examiner votre dallage, promis-je. Vous devez absolument garder le lit. Si vous n'obéissez pas, je ne réponds de rien. Une rechute est vite arrivée et elle pourrait être fatale ou, à tout le moins, vous obliger à rester alité pendant plusieurs semaines. Vous êtes particulièrement têtu, mais j'espère que vous n'êtes pas stupide au point de ne pas vous rendre compte qu'il serait absurde de prendre un pareil risque.

Je n'attendis pas sa réponse, car il n'aurait sans doute pas eu d'épithètes assez fortes pour me fustiger. Comme je descendais rapidement la rampe d'accès, Evelyn me rattrapa et me saisit par la manche.

— Où allez-vous, Amelia ?

— Inspecter le dallage de M. Emerson, bien sûr ! Je ne saurais manquer à la parole que je lui ai donnée.

— Naturellement, mais... ne pensez-vous pas que vous devriez revêtir une tenue plus appropriée ?

Je m'arrêtai et regardai avec surprise les vêtements que je portais. J'avais complètement oublié que j'étais en robe de chambre et pantoufles.

— Vous avez raison, Evelyn.

Comme le lecteur l'a sans doute compris, je n'ai jamais éprouvé grand intérêt pour la mode féminine. Cependant, alors que j'étais à Londres, j'avais eu connaissance de l'Association pour le Vêtement rationnel et j'avais fait faire une robe dans le style préconisé par les membres de cette association. Elle était en cotonnade indienne grise, avec un corsage très simple et juste quelques fronces aux poignets et au col. Mais surtout, sa caractéristique la plus révolutionnaire était la jupe. Elle était divisée en deux. Les deux jambes étaient assez amples pour donner l'illusion d'une jupe plissée ordinaire et elle était beaucoup plus pratique que les prétendues robes de marche alors très en vogue. J'avais gardé ce vêtement tout au fond de ma malle. Au Caire, je n'avais pas eu le courage de le porter. Aujourd'hui, c'était l'occasion ou jamais de l'essayer.

Tandis que je descendais le sentier encombré de rochers et brûlé par le soleil, j'appréciai la commodité de ma « jupe-culotte », mais regrettai quand même de ne pouvoir porter un vrai pantalon. Au pied de la colline, je trouvai Walter en grande discussion avec le cuisinier, un fellah au visage presque noir qui avait perdu l'usage d'un œil et clignait constamment la paupière de l'autre. Je ne cherchai même pas à comprendre quel était le sujet de leur palabre. Je saisis la poule que l'impudent agitait sous le nez de Walter et, après avoir veillé à ce qu'elle ait été dûment plumée et vidée, je la fis mettre dans une cocotte avant de poursuivre mon chemin.

Je trouvai l'endroit où travaillaient les ouvriers et me présentai au contremaître, Abdullah. C'était un homme très grand et très large d'épaules. Avec sa djellaba d'un blanc immaculé, sa longue barbe grise et son immense turban, il avait l'air d'un patriarche biblique. Il n'était pas originaire des villages environnants, mais venait de la Haute Egypte et avait déjà travaillé pour les frères Emerson.

Sur ma demande, il me conduisit au dallage qui préoccupait tant Radcliffe.

Une surface assez importante avait été dégagée — six mètres de long environ, par quatre mètres de large. Son état de conservation avait quelque chose de miraculeux. Les couleurs étaient aussi fraîches que si elles venaient d'être peintes. Des oiseaux, les ailes étendues, planaient au-dessus d'étangs bordés de roseaux ou voletaient de branche en branche dans des jardins verdoyants pleins de fleurs multicolores. Dans les prairies et au milieu des fourrés, des poulains et des veaux gambadaient ou jouaient à se poursuivre. Je pouvais presque entendre leurs meuglements et leurs joyeux hennissements.

J'étais toujours accroupie sur le sol, hypnotisée par ce spectacle, lorsque Evelyn et Walter me rejoignirent.

— Amelia ! s'exclama-t-elle. Que faites-vous ici à l'heure la plus chaude de la journée ? Les ouvriers ont cessé le travail et tous les gens raisonnables se sont mis à l'abri du soleil. Venez, nous n'attendons que vous pour déjeuner. La poule...

— Au diable votre poule ! répliquai-je. Je n'ai pas faim. Evelyn, asseyez-vous et admirez. C'est... Il n'y a pas de mot assez fort pour exprimer une telle beauté ! Je n'ai jamais rien vu de semblable. Quand je pense que les sandales dorées de la belle Néfertiti ont peut-être foulé ce dallage...

— C'est ravissant ! fit Evelyn. Oh ! ce serait merveilleux si je pouvais reproduire cette peinture sur du papier...

— Magnifique idée ! s'exclama Walter. Mon frère serait tellement content d'avoir une copie au cas où il y aurait un accident. D'ordinaire, ce genre de travail constitue l'une de mes attributions — parmi tant d'autres — mais j'avoue que je suis un artiste exécrable.

Evelyn, naturellement, prétendit n'avoir aucun talent non plus, mais Walter se récria et, pendant plusieurs minutes, ils firent assaut d'humilité et de courtoisie. Finalement, lassée par leur ravissement mutuel, je me levai et m'arrachai à ma contemplation du dallage.

Nous eûmes un déjeuner atroce. La poule était dure, pleine de nerfs, et les légumes qui l'accompagnaient s'étaient transformés en une masse insipide. Seul le bouillon était à peu près consommable.

A l'issue du repas, j'entraînai à l'écart mon dévoué Michael et lui donnai à voix basse mes instructions. Ensuite, repoussant à plus tard la discussion que j'envisageais d'avoir avec Evelyn et Walter, je décidai de m'octroyer quelques heures de repos. Ma nuit avait été plutôt agitée et la chaleur était vraiment trop pénible pour qu'on reste dehors.

Michael était une perle ! Quand Evelyn et moi ressortîmes de notre tombe, en fin d'après-midi, la petite esplanade devant l'entrée s'était métamorphosée en un salon d'été. Une table, des fauteuils, et même un tapis avaient été apportés de la dahabieh et installés sous un auvent qui, d'un côté était fixé à la paroi, de l'autre à deux grands mâts fichés en terre et maintenus par des cordes.

De ce balcon improvisé, nous avions une vue magnifique sur le plus splendide des panoramas. La brise du soir, légère et fraîche, caressait nos joues et, de l'autre côté du fleuve, le soleil se couchait sur le désert dans un embrasement de lumière. Jamais je n'avais vu un spectacle aussi féerique, même en Egypte.

De la cuisine, en contrebas, des effluves exquis montaient jusqu'à nous. En même temps que le mobilier, Michael avait apporté des provisions et il était en train de superviser le prétendu cuisinier des frères Emerson.

Je m'assis confortablement dans l'un des fauteuils et, aussitôt, notre dévoué drogman apparut avec un plateau sur lequel étaient posés de grands verres de citronnade. Quelques instants plus tard, Walter nous rejoignit. Je m'apprêtais à lui demander quand je pourrais aller rendre visite à mon patient, lorsqu'un bruit nous fit tourner la tête.

Radcliffe était debout sur le seuil de sa tombe. Habillé de pied en cap, il aurait presque réussi à faire illusion — à condition de ne pas regarder son visage car il avait le teint verdâtre et les yeux creux. Il chancela et sa main droite agrippa impulsivement le jambage de pierre.

Les hommes ne sont jamais d'aucune utilité en cas d'urgence. Je fus la seule à réagir. Je me précipitai et arrivai juste à temps pour retenir Radcliffe par les épaules et amortir suffisamment sa chute afin qu'il ne se fracasse pas la tête en tombant. Les rochers étaient hérissés de pointes vives que je sentis à travers ma robe en m'asseyant beaucoup plus vite que je ne l'aurais voulu. Dieu, qu'il était lourd ! Je dus le serrer contre moi, sans quoi il aurait basculé dans le vide.

— Il n'y a absolument aucune limite à l'arrogante stupidité de cet homme ! m'exclamai-je alors que Walter accourait à mon secours.

Quand il m'eut rejointe, je me relevai tant bien que mal.

— Allez chercher Michael, lui ordonnai-je, qu'il vous aide à remettre cet imbécile dans son lit. Et pour l'amour du ciel, ajoutai-je avec colère, rasez-lui sa barbe !

Quand sa tête avait roulé sur ma poitrine, ses poils m'avaient piquée à travers l'étoffe de mon corsage et je ressentais maintenant d'horribles démangeaisons.

CHAPITRE 5

Radcliffe eut plus de chance qu'il n'en méritait. Son acte inconsidéré ne provoqua pas une rechute, mais de toute évidence, il ne pourrait pas assurer avant plusieurs jours la direction de son chantier. J'allais encore devoir me dévouer. Dans la mesure de mes capacités.

Après lui avoir fait avaler une nouvelle dose de quinine, je le laissai sous la garde d'Abdullah, avec interdiction de se lever. Lorsque je le quittai, ses injures et ses imprécations résonnèrent jusque dans la plaine.

Dehors, le ciel s'était obscurci. Une myriade d'étoiles constellaient le bleu indigo de la voûte céleste. Le soleil avait disparu, mais les dernières lueurs du couchant enveloppaient les collines dans un halo fantomatique. Assis l'un à côté de l'autre, Evelyn et Walter regardaient devant eux en silence.

Je comptais discuter de mes projets avec eux, mais un coup d'œil suffit à me faire comprendre qu'ils ne m'écouteraient pas. La façon dont leurs silhouettes penchaient l'une vers l'autre était suffisamment éloquente.

J'avais décidé qu'il était inutile de transférer Radcliffe dans un milieu plus civilisé. Lorsque nous arriverions au Caire, il serait déjà en voie de guérison — si le fait de l'arracher à ses chères fouilles ne le faisait pas succomber à une crise cardiaque. J'avais dit à Michael que nous resterions une semaine environ à Amarna, pensant que cela suffirait pour que Radcliffe soit hors de danger. Michael m'avait assuré que, dans la mesure où ils étaient payés, le raïs Hassan et son équipage seraient très heureux de prendre une semaine de repos, mais il avait exprimé une certaine inquiétude quand je lui avais dit préférer rester à terre plutôt que regagner chaque soir la dahabieh.

Les deux premiers jours, il n'y eut aucun incident notable. Du moins, je le crus. Plus tard, je me rendis compte qu'il y avait eu des signes avant-coureurs, mais personne ne les avait remarqués, moi encore moins que les autres. J'étais trop accaparée par le dallage pour prêter une attention, même minime, à ce qui se passait autour de moi.

Le mélange de tapioca et d'eau de Radcliffe était excellent, mais je l'améliorai encore en y ajoutant une cuillerée à café d'amidon et deux de bismuth par litre d'eau. Il avait eu raison quant à l'impossibilité d'appliquer cette mixture avec un pinceau ordinaire. J'avais utilisé ma main droite, puis ma main gauche et j'aurais sans doute enlevé mes bas pour utiliser mes orteils, si Evelyn n'était intervenue.

Elle avait commencé son travail de copie et le résultat était magnifique. J'étais émerveillée par son habileté. Elle avait réussi à saisir non seulement les formes et les couleurs, mais également l'âme de l'artiste qui avait réalisé ce chef-d'œuvre voici plus de trois mille ans. Même Radcliffe avait apprécié ses efforts. Lorsqu'elle lui avait montré sa première planche, il était allé jusqu'à émettre un grognement approbateur. Elle avait continué durant toute la matinée du lendemain, puis m'avait quittée pour aller se reposer. Après avoir enduit ses bords, aussi loin que mes bras me permettaient d'atteindre, j'avais fait disposer des planches au-dessus du dallage, afin de pouvoir le traverser. Les supports étaient posés sur des espaces blancs où, jadis, s'étaient élevés des piliers. Ainsi, il n'y avait aucune dégradation de l'œuvre, mais il me fallait surveiller les hommes de très près, qui jugeaient mes précautions complètement ridicules et, si je les avais laissés faire, ils auraient jeté leurs madriers directement sur la peinture.

Ils avaient terminé leur travail et j'étais à plat ventre sur l'une des planches, lorsque la voix d'Evelyn me fit lever la tête. Je clignai des yeux et vis avec surprise que le soleil était en train de décliner sur l'horizon. Mon dernier doigt encore utilisable commençait à saigner et il fallait donc que je m'arrête, car des taches de sang seraient impossibles à enlever. Je regagnai le bord en rampant. Quand je l'atteignis, Evelyn me saisit par les épaules.

— Amelia, vous ne pouvez pas continuer ainsi ! s'exclama-t-elle. Regardez vos mains ! Et la couleur de votre visage ! Sans parler de votre robe et de vos cheveux... Oh, c'est vraiment trop !

— Il est vrai que ce genre d'activité a un effet fatal sur les vêtements. Mais, je ne vois pas en quoi mon visage et mes cheveux...

Evelyn joignit les mains et leva les yeux au ciel. Puis, elle me prit par le bras et m'entraîna jusqu'à notre tombe.

— Tenez, regardez ! s'écria-t-elle en me mettant un miroir entre les mains. Vous êtes belle, n'est-ce pas ?

J'avais l'air d'une sorcière peau-rouge. L'abri en bois m'avait protégée du rayonnement direct, mais, même réfléchie, la lumière du soleil est encore très puissante à cette latitude. Quant à mes cheveux, tout ébouriffés, ils pendaient en longues mèches sales autour de mon visage écarlate.

Je laissai Evelyn me bassiner avec de l'eau fraîche et m'enduire de crème, puis, après m'être recoiffée tant bien que mal, je l'accompagnai sur notre belvédère. Walter nous y attendait et Michael ne tarda pas à paraître avec son plateau de citronnades. Ce soir-là Radcliffe devait, pour la première fois, se joindre à nous. Lorsqu'il avait compris que sa guérison ne dépendait que de lui, il était devenu beaucoup plus raisonnable, employant tout son temps et toute son énergie à se reposer afin de reprendre des forces. Ce soir, j'avais permis qu'il s'habille et vienne dîner avec nous, à condition qu'il se couvre suffisamment pour affronter la fraîcheur de la nuit.

Quand il sortit de sa tombe et s'avança vers nous, je ne pus m'empêcher de le détailler.

Je savais qu'il n'avait plus de barbe, mais je ne l'avais pas vu depuis que Walter la lui avait coupée. J'avais entendu une partie de la conversation qu'ils avaient eue pendant l'opération car les hurlements de rage de Radcliffe étaient audibles à au moins deux kilomètres à la ronde et Walter avait dû lui-même élever la voix.

— Un système pileux trop développé est nocif pour une bonne convalescence, l'avais-je entendu expliquer en s'étranglant de rire. Tiens-lui les bras solidement, Michael. S'il bouge trop, je risque de lui couper la gorge par inadvertance. Allons, mon cher, tu sais bien qu'on rase toujours les cheveux d'un malade après un accès de fièvre...

— Des racontars de bonne femme ! avait rétorqué Radcliffe d'une voix furieuse. Et même si ce n'étaient pas des racontars, il s'agit de ma barbe, pas de mes cheveux !

Walter avait poussé un soupir exaspéré.

— Je n'y arriverai jamais, si tu continues de te débattre ainsi ! Tant pis, j'abandonne... Cela fera plaisir à Mlle Peabody.

— Comment cela ? Pourquoi en éprouverait-elle une quelconque satisfaction ?

— Ton refus confirmera ses soupçons. Elle prétend que les hommes qui se laissent pousser la barbe le font dans un but précis. Par exemple pour dissimuler un menton fuyant. Ou bien des traits ingrats, un début de couperose...

— Oh, vraiment ? Elle prétend que j'ai le menton fuyant ?

— Elle ne l'a jamais vu.

Radcliffe avait grommelé encore un peu, puis ses récriminations avaient cessé. Le stratagème de Walter avait réussi.

En découvrant son visage imberbe, je compris pourquoi Radcliffe avait laissé se développer son système pileux. Les traits de son visage étaient réguliers et plutôt agréables. Dès que la différence de couleur entre ses joues et son front se serait atténuée, il serait même tout à fait présentable. Son menton n'était pas fuyant ! Il était même plutôt carré et volontaire. Mais il avait une fossette. Une fossette profonde et bien marquée. Elle lui donnait un air aimable, presque débonnaire, qui ne correspondait guère au personnage — ou, du moins, au personnage qu'il prétendait être. Sans sa barbe, ses éclats de voix et ses colères auraient été beaucoup moins impressionnants.

Nos regards se rencontrèrent et la lueur brillant dans ses prunelles m'incita à garder pour moi le commentaire ironique que j'avais sur le bout de la langue.

— Thé ou citronnade ? lui proposai-je.

Quand je lui tendis sa tasse, un juron à demi étouffé lui échappa. Suivant son regard, Walter s'exclama :

— Mon Dieu, mademoiselle Peabody ! Qu'est-il arrivé à vos mains ?

— Il doit y avoir un autre moyen de passer cet enduit, marmonnai-je en essayant de les dissimuler dans les plis de ma jupe. Je n'ai pas encore eu le temps de réfléchir suffisamment à la question.

— Naturellement, répliqua Radcliffe d'un ton bourru. Les femmes ne réfléchissent jamais. Avec un peu de jugeote, elles pourraient éviter la plupart des maux dont elles se plaignent continuellement.

Walter fronça les sourcils. C'était la première fois que je le voyais regarder son frère avec autre chose qu'une affectueuse admiration.

— Tu devrais avoir honte de parler ainsi, déclara-t-il d'un ton réprobateur. Mlle Peabody a passé des heures à ton chevet ; si sa main est enflée, c'est aussi parce que dans ton délire tu l'as serrée avec une telle violence que tu lui as presque broyé les doigts. Ensuite, lorsque tu t'es enfin endormi, elle avait les jambes tellement ankylosées que j'ai dû la porter jusqu'à son lit !

Radcliffe parut confus, mais je crois que je l'étais encore plus que lui.

— Oh, ce n'était rien, déclarai-je. J'en aurais fait autant pour un chien malade.

— Il faut à tout le moins que vous arrêtiez de travailler sur le dallage, insista Walter. Demain, je vous remplacerai à cette tâche.

— Vous ne pouvez pas vous en occuper et superviser en même temps les ouvriers, objectai-je.

Radcliffe se carra dans son fauteuil et s'éclaircit la gorge.

— Les ouvriers ? répéta-t-il d'un air étonné. Abdullah est un excellent contremaître auquel il suffit de donner quelques directives de temps à autre. Y aurait-il eu un problème, Walter ?

Le silence gêné de son frère le confirma dans ses inquiétudes.

— Allons ! insista-t-il. Tout l'après-midi, j'ai senti que quelque chose te tracassait. De quoi s'agit-il ? Mieux vaut me le dire plutôt que me laisser m'inquiéter inutilement.

Walter grimaça un sourire.

— Je voudrais bien, mais ce n'est pas facile à expliquer. En étant tout le temps avec les hommes, on finit par deviner leurs moindres changements d'humeur. Tu as dû t'en apercevoir toi-même. Il y a des petits signes qui ne trompent pas : leur façon de chanter — ou de ne pas chanter —, leur entrain au travail, les rires et les plaisanteries. Je ne saurais te dire quand cela a commencé, car je l'ai remarqué seulement aujourd'hui.

— Alors, ce doit être tout récent, affirma Radcliffe. Avec ton expérience, tu n'aurais pas manqué de t'en apercevoir. Même si, depuis quelque temps, tu as d'autres préoccupations en tête, ajouta-t-il en jetant un coup d'œil en direction d'Evelyn qui nous écoutait, les mains croisées sur sa jupe. Les hommes sont-ils hostiles ? Veulent-ils nous cacher quelque chose ? Une découverte qu'ils auraient faite et dont ils espèrent tirer profit à notre insu ?

Walter secoua la tête.

— Ni l'un, ni l'autre. Je pense seulement que ta maladie les a perturbés. Tu sais combien ils sont superstitieux. Il suffit d'un accident, ou même d'un incident sans grande conséquence, pour qu'ils pensent tout de suite aux mauvais esprits. A vrai dire, je n'ai rien de précis à leur reprocher. Simplement ils continuent de manier pelles et pioches, mais avec moins de vigueur. Comme s'ils savaient quelque chose que nous ignorons et qui les inquiète.

Radcliffe fronça les sourcils et fit claquer sa main sur son genou.

— Il faut que j'en aie le cœur net ! s'exclama-t-il.

— Si vous sortez sous ce soleil demain matin, vous devrez de nouveau garder le lit, déclarai-je avec fermeté. Je pourrais peut-être m'informer à votre place de ce qui les tourmente ? Même si cela m'ennuie de devoir délaisser pendant plusieurs heures mon travail sur le dallage.

Aussitôt, il se tourna vers moi, le visage écarlate.

— Je vous interdis d'y toucher pendant toute la journée de demain ! rétorqua-t-il. Il y a de l'infection dans l'air. Si vous continuez à vous arracher la peau de cette façon, vous finirez par y perdre la moitié de vos doigts.

Je n'ai guère l'habitude que l'on me parle sur ce ton. Pourtant, je n'en éprouvai nulle colère. Mon regard croisa le sien et j'y lus une sorte d'appel, presque une supplique. Sa bouche s'était détendue. Comme je l'avais soupçonné, elle était bien dessinée et avait une incurvation laissant supposer qu'il n'était pas insensible à un certain humour.

— Vous avez peut-être raison, acquiesçai-je.

Evelyn avala de travers et posa avec précipitation sa tasse sur la table.

— Oui, poursuivis-je. Il vaut mieux que je fasse une pause. Ainsi, j'aurai le temps de surveiller les ouvriers et je tenterai de deviner les raisons de leur émoi. Qu'êtes-vous en train de creuser en ce moment, Walter ?

La conversation prit une tournure technique. Au bout d'un moment, Evelyn alla chercher les planches qu'elle avait terminées et nous les montra. Cette fois, Radcliffe se montra franchement enthousiaste.

— C'est magnifique ! s'écria-t-il. J'espère qu'après avoir terminé le dallage, vous aurez le temps de copier, au moins en partie, les reliefs de la tombe. Une artiste comme vous serait vraiment une bénédiction pour notre expédition. Il nous est impossible de préserver tous les chefs-d'œuvre que nous exhumons et ce serait vraiment merveilleux si nous pouvions en avoir une reproduction fidèle avant qu'ils ne soient détruits.

— J'aimerais apprendre à lire les hiéroglyphes, déclara Evelyn. Si je connaissais leur signification, je pourrais les copier avec plus de précision. Par exemple, j'ai remarqué qu'il y avait une douzaine d'oiseaux différents et je suppose que chacun d'eux a un sens précis. Quand les inscriptions sont usées, il n'est pas toujours possible de voir quelle était la forme originale. Mais, en connaissant un peu la langue...

Radcliffe battit des paupières, visiblement impressionné par un tel désir — surtout émanant d'une femme. Après le dessert, il prit une feuille de papier et, se penchant sur la table, entreprit de donner à Evelyn sa première leçon d'écriture hiéroglyphique. Tandis qu'elle l'écoutait religieusement et prenait des notes, j'épiai Walter du coin de l'œil. Son visage rayonnait. Oui, il l'aimait. Cela ne faisait aucun doute. Et elle l'aimait aussi. En dépit de quoi, le jour où il lui déclarerait sa flamme, elle n'hésiterait pas à détruire leur bonheur en lui avouant sa « faute ». Plus j'y songeais et plus je trouvais cela absurde. Une femme tenait-elle rigueur à un homme d'avoir eu des aventures avant son mariage ? C'était par trop injuste !

Ce soir-là, nous restâmes un long moment assis sur notre belvédère. Peu à peu, la conversation s'était tue. Plongés dans nos pensées, nous regardions les étoiles s'éclairer une à une et le soleil jeter ses derniers feux derrière les collines. Radcliffe lui-même était étrangement silencieux. L'influence de la paix irréelle émanant du paysage qui nous entourait ? A moins que nous n'ayons eu, les uns et les autres, une prémonition des mauvais tours que l'avenir nous réservait ? Nous sentions peut-être, intuitivement, que nous vivions notre dernière nuit de tranquillité.

Le lendemain matin, j'étais en train de me brosser les cheveux lorsqu'un brouhaha de voix me parvint. Quelques minutes plus tard, Walter remonta le sentier en courant et me héla en faisant de grands gestes. Craignant qu'il ne soit arrivé un malheur, je me précipitai à sa rencontre. Très vite, je fus rassurée : il était tout excité, mais son visage n'exprimait aucune inquiétude.

— Les hommes ont fait une découverte ! s'exclama-t-il en me rejoignant.

Hors d'haleine, il parlait d'une voix saccadée.

— Pas dans les ruines de la ville... dans les collines. Une tombe !

— La belle affaire ! répliquai-je. Seigneur Dieu, ici on ne peut faire deux pas aux alentours sans marcher sur le caveau de quelque ancien dignitaire !

Son émoi était sincère, mais, en dépit de cela, je vis son regard attiré par Evelyn qui, devant son miroir, nous écoutait tout en nouant un ruban dans ses cheveux.

— Oui, mais celui-ci a un occupant ! Toutes les autres tombes étaient vides, quand nous les avons découvertes — ayant été pillées et saccagées dans des temps très anciens. Bien avant notre ère. Il est probable que cette tombe aussi a été vidée des trésors qu'elle contenait jadis, mais il y a une momie. Une véritable momie. Et, ce qui est plus important encore, les villageois sont venus m'annoncer leur découverte, au lieu de mettre la tombe à sac et vendre son contenu au plus offrant. Cela montre bien que les inquiétudes que j'ai exprimées hier étaient sans fondement. Les hommes ont confiance en nous. Sinon, ils ne seraient pas venus nous trouver.

Je haussai les épaules et achevai de nouer mon chignon en répliquant :

— Ils savent seulement où est leur intérêt. Votre frère les paie plus cher qu'aucun marchand d'antiquités ne le ferait. Dans ces conditions, il n'y a pas de raison pour qu'ils ne lui donnent pas la primeur de leurs trouvailles.

— Je brûle de voir cette tombe, dit Walter. Vous aimeriez peut-être m'accompagner ? Seulement, je crains que le chemin ne soit trop accidenté pour...

— Je le crains également, acquiesçai-je, mais tant pis. Il va falloir que je m'attelle à ce problème. Les convenances ont leurs exigences, mais, dans un pays comme celui-ci, seules les solutions radicales ont une chance de succès. Ne pensez-vous pas, Evelyn, que nous pourrions transformer deux ou trois robes en pantalons ? En leur gardant quelque chose de féminin, bien entendu...

Le sentier était réellement *accidenté*, mais je n'étais pas du genre à me décourager pour si peu. Une poignée de villageois nous accompagnaient. Tandis que nous marchions, Walter m'expliqua que les tombes que nous habitions étaient connues sous le nom de Nécropole Sud. Un autre groupe de sépultures antiques était situé plus au nord et avait été appelé, logiquement, Nécropole Nord. La tombe qui venait d'être découverte appartenait à ce dernier groupe.

Après une marche de plusieurs kilomètres, j'aperçus enfin un rectangle noir dans la falaise en face de nous et un autre un peu plus loin. Nous étions arrivés à la Nécropole Nord. Nous escaladâmes un éboulis et, après avoir franchi plusieurs ravins, nous parvînmes enfin à la tombe en question.

Walter n'était plus le même homme. Le gentil garçon, plein de prévenances mais un peu frivole, s'était métamorphosé en un véritable puits d'érudition. Il donna des ordres pour qu'on apporte des torches et des cordes, puis se retourna vers moi.

— J'ai déjà exploré des endroits de ce genre, déclara-t-il, mais je vous déconseille de m'accompagner, sauf si vous aimez la poussière et les chauves-souris.

— Ouvrez la route, répliquai-je en enroulant la corde autour de ma taille. Je vous suis.

Il n'essaya même pas de discuter, car il commençait à bien me connaître.

J'avais déjà visité de nombreuses tombes et, chaque fois, le guide m'avait dit qu'elles avaient dû être déblayées par des terrassiers avant de pouvoir être ouvertes au public. Je fus donc surprise de ne pas rencontrer les obstacles auxquels je m'attendais, cependant que nos pieds écrasaient des débris de toutes sortes. A un moment, nous dûmes franchir un puits, qui avait été creusé pour décourager les pilleurs de tombes, en travers duquel les villageois avaient jeté une mauvaise planche qui plia dangereusement à notre passage. A part cela, notre progression était relativement aisée.

Walter fut également frappé par la propreté de l'endroit.

— C'est trop facile, mademoiselle Peabody, jeta-t-il par-dessus son épaule. Les voleurs ont déjà dû venir cent fois ici. Nous ne trouverons rien de vraiment intéressant et, en tout cas, sûrement pas un trésor.

Finalement, le couloir aboutit à une petite chambre funéraire taillée dans le roc. Un sarcophage en bois brut était posé au milieu de la pièce. Walter leva sa torche et regarda à l'intérieur.

— Il n'y a rien à craindre, déclara-t-il en se méprenant sur l'expression de mon visage. Les bandelettes sont toujours en place. Vous voulez voir ?

— Bien sûr, approuvai-je.

J'avais déjà vu des momies auparavant, mais uniquement dans les musées. A première vue, celle-ci ne se différenciait en rien des autres. Les bandelettes brunes s'entrecroisaient et formaient des motifs en chevrons, un peu comme sur un tissage. Le visage inexpressif, les bras croisés sur la poitrine, les jambes raides et squelettiques — oui, c'était exactement pareil, sauf que celle-ci était dans son habitat d'origine, si l'on peut dire. Dans l'atmosphère étouffante de ce caveau, à la lumière de nos torches, la forme immobile avait une sinistre majesté. Je me demandai qui il — ou elle — avait été ? Un prince ? Une prêtresse ? Une jeune mère de famille ou un vieillard chenu usé par les ans ? Quelles pensées avaient agité ce cerveau maintenant desséché ? Quelles émotions avaient fait jaillir des larmes de ces yeux éteints ? J'imaginai ces lèvres craquelées en train de sourire, de parler... Et son âme ? Vivait-elle encore dans les champs de blé dorés d'Amenti, comme les prêtres le promettaient aux Justes qui, leur vie durant, auraient adoré les dieux et accompli les sacrifices prescrits ? Les champs d'Amenti et le paradis que nous avait promis notre Rédempteur n'étaient-ils pas une seule et même chose ?

Walter était également plongé dans ses pensées, mais il ne s'agissait sans doute pas d'aussi pieuses méditations. Les sourcils froncés, il regardait fixement l'occupant du sarcophage. Puis, il se retourna, sa torche à la main et inspecta les murs de la chambre funéraire. Ils étaient couverts d'inscriptions et de reliefs dans le même style que ceux que j'avais observés sur les parois des tombes de la Nécropole Sud. Ils étaient tous centrés sur la figure majestueuse du pharaon, parfois seul, mais, le plus souvent, avec sa femme et leurs six filles. Au-dessus d'eux, le dieu Aton, représenté par le disque du soleil, enveloppait le roi dans des rayons se terminant par de minuscules mains humaines.

— Alors ? questionnai-je. Que comptez-vous faire ? Allez-vous lui enlever ici ses bandelettes ou bien le transporter dans un environnement plus pratique avant de le désenvelopper ?

Walter se caressa le menton et, l'espace de quelques secondes, ressembla d'étrange façon à son frère.

— Si nous le laissons ici, dit-il enfin, un voleur plus entreprenant que les autres s'introduira dans cette chambre funéraire et le mettra en pièces dans l'espoir de trouver l'or et les bijoux qui sont parfois cachés sous les bandelettes. Pour ma part, je n'ai aucune illusion à cet égard. Certaines tombes ont été réutilisées plus tard par des gens n'ayant pas les moyens de faire creuser une sépulture. J'ai l'impression que c'est le cas avec cette momie, car elle m'a l'air beaucoup plus récente que les peintures qui ornent les murs.

Il tendit sa torche à l'un des villageois et lui parla en arabe — sans doute pour lui répéter les commentaires qu'il venait de me faire. L'homme secoua la tête avec véhémence et lui répondit par un flot de paroles dont je ne réussis à saisir que quelques bribes.

— Muhammad affirme que notre momie n'est pas un homme du peuple, m'expliqua Walter en souriant. D'après lui, c'est un prince, un prince magicien.

— Comment le sait-il ?

— Il ne le sait pas. Même s'il savait lire les hiéroglyphes, ce dont il est absolument incapable, le sarcophage ne porte aucune inscription susceptible de donner une indication sur l'identité de son occupant. Il cherche seulement à obtenir un meilleur prix de sa découverte. C'est humain.

Ainsi, Muhammad était l'« inventeur » de cette tombe. J'examinai l'homme avec un intérêt accru. Il ressemblait à tous les autres villageois — étroit d'épaules, filiforme, sans sexe vraiment défini. Sa peau brûlée par le soleil le faisait paraître bien plus âgé qu'il ne devait l'être réellement. Dans ces campagnes, l'espérance de vie était beaucoup moins élevée qu'en Europe. Il n'avait sans doute guère plus de trente ans, mais la pauvreté et la maladie lui avaient donné l'apparence d'un vieillard.

Voyant que je le regardais, il me gratifia d'un large sourire édenté.

— Oui, poursuivit Walter pensivement. Il faut que nous le rapportions avec nous. Mon frère se chargera de dérouler ses bandelettes. Cela lui donnera quelque chose à faire.

Radcliffe fut positivement enchanté par notre trouvaille. Il se jeta sur elle avec des exclamations étouffées et, après m'être assurée que son pouls et sa température étaient normaux, je le laissai à son travail macabre. Ce soir-là, quand il nous rejoignit sur notre belvédère, sa déception était à l'échelle des espoirs qu'il avait nourris.

— Gréco-égyptien, marmonna-t-il en étendant ses longues jambes. Dès que j'ai vu le motif des bandelettes, j'en ai eu l'intuition. D'une époque à l'autre, il y a des différences infimes, des détails qui paraissent sans importance, mais qui ne peuvent tromper un œil averti. Je m'en suis rendu compte au cours de mes précédentes investigations. Naturellement, comme pour tant d'autres choses, personne ne s'est encore avisé d'étudier ces motifs d'un point de vue scientifique. C'est dommage, car si l'on disposait d'une table chronologique établie à partir de ces petites différences, il serait possible de dater avec précision toutes les momies...

Walter l'interrompit en riant.

— Mon cher, nous sommes tous au courant de ta marotte et de tes réserves quant à la façon dont les recherches archéologiques sont menées en Egypte. Néanmoins, en l'occurrence, je crains que tu ne te trompes. Muhammad jure que cette momie est celle d'un prince et d'un magicien. Un prêtre d'Amon qui aurait lancé une terrible malédiction sur la cité hérétique bâtie par Akhenaton.

— Muhammad ? grommela Radcliffe. C'est un fourbe et un brigand qui espère seulement nous soutirer un peu plus d'argent. Que sait-il du roi hérétique et des prêtres d'Amon ?

— Voilà un autre sujet d'étude pour toi, déclara Walter. Enquêter sur la mémoire populaire et les traditions orales de ces gens qui, après tout, sont les descendants directs des anciens Egyptiens.

Radcliffe haussa les épaules.

— Je me méfie de la mémoire populaire. Il faut voir comment, en l'espace d'une génération, des faits peuvent être transformés. Alors, en cent générations ! Non, le pauvre hère dont j'ai déroulé les bandelettes cet après-midi n'était pas un prêtre. J'en donnerais ma main à couper. J'ai même été franchement surpris de le trouver ici. La ville a été abandonnée après la mort d'Akhenaton et je ne pensais pas qu'il y avait eu une cité de quelque importance dans cette vallée au temps des Ptolémées. Les villages actuels datent seulement du siècle dernier.

— A mon avis, renchérit Walter, cette tombe n'a pas été utilisée par le dignitaire qui en a ordonné la construction. Certains des reliefs de la chambre funéraire n'étaient même pas achevés.

— Où avez-vous installé notre « invité » ? questionnai-je. J'espère que vous n'avez pas l'intention d'en faire le troisième occupant de votre dortoir ? Ce ne serait vraiment pas sain.

Radcliffe laissa échapper un éclat de rire inattendu.

— Pas sain ! Pour lui ou pour nous ? N'ayez crainte. Notre chère momie repose en paix dans une grotte, au pied du sentier. J'aimerais bien être en mesure de déterminer aussi exactement son lieu de repos initial.

— Je pourrais peut-être aller examiner demain matin la tombe dans laquelle nous l'avons trouvée, suggérai-je. Cela me laisserait l'après-midi pour travailler sur le dallage.

— Qu'espérez-vous donc y découvrir ? questionna Radcliffe d'un ton agressif. Seigneur Dieu, mademoiselle, auriez-vous la prétention de vous croire une archéologue confirmée ? Vous n'imaginez tout de même pas qu'il vous suffira...

Comme s'ils s'étaient donné le mot, Walter et Evelyn intervinrent simultanément pour dévier la conversation vers un terrain moins dangereux. Néanmoins, Radcliffe se montra maussade et hargneux tout le reste de la soirée. Lorsque, après le dîner, je tentai de poser la main sur son front pour voir s'il avait de la fièvre, il me repoussa avec exaspération et se retira dans sa tombe d'un air outragé.

— Ne faites pas attention à ses sautes d'humeur, mademoiselle Peabody, déclara Walter lorsque son frère fut hors de portée de nos voix. Il n'est pas complètement rétabli, vous comprenez, et son inactivité forcée...

— Heureusement ! l'interrompis-je. Quand il a toutes ses facultés il crie encore plus fort et il s'emporte pour beaucoup moins que cela.

— Nous sommes tous un peu énervés, murmura Evelyn. Moi y compris sans que je sache pour quelle raison.

— En ce cas, le mieux est d'aller nous coucher, décidai-je en me levant. Un bon sommeil nous aidera à recouvrer notre sérénité.

Or, tout au contraire, cette nuit allait marquer le début d'une période encore plus agitée.

C'est un fait avéré que lorsque quelqu'un dort, il réagit seulement aux bruits qui ne lui sont pas familiers. Les rugissements des lions dans leurs cages ne réussiront pas à arracher un gardien de zoo aux bras de Morphée, mais, par contre, il sera réveillé par le trottinement d'une souris dans sa cuisine. En quelques nuits, je m'étais habituée aux bruits d'Amarna. A vrai dire, il y en avait peu. A part le hurlement, de loin en loin, d'un chacal amoureux, rien ne venait troubler le silence du désert. Aussi, vous ne serez guère étonné d'apprendre qu'un grattement à la porte de notre tombe, si léger fût-il, suffit cette nuit-là à me réveiller en sursaut. Je m'assis et prêtai l'oreille, le cœur battant.

Un peu de lumière filtrait à travers les interstices du rideau, mais je ne pouvais rien voir à l'extérieur. Le grattement persistait. C'était un bruit étrange, un petit frottement sec, à peine audible.

Une fois les battements de mon cœur un peu calmés, je cherchai une explication plausible. Quelqu'un s'était-il approché de notre tombe ? Michael, pour voir si tout allait bien ? Ou Walter ? Un amoureux a parfois de la peine à trouver le sommeil. Surtout si l'élue de son cœur est tout à la fois proche de lui et inaccessible. Je ne sais pourquoi, ni l'une, ni l'autre de ces hypothèses ne me satisfirent. Me rendormir ? Impossible sans en avoir eu le cœur net. Je me levai et cherchai à tâtons mon ombrelle.

Je devine que certains de mes lecteurs ont souri. Chercher une ombrelle au milieu de la nuit ! C'est ridicule. En fait, mon désir de me munir d'un tel accessoire ne devait absolument rien à la frivolité. Mon ombrelle n'avait rien de commun avec ces instruments légers et fragiles dont certaines demoiselles aiment à faire parade. Le manche était en fer, avec un bout pointu, et je l'avais choisie avant tout pour sa solidité. Dans ma main, elle pouvait devenir une arme redoutable.

Je la saisis et la pointai devant moi, prête à résister à un éventuel assaut.

— Qui est là ? questionnai-je sans élever la voix, afin de ne pas réveiller Evelyn.

Pas de réponse. Le grattement cessa. Puis, au bout d'une seconde ou deux, il y eut un autre bruit. Un bruit qui s'éloigna rapidement, comme si quelqu'un battait en retraite à pas feutrés.

Je me précipitai vers la porte, mais marquai une hésitation avant de tirer le rideau. Une ombrelle, même avec un manche métallique, ne me serait pas d'une grande utilité contre un animal sauvage. Le grattement pouvait être dû à des griffes. On m'avait dit qu'il n'y avait plus de lions en Egypte, mais il y en avait eu dans les temps anciens et quelques spécimens isolés avaient pu survivre dans des endroits à l'écart de toute civilisation. Tandis que j'écoutais, tous mes muscles tendus, il y eut un autre bruit, comme celui d'un caillou roulant à quelque distance. Rassurée, je tirai le rideau et, après avoir jeté un coup d'œil prudent à l'extérieur, je sortis sur la plateforme.

La lune était haute et pleine, mais, du fait de son orientation, la rampe d'accès à notre tombe était plongée dans la pénombre. En dépit de cette obscurité, j'aperçus une vague silhouette grise. Elle était debout, à une certaine distance, juste avant l'endroit où l'étroit sentier faisait une boucle pour contourner un énorme rocher. Je sentis mon estomac se nouer.

Parfaitement immobile, elle avait la taille et la forme d'un homme, mais ressemblait plus à un pilier de pierre blanche qu'à un être humain, même si sa partie inférieure, divisée en deux, pouvait passer pour des jambes. Des appendices raides et courts prenaient naissance à la hauteur des épaules, mais ils étaient trop rigides pour être des bras.

Comme je clignais des yeux pour mieux la voir, la silhouette disparut. Elle avait dû se glisser derrière le rocher. Un gémissement — ou un soupir ? — flotta jusqu'à moi. Il pouvait être le fait du vent, mais je ne sentais aucun souffle sur mon visage.

Je me recouchai, mais ne dormis guère pendant le reste de la nuit. Les premières lueurs de l'aube me trouvèrent complètement réveillée et je fus bien aise de pouvoir me lever et m'habiller. J'avais fini par me convaincre que j'avais vu un animal dressé sur ses pattes de derrière. Une panthère, peut-être, ou un grand chat sauvage. Ainsi rassurée, je sortis sur la corniche, maintenant illuminée par les rayons du soleil levant. Je n'avais pas fait trois pas lorsque quelque chose craqua sous mon pied.

Il n'y a rien de plus inoubliable qu'un lever de soleil en Egypte, mais je ne songeai même pas à admirer le spectacle que m'offrait si généreusement la nature. Ma vision de la nuit avait ressurgi brusquement devant mes yeux.

Je me baissai et mes doigts se rétractèrent au contact de ce que mon pied avait écrasé.

Il s'agissait d'un fragment d'étoffe brunie par les siècles, si sèche qu'elle craquait comme du papier. Un fragment de bandelette...

CHAPITRE 6

Immobile, je m'efforçai de réfléchir posément. Radcliffe avait passé plusieurs heures en compagnie de la momie. Il lui avait enlevé ses bandelettes, dont un fragment avait pu rester accroché à ses vêtements. En remontant dîner, il l'avait chassé machinalement, le faisant tomber devant notre porte. Explication séduisante, mais qui ne résista pas à un examen plus approfondi des alentours. Des morceaux de bandelettes avaient été semés tout le long du sentier qui descendait vers la plaine. C'était trop, vraiment trop. Il aurait fallu que Radcliffe en garnisse ses poches et fasse comme le Petit Poucet. En outre, son fauteuil avait été placé à plusieurs mètres de notre porte et il ne s'était pas approché de celle-ci pendant toute la soirée.

Sans trop savoir pourquoi — la peur, peut-être, qu'Evelyn n'ait une crise de nerfs en découvrant ces débris macabres — je rentrai dans la tombe avec précipitation et, après m'être munie d'une pelle et d'une balayette, j'entrepris de ramasser les fragments de bandelettes. Evelyn dormait encore, mais une odeur de café montait de la cuisine en contrebas de notre belvédère. Michael était déjà à son poste.

Je n'étais pas la seule à m'être levée tôt. Alors que je savourais une première tasse de thé, debout devant le foyer en plein air, je vis Radcliffe descendre le sentier. Il me gratifia d'un bref hochement de tête et s'arrêta un instant, comme me défiant de lui ordonner de remonter se coucher. Je ne dis rien et continuai de boire mon thé. Sans doute dépité par mon silence, il poursuivit son chemin d'un pas rageur et s'engouffra dans la grotte où sa précieuse momie avait été déposée.

Il ne s'y trouvait pas depuis dix secondes lorsqu'un cri horrible déchira l'air paisible. Ma tasse s'échappa de mes mains et se brisa en m'éclaboussant les pieds de thé brûlant. Avant que j'aie eu le temps de comprendre ce qui se passait, Radcliffe jaillit de la grotte, tel un diable. Les yeux étincelants de fureur, il leva les poings vers le ciel et me prit à partie.

— Ma momie ! Vous avez volé ma momie. Sacredieu, Peabody, cette fois vous êtes allée trop loin ! J'ai observé vos manœuvres. Vous n'imaginiez tout de même pas que je ne m'étais pas rendu compte de vos machinations ? Mon dallage, mon expédition, la loyauté de mon frère, rien n'a échappé à vos ingérences — jusqu'à ma pauvre carcasse que vous prétendez régenter ! Une véritable furie, un dragon, voilà ce que vous êtes ! Mais là, c'en est trop. Vous désapprouvez mon travail et, afin de m'obliger à garder le lit, vous avez enlevé ma momie. Où est-elle ? Je vous ordonne de me dire où vous l'avez cachée, sinon...

Ses cris avaient mis tout le reste du camp en émoi. Evelyn avait soulevé un coin du rideau et, une main sur la gorge, regardait avec un peu d'inquiétude ce qui se passait au-dehors. Walter avait jailli de sa tombe en essayant, tout à la fois, de boutonner son col et de rentrer sa chemise dans son pantalon.

— Radcliffe, Radcliffe ! protesta-t-il. Que signifie encore ce vacarme ? N'aurai-je donc jamais droit à cinq minutes de tranquillité ?

— Il m'accuse d'avoir volé sa momie, déclarai-je en élevant la voix malgré moi. Je tairai ses autres accusations, tellement ridicules qu'elles ne peuvent être que le produit d'un cerveau égaré par la maladie.

— Egaré par la maladie ! Voilà que je suis fou, maintenant ! De tous les maux de la terre, il n'y a certainement rien de pire qu'une femme voulant se mêler de tout !

On faisait maintenant cercle autour de nous. Les cris de Radcliffe avaient ameuté les ouvriers qui venaient d'arriver du village. Ils ne comprenaient pas ce qu'il disait, mais sa fureur était assez évidente pour les inquiéter et exciter leur curiosité. Au premier rang d'entre eux, j'aperçus Muhammad, l'homme qui, la veille, nous avait conduits à la tombe où nous avions trouvé la momie. Son visage avait une expression bizarre, à la fois sournoise et satisfaite. Il m'intrigua suffisamment pour que je m'abstienne de répliquer au dernier éclat de Radcliffe. Muhammad vit mon regard et, immédiatement, son sourire se figea, cependant que Radcliffe continuait de tempêter en levant les bras au ciel.

Se rendant compte qu'il était vain de vouloir le raisonner, Walter descendit à la grotte, afin de s'assurer que la rage de son frère était justifiée. Quand il en ressortit, je compris tout de suite à son visage ce qu'il allait dire.

— La momie n'est plus là, murmura-t-il en secouant la tête avec incrédulité. Il ne reste plus que des morceaux de bandelettes. Je me demande vraiment pourquoi quelqu'un s'est donné la peine de voler un spécimen aussi inintéressant.

— Ces gens-là déterreraient leur grand-mère et vendraient son cadavre s'il y avait un marché pour ce genre de souvenirs ! grommela Radcliffe.

J'avais remarqué que ses crises de rage étaient souvent aussi courtes que violentes. La bourrasque passée, il s'apaisait et, parfois, il lui arrivait même de nier avoir perdu son calme, fût-ce un seul instant. Je ne fus donc guère surprise lorsque, se tournant vers moi, il me parla comme s'il avait complètement oublié ses odieuses accusations.

— Que diriez-vous d'un solide petit déjeuner, Peabody ?

Je m'apprêtais à lui jeter au visage une réplique cinglante, lorsque Walter intervint à nouveau.

— C'est vraiment incompréhensible. Pourquoi sont-ils venus la voler ici, alors qu'il était si facile de nous cacher sa découverte pour la vendre eux-mêmes à un trafiquant ? Au fait, Radcliffe, que sont devenues les bandelettes que tu as enlevées ?

— Cela, au moins, ce n'est pas un mystère, répondit son frère. Je n'ai pas réussi à les défaire. Les résines parfumées dans lesquelles on plonge le corps au cours de l'embaumement les avaient collées ensemble et elles s'étaient transformées en un véritable bloc. Il m'a fallu procéder à une incision et ouvrir le thorax. Comme tu le sais, Walter, les prêtres enlevaient les viscères des cadavres et déposaient souvent des amulettes ou même des bijoux dans les cavités ainsi formées. Je... Oh ! Mademoiselle Peabody ! Que vous arrive-t-il ?

Sa voix m'était devenue lointaine, comme au milieu d'un bourdonnement d'insectes. Une vision horrible avait jailli dans mon esprit. Si la lune avait été plus haute — si j'avais pu mieux distinguer mon visiteur nocturne — aurais-je vu un thorax fendu en deux, béant comme une caverne et privé de ses organes ?

Je suis heureuse de dire que ce fut la première et la dernière fois que je succombai à la superstition. Quand je rouvris les yeux, je me rendis compte que j'étais dans les bras de Radcliffe, son visage tout proche du mien. Je vis distinctement qu'une rougeur avait envahi ses joues. Aussitôt, je me redressai et le repoussai.

— Une faiblesse momentanée, déclarai-je. Je... Je pense qu'il vaudrait mieux que je m'asseye.

Walter m'offrit son bras et je l'acceptai avec reconnaissance.

— Vous en faites trop, mademoiselle Peabody, me reprocha-t-il gentiment. Nous ne pouvons accepter que vous donniez autant de vous-même. Vous êtes au bord de l'épuisement. J'insiste pour que vous vous reposiez. Au moins une journée entière.

— Hum, marmonna Radcliffe.

Nos regards se croisèrent brièvement, mais je ne pus déterminer la signification de la lueur qui brillait dans ses prunelles. Ce n'était pas de l'anxiété. Non. Et ce n'était pas non plus de la reconnaissance. Il avait l'air de s'interroger, de se poser des questions... A quel propos ?

Au cours des heures qui suivirent, je me rappelai Evelyn la veille au soir, après le dîner, disant se sentir énervée, sans s'en expliquer la raison. Maintenant, je me rendais compte que l'atmosphère autour de nous était lourde, pesante. Je ne parvenais pas à me concentrer sur quoi que ce soit. Après avoir travaillé un moment au dallage, je gagnai le chantier où les ouvriers s'affairaient, sous les ordres de Walter et d'Abdullah.

Ils n'étaient guère plus d'une cinquantaine. Les hommes enlevaient avec leurs pelles le sable qui avait recouvert les fondations des temples et des maisons. Ils en remplissaient des paniers qui, ensuite, étaient emportés à une certaine distance par des enfants, garçons et filles mélangés. Travail fastidieux, sauf lorsqu'on atteignait le niveau du sol antique où, parfois, on pouvait découvrir un objet abandonné. Néanmoins, d'ordinaire, tout le monde s'activait dans la joie et la bonne humeur. Les Egyptiens aiment chanter et faire de la musique, même si leurs youyous et leurs accords aigrelets choquent nos oreilles européennes. Mais aujourd'hui, il n'y avait aucun chant, nulle plaisanterie pour stimuler leur ardeur. Les enfants qui portaient les paniers marchaient lentement et ne souriaient pas.

Je rejoignis Abdullah qui surveillait ses hommes, debout sur une petite éminence.

— Personne ne chante aujourd'hui, Abdullah ? m'étonnai-je. Quelque chose ne va pas ?

Le visage du contremaître resta impassible, mais je le sentis en proie à une lutte intérieure.

— Ce sont des gens ignorants, dit-il après avoir marqué un temps. Ils ont peur de beaucoup de choses.

— Quelles choses ?

— Des afrites, des mauvais esprits. Les fantômes des morts. La momie, ils se demandent où elle est allée.

Ce fut tout ce qu'il put — ou voulut — me dire. Je retournai à mon dallage, plus perturbée que je ne l'aurais admis. Je pouvais difficilement me moquer des superstitions des indigènes, alors que moi-même je m'étais laissée aller aux pensées les plus folles.

Mon lecteur se demandera peut-être pourquoi je

n'avais parlé à personne de ma mésaventure. Je m'étais aussi posé la question, mais je connaissais la réponse, qui n'était guère flatteuse pour mon ego. Je craignais que l'on se moque de moi. J'imaginais déjà les éclats de rire de Radcliffe lorsque je lui raconterais que sa momie était venue gratter à la porte de ma tombe et que je l'avais vue ensuite se promener dans le désert en perdant ses bandelettes. Pourtant, je sentais ne pas devoir garder pour moi la scène à laquelle j'avais assisté. Oh ! certes, il ne s'agissait pas d'un revenant. Je ne croyais pas aux fantômes, même si, parfois, j'avais quelque peine à maîtriser mes nerfs. Je passai le reste de la journée à appliquer machinalement du tapioca dilué, tandis qu'en moi le bon sens luttait contre la peur du ridicule.

Ce soir-là, lorsque je rejoignis les autres sur notre belvédère, je vis que je n'étais pas la seule à être perturbée. L'air très fatigué, Walter se laissa tomber en soupirant dans un fauteuil.

— Quelle journée horrible ! J'ai l'impression que rien n'a progressé !

— Je descendrai au chantier demain, dit Radcliffe. Avec ou sans la permission de mon dragon, ajouta-t-il avec un coup d'œil dans ma direction.

Walter se redressa brusquement.

— Radcliffe ! Pourquoi persistes-tu à te montrer désagréable avec Mlle Peabody ? Après tout ce qu'elle a fait pour nous...

Il était inhabituel que Walter réagisse avec une telle véhémence. Autre preuve, si j'en avais eu besoin, de l'atmosphère tendue dans laquelle nous baignions.

— Oh, c'est sans importance, l'interrompis-je calmement. J'ai la peau dure et une simple égratignure ne peut l'entamer. Quant au retour de votre frère sur le chantier demain...

Je me tournai vers Radcliffe et l'examinai d'un œil critique.

Mon examen l'embarrassa, commc je l'avais escompté, et il se tortilla dans son fauteuil tel un écolier coupable.

— Alors, quel est votre diagnostic, Sitt Hakim ? questionna-t-il avec agacement.

A vrai dire, je n'étais qu'à demi satisfaite. Il était très amaigri, les joues creuses, les pommettes proéminentes et les yeux trop enfoncés dans leurs orbites.

— Hors de question, déclarai-je. Vous n'êtes pas encore assez solide pour rester des heures entières sous un soleil accablant. Avez-vous pris vos médicaments aujourd'hui ?

La réponse de Radcliffe ne saurait décemment être reproduite ici. Walter se leva d'un bond, rouge comme un coq et seule l'apparition de Michael avec le premier service de notre dîner réussit à calmer son indignation. Ce soir-là, nous nous couchâmes tôt. Radcliffe était décidé à aller au chantier le lendemain et il avait besoin de repos. Quant à moi, j'avais trop peu dormi la nuit précédente pour ne pas être épuisée.

Mes paupières se fermèrent presque aussitôt, mais mon sommeil ne tarda pas à être agité par des cauchemars. Au milieu de la nuit, l'un d'entre eux, particulièrement horrible, me réveilla et mes yeux, encore embrumés de sommeil, se posèrent sur une silhouette blanche devant la porte. Mon cœur s'arrêta de battre et je cessai de respirer. Puis je reconnus Evelyn et poussai un soupir de soulagement.

Aussitôt, elle se tourna vers moi.

— Amelia ? murmura-t-elle. Vous êtes réveillée ?

— Qu'y a-t-il ? questionnai-je. Pourquoi êtes-vous debout à une heure pareille ? Seigneur Dieu, quelle peur vous m'avez causée !

Elle était pieds nus et en chemise de nuit. Sa longue silhouette blanche et aérienne glissa vers moi. Si elle ne m'avait pas parlé, j'aurais pu la prendre pour un fantôme. J'allumai une lampe. Son visage était aussi pâle que sa chemise. Elle s'assit au bord de mon lit et je vis qu'elle frissonnait.

— J'ai entendu un bruit, expliqua-t-elle. Un bruit tellement étrange... Oh, Amélia ! On aurait dit le gémissement d'une âme en peine. Un long gémissement qui s'arrêtait et recommençait inlassablement... Je me demande comment vous avez pu continuer à dormir.

— Je l'ai entendu, répondis-je, mais j'ai cru que c'était dans mon rêve. Je rêvais à la mort et à quelqu'un qui pleurait sur une tombe. Que s'est-il passé ensuite ?

— Je n'ai pas voulu vous réveiller. Vous aviez beaucoup travaillé et je savais combien vous étiez épuisée. Mais le bruit continuait, horrible, lancinant. J'ai cru que j'allais devenir folle. Finalement, je n'ai pu y tenir. Je me suis levée et j'ai tiré le rideau.

Elle s'interrompit et son visage devint encore plus blême.

— Continuez, l'encourageai-je. Vous n'avez pas à avoir peur de mon scepticisme, Evelyn. J'ai de bonnes raisons pour vous croire, même si ce que vous avez à me raconter peut sembler incroyable.

— Voulez-vous dire que vous aussi...

— Dites-moi ce que vous avez vu.

— Une haute silhouette, grise et rigide. Elle était debout dans l'ombre, mais... Amelia, elle n'avait pas de visage ! Nulle trace de nez, de bouche ou d'yeux. A la place de la tête, juste une forme ovale et plate. Je n'ai pas bien vu, mais j'ai eu l'impression qu'elle était recouverte d'étoffe. Les membres étaient très maigres et...

— Arrêtez ! m'exclamai-je avec impatience. Pas tant de détours pour me décrire ce que vous avez vu. En un mot, il s'agissait d'une... momie !

Evelyn me regarda fixement.

— Vous l'avez vue également ! Sinon, vous n'auriez pas accepté si facilement de me croire. Quand ? Comment ?

— On pourrait ajouter « Pourquoi ? », répondis-je avec un sourire un peu forcé. Oui, la nuit dernière, j'ai aperçu quelque chose qui ressemblait à une momie. En outre, ce matin, j'ai trouvé des fragments de bandelettes éparpillés devant notre porte et sur le sentier.

— Et vous n'en avez rien dit ? Ni à Walter... ni même à moi ?

Je soupirai.

— J'ai craint de paraître ridicule.

— Ridicule, Amelia ? Ce n'était pourtant ni une vision, ni une hallucination ! Qu'allons-nous faire ?

— Je crois que j'aurai le courage d'en parler, maintenant, sachant que vous serez là pour me soutenir. Cependant, je frémis en imaginant la réaction de Radcliffe. J'entends déjà ses éclats de rire et sa voix tonitruante : « Une momie qui marche, mademoiselle Peabody ? J'en suis fort aise ! Vous n'allez tout de même pas reprocher à un pauvre gars immobilisé depuis trois mille ans d'avoir envie de prendre un peu d'exercice ? »

— Nous ne pouvons pas garder pour nous une chose pareille...

— Non, acquiesçai-je. Demain matin, lorsque nous aurons dormi, nous pourrons affronter plus facilement les sarcasmes.

Mais, au matin, d'autres problèmes surgirent. Des problèmes encore plus difficiles à résoudre.

Je fus debout à l'aube, comme d'habitude. Radcliffe, lui aussi un lève-tôt, marchait de long en large devant la tente de la cuisine. Il avait mis son casque colonial et, à son attitude, je compris qu'il était décidé à ne tenir aucun compte de mes recommandations. Je jetai un coup d'œil à son visage hagard et émis un reniflement réprobateur, mais m'abstins de tout commentaire. Tandis que le petit déjeuner se préparait, nous remontâmes nous asseoir sur notre belvédère où, bientôt, Evelyn et Walter nous rejoignirent. Je venais de terminer ma deuxième tasse de thé, lorsque, soudain, Radcliffe explosa.

— Où diable sont les hommes ? Sacrebleu, voilà plus d'une heure qu'ils devraient être ici !

Walter sortit sa montre de son gousset et y jeta un coup d'œil.

— Une demi-heure, seulement, corrigea-t-il.

Son frère se leva avec impatience, une main en visière pour scruter l'horizon.

— Vois-tu un mouvement quelconque du côté du village ? Moi, non. Même pas le plus petit nuage de poussière. Il se passe quelque chose d'anormal, Walter. Où est Abdullah ?

Le contremaître, qui dormait sous une tente à côté de la cuisine, s'avéra introuvable. Finalement, nous aperçûmes une silhouette isolée, toute blanche, qui traversait la plaine à grands pas. C'était Abdullah. Apparemment, il était allé au village pour s'enquérir de la raison qui avait retenu les ouvriers chez eux.

Nous descendîmes l'attendre au bout du sentier. Quand il arriva, il écarta les bras avec impuissance.

— Ils ne viendront pas !

— Que veux-tu dire ? questionna Radcliffe.

— Ils ne travailleront pas aujourd'hui.

— Serait-ce un jour de congé ? s'enquit Evelyn. Une fête musulmane, peut-être ?

— Non, intervint Radcliffe. Abdullah m'en aurait averti et n'aurait pas pris la peine d'aller jusqu'au village. Allons, dis-moi ce qu'il y a ? insista-t-il en se tournant vers le contremaître. Assieds-toi et parle.

Ainsi adjuré, Abdullah s'accroupit sur le sol, selon l'habitude ancestrale des Egyptiens, et se mit à parler. Comme son anglais n'était pas fameux et qu'il utilisait beaucoup de périphrases, à la manière des Orientaux, je vais prendre la liberté d'écourter sa narration.

En voyant que les ouvriers tardaient à venir, il s'était rendu au village. Arrivé là-bas, il avait été surpris par le calme étrange qui régnait autour des pauvres masures en boue séchée. Les ruelles étaient aussi silencieuses et désertes que s'il y avait une épidémie de peste. Aucun enfant ne jouait dans la poussière, même les chiens et les poules avaient disparu.

Inquiet, il était allé frapper à la maison du chef de la petite communauté qui, je l'appris alors, était le père de Muhammad. Il avait dû tambouriner longuement sur la porte verrouillée avant d'être admis à l'intérieur. Ensuite, il avait palabré longuement avec le vieillard. Au début, celui-ci disait seulement que les hommes ne voulaient pas venir. A force d'insister, Abdullah avait appris qu'ils ne viendraient pas non plus le lendemain — ni d'ailleurs les jours suivants. Son fils était avec lui et il avait consenti, non sans mal, à lui donner les raisons d'une attitude aussi étrange.

Les ouvriers avaient été terrorisés par la momie que nous avions rapportée de la Nécropole Nord. Muhammad ne voulait pas en démordre : la momie était celle d'un prêtre magicien, d'origine princière, un serviteur du dieu Amon que le pharaon hérétique, Akhenaton, avait voulu chasser de son trône spirituel. La colère du dieu avait trouvé un réceptacle dans ce prêtre. A travers lui, Amon avait maudit la cité hérétique et tous ceux qui fouleraient son sol ou tenteraient de la faire renaître. Les villageois savaient qu'aucun d'entre eux n'avait volé la momie. Sa disparition ne pouvait avoir qu'une seule explication. La lumière du jour avait rendu la vie au prêtre, lequel avait découvert que de nouveaux hérétiques étaient en train d'exhumer la ville maudite. Rendu furieux par une telle vision, il s'était enfui de la grotte où nous l'avions déposé. Mais il n'avait pas quitté la cité pour autant. Il s'y promenait à la nuit tombée et, la veille, il s'était même aventuré dans les rues du village. Ses gémissements avaient réveillé les gens et plusieurs personnes avaient aperçu sa silhouette fantomatique. Les villageois n'avaient pas mis longtemps à interpréter le message qu'il voulait leur transmettre : Amon leur interdisait de continuer à travailler aux fouilles. La cité d'Akhenaton devait rester à jamais enfouie dans les sables. S'ils n'obéissaient pas, ils seraient maudits eux aussi, ainsi que tous ceux qui participeraient à cette tâche impie.

Radcliffe avait écouté cet étrange galimatias sans que son visage exprime la moindre émotion.

— Crois-tu, toi aussi, à ces racontars ? questionna-t-il quand Abdullah eut terminé.

— Non, répondit le contremaître d'une voix qui manquait de conviction.

— Moi non plus, déclara Radcliffe. Nous sommes des hommes instruits, Abdullah, pas comme ces pauvres paysans. Amon-Ra est mort et il n'a plus de prêtres pour le servir. Les mosquées de l'Islam ont été bâties sur les ruines de ses temples et, maintenant, c'est le muezzin qui appelle à la prière. Je ne crois pas aux malédictions, mais, si j'y croyais, je saurais que notre Dieu — qu'il soit Allah ou Jéhovah — a le pouvoir de protéger ses fidèles contre les démons de la nuit. Je pense que tu le crois également, car c'est ce qu'enseigne le Coran, le livre sacré que tu vénères.

Je n'avais jamais autant admiré Radcliffe. Il avait pris avec Abdullah exactement le ton qu'il fallait et choisi les seuls arguments pouvant réussir à le convaincre : ceux faisant appel à sa foi en un dieu unique et tout-puissant. Durant qu'il l'écoutait, une lueur amusée, mais respectueuse, s'était allumée dans le regard du contremaître.

— L'effendi Emerson a bien parlé, déclara-t-il. Mais il n'a pas dit ce qu'était devenue la momie.

— Volée, affirma Radcliffe.

Il s'était accroupi en face d'Abdullah afin de pouvoir le regarder dans les yeux.

— Volée par un homme qui désire provoquer des dissensions au sein de notre expédition et qui a imaginé cette comédie macabre pour y parvenir. Je ne nommerai pas cet homme, mais tu te souviens que Muhammad était furieux parce que je t'avais fait venir et que je ne lui avais pas donné la place qu'il estimait devoir être la sienne. Pourquoi ne la lui ai-je pas donnée ? Parce qu'il n'a pas l'étoffe d'un chef. Il m'a suffi de parler avec lui pour m'en rendre compte. C'est un faible. Au village, tout le monde le sait et personne n'accepterait de lui obéir.

Abdullah hocha la tête.

— Oui, mais ils le craignent.

Il se releva avec souplesse et sa longue djellaba retomba harmonieusement autour de ses jambes.

— Je suis d'accord avec vous, Effendi. Mais que pouvons-nous faire ?

— Je vais descendre au village parlementer avec le chef, déclara Radcliffe en se levant aussi. Maintenant, va déjeuner, Abdullah. Tu as bien travaillé et je t'en suis reconnaissant.

Le contremaître s'en alla, non sans avoir jeté un coup d'œil gêné à Radcliffe. Evelyn me regarda et je hochai la tête. J'avais préféré attendre qu'Abdullah nous ait quittés avant de raconter notre mésaventure. J'ouvris la bouche, mais Walter fut plus rapide que moi.

— Quelle histoire incroyable ! s'exclama-t-il. La superstition de ces gens m'étonnera toujours. Des enfants ! De véritables enfants ! Une momie qui se promène dans les rues du village, a-t-on jamais entendu chose plus absurde ?

Je m'éclaircis la gorge. Une telle réflexion n'était vraiment pas le préambule dont j'avais besoin.

— C'est absurde, Walter, concédai-je, mais leur imagination n'est pour rien dans cette affaire. Les villageois ne sont pas les seuls à avoir vu cette momie. Evelyn et moi, nous l'avons aperçue toutes les deux et il ne s'agissait pas d'un rêve.

— Je savais que vous nous cachiez quelque chose ! lança Radcliffe avec un sourire satisfait. Nous vous écoutons, Peabody.

Je racontai notre étrange vision, sans omettre aucun détail. Walter en resta bouche bée et, à ma grande surprise, Radcliffe n'émit aucune remarque sarcastique.

— Cela ne prouve rien, se borna-t-il à dire, si ce n'est que notre lascar a pris la peine de s'envelopper de bandelettes pour se promener dans le camp et le village. Cependant, j'avoue être un peu surpris. Je n'aurais pas cru que Muhammad aurait assez d'énergie et d'imagination pour pousser si loin la plaisanterie.

Tandis qu'il parlait, un souvenir revint à ma mémoire. J'avais reçu également une visite nocturne au Caire. Une visite d'un individu qui, lui non plus, ne manquait pas d'imagination. Il était entré dans ma chambre, vêtu comme un ancien Egyptien et... Non. Raconter la chose ne servirait à rien. Il n'y avait sans doute aucun rapport entre mon visiteur et cette momie.

— Je descends au village, annonça Radcliffe. J'ai déjà négocié plusieurs fois avec ces gens et je pense que je saurai trouver les arguments pour les convaincre de reprendre le travail. Tu viens avec moi, Walter ?

Inutile de dire que, pour rien au monde, je n'aurais accepté de ne pas participer à une telle expédition. Evelyn préféra rester au camp. Elle ne se sentait pas la force d'effectuer une aussi longue marche en plein soleil. Avec Abdullah et Michael pour la protéger, elle ne courait aucun risque. Radcliffe, naturellement, avait tempêté et poussé les hauts cris lorsque j'avais annoncé mon intention de les accompagner. Je ne m'étais pas laissé impressionner et je le sentis un peu vexé lorsqu'il constata que je n'avais aucune peine à le suivre. Certes, il n'avait pas recouvré tous ses moyens. Plusieurs fois, j'éprouvai une sincère inquiétude en le voyant traîner péniblement les pieds dans le sable.

Je fus frappée par le silence de mort régnant au village. Au début, je crus que nous ne réussirions pas à être admis dans la demeure du chef, une masure à peine moins misérable que les autres. Mais finalement, les coups de poings répétés de Radcliffe sur la porte provoquèrent une réaction. Il y eut un bruit de barre que l'on déplace et le battant s'entrouvrit de quelques centimètres. Juste assez pour laisser passer le visage fripé d'un vieillard. En nous voyant, il tenta de refermer la porte, mais Radcliffe força l'entrée d'un coup d'épaule. Nous étions dans la place.

A l'intérieur, la puanteur était atroce. Les gens et les bêtes étaient rassemblés, pêle-mêle. Leurs yeux brillaient dans la pénombre comme des escarboucles. On ne nous invita pas à nous asseoir et, de toute façon, il n'y avait aucun endroit où j'aurais accepté de poser ma personne — je ne suis pas difficile, mais il y a des limites. Deux poules avaient choisi le dossier du divan comme perchoir et personne n'avait songé à les déloger, bien que ce fût le seul meuble d'une certaine importance dans la pièce.

Les bras croisés et la tête haute, Radcliffe entreprit de palabrer en arabe. Je ne comprenais pas ce qu'il disait, mais, de temps à autre, je captais un mot ou deux et essayais de deviner le reste à partir des mimiques de ses interlocuteurs. Le chef du village, un vieil homme tout petit et rabougri, dont le nez rejoignait presque le menton, marmonnait ses réponses d'une voix quasiment inaudible. Il n'était pas insolent ou agressif, attitude qui aurait été plus facile à combattre que la terreur irraisonnée se lisant dans ses yeux.

Peu à peu, les autres assistants s'esquivèrent et, bientôt, nous n'eûmes plus aucun spectateur, à part les poules et les chèvres. L'une de ces dernières, vraiment très familière, était particulièrement intriguée par les manches de ma robe. Je la repoussai distraitement, tout en essayant de suivre la conversation. Le chef du village aurait bien aimé pouvoir s'en aller également. Il n'avait cessé de reculer devant Radcliffe, comme s'il était pestiféré. Maintenant, il avait le dos au mur et des gouttes de sueur coulaient sur son front.

Puis, alors que Radcliffe ne parvenait plus à en tirer que des monosyllabes, un homme survint par la porte étroite qui conduisait à l'unique autre pièce de la maison. Je reconnus Muhammad. Son père se tourna vers lui et lui céda la place avec un soulagement pathétique. D'emblée, la conversation prit un tout autre tour. Le ton et l'attitude de Muhammad étaient délibérément insolents. Radcliffe serra les poings et écouta ses explications les lèvres serrées. Quand il eut terminé, Muhammad me regarda d'un air cynique et se mit à parler en anglais.

— La momie n'aime pas les étrangers, déclara-t-il avec un large sourire. Il faut qu'ils s'en aillent. Mais pas les femmes. Elle n'a rien contre les femmes anglaises...

Radcliffe se jeta sur lui et le saisit à la gorge. Le vieux chef poussa un cri aigu, mais ce fut Walter qui réussit à empêcher son frère de commettre l'irréparable. Avec un râle horrible, Muhammad s'affaissa sur lui-même. En dépit de la pénombre, je vis le regard qu'il jeta à son assaillant, regard qui me glaça le sang.

— Viens, allons-nous-en ! lança Walter à voix basse en tirant Radcliffe par le bras. Nous n'avons plus rien à faire ici.

Inutile de dire que nous ne nous attardâmes pas au village. Lorsque nous fûmes dans le désert, Radcliffe s'arrêta. Son visage était luisant de transpiration et, sous son hâle, il avait le teint gris, maladif.

— Je pense que je vous dois des excuses à tous les deux, dit-il d'une voix caverneuse. Je n'aurais pas dû réagir de façon aussi stupide. A cause d'un geste inconsidéré, j'ai ruiné nos dernières chances de convaincre ces gens de reprendre leur travail.

Walter secoua la tête.

— J'ai entendu ce que t'a dit cette canaille. Tu n'as aucun reproche à te faire. De toute façon, il avait décidé de nous tenir tête. Ta réaction a été trop impulsive, mais je ne crois pas que cela aurait changé grand-chose si tu avais réussi à te maîtriser.

— Je suis stupéfaite de son impudence, m'exclamai-je. Ne se rend-il pas compte des risques qu'il prend en s'opposant à vous et aux autorités que vous représentez ?

Le visage de Radcliffe s'assombrit.

— L'Egypte est beaucoup moins pacifiée que ne se l'imaginent les bureaucrates du Caire, répondit-il en soupirant. La révolte du Mahdi au Soudan a eu un très grand retentissement chez les fellahs. La plupart d'entre eux souhaitent secrètement sa victoire et je ne donnerais pas cher de la vie des étrangers dans la région si jamais les troupes de cet illuminé réussissaient à atteindre la première cataracte.

— Vous ne croyez tout de même pas qu'ils ont la moindre chance de réussir dans leur entreprise ? protestai-je. Gordon résiste vaillamment à Khartoum et, en outre, une puissante expédition a été envoyée à son secours. Comment des rebelles indigènes mal aguerris pourraient-ils tenir longtemps face à des troupes anglaises bien armées et entraînées ?

La réponse de Racliffe me convainquit d'autant plus facilement que je partageais secrètement son opinion. Même si, en apparence, je continuai de faire semblant de ne pas être d'accord avec lui, pour ne pas lui donner pareille satisfaction.

— Ces rebelles mal aguerris ont déjà massacré plusieurs détachements anglais, y compris celui du colonel Hicks, répliqua-t-il avec un haussement d'épaules. Pour ma part, j'éprouve les plus grandes inquiétudes concernant Gordon et ses hommes. Ce sera un miracle si Wolseley arrive à temps pour desserrer l'étau qui s'est refermé autour d'eux. Toute cette affaire au Soudan n'a été qu'une succession de gaffes et de maladresses. Ici nous sommes également confrontés à une rébellion et je suis bien décidé à y faire échec. Par tous les moyens à ma disposition.

Il repartit d'un pas résolu, mais mal assuré.

— Où allez-vous ? questionnai-je. Le camp n'est pas de ce côté.

— Il y a deux autres villages dans cette plaine, répondit-il. Si les hommes de Haggi Qandil ne veulent pas travailler, il nous reste ceux de Till et d'al-Amarna.

Son frère lui saisit le bras, mais il se dégagea brutalement.

— Allons, sois raisonnable ! protesta Walter. Arrête-toi et écoute-moi. Tu n'es pas en état d'effectuer une marche aussi longue et, en outre, tu peux être sûr que l'histoire de Muhammad a déjà fait le tour des autres villages. Ils n'arrêtent pas de se battre entre eux, mais ils appartiennent à la même race. Tes efforts ne seront pas plus couronnés de succès là-bas qu'à Haggi Qandil.

Radcliffe traînait les pieds, mais il avait son expression d'enfant buté et je décidai d'intervenir avant qu'il ne s'effondre par terre, épuisé.

— Laissez-le, Walter. Il est trop têtu pour entendre raison. De toute façon, il n'ira pas loin. Quand il aura perdu connaissance, nous le traînerons jusqu'au camp, ou bien nous enverrons Abdullah et Michael le chercher. Ainsi, nous aurons tout notre temps pour réunir un conseil de guerre et prendre, en toute sérénité, les décisions qui s'imposent, sans avoir à subir ses cris et ses imprécations.

Radcliffe était encore sur ses pieds lorsque nous arrivâmes au camp. Walter l'emmena dans leur tombe pour qu'il puisse se rafraîchir et récupérer un peu, puis nous nous réunîmes pour le conseil de guerre que j'avais suggéré.

C'était la première fois que Michael entendait parler de nos problèmes. Il passait ses nuits sur la dahabieh et venait chaque matin à pied. Comme il était chrétien, il n'aurait pas été bien accueilli au village. Accroupi à côté de moi sur le tapis, il nous écouta sans faire de commentaires. Cependant, je remarquai qu'il n'arrêtait pas de toucher le petit crucifix en or qu'il portait à son cou. Je lui demandai s'il avait une suggestion à nous faire.

— Partir d'ici au plus vite, répondit-il aussitôt. Je suis protégé contre les démons, ajouta-t-il, les doigts crispés sur sa croix, mais il y a également des hommes mauvais dans cet endroit. Le bateau nous attend et les gentlemen feraient mieux de venir également.

— Vous ne croyez tout de même pas aux démons, Michael ? questionna Evelyn d'une voix pleine de douceur.

— Mais, madame, ils existent ! protesta-t-il. C'est dans la Bible. Dieu livre un combat permanent aux démons et aux afrites. Pourquoi ne croirais-je pas ce qui est dans les Saintes Ecritures ? Ils ne peuvent m'atteindre, parce que je suis un vrai croyant et que Notre Seigneur me protège, mais il y a autour de nous une atmosphère qui ne me plaît pas.

Abdullah hocha la tête vigoureusement. Sa foi n'était pas la même que celle de Michael, mais en Egypte les vieilles superstitions des religions païennes ne sont jamais très loin, en dépit de l'emprise de l'Islam et du Christianisme.

— Je suis bien près de penser comme Michael, déclarai-je. Vous voiler la face ne servirait à rien, messieurs. Vous ne pouvez plus rien faire ici pour le moment. Je vous suggère donc de lever le camp et d'aller recruter des hommes dans une autre région. Des hommes sur lesquels Muhammad n'exercera aucune influence. Lorsque les villageois verront que le travail a repris sans incident, ils comprendront que cette malédiction est une absurdité et ils reviendront vous proposer leurs services.

Visiblement, Walter était du même avis que moi — d'autant plus qu'il y avait un autre argument en faveur de cette solution, un argument que je m'étais bien gardée de formuler : la santé défaillante de son frère. Il regarda Radcliffe, qui ne dit rien, mais prit un air tellement buté que j'eus peine à me retenir de le gifler.

— Il y a bien d'autres sites en Egypte qui n'ont pas encore été fouillés, ajouta Evelyn. Des centaines, à ce que j'ai cru comprendre. Pourquoi n'iriez-vous pas travailler ailleurs en attendant que cette affaire ait été oubliée ?

— Voilà une suggestion intéressante, commenta Radcliffe.

Il n'avait pas élevé le ton, mais sa voix était aussi grinçante qu'une porte de prison.

— Qu'en dis-tu, Abdullah ?

— Une idée excellente, Effendi ! s'exclama le contremaître avec enthousiasme. Nous pouvons partir tout de suite et aller travailler à Saqqara ou à Louxor. Je connais des tombes dans la Vallée des Rois, ajouta-t-il avec un regard par en dessous à Radcliffe. Des tombes royales. Beaucoup d'entre elles n'ont pas encore été fouillées. Je vous en trouverai une belle et nous irons à Thèbes, où j'habite et où j'ai des amis qui ne demanderont qu'à travailler pour vous.

Radcliffe hocha la tête.

— Tu as raison, Abdullah. Il reste sûrement des tombes à découvrir dans la Vallée des Rois. Ta proposition est séduisante, mais tu oublies un petit détail. Personne dans ce pays n'a le droit d'entreprendre des fouilles sans un *firman* du tout-puissant Service des Antiquités. J'ai déjà eu assez de peine à arracher cette concession à Maspero. Il ne m'autorisera sûrement pas à aller creuser ailleurs, surtout dans un endroit où lui-même espère trouver des choses intéressantes. Il y a également un autre obstacle : l'argent. Ton avis, Walter ?

Son frère était en train de regarder Evelyn. Il sursauta et une légère rougeur envahit son visage hâlé par le soleil.

— Tu sais bien que ta décision sera la mienne, Radcliffe, répondit-il sans la moindre hésitation. Cependant, il y a un point auquel je tiens : la sécurité de ces dames. Je ne pense pas que nous courons un grave danger en restant ici, mais la situation où nous nous trouvons est pour le moins déplaisante et j'estime qu'elles nous ont déjà consacré beaucoup de temps. Il serait donc préférable qu'elles rejoignent leur bateau. Aujourd'hui même, si possible.

Devant pareille attitude, je ne pus réprimer une larme d'émotion. Ah, ces vieilles traditions britanniques ! Il refusait que la femme qu'il aimait soit exposée à un risque quelconque, même minime. Mais lui, il resterait toujours loyal à son frère et le suivrait en enfer s'il le lui demandait. Evelyn croisa les mains nerveusement et me regarda d'un air suppliant. Elle éprouvait la même loyauté à mon égard et me laissait le choix de la décision. Son appel était inutile. Je n'avais pas l'intention de céder. Je n'étais pas une potiche qu'on déplace d'un endroit à un autre, au gré des humeurs de chacun.

— Je vous remercie de votre sollicitude, Walter, déclarai-je, mais je ne puis accepter une telle suggestion. Si vous restez, nous restons également.

Les sourcils froncés, Radcliffe se tourna vers moi. Il inspira profondément et je vis que la plupart des boutons de sa chemise ne tenaient plus qu'à un fil. Dès que nous en aurions terminé avec cette formalité, j'irais chercher mon nécessaire de couture.

Ses yeux étincelèrent et un grondement rauque sortit de sa gorge.

— Chère mademoiselle Peabody, j'espère que vous ne m'en voudrez pas si je prends la liberté de vous demander au nom de quoi et de qui vous persistez à vous immiscer continuellement dans mes affaires ?

A mesure qu'il parlait, sa voix enflait au point qu'il avait peine à en maîtriser les intonations.

— Je suis un homme patient. Je me plains rarement. Mais, avant que vous n'y fassiez irruption, ma vie était calme et paisible. Maintenant, vous vous conduisez comme si c'était vous qui dirigiez cette expédition ! Je suis tout à fait d'accord avec Walter. La situation étant ce qu'elle est, il serait dangereux et inutile que vous restiez ici. Surtout, ne discutez pas ! Si vous refusiez d'obéir, je pourrais très bien vous faire traîner de force jusqu'à votre bateau. Abdullah et Michael se feraient une joie d'effectuer ce travail.

Je regardai Michael qui nous écoutait, bouche bée.

— Non, répliquai-je avec fermeté. D'ailleurs, vous vous leurrez. Michael ne vous obéirait pas. Il préférerait que je m'en aille, mais jamais il n'irait à l'encontre de mes désirs. Maintenant, monsieur Emerson, cessons de perdre notre temps en vains bavardages. Rien ne pourra vous faire partir d'ici et je ne suis pas non plus du genre à laisser un travail inachevé. Nous représentons l'Angleterre et il ne sera pas dit que le lion britannique se sera enfui, la queue entre les pattes, à la première menace !

— Seigneur Dieu ! s'exclama Radcliffe en levant les yeux au ciel.

Je sentis que les mots qu'il marmonnait n'avaient rien d'une prière, mais décidai de n'en pas tenir compte.

— Puisque nous avons décidé de rester tous les deux, poursuivis-je, nous allons devoir étudier ensemble la suite des opérations. Vous ne pourrez pas trouver d'autres ouvriers ici, à moins que les membres de mon équipage...

Je regardai Michael qui secoua la tête négativement.

— Je m'en doutais. Quant aux hommes que vous feriez venir d'ailleurs, ils seraient exposés aux mêmes manœuvres d'intimidation. Je vous propose donc, pour aujourd'hui, de travailler sur le dallage, comme s'il ne s'était rien passé. Evelyn continuera ses dessins pendant que moi j'appliquerai le tapioca dilué. Ensuite, ce soir, nous tendrons une embuscade. Pour mettre un terme définitif à cette mascarade, il nous faut attraper le plaisantin qui se déguise en momie, et le démasquer. C'est la seule solution.

Walter se redressa et battit des mains.

— Mademoiselle Peabody, vous avez l'étoffe d'un chef de guerre ! s'exclama-t-il avec enthousiasme. Nous monterons la garde à nous quatre...

— A nous six, corrigeai-je. Je pense que ce sera suffisant et que nous n'aurons pas besoin de faire venir des hommes de mon équipage. Je suggère que l'un d'entre nous soit employé à surveiller le village. Il faudra bien que Muhammad en sorte pour aller enfiler son déguisement. Les autres resteront ici à l'attendre. Avez-vous des armes à feu ?

Un cri d'inquiétude s'échappa des lèvres d'Evelyn.

A mesure que je parlais, le visage de Radcliffe avait changé plusieurs fois de couleur et exprimé toute une gamme de sentiments contradictoires.

— Je n'ai pas d'armes à feu, répondit-il d'une voix sourde. Elles sont inutiles et dangereuses dans un pays comme celui-ci.

— Alors, il faudra nous servir de bâtons.

Les lèvres de Radcliffe frémirent.

— C'en est trop ! marmonna-t-il en se levant brusquement.

Il nous tourna le dos et, tandis qu'il s'éloignait, je vis ses épaules secouées par un mouvement incontrôlable. Sa maladie l'avait-elle plus affaibli que je ne l'avais imaginé ?

— Reposez-vous bien ! lui conseillai-je en le suivant des yeux. D'ailleurs, ajoutai-je, nous devrions tous, maintenant, aller dormir quelques heures, si nous ne voulons pas nous assoupir en montant la garde cette nuit.

Pour toute réponse, Radcliffe émit une sorte de rugissement étouffé. Tandis qu'il disparaissait dans sa tombe, je dis à Walter :

— Il est épuisé. Vous devriez peut-être aller le rejoindre et...

— Non, m'interrompit-il. Je ne crois pas que ce soit nécessaire.

— Qu'a-t-il donc, alors ?

Walter secoua la tête, l'air complètement abasourdi.

— C'est impossible... Mais, si je ne le connaissais pas si bien, je serais prêt à parier qu'il riait !

II

Le reste de la journée se déroula conformément à mon plan de campagne. Evelyn termina sa copie du dallage. Elle avait saisi à la perfection la douce clarté des couleurs de l'original. Je l'envoyai se reposer, tandis que je finissais d'appliquer mon enduit protecteur. Lorsque j'eus achevé cette tâche, le soleil commençait à décliner et je remontai au camp, où je constatai avec satisfaction que le dîner était en cours de préparation. Grâce à mes efforts, un nouvel esprit s'était établi. Nous n'étions plus qu'un petit groupe, mais nous nous serrions les coudes, prêts à résister à n'importe quelle agression extérieure. Tout le monde était de bonne humeur et plein d'entrain, même Michael et Abdullah. Pendant le dîner, nous achevâmes de mettre au point notre plan de bataille.

Walter et Abdullah iraient au village, avec mission de surveiller principalement la maison du chef. Comme toutes les communautés primitives, les villageois s'enfermaient chez eux à la tombée de la nuit. Nous ne pensions pas qu'il y aurait une quelconque activité avant minuit, mais les guetteurs se mettraient en place dès que l'obscurité serait totale. Si Muhammad sortait, ils devraient le suivre. Il ne cachait probablement pas son déguisement de momie dans sa maison, car Radcliffe était persuadé que le père n'était pour rien dans le complot. La terreur du vieil homme lui avait semblé sincère. Muhammad sortirait donc dans sa tenue habituelle et se dirigerait — selon toutes probabilités — vers les collines. Il n'avait dû avoir aucune peine à trouver une cachette au milieu des rochers, ravins et éboulis. Les guetteurs le laisseraient enfiler son déguisement, puis ils bondiraient. A eux deux, ils arriveraient à le maîtriser. Ensuite, Abdullah monterait la garde à côté de lui, tandis que Walter courrait nous annoncer la nouvelle. Nous amènerions alors le coupable au village, tous ensemble, afin d'exposer publiquement sa perfidie.

Si jamais il échappait à Walter et Abdullah, nous formerions une seconde ligne de défense. Evelyn resterait dans sa chambre, avec Michael pour veiller sur elle, mais, naturellement, elle ne se coucherait pas. Pendant ce temps, Radcliffe et moi prendrions position dans la tombe qu'il occupait avec Walter. Elle était à une certaine distance de la nôtre, en contrebas, et pour arriver jusqu'à Evelyn, notre visiteur nocturne serait obligé de passer devant nous. Evelyn serait donc doublement protégée. J'avoue que je n'étais pas vraiment tranquille pour elle. La remarque infâme de Muhammad au sujet des femmes anglaises montrait à l'évidence qu'il était capable des actes les plus vils, si on lui en laissait l'occasion.

Dès que le soleil fut couché, Walter et Abdullah quittèrent le camp en silence. Je veillai à ce qu'Evelyn se mette en place, avec Michael près d'elle. Notre drogman s'était muni d'un long gourdin, dont, en dépit de sa nervosité, il n'hésiterait pas à se servir si quelque chose ou quelqu'un venait à menacer Evelyn. Mais il n'aurait pas besoin d'en arriver à pareille extrémité. J'avais confiance dans mon plan. La momie ne pouvait nous échapper.

Après m'être changée, je descendis subrepticement jusqu'à la tombe des frères Emerson. Radcliffe était assis devant la caisse d'emballage qui lui servait de table de travail et écrivait à la lumière d'une lampe à pétrole. Lorsque je me glissai à l'intérieur, il posa sa plume et me regarda fixement.

— Auriez-vous l'intention d'aller à une mascarade, mademoiselle Peabody ? questionna-t-il d'un ton ironique. Si c'est le cas, vous n'avez aucune chance de remporter le premier prix. Votre déguisement de sorcière manque d'originalité et jamais il ne soutiendra la comparaison avec notre momie.

— J'ai revêtu une robe sombre pour passer inaperçue dans l'obscurité, répliquai-je, un peu irritée par ses sarcasmes. Et si j'ai noirci mon visage et mes mains, c'était pour dissimuler leur pâleur relative. D'ailleurs, au lieu de vous moquer de moi, vous feriez mieux de vous déguiser aussi. Et puis, éteignez cette lampe, s'il vous plaît !

— Je l'éteindrai à l'heure où je l'éteins chaque soir, rétorqua-t-il calmement. Si quelqu'un nous surveille, inutile de lui donner l'alerte en changeant nos habitudes. Pour le moment, allez vous dissimuler dans ce coin là-bas, afin qu'on ne puisse vous voir de l'extérieur. Votre présence ici ne manquerait pas d'alerter notre visiteur et, dans la tenue où vous êtes, il ne pourrait même pas penser que vous êtes venue me rendre visite dans un but... hum... libertin.

Je traitai cette remarque avec le dédain qu'elle méritait. Il aurait eu trop plaisir à ce que je m'offusque. Après lui avoir décoché un regard hautain, je me retirai sans un mot dans le coin qu'il m'avait assigné.

Les heures suivantes traînèrent en longueur. Au début, je m'amusai à regarder Radcliffe qui continuait d'écrire comme si je n'étais pas là. Il aurait eu besoin d'aller chez le coiffeur. Sa maladie n'avait pas affecté ses cheveux. Ils étaient noirs et épais, avec une légère ondulation au niveau du cou. Le mouvement des muscles de son dos à travers sa chemise aurait sûrement intéressé un étudiant en anatomie.

Assez vite, cette occupation devint fastidieuse. Courbée en deux, je m'approchai de la table — manœuvre qui me valut un grognement irrité — et pris l'un des livres qui y étaient éparpillés. Il s'agissait d'un ouvrage sur les pyramides de Gizeh par un certain M. Petrie. Je me souvins d'avoir entendu Radcliffe mentionner le nom de ce jeune universitaire et parler de son travail, non avec approbation mais du moins sans les commentaires acerbes dont il gratifiait la plupart de ses collègues. Dès les premières pages, je compris pourquoi M. Petrie n'avait pas eu droit aux mêmes foudres que les autres. Le soin méticuleux qu'il avait mis à effectuer ses mesures et à les vérifier avait quelque chose d'impressionnant. Il réfutait totalement les théories mystiques de certaines gens prétendant que la Grande Pyramide contient un message secret, une sorte de prophétie qui se dissimulerait dans les rapports entre ses différentes dimensions. Quant à sa description de la méthode employée par les anciens Egyptiens pour tailler et polir des blocs de pierre énormes avec des outils rudimentaires, je la trouvai intéressante et convaincante. Bientôt, je fus complètement absorbée par ma lecture. Le silence n'était plus troublé que par le grincement de la plume de Radcliffe et le froissement léger des pages que je tournais. Je suppose que je devais former un tableau plutôt cocasse, accroupie dans mon coin, avec ma robe sombre et mon visage maculé de noir de fumée.

Finalement, Radcliffe posa sa plume et se leva. Il bâilla et s'étira ostensiblement. Puis, sans un regard dans ma direction, il éteignit la lampe. Aussitôt, l'obscurité fit disparaître tous les objets qui nous entouraient. Après quelques instants, mes yeux s'habituèrent à la pénombre et je pus discerner le grand rectangle gris qui marquait l'entrée de notre tombe : un coin de ciel où brillaient quelques étoiles.

Après avoir posé mon livre sur la table, je m'approchai doucement de la porte. Un murmure de Radcliffe m'indiqua sa position. Sans un mot, je me postai de l'autre côté de l'ouverture.

Les heures qui suivirent furent encore plus fastidieuses que les précédentes. Je n'avais plus de livre pour m'aider à passer le temps et Radcliffe ne semblait guère d'humeur à bavarder. Pour ma part, j'estimais que nous aurions pu parler à voix basse sans courir un risque excessif. Dehors, la nuit était claire et si un intrus approchait, nous le verrions bien avant qu'il puisse nous entendre. En outre, notre attente n'était qu'une précaution supplémentaire. Muhammad n'avait aucune raison de se méfier et j'avais confiance en Walter comme en Abdullah. Dès que l'autre aurait revêtu son déguisement, ils le maîtriseraient puis accourraient nous prévenir.

Radcliffe ne devait pas être aussi confiant, car il répondit par un grognement exaspéré à ma tentative de discuter des théories de Petrie. Je me le tins pour dit et gardai mes commentaires pour moi.

La nuit était d'une beauté féerique. Jamais je n'avais vu autant d'étoiles. Elles étincelaient comme autant de diamants sur le velours noir des cieux. L'air était doux et aussi rafraîchissant qu'une fontaine après la traversée d'une plaine aride. Mais, c'était surtout le silence qui était apaisant. Au loin, un chacal hurlait. Un hurlement solitaire qui n'avait rien d'inquiétant. Pourquoi se lamentait-il ainsi ? Etait-ce la splendeur des temps anciens qu'il pleurait ? Lorsque la vie et l'eau bruissaient dans le désert...

J'avoue m'être assoupie, le dos appuyé contre le

mur, lorsqu'un bruit troubla le silence. Je sursautai et ma manche frotta contre la pierre. Aussitôt, Radcliffe leva la main et me retint par le bras.

— Chuuut !

Mes yeux s'étaient habitués à la pénombre et, grâce à la clarté extérieure, je n'avais aucune peine à distinguer mon compagnon. Il était accroupi, le corps tendu, tel un félin prêt à bondir sur sa proie.

De l'endroit où il était placé, il voyait la partie du sentier qui descendait vers la plaine et la plate-forme intermédiaire, où étaient plantées la tente de la cuisine et celle d'Abdullah. Moi, je voyais la partie montante du même sentier et l'entrée de la tombe où Evelyn et Michael étaient tapis. Aucun mouvement de ce côté-là. Un coin du rideau était légèrement tiré. Michael montait la garde.

Radcliffe tendit la main vers moi. Nous n'avions pas besoin de mots pour nous comprendre. Je la saisis et fis deux pas vers lui en restant accroupie.

La chose était là. Blême et immobile, au milieu de la pente. Cette fois, les rayons de la lune l'éclairaient en plein et il était impossible de se tromper sur sa nature. Comme je la regardais, elle tourna la tête. Un mouvement lent, légèrement ondulant, qui semblait vouloir nous attirer. On aurait dit une créature aveugle et pataude, surgie des profondeurs de la terre ou des océans.

La main de Radcliffe se posa sur ma bouche. Je ne fis rien pour la repousser. Il avait dû sentir — à ma façon de respirer, peut-être ? — que j'avais été sur le point de pousser un cri. Pas un bruit n'était sorti de mes lèvres, mais, étrangement, j'eus l'impression que la momie m'avait entendue. Je savais que c'était impossible mais sa tête informe et sans yeux se leva vers nous, comme en quête de quelque chose.

Les doigts de Radcliffe étaient glacés. Il n'était donc pas aussi insensible qu'il le prétendait. Lorsque le bras droit de la créature se leva, en un geste menaçant, il perdit d'un seul coup sa maîtrise de soi. Il me lâcha — si brusquement que je tombai à la renverse — et il bondit en avant.

Toutes nos belles précautions étant vaines désormais, je criai pour le mettre en garde, mais il ne m'écouta pas. Dédaignant le sentier, il sauta dans l'éboulis pour aller plus vite et se lança à corps perdu sur la pente. Naturellement, ce qui devait arriver arriva. Emporté par son élan, il perdit l'équilibre et tomba de tout son long, au milieu d'une avalanche de cailloux.

La momie était en fuite. Je la suivis des yeux pendant quelques instants. En dépit de sa raideur, elle courait à une vitesse surprenante. Je savais que j'aurais été incapable de la rattraper et, à la vérité, je n'avais aucune envie de me lancer à sa poursuite. Je descendis le sentier et, me frayant un chemin au milieu de l'éboulis, j'aidai Radcliffe à se relever. Entre-temps, Evelyn et Michael étaient sortis de leur tombe. Lorsque nous remontâmes, ils me demandèrent avec anxiété ce qui s'était passé.

En quelques phrases, je leur résumai ce que nous avions vu. Dans la tombe, je rallumai la lampe, puis entrepris de désinfecter et de panser les égratignures que Radcliffe s'était faites au front comme aux mains. Le sang et le bandage autour de sa tête donnaient à notre réunion une allure très martiale.

— Je me demande bien ce que sont devenus Walter et Abdullah, grommela le blessé lorsque j'en eus terminé avec lui. Ils vont m'entendre, pour avoir laissé filer cette canaille de Muhammad !

— Ne devrions-nous pas partir à leur recherche ? suggéra Evelyn d'une voix angoissée. Il leur est peut-être arrivé un accident...

— Je ne le pense pas, lui répondis-je en secouant la tête. Ils sont solides et je ne crois pas que quiconque oserait s'attaquer à eux. Pour moi, Muhammad les a repérés et il a réussi à leur filer entre les mains. Il est agile et connaît la région beaucoup mieux qu'eux. Après avoir perdu sa trace, ils ont dû retourner au village dans l'espoir de l'appréhender à son retour. Mais, à ce moment-là, cela n'aura plus d'utilité, car il se sera sans doute débarrassé de son déguisement. Enfin, nous verrons bien ce qu'ils auront à nous dire...

Nous étions persuadés que la momie ne se manifesterait plus pendant le reste de la nuit, mais nous continuâmes néanmoins notre faction. A tout hasard. Aux premières lueurs de l'aube, Walter et Abdullah rentrèrent au camp. En écoutant leur rapport, notre étonnement fut au moins égal à celui qu'ils éprouvèrent en apprenant que nous avions eu de la visite. Ils n'avaient pas quitté le village de toute la nuit. Perché dans un arbre, Walter avait surveillé le devant de la maison du chef, tandis qu'Abdullah en surveillait l'arrière. Ni l'un, ni l'autre n'avaient remarqué le moindre mouvement.

Impossible donc que Muhammad et la momie aient pu être une seule et même personne.

CHAPITRE 7

J'étais debout sur la plate-forme devant l'entrée de notre tombe, indifférente à la beauté du lever du soleil, lorsque je saisis enfin toutes les implications de la remarque de Walter. Aucun d'entre nous n'avait mis en doute ses déclarations. Nous ne pouvions imaginer que Muhammad ait réussi à tromper la vigilance des deux hommes, alors qu'il ne se savait même pas surveillé.

Brusquement, Radcliffe se leva de son fauteuil et descendit le sentier en courant. Je ne saurais dire comment, mais je sus tout de suite où il allait. Je le suivis lentement, comme appréhendant ce que j'allais découvrir. Lorsque je le rejoignis, il était debout devant l'abri en bois qui protégeait notre dallage. La peinture avait disparu. A sa place, une surface informe que le sable commençait déjà à recouvrir. Le vandale avait opéré avec un tel acharnement qu'à certains endroits la pierre avait été littéralement broyée.

Ainsi, tout mon travail de ces derniers jours était réduit à néant et j'avais sacrifié mes doigts en vain. Mais j'y pensai à peine, trop révoltée par la destruction gratuite d'un chef-d'œuvre qui, miraculeusement, était resté intact après des siècles d'oubli.

Impulsivement, je tendis la main vers Radcliffe. Ses doigts se refermèrent avec violence sur les miens et, un long moment, nous restâmes ainsi, côte à côte. Puis, soudain, il sembla réaliser ce qu'il était en train de faire et me repoussa d'un geste brusque. Sa blessure au front saignait encore, mais je savais que ses traits tirés et son visage hagard ne devaient rien à la douleur physique. Je ne parvins même pas à lui en vouloir pour sa brutalité.

— J'ai l'impression que notre momie a un tempérament particulièrement vindicatif, déclarai-je d'une voix légèrement tremblante.

— Cela ne correspond que trop bien à l'histoire ridicule colportée par Muhammad, répondit-il. Le prêtre d'Amon qui assouvit sa vengeance sur la cité maudite d'Akhenaton. Ne trouvez-vous pas, Peabody, qu'un tel complot est un peu trop complexe pour avoir germé dans l'esprit d'un fellah illettré ?

— Peut-être sous-estimez-vous son intelligence ?

— Je ne crois pas. En outre, son mobile n'est guère convaincant. Pourquoi se donnerait-il tant de mal pour une vengeance, somme toute, mesquine ? Notre présence apporte de l'argent au village, de l'argent dont ces gens — y compris Muhammad et sa famille — ont un besoin vital, même si, pour nous, il s'agit de sommes dérisoires.

— Pourtant, objectai-je, Walter l'a surveillé et il n'a pas quitté le village...

— Oui, mais reste la possibilité d'un passage connu de lui seul. Un souterrain, peut-être ? A part lui, qui d'autre aurait pu se déguiser en momie ?

— Si je comprends bien, vous pensez qu'il a un commanditaire ? Quelqu'un le paie pour nous effrayer et nous obliger à partir ? Auriez-vous des soupçons plus précis ?

Radcliffe secoua la tête.

— Non. A moins qu'un riche amateur n'ait des visées sur ce site...

— Allons, ne soyez pas ridicule ! m'exclamai-je. Si vous continuez ainsi, vous allez bientôt accuser M. Maspero d'avoir organisé toute cette mise en scène dans le seul but de vous déconsidérer !

Cette remarque maladroite mit un terme à notre discussion. Radcliffe me jeta un regard noir et, pivotant sur ses talons, reprit à grands pas rageurs la direction du camp.

Pendant toute la matinée, notre moral resta au plus bas. S'il n'y avait eu l'obstination de Radcliffe, je crois bien que nous aurions tous quitté Amarna. Au déjeuner, il fallut l'intervention d'Evelyn pour nous empêcher d'en venir aux mains et ce fut elle encore qui insista pour que nous allions nous reposer avant de discuter à nouveau de la suite des opérations. D'après elle, la fatigue nous avait rendus irritables et nous n'étions pas en état de réfléchir clairement. Je reconnus bien là son tact inné. C'était surtout Radcliffe qui avait besoin de se reposer et de reprendre ses esprits — même si je doutais que le sommeil pût améliorer son humeur.

Nous étions tous en train de dormir lorsqu'un cri d'Abdullah nous arracha brutalement aux bras de Morphée. Je bondis hors de mon lit et pris à peine le temps d'enfiler mes chaussures. Dehors, la lumière du soleil me fit cligner des yeux. Environnée par un nuage de poussière, une caravane avançait dans notre direction. Un homme la précédait, monté sur un petit âne gris. Bientôt, il fut assez proche pour que je distingue les traits de son visage.

Je me tournai vers Evelyn qui protégeait ses yeux avec sa main en visière.

— Voilà des renforts qui nous arrivent, commentai-je. Je suis curieuse de savoir comment réagira le jeune lord Ellesmere lorsqu'il apprendra nos démêlés avec notre momie.

— Lucas ! s'exclama Evelyn.

A cet instant, les frères Emerson nous rejoignirent. Ils avaient entendu ma remarque et l'exclamation d'Evelyn. Walter jeta un coup d'œil perçant à la jeune femme, puis tourna son regard vers le nouvel arrivant. Lucas nous avait vus. Il leva le bras et nous fit de grands gestes pleins d'exubérance. Il souriait de toutes ses dents et son visage était maintenant aussi hâlé que celui des indigènes. Celui de Walter se renfrogna.

— Ainsi, cet intrus fait partie de vos relations, mademoiselle Forbes, dit Radcliffe sans chercher à dissimuler son mépris. J'aurais imaginé qu'il était plutôt l'un de vos amis, Peabody.

— Ce site n'est pas votre propriété exclusive,

Emerson, lui rétorquai-je. Je suis même étonnée qu'aucun touriste ne nous ait encore rendu visite.

Radcliffe sembla avoir été touché par le bien-fondé de mon observation. Il hocha la tête pensivement et j'en profitai pour lui donner les explications que je lui devais.

— Lord Ellesmere est un lointain cousin d'Evelyn. Nous nous sommes rencontrés au Caire, juste avant notre départ. Il nous avait annoncé son intention de remonter le Nil, mais nous pensions qu'il nous rejoindrait seulement à Louxor. Je suppose qu'il a reconnu la *Philae* et s'est enquis auprès de son capitaine de l'endroit où nous étions.

Je n'étais pas mécontente de moi. J'avais su résumer nos relations avec lord Ellesmere, sans aucun fait superflu ou compromettant. Mais je devais encore mettre Lucas en garde — le plus tôt possible. Inutile que les frères Emerson apprennent quelle était sa parenté exacte avec Evelyn. Ils ne s'intéressaient ni l'un ni l'autre aux scandales mondains et il était donc peu vraisemblable qu'ils aient entendu parler de l'escapade italienne de la jeune héritière du défunt lord Ellesmere, mais mieux valait ne courir aucun risque à cet égard.

Regardant alors Evelyn, je sentis mon cœur se serrer. Comment pourrais-je la protéger alors qu'elle avait l'intention de raconter toute son histoire, sans rien omettre, si jamais Walter lui demandait sa main ? A mesure que son cousin approchait, elle avait pâli et les traits de son visage s'étaient tendus. Quant à Walter, la nature des sentiments qu'il éprouvait pour la jeune femme n'était que trop évidente.

En voyant la façon dont il réagissait devant l'arrivée inopinée de Lucas, j'eus une sorte de révélation : je souhaitais l'union de Walter et d'Evelyn. Dieu les avait créés l'un pour l'autre. Walter était un jeune homme intelligent et honnête, digne d'être aimé et qui saurait donner à Evelyn toute l'affection qu'elle méritait. Si je devais renoncer à elle, je serais heureuse de la savoir sous la protection d'un homme comme lui.

Lucas était tout proche maintenant. Il agita les bras et nous héla joyeusement.

— Ne descendez-vous pas à la rencontre de votre parent ? s'enquit Walter en se tournant vers Evelyn.

Il y avait une intonation agressive, presque jalouse, dans sa voix. J'en souris intérieurement.

Evelyn sursauta.

— Si, bien sûr...

— Je vais y aller, l'arrêtai-je en posant la main sur son bras. Restez ici. Au passage, je demanderai à Michael de nous monter du thé.

Lucas sauta de son âne et se précipita vers moi avec des exclamations ravies. Je crois bien qu'il m'aurait embrassée, si je ne l'avais tenu à distance avec mon ombrelle. D'emblée, j'interrompis son bavardage et le mis en garde à propos d'Evelyn. Il m'écouta et m'adressa un regard plein de reproche.

— Oh, mademoiselle Peabody, un tel avertissement était inutile ! J'ai assez de tact pour ne pas parler à tort et à travers, surtout s'agissant d'un sujet aussi délicat. Mais que diable faites-vous ici ? Votre raïs m'a dit que vous aviez passé presque une semaine entière dans ce désert. Pourquoi... et qui sont vos amis... ?

Explications et présentations s'ensuivirent — laborieusement, car Lucas n'arrêtait pas de m'interrompre. Cependant, lorsque j'en arrivai à notre rencontre avec la momie, il consentit enfin à se taire. Il m'écouta en silence, puis un large sourire envahit son visage et, quand j'eus terminé, il éclata de rire en se tapant sur les cuisses.

— C'est trop beau ! Lorsque j'ai pris le bateau pour l'Egypte, jamais je n'aurais pensé avoir une chance pareille. C'est encore mieux qu'un roman de Rider Haggard ! J'ai hâte, moi aussi, de faire connaissance avec cette momie. Elle doit avoir tellement de choses à nous raconter après tous ces siècles passés dans son sarcophage !

— Je ne sais pas si vous en aurez l'occasion, lord Ellesmere, dit Walter. Il n'y a aucune raison pour que nous vous embarrassions avec nos problèmes. Par contre, si vous vous vouliez bien vous charger d'escorter ces dames en lieu sûr, nous vous en serions...

Lucas se pencha en avant et posa familièrement la main sur le bras de Walter.

— Mais, mon cher ami, vous n'allez tout de même pas m'empêcher de participer à une aventure aussi excitante ? Oh ! Je vous crois tout à fait capable de résoudre cette crise sans moi ! Mes mobiles sont purement égoïstes — l'attrait du mystère et de l'aventure ! Vous n'avez donc aucune raison de ne pas céder à mes instances !

A son visage réjoui et à la jovialité de sa voix, je compris mieux pourquoi Scrooge, le personnage de Dickens, trouvait son neveu tellement exaspérant. Je fus également frappée par le contraste entre les deux jeunes gens. Ils devaient avoir presque le même âge, mais à côté de Lucas, Walter avait l'air d'un adolescent, impression encore accentuée par ses longs cheveux noirs et ses joues creuses. Lucas avait le maintien et l'assurance d'un adulte. Son casque colonial étincelait dans la lumière du soleil, son costume, parfaitement ajusté et de coupe presque militaire, faisait ressortir la finesse de sa taille comme la largeur de ses épaules. Le col de la chemise de Walter était ouvert et laissait entrevoir une peau d'un brun rougeâtre, pelant à plusieurs endroits. Ses bottes étaient poussiéreuses et éculées. Quant à ses mains, elles étaient rêches et calleuses — des mains de travailleur manuel.

Malgré cela, il avait l'air presque civilisé à côté de son frère. Avec son front et ses mains bandés, Radcliffe aurait pu poser pour un artiste désireux de peindre les horreurs de la guerre. Il contemplait Lucas avec une expression qui me fit penser que, dans cette affaire au moins, nous pourrions devenir des alliés.

— C'est à moi que vous devriez demander l'autorisation de vous joindre à notre équipe, milord, déclara-t-il de cette voix grave et sourde que je savais bien plus dangereuse que ses cris. Mais, n'étant pas propriétaire de ce désert, je n'ai aucun moyen de vous empêcher d'y planter une tente à côté de nous, si tel est votre désir.

Il aurait pu difficilement se montrer plus aimable. De sa part, cela tenait même du miracle. Lucas dut s'en rendre compte, car, aussitôt, il déploya le grand jeu — esprit, charme et séduction. Radcliffe resta impassible, considérant tout cela avec autant d'enthousiasme qu'un vieux bouledogue les cabrioles d'un jeune chien. Cependant, lorsque Lucas évoqua sa passion encore toute fraîche pour les antiquités égyptiennes, il s'anima quelque peu et proposa même de lui faire visiter les tombes aux alentours.

— Jusqu'à présent, expliqua-t-il, nous n'avons mis au jour qu'une toute petite partie de la ville et les ruines que nous avons découvertes n'ont guère d'intérêt pour un profane. Néanmoins, les sculptures et les peintures des tombes devraient vous intéresser.

— Si vous voulez bien de moi, je vous accompagnerai volontiers, déclarai-je. A propos, il y a une question que je désirais vous poser, Emerson. Croyez-vous qu'il reste encore des tombes à découvrir ? Je pense plus particulièrement à celle d'Akhenaton. Je suppose qu'il a voulu être inhumé ici, près de la ville qu'il a fondée ?

Radcliffe hocha la tête.

— Son emplacement est connu et j'avais justement envisagé d'y entreprendre des fouilles cette saison. Elle n'a jamais été complètement déblayée. Les paysans des villages voisins l'ont pillée — avec leur habituelle avidité — mais, à les en croire, ils n'y ont pas trouvé grand-chose. Les reliefs n'ont jamais été terminés et je me suis même demandé si Akhenaton y avait été enterré, en dépit des fragments de son sarcophage que l'on peut voir encore dans la chambre funéraire. Hum... Je ne serais pas mécontent d'aller y jeter à nouveau un coup d'œil. Nous pourrions nous y rendre cet après-midi, si cela vous convient.

Lucas soupira et étira ses jambes paresseusement.

— Cet après-midi ? Je crains que cela ne fasse un peu trop pour moi. Je viens à peine de descendre de bateau. Laissez-moi le temps de me reposer un peu.

D'autant plus que j'ai lu quelque part que le sentier menant à cette tombe royale était très accidenté.

Radcliffe resta impassible.

— Je comprends votre réticence, approuva-t-il gravement. Vous semblez avoir pris la peine de vous renseigner d'une façon fort exhaustive sur Amarna, milord. La tombe d'Akhenaton n'est pas l'un des sites les plus visités par les clients de M. Cook et la plupart des ouvrages de vulgarisation l'ignorent.

Lucas sourit d'un air avantageux :

— Oh, ayant un esprit curieux, j'ai tout de suite été séduit par la civilisation égyptienne. J'ai déjà constitué une magnifique collection d'antiquités et j'espère bien en acquérir d'autres pendant le reste de mon séjour. Au château d'Ellesmere, je dispose d'une grande galerie qui est actuellement presque vide — à part quelques portraits d'ancêtres. A mon retour en Angleterre, j'ai l'intention de l'aménager pour y...

Jusqu'à présent, Radcliffe avait réussi à se contenir, mais là, c'en était trop.

— Une autre collection d'amateur ! s'exclama-t-il, le visage rouge de fureur. Comme toutes ses semblables, elle sera présentée n'importe comment et ne sera d'aucune utilité pour les vrais égyptologues ! Je suppose, bien entendu, que vous vous êtes procuré ces antiquités auprès de revendeurs ou des ignobles recéleurs qui infestent ce malheureux pays ? En un mot, il s'agit de pièces volées. Des trésors qui ont été arrachés, sans aucune précaution, à des monuments d'une valeur historique inestimable. Le produit du plus odieux des pillages !

Il en fallait plus pour que Lucas se démonte.

— Je vois que j'ai touché par mégarde une corde sensible, déclara-t-il en adressant à Evelyn un sourire plein de charme et de bonhomie.

La jeune femme ne le lui rendit pas.

— La réaction de M. Emerson est tout à fait justifiée, Lucas, enchérit-elle avec sévérité. La civilisation millénaire de ce pays appartient au patrimoine de l'humanité et seuls des archéologues confirmés doivent être autorisés à y effectuer des fouilles. Certains objets sont très fragiles et peuvent être facilement endommagés si des mains maladroites les manipulent. En outre, il est essentiel de repérer l'endroit précis où ils ont été trouvés. Afin, notamment, de pouvoir les dater et les rattacher à l'une ou l'autre des grandes périodes de l'histoire égyptienne. Si les riches voyageurs donnaient l'exemple et s'abstenaient d'acheter aux trafiquants, le pillage éhonté qui se pratique aujourd'hui cesserait de lui-même, faute de clients...

— Seigneur Dieu, vous aussi, vous avez succombé à la fièvre de l'égyptomanie ! s'exclama Lucas. C'est excellent ! J'avais justement besoin d'un spécialiste — ou, en l'occurrence, *d'une* spécialiste — pour s'occuper de ma collection et la classer. Je vous engage tout de suite ! Ainsi, M. Emerson m'en voudra peut-être un peu moins.

Tout en parlant, il l'avait regardée avec une telle intensité qu'elle baissa les yeux et rougit.

— Ce n'est pas ainsi que vous réussirez à gagner les bonnes grâces de M. Emerson, déclarai-je. Pour vous racheter, il faudrait d'abord que vous cessiez d'acquérir des œuvres d'art, et ensuite que vous fassiez don au British Museum de celles que vous possédez. Ainsi, la communauté scientifique serait à même de les étudier et de leur apporter les soins qu'elles méritent.

Radcliffe marmonna une phrase qui, bien qu'à peine compréhensible, n'avait rien d'un compliment pour le British Museum.

Lucas s'esclaffa.

— Je trouve que vous allez un peu loin, chère mademoiselle. Je n'ai aucune envie de renoncer à ma collection, mais M. Emerson aura peut-être l'amabilité de déchiffrer mon papyrus et de me...

— Vous avez un papyrus ? m'enquis-je avec curiosité.

— Oui, une pièce magnifique ou, du moins, qui m'a semblé telle — brunie par les siècles, friable à souhait et recouverte de ces étranges petits caractères qui, m'a-t-on dit, sont dérivés des hiéroglyphes. Quel est donc le terme employé par l'homme qui me l'a vendu ? Oh, je ne sais plus. Quand je l'ai déroulé...

Un grondement menaçant jaillit de la gorge de Radcliffe.

— Vous l'avez déroulé ?

— Seulement un tour ou deux. Lorsqu'il a commencé à se briser, j'ai pensé... Que vous arrive-t-il, monsieur Emerson ? Vous êtes bien pâle, tout d'un coup. Aurais-je commis à nouveau un acte impardonnable ?

— J'aurais préféré vous entendre avouer un meurtre, rétorqua Radcliffe. Vous seriez moins coupable. Il y a beaucoup trop d'hommes sur cette terre, alors que les manuscrits anciens sont très rares et ne se reproduisent pas. Quand ils sont perdus, ils le sont à jamais.

Lucas sembla touché par la virulence d'un tel reproche.

— Oh, si cela vous tient tant à cœur, je suis prêt à vous le donner. Peut-être que ce présent m'aidera à être admis dans ce groupe charmant, ajouta-t-il d'une voix redevenue enjouée. Si je dois passer la nuit ici, il faudrait que j'envoie chercher des provisions et quelques effets personnels à ma dahabieh. Entre-temps, j'aimerais assez que vous me montriez les alentours. J'ai hâte de voir les endroits où cette fameuse momie est apparue. J'en profiterai également pour choisir une tombe où m'installer.

Emerson hocha la tête et marmonna une vague approbation. Sur le moment, je fus surprise par la facilité avec laquelle il avait accepté l'intrusion de Lucas dans notre équipe. Après y avoir réfléchi, je ne trouvai que deux raisons plausibles à une telle attitude. Deux raisons qui n'éclairèrent pas d'un jour très favorable sa personnalité.

La première était l'argent. Effectuer des fouilles est une activité fort onéreuse et je savais ses crédits limités. La venue d'un riche mécène était susceptible de résoudre une partie de ses problèmes dans ce domaine. La deuxième avait trait à Walter. Nul besoin d'être devin pour se rendre compte que Lucas avait des vues sentimentales sur Evelyn. Ses yeux quittaient rarement la jeune femme et il ne faisait aucun effort pour dissimuler l'intérêt qu'il lui portait.

Radcliffe n'était pas aveugle et il s'était rendu compte que son frère aimait aussi Evelyn. L'idée de devoir perdre bientôt un si précieux collaborateur n'était sûrement pas faite pour l'enchanter. Il aurait peut-être préféré, en outre, que Walter épouse une riche héritière afin de combler le gouffre que ses recherches avaient creusé dans ses finances. En encourageant les menées d'un rival, il faisait donc d'une pierre deux coups.

La jovialité et la bonne humeur dont il témoigna pendant qu'il montrait notre camp à Lucas me confirmèrent dans mes soupçons. Quant à Lucas, il débordait littéralement d'enthousiasme et d'admiration. Rien ne pouvait être plus plaisant, plus pittoresque ! L'idée de dormir dans une tombe vieille de trois mille ans le transportait de joie ! Et puis, il y avait ce magnifique panorama, ce ciel limpide, cet air aussi léger et pétillant que du champagne... A l'entendre, on aurait pu croire qu'il allait passer une nuit de rêve dans la suite royale d'un palace et que lorsqu'il se lèverait, le lendemain, il aurait à ses pieds les beautés d'un paysage incomparable — la baie de San Francisco ou de Rio de Janeiro, pour le moins.

Quand il ne s'extasiait pas, il assaillait Radcliffe de questions ou secouait la tête pour marquer son dégoût devant la perfidie de Muhammad, et son incompréhension pour les superstitions ridicules des villageois. Naturellement, il insista pour serrer la main du fidèle Abdullah, qui ne manqua pas d'être un peu surpris par une telle démonstration. En revanche, il exprima d'emblée des doutes touchant Michael.

— Etes-vous certain de pouvoir lui faire confiance ? questionna-t-il à voix basse alors que nous passions à côté de l'auvent sous lequel Michael préparait notre déjeuner.

Depuis que les villageois nous avaient abandonnés, Michael s'était chargé, sans que je le lui demande, d'une foule de tâches subalternes qui, d'ordinaire, ne relevaient pas de ses attributions. Nous avions décidé de ne pas faire appel aux hommes de la *Philae*, ignorant la réaction qu'ils pourraient avoir s'ils apprenaient l'histoire de la momie, et encore plus s'ils la voyaient.

— J'ai une confiance aveugle en sa loyauté, répondit Evelyn avec fermeté. Amelia a sauvé la vie de sa fillette et il serait prêt à mourir pour elle s'il le fallait.

— Alors, il n'y a rien d'autre à dire, déclara Lucas.

Ce qui ne l'empêcha pas d'en dire plus — beaucoup plus. Michael, après tout, était un indigène. N'était-il pas aussi superstitieux que les villageois ? Accepterait-il de risquer, non seulement sa vie, mais également son âme immortelle dans un affrontement avec un démon de la nuit ?

— J'ai envisagé cette éventualité, lui répondit laconiquement Radcliffe. Inutile que vous vous tourmentiez à cet égard, milord.

Il avait parlé sur un ton ne souffrant aucune discussion. Même Lucas s'en rendit compte et il préféra abandonner le sujet.

Parmi les tombes aux alentours du camp, seules quelques-unes étaient habitables. Nombre d'entre elles avaient leur entrée complètement obstruée par des éboulis de rochers et de pierraille. Leur disposition était à peu près partout la même : au-delà du couloir d'entrée, un grand vestibule avec des colonnes, d'où un deuxième couloir conduisait à la chambre funéraire et, parfois, à d'autres salles.

Evelyn et moi occupions une tombe ayant appartenu à un dignitaire qui portait le titre, sans doute très honorable, de « Laveur des Mains de Sa Majesté ». Ce titre m'avait enchantée, parce qu'il m'avait montré combien la nature humaine changeait peu au cours des siècles. Il n'y avait pas si longtemps encore, nos rois n'étaient-ils pas servis par de très hauts personnages qui, au lever, se faisaient un honneur de leur présenter culotte ou perruque ?

Mais voilà que je m'égare de nouveau !

Nous eûmes quelque peine à dissuader Lucas de s'installer dans la plus grandiose des sépultures du voisinage, celle d'un certain Mahu qui avait été le chef de police de la capitale d'Akhenaton. Il aurait fallu des journées entières pour la déblayer. Finalement, il en choisit une beaucoup plus modeste. Tandis que trois ou quatre de ses serviteurs s'activaient à la nettoyer, un messager retourna à sa dahabieh avec une liste des choses que son maître désirait qu'on lui apporte, liste qui couvrait deux pages entières.

Après le déjeuner, nous nous séparâmes. Evelyn pour se reposer, Walter pour travailler au classement de fragments de poteries, et Lucas pour aller se promener, à califourchon sur son petit âne gris. Il avait l'air parfaitement ridicule, avec ses longues jambes qui traînaient par terre. Quand il eut disparu, Radcliffe se tourna vers moi.

— Allons-y, Peabody.

— Où donc ? questionnai-je, étonnée.

— Vous m'avez dit avoir envie de visiter la tombe royale.

— Vous voulez y aller maintenant ?

— Pourquoi pas ? Le moment n'est pas plus mal choisi qu'un autre.

Je levai les yeux vers le soleil. Presque au zénith, il écrasait le désert sous la chaleur torride de ses rayons. J'hésitai, puis haussai les épaules. S'il espérait me faire plier de cette façon, j'allais lui montrer que j'étais capable de le suivre, aussi bien et même mieux que beaucoup d'hommes. Je montai à ma tombe, afin de me changer. Ma robe « rationnelle » était froissée et poussiéreuse, mais je l'enfilai néanmoins, tout en regrettant de ne pas en avoir acheté plusieurs.

Quand je ressortis, Radcliffe marchait de long en large et consultait nerveusement sa montre.

— Walter viendra-t-il avec nous ? demandai-je en traînant à dessein.

— Mieux vaut qu'il reste ici, me répondit-il d'une voix agacée. Il faut que quelqu'un monte la garde en notre absence. Abdullah ne peut s'en charger, car je lui ai demandé de suivre de loin lord Ellesmere, afin de veiller à ce que cet imbécile ne se casse pas quelque chose en tombant de son âne ou essayant d'escalader une falaise. Venez, Peabody. Si vous ne vous dépêchez pas, je pars sans vous.

Je le rejoignis — non pas parce qu'il me l'avait

ordonné, mais parce que je le soupçonnais de souhaiter me parler en particulier.

Cependant, rien de tel ne se produisit. Le chemin était semé de trop d'embûches pour permettre une conversation tant soit peu prolongée. Nous suivions le lit sinueux d'un oued encaissé entre deux falaises escarpées. Jamais je n'avais vu un endroit aussi désolé. Il n'y avait pas un brin d'herbe, même pas un buisson épineux. Partout du sable, des cailloux et d'énormes rochers qui, parfois, barraient presque entièrement la vallée. Le silence était total. C'était comme si nous avions été transportés dans un autre monde. Un monde dans lequel la vie était une intruse.

Après avoir marché ainsi pendant quatre ou cinq kilomètres, les parois se refermèrent et d'étroits canyons s'ouvrirent à gauche comme à droite. Nous empruntâmes l'un d'entre eux qui se dirigeait, approximativement, vers le nord-est. Tandis que nous progressions péniblement à travers les éboulis, Radcliffe se mit à me poser des questions, mais pas du tout celles que j'avais escomptées. Elles se rapportaient toutes à Lucas. Je lui répondis aussi brièvement que je le pus. Sa curiosité me conforta dans mes hypothèses. Il était surtout très intéressé par la fortune de lord Ellesmere et par l'attention que celui-ci portait à Evelyn. Comme il insistait et que j'avais de plus en plus de peine à éluder ses questions, je mis un terme à notre discussion en froissant délibérément son amour-propre. Il me suffit d'une remarque un peu vive pour y parvenir. Il se tut et nous continuâmes d'avancer en silence. Bientôt, après avoir escaladé un dernier éboulis, nous arrivâmes à la tombe qui avait été destinée au pharaon hérétique et à sa famille.

Afin de la mettre à l'abri des voleurs, elle avait été creusée dans un endroit isolé et difficile d'accès. Mais, naturellement, cela n'avait pas suffi. Elle avait été pillée maintes et maintes fois. Si Akhenaton avait réellement été enterré là, sa momie et les objets précieux qui l'avaient accompagné pour son dernier voyage avaient disparu depuis plusieurs siècles, voire plusieurs millénaires.

En dépit de la chaleur étouffante, je ne pus m'empêcher de frissonner en regardant la rampe escarpée qui conduisait à l'entrée de la sépulture. Un air de désolation régnait aux alentours. Comme si le lieu était hanté par l'échec et la désillusion. Vers la fin de son règne, le réformateur royal avait dû se rendre compte que sa révolution religieuse ne lui survivrait pas. Après sa mort, ses ennemis avaient cherché à effacer jusqu'au souvenir de son nom. Je me dis que je n'aimerais pas venir la nuit dans un endroit pareil. Il serait trop facile d'entendre, dans les hurlements des chacals, les lamentations d'un fantôme sans nom, condamné à errer sur terre jusqu'à la fin des temps.

Indifférent à l'atmosphère qui nous entourait, Radcliffe était déjà à mi-pente. Je le suivis sans lui demander son bras pour escalader le gros rocher, presque vertical, qui était au bas de la rampe d'accès. Il avait emporté des bougies. Nous en allumâmes deux et pénétrâmes dans la sépulture.

Les tombes des pharaons n'étaient pas construites sur le plan relativement simple de celles de leurs hauts dignitaires. Celle-ci était dotée de longs couloirs, d'escaliers, de rampes, de tournants à angle droit et de pièges divers destinés à égarer les voleurs. Des pièges qui, en dépit de leur complexité, n'avaient servi à rien. Les pillards étaient venus et avaient littéralement vidé la sépulture — probablement en des temps très anciens. Avant même, sans doute, que les pharaons n'aient cessé de régner sur l'Egypte. S'il n'en avait pas été ainsi, nous n'aurions pu y entrer. Nous ne réussîmes pas à atteindre la chambre funéraire, parce qu'un puits profond barrait l'ultime couloir d'accès. Nous n'avions pas de planche pour le franchir et je ne pris pas Emerson au sérieux, lorsqu'il proposa de sauter par-dessus. Je ne suis pas sûre qu'il ne l'aurait point fait, si je n'avais été là.

Comme nous ne pouvions plus avancer, nous retournâmes en arrière jusqu'à trois petites salles où des reliefs très endommagés décrivaient la mort et les funérailles d'une princesse, l'une des filles d'Akhenaton. Elle était morte jeune et son sarcophage avait été déposé dans la future tombe de son père. Le petit corps avait un air pathétique. Il était étendu, tout raide, sur son lit de mort, et ses parents la regardaient en se tenant la main. Leur attitude et leur chagrin étaient des plus émouvants. On pouvait presque entendre les lamentations des pleureuses et...

Soudain, nous parvint un gémissement ou, du moins, un bruit assourdi ressemblant à un gémissement. Le lecteur ne peut avoir qu'une faible idée de l'effet que produit un bruit, même anodin, dans l'obscurité moite et étouffante de ces salles n'ayant jamais été habitées que par des morts. Mes cheveux étaient encore hérissés lorsqu'il y eut un autre bruit qui, celui-là, ne venait pas d'outre-tombe, mais n'en était pas moins inquiétant : le fracas d'un rocher qui s'effondre. Il se répercuta à l'infini sur les parois des couloirs et des salles vides. Je sursautai, laissant échapper ma bougie.

En employant des termes dont aucune dame ne saurait se souvenir — et encore moins les coucher sur une feuille de papier — Radcliffe se jeta à quatre pattes et gratta dans les débris qui couvraient le sol autour de nous jusqu'à ce qu'il ait retrouvé la précieuse bougie. Après l'avoir rallumée, il me la rendit et, tout en me regardant dans les yeux, parla de cette voix calme dont il usait dans les moments graves.

— Vous n'êtes qu'une femme, Peabody, mais vous n'êtes pas stupide. Je suppose que vous avez deviné ce que voulait dire ce fracas. Etes-vous prête à affronter le spectacle qui nous attend ? J'espère que vous n'allez pas vous évanouir, crier ou devenir hystérique ?

Pour toute réponse, je lui décochai un regard méprisant et sortis de la salle, la tête haute.

Le couloir n'était pas obstrué, mais cela ne me surprit guère. Il avait été taillé dans le rocher et il aurait fallu un tremblement de terre pour qu'il s'écroule. Non, l'éboulement avait dû se produire à l'entrée. En arrivant au pied du dernier escalier, je levai les yeux et sus que je ne m'étais pas trompée dans mes déductions. Le rectangle de lumière avait disparu. Nous étions emmurés.

Nous gravîmes la dizaine de marches avec précaution.

L'étroite ouverture était obstruée jusqu'au plafond par un tas de rochers et de pierraille. Je soufflai ma bougie, car mieux valait économiser le peu d'éclairage dont nous disposions. Tandis que Radcliffe collait la sienne sur une pierre plate avec un rien de cire fondue, je me penchai et saisis un gros bloc.

— Doucement, me conseilla-t-il d'une voix rauque. Il ne faudrait pas grand-chose pour provoquer un autre éboulement et je suppose que vous n'avez pas plus envie que moi d'être ensevelie sous un tas de cailloux.

Nous creusâmes longtemps. Peut-être pas aussi longtemps que nous en eûmes l'impression, mais notre première bougie était presque complètement consumée lorsqu'il y eut un bruit à l'extérieur. Il va sans dire que notre courage en fut aussitôt décuplé. Au bout d'un moment, je reconnus la voix d'Abdullah. Il s'exprimait en arabe et je compris — ou, plutôt, devinai — qu'il nous demandait si nous étions à l'intérieur.

— Bien sûr que nous sommes à l'intérieur ! répliqua Radcliffe avec fureur. Où voudrais-tu que nous soyons, espèce de...

Je préfère ne pas répéter les épithètes dont il gratifia le malheureux. Des épithètes qui mettaient en doute la vertu de sa mère et les mœurs de son père — sans parler de la façon dont il avait été conçu.

Un éclat de rire étouffé répondit à ce chapelet de jurons, puis une autre voix résonna. Je reconnus sans peine l'organe mélodieux de lord Ellesmere.

— Tenez bon, mademoiselle Peabody ! Nous sommes là !

Soudain, Radcliffe jeta ses bras autour de moi et me plaqua avec violence contre la paroi.

Bien que je sois seule maintenant — mon Critique est sorti faire une course —, j'hésite à exprimer les pensées qui m'ont alors traversé l'esprit. Je savais que Radcliffe n'était ni débile ni rachitique, mais avant de sentir les muscles de son torse se tendre contre ma poitrine et ses bras me broyer les os, je n'avais qu'une faible idée de sa force. Je pensais... Je m'attendais... Après tout, pourquoi refuserais-je de l'admettre ? Je pensais qu'il allait m'embrasser. Nous étions sauvés et, dans sa joie, il avait perdu momentanément le sens des convenances.

Grâce à Dieu, ces notions absurdes n'eurent pas le temps de se développer dans mon esprit. Il y eut un horrible craquement derrière nous. Le mur de rochers s'effondra et les énormes blocs roulèrent dans l'escalier en rebondissant contre les parois. Je sentis Radcliffe tressaillir et je sus aussitôt qu'il avait été touché par une pierre. Je compris alors la véritable raison de son geste. Il avait prévu instinctivement l'éboulement et m'avait sauvé la vie en me faisant un rempart de son corps.

Lorsque son étreinte se desserra, j'étais hors d'haleine et il me fallut plusieurs secondes pour me rendre compte que c'était l'air pur et clair de l'extérieur que je respirais.

La lumière du soleil était trop vive pour mes yeux habitués à la pénombre et, sur le moment, je ne distinguai que vaguement les têtes et les épaules des deux hommes au-dessus du tas de pierraille qui obstruait encore les trois quarts de l'entrée.

Radcliffe avait le dos appuyé contre le mur. Son visage était très pâle et son bras gauche formait un angle bizarre. S'engageant dans l'ouverture, Abdullah et Lucas descendirent vers nous à reculons.

Lorsqu'ils nous eurent rejoints, Radcliffe interpella avec violence son contremaître.

— Nom de Dieu, qui est-ce qui m'a f... un pareil âne bâté !

— Vous êtes blessé ? questionna Abdullah.

La question était superflue et elle lui valut une nouvelle explosion de fureur.

— Un contremaître expérimenté... Tu devrais quand même savoir... Attaquer un éboulis sans la moindre précaution !

— J'ai essayé de lui dire d'aller plus doucement,

intervint Lucas, mais, malheureusement, je ne connais que quelques mots d'arabe.

Il avait l'air si coupable et le visage d'Abdullah était tellement énigmatique que je me demandai si c'était vraiment le contremaître qui avait provoqué l'éboulement. Mais je m'abstins de tout commentaire. Nous étions saufs, c'était l'essentiel.

— Il était impatient de nous sortir de là, déclarai-je d'une voix apaisante. Au diable les récriminations ! Il y a des choses plus importantes à faire. Votre bras est-il cassé ?

— Seulement déboîté, répondit Radcliffe, les dents serrées. Il faut que je rentre au camp. Walter sait comment...

— Vous n'aurez pas la force de marcher jusque là-bas, déclarai-je.

Il suffisait de le regarder pour s'en rendre compte et tout autre que Radcliffe l'aurait admis. Il avait les genoux qui tremblaient et s'il n'avait eu le dos appuyé contre le mur, il serait sans doute déjà tombé.

— J'y arriverai, puisqu'il le faut, répliqua-t-il.

— Sans doute, concédai-je. Cependant, j'ai vu un chirurgien effectuer une manipulation de ce genre sur un paysan qui s'était démis l'épaule en tombant d'une charrette. Si vous acceptiez de me donner quelques directives, je crois que...

L'idée sembla lui rendre toute son énergie. Il me regarda et j'aurais juré qu'une lueur amusée brillait dans ses yeux.

— Vous n'allez pas aimer ça, déclara-t-il.

— Vous non plus, répliquai-je.

Je pense qu'il me vaut mieux épargner à mes lecteurs les détails de l'opération qui s'ensuivit. Lorsqu'elle fut terminée, Radcliffe n'était plus d'humeur à plaisanter, mais je dois avouer que ce fut moi qui dus m'asseoir, tant j'étais proche de l'évanouissement. Heureusement, Abdullah avait apporté de l'eau. Avant l'accident, nous avions déjà la gorge aussi sèche que de l'amadou. Une longue rasade m'aida à reprendre mes esprits et rendit un peu d'énergie à Radcliffe. Ensuite, je déchirai mon jupon afin de confectionner une attelle pour son bras, de manière à l'immobiliser pendant le trajet de retour. Naturellement, cela lui donna l'occasion d'émettre une remarque sarcastique.

— Vous voyez, milord, déclara-t-il en se tournant vers Lucas, c'est exactement comme dans les romans de votre bon M. Haggard. Il y a toujours un moment où l'héroïne doit sacrifier un jupon. C'est sans doute la raison pour laquelle les femmes continuent de porter, envers et contre tout, ces sous-vêtements ridicules et incommodes. Afin d'avoir toujours un morceau d'étoffe pour réaliser leurs fantasmes d'infirmière.

Le chemin pour aller à la tombe royale m'avait semblé long, le retour me parut interminable. La force de Lucas nous fut d'un grand secours et, plusieurs fois, Radcliffe accepta même l'aide de son bras. Pendant que nous marchions, Lucas nous expliqua comment il nous avait retrouvés.

Il avait, lui aussi, vécu une pénible mésaventure. Alors qu'il trottait paisiblement aux alentours du village, il avait été accosté par le propriétaire de son âne, qui lui avait demandé de lui rendre l'animal.

— Naturellement, expliqua-t-il, j'ai essayé de discuter. Je tenais à le garder. Pour moi, mais aussi pour Evelyn, car je me disais qu'elle aurait sans doute besoin d'une monture pour retourner au bateau. Etant donné vos relations actuelles avec les villageois, ils n'avaient sans doute pas accepté de laisser leurs bêtes à votre disposition. Je lui ai donc proposé de le lui racheter — au double de sa valeur — mais je me suis heurté à un mur. Devant la violence de sa réaction, j'ai pensé qu'il avait compris que je faisais désormais partie de votre expédition. Lorsque j'ai insisté, j'ai été aussitôt entouré par une horde de gens furieux qui m'ont arraché de force à ma selle. Ils ne m'ont pas réellement malmené, mais j'avoue avoir été plutôt secoué par un pareil traitement. Je regagnais le camp à pied lorsque j'ai rencontré Abdullah. Il m'a dit que vous étiez partis pour la tombe royale et, vu ce que je venais de subir, je me suis inquiété pour vous. Nous sommes donc partis à votre recherche — et bien nous en a pris !

— Vous n'avez donc pas assisté à l'éboulement ?

— Non.

— Ce n'était pas un accident, grommela Radcliffe. Il a été déclenché par quelqu'un sachant pertinemment que nous étions à l'intérieur. J'en donnerais ma tête à couper.

— Nous avons eu de la chance qu'il n'ait pas été plus important, remarquai-je en trébuchant sur une pierre.

Radcliffe me tenait le bras. Il serra les dents et réussit à réprimer un gémissement de douleur.

A deux ou trois kilomètres du camp, nous rencontrâmes Evelyn et Walter qui, s'inquiétant de ne pas nous voir revenir, étaient partis également à notre recherche. Devant son frère qui titubait de fatigue, le bras en écharpe, Walter pâlit. Cependant, il le connaissait trop bien pour prendre le risque de le plaindre ou de s'apitoyer sur son sort.

— C'est vraiment très ennuyeux, commenta-t-il après que nous lui eûmes raconté ce qui nous était arrivé. Ce nouvel accident va redonner crédit aux craintes superstitieuses des villageois.

— Nous n'avons pas besoin de leur en parler, fit observer Lucas.

— Ils ne tarderont pas à l'apprendre, rétorquai-je. D'autant plus vite que l'un d'entre eux a de bonnes raisons de savoir ce qui s'est passé.

— Ah ! ah ! s'exclama Lucas. Ainsi, vous pensez vous aussi que cet éboulement n'a pas été fortuit ?

Visiblement, notre mésaventure l'avait mis en joie. Certes, j'étais un peu injuste avec lui : il ne connaissait Radcliffe et Walter que depuis trop peu de temps pour se sentir concerné par leurs malheurs. Et puis, n'était-il pas naturel qu'un jeune gentleman fût émoustillé par le parfum de l'aventure ? Néanmoins, son sourire complaisant et satisfait eut le don de m'agacer au plus haut point.

— Ce n'était pas un accident, répliquai-je sèchement. Nous n'aurions jamais dû nous lancer seuls dans cette expédition. Dorénavant, nous resterons ensemble au camp. Ce sera plus sûr. On a peut-être seulement voulu nous faire peur, mais...

— Je ne suis pas d'accord ! s'insurgea Walter. Il y a eu tentative de meurtre ! Si cette pierre avait touché mon frère à la tête, au lieu de l'atteindre à l'épaule...

— Non. En l'occurrence, il s'agit seulement d'un malheureux accident. Votre frère n'a pas été blessé lors de l'éboulement, mais lorsque lord Ellesmere et Abdullah ont entrepris de nous libérer. Par ailleurs, vous saviez où nous étions allés. En ne nous voyant pas revenir, vous seriez partis, tôt ou tard, à notre recherche. Il n'y a donc pas eu volonté délibérée de nous tuer.

— Et si Peabody l'affirme, déclara sentencieusement Radcliffe, c'est la vérité. A l'instar de celles du Prophète, ses paroles ne peuvent être mises en doute.

Le reste du trajet s'acheva dans un silence glacial.

Cependant, nous avions eu beaucoup de chance. Evelyn me le fit remarquer alors que dans la rassurante intimité de notre tombe nous nous préparions pour le dîner. Elle était très pâle et avait l'air morose. Une morosité qui me frappa d'autant plus qu'elle contrastait étrangement avec la bonne humeur dont elle ne s'était jamais départie durant toute la semaine qui venait de s'écouler. Certes, elle avait été fatiguée et mal à l'aise, comme nous tous, mais sous la tension, persistait une joie tranquille, une sorte d'épanouissement. L'épanouissement avait disparu et je croyais en connaître la raison.

— Lucas vous aurait-il importunée ? questionnai-je avec tact.

Evelyn était en train de se coiffer devant son miroir. Ses mains se mirent à trembler et laissèrent échapper une mèche blonde.

— Il m'a demandé à nouveau de l'épouser.

— Que lui avez-vous répondu ?

Elle se retourna brusquement et ses cheveux retombèrent en cascade dorée sur ses épaules. Jamais elle n'avait été plus belle !

— Amelia, comment pouvez-vous me poser pareille question ? Vous connaissez mes sentiments. Vous êtes ma seule amie et je ne vous les ai jamais cachés. Je ne peux pas épouser l'homme que j'aime, mais jamais je n'accepterai d'être la femme d'un autre.

— Walter vous aime, affirmai-je avec toute la conviction dont j'étais capable. Je le sais et vous ne pouvez l'ignorer. En ne lui donnant pas sa chance, vous êtes injuste envers lui. Vous devriez au moins...

— Lui avouer ma honte ? Ma folie ? N'ayez crainte, Amelia. S'il me demandait ma main, je lui dirais la vérité. Toute la vérité.

Je hochai la tête.

— Sur ce point, je suis entièrement d'accord avec vous, ma chérie. Vous ne devez rien lui cacher car, de toute façon, il apprendrait un jour ou l'autre votre escapade à Rome. Mieux vaut que ce soit de votre bouche. Néanmoins, c'est un garçon épatant — si je puis me permettre un terme aussi familier. Chaque jour qui passe, je le trouve plus sympathique et je suis persuadée qu'il...

— C'est un homme, m'interrompit-elle sur un ton dont la sagesse m'aurait fait rire si je n'avais été si désolée pour elle. Connaissez-vous un mari qui accepterait de pardonner à sa femme un tel écart de conduite ?

Je grimaçai involontairement. De nouveau, elle marquait un point.

— Si seulement j'avais quelque chose à lui offrir pour l'aider à oublier ma faute, murmura-t-elle en soupirant. La fortune à laquelle j'ai si stupidement renoncé serait un bienfait du ciel pour son frère et pour lui. Grâce à elle, ils auraient enfin les moyens de...

Ce fut mon tour de protester.

— Oh, comment pouvez-vous le juger aussi mal ? Il est trop noble et trop droit pour se laisser influencer par une dot, même considérable. Cependant je reste persuadée qu'il vous aime et a le cœur assez généreux pour ne pas vous tenir rigueur du péché véniel qui vous obsède.

Les yeux mi-clos, Evelyn me considéra en silence pendant une seconde ou deux.

— Amelia, pourquoi parlez-vous toujours comme si vous étiez une vieille dame pour qui l'amour n'est plus qu'un vague souvenir ? Vous êtes encore dans la fleur de l'âge. Je trouve même que, depuis une semaine, vous avez rajeuni. Si nous n'étions pas au milieu d'un désert aussi aride, je vous soupçonnerais d'aller chaque matin, en cachette, prendre un bain dans une fontaine de jouvence connue de vous seule.

Son compliment était trop exagéré pour que je puisse le prendre au sérieux.

— Allons, Evelyn, vous vous laissez aveugler par l'affection que vous me portez ! Il m'arrive de me regarder dans une glace. Depuis que nous sommes ici, le soleil et le sable se sont ligués pour me dessécher le visage et, en quelques jours, j'ai réussi à chiffonner toutes mes robes. Alors, ne parlons pas de moi et essayons plutôt de résoudre votre problème. Si seulement vous consentiez à m'écouter...

— Je vous respecte et je vous aime, m'interrompit-elle, mais en la matière je suis décidée à suivre ma conscience et elle seule.

— Non, protestai-je, je ne peux accepter un tel gâchis ! Vous aimez la vie. Vous l'aimez à la folie. Je sais que derrière votre apparente fragilité se cache une volonté de fer. En vous épousant, Walter gagnerait non seulement une compagne, mais également la plus précieuse des collaboratrices.

— Si vous parlez de la vie que nous menons ici, dit-elle en souriant, vous l'aimez encore plus que moi. Vous auriez fait vraiment une archéologue extraordinaire, Amelia !

— C'est vrai, concédai-je. Souvent, je regrette de ne pas être un homme. Si j'en étais un, Radcliffe accepterait de me prendre comme collaborateur et mon argent lui permettrait d'entreprendre les fouilles auxquelles il rêve. Si nous travaillions ensemble, nous passerions des moments sublimes et nous aurions des querelles grandioses. Dommage que je sois une femme. Sur ce point — une fois n'est pas coutume —, il est probable que Radcliffe serait d'accord avec moi.

Un sourire erra sur les lèvres d'Evelyn.

— Je n'en suis pas si sûre.

— Vous m'entraînez encore hors de notre sujet !

m'écriai-je. J'ai de l'argent. Que diriez-vous, si je finançais...

— Non, Amelia.

En dépit de la douceur de son ton, je savais que son refus était aussi définitif, sinon plus, qu'un grondement de Radcliffe.

— Alors, acceptez l'offre de Lucas. Non, non, ne vous méprenez pas, je parle seulement de l'argent qu'il vous a si généreusement offert — sans aucune contrepartie. La moitié de la fortune de votre grand-père vous appartient, au moins moralement. Si vous croyez vraiment que Walter serait prêt à...

— Amelia, une telle proposition est indigne de vous ! Comment pourrais-je accepter l'argent de Lucas et m'en servir pour acheter l'affection de son rival ?

— Vous présentez les choses d'une façon par trop cynique !

— Je les présente comme elles sont, répliqua-t-elle d'un ton morne. Non, Amelia, je n'épouserai pas Lucas et je n'accepterai pas un penny de son argent. Etes-vous donc si pressée de vous débarrasser de moi ? J'avais eu la folie de rêver d'une vie près de vous. Nous vieillirions ensemble et, quand nous ne pourrions plus voyager, nous nous installerions à la campagne pour finir nos jours paisiblement, en tricotant et brodant. Nous aurions des chats, une cheminée pour l'hiver et un jardin rempli de fleurs au printemps. Ne serions-nous pas heureuses ainsi ? Oh, je vous en prie, ne pleurez pas ! Je ne vous ai encore jamais vue pleurer et...

Elle se jeta dans mes bras et nous nous étreignîmes en sanglotant comme deux folles que nous étions. Il est vrai que je pleure rarement. Je ne saurais dire pourquoi je me laissai aller pareillement, mais ces larmes m'apportèrent l'apaisement dont j'avais besoin. C'était comme si une digue s'était rompue en moi et les paroles d'affection qu'Evelyn bredouillait ne faisaient qu'accroître mon émotion.

— Oh ! Amelia, je vous aime plus qu'une sœur ! Votre gentillesse, votre sens de l'humour, vos saintes colères...

L'évocation de mes colères suffit à me rendre le sens de l'humour dont je m'étais momentanément départie. Au milieu de mes larmes, je ne pus réprimer un gloussement d'écolière.

— Ma chère Evelyn, je crains que ce ne soit plutôt le démon qui inspire mes fureurs ! Du moins, me l'a-t-on souvent dit. Enfin, l'amitié rend aveugle et c'est justement en cela qu'elle est merveilleuse ! Je vous en prie, ne pleurez plus. Le Tout-Puissant a déjà fixé notre destinée et il serait vain de vouloir se rebeller contre ses décrets. Néanmoins, je vous promets que nous resterons ensemble tant que vous n'aurez pas trouvé un mari digne de vous ! Tenez, essuyez vos larmes et rendez-moi mon mouchoir afin que je puisse essuyer les miennes. Je n'avais pas imaginé que je pourrais avoir besoin de plusieurs mouchoirs aujourd'hui.

Après avoir dûment tamponné nos yeux, nous finîmes de nous habiller.

— Vous parlez comme si c'était moi qui devais vous quitter un jour, Amelia, déclara Evelyn en piquant une ultime épingle dans ses cheveux. Cela veut-il dire que vous me garderiez à tricoter et faire la toilette de vos chiens de salon, même après *votre* mariage ?

— Voilà bien la remarque la plus stupide qui soit jamais sortie de votre bouche ! répliquai-je. Dieu sait pourtant combien certaines l'étaient déjà !

CHAPITRE 8

Lorsque nous sortîmes de notre tombe, les yeux un peu rouges, mais coiffées et habillées de frais, nous trouvâmes les hommes assis sur le belvédère. Lucas avait fait apporter de quoi garnir une boutique. Il y avait des fleurs sur la table et même de l'argenterie, des verres en cristal. L'expression d'Emerson devant tout ce luxe suffisait à justifier l'absurdité d'un tel raffinement.

Lucas s'était changé et avait revêtu un costume qui n'aurait pas été déplacé dans un salon mondain. Dès que nous apparûmes, il se leva d'un bond pour offrir une chaise à Evelyn. Walter m'en offrit une également — avec un empressement moins ostentatoire. Ensuite, Lucas nous proposa un verre de sherry. Il se conduisait comme s'il était notre hôte. Radcliffe ne fit aucun commentaire. Il avait les yeux fixés sur le bout de ses bottes poussiéreuses et, comme son bras était toujours en écharpe, j'en conclus qu'il se sentait trop faible pour se montrer aussi désagréable qu'à son ordinaire.

— Quel faste, milord ! commentai-je en acceptant le verre que Lucas me tendait. Au milieu de ce désert, cela a quelque chose d'incongru.

— Je ne vois aucune raison de nous priver des petites joies de l'existence, répondit-il avec un grand sourire — cela ne veut pas dire que je serais incapable, le cas échéant, de me plier à un régime plus spartiate — mais, puisque nous avons des cristaux et de l'alcool, autant en profiter, non ?

Il leva son verre et trinqua ironiquement à ma

santé. Le liquide était d'une couleur chaude et ambrée. Mon père n'avait jamais bu d'alcool, mais mes frères n'étaient pas aussi sobres. Je regardai d'un œil critique le contenu de mon verre et grimaçai.

— Croyez-vous qu'il soit sage de boire de l'alcool ? Nous devrons rester toute la nuit sur le *qui-vive**. Mais, peut-être n'avez-vous plus l'intention d'attendre notre visiteur nocturne ?

— Oh ! que si ! se récria-t-il. J'ai la tête solide, mademoiselle Peabody, et le whisky, quand on sait en user raisonnablement, aiguise les sens au lieu de les endormir.

— C'est l'illusion que partagent la plupart des buveurs invétérés ! lança Walter.

Son ton avait été délibérément blessant, mais Lucas se borna à lui sourire.

— Nous apprécions la peine que vous avez prise pour nous apporter toutes ces choses superflues, Lucas, déclara Evelyn, mais, vraiment, ce n'était pas nécessaire. Votre dahabieh doit être terriblement surchargée !

Lord Ellesmere sourit avec suffisance.

— Elle l'aurait été encore plus si j'avais pu emporter tout ce que je souhaitais, ma chère. Je veux parler de vos bagages. Ils sont arrivés au Caire. J'avais l'intention de vous en faire la surprise, mais cette vieille bourrique de Baring a refusé de me les confier.

— Vraiment ? m'étonnai-je. Savez-vous que c'était un ami de mon père ?

— Oui, acquiesça-t-il. C'est la raison, d'ailleurs, pour laquelle le nouveau maître de l'Egypte s'est occupé personnellement de cette affaire qui, normalement, relevait d'un fonctionnaire subalterne. Les caisses ont été envoyées à votre nom, car c'était à votre adresse qu'Evelyn était domiciliée auprès du consul de Rome. A leur arrivée au Caire, Baring les a confisquées et les garde aussi jalousement que s'il s'agissait des joyaux de la couronne. Je lui ai dit qu'Evelyn était ma cousine et que j'avais loué un bateau pour vous rejoindre, mais il est resté intraitable.

— Votre réputation vous aurait-elle précédé ? m'enquis-je d'un ton suave.

Il était impossible de vexer Lucas. Pour toute réaction, il éclata de rire :

— Oh, sans doute. J'étais à l'université avec un lointain neveu de Baring. Certaines de mes... hum... frasques sont peut-être parvenues jusqu'aux oreilles de notre grand homme.

— Ne vous tourmentez pas, intervint Evelyn. Vos efforts ont été fort louables et je vous en remercie, mais j'ai déjà tout ce qu'il me faut.

— J'en suis convaincu, concéda Lucas avec une insolence charmeuse. Nulle toilette ou parure ne pourrait vous rendre plus belle que vous ne l'êtes déjà. Cependant, vous n'êtes pas née pour être une simple dame de compagnie. Un jour, vous devrez assumer votre destin. Celui d'une reine.

Evelyn rougit et baissa les yeux. Elle était trop bien élevée pour lui reprocher ces compliments à tout le moins déplacés — surtout en public. Tant d'humilité m'exaspéra. Ne voyait-elle pas que son absence de réaction pouvait aisément passer pour une approbation et aurait pour résultat d'exacerber la jalousie du pauvre Walter ?

Radcliffe cessa de contempler le bout de ses bottes et me jeta un regard agacé.

— Allons-nous passer la soirée à échanger des courbettes et des flatteries ? Je suppose que vous avez réfléchi à la suite des opérations, Peabody. Allez-y, faites-nous part de votre plan !

— Je n'ai guère eu le temps d'y songer, avouai-je.

— Vraiment ? s'étonna-t-il avec ironie. Aurez-vous alors la bonté de nous dire à quoi notre grand stratège a occupé ses éminentes facultés mentales ?

Je m'étais rendu compte que la meilleure façon de le contrarier était de ne pas relever le côté provocateur de ses remarques et de lui répondre comme s'il s'agissait d'un échange normal, courtois.

— J'ai beaucoup réfléchi à la tombe royale. Aux reliefs qui représentent la petite princesse et ses parents éplorés. Evelyn devrait s'employer à en faire une copie. Je suis sûre qu'elle y réussirait admirablement.

— Votre suggestion me surprend ! s'exclama Lucas. Après ce qui vous est arrivé aujourd'hui...

— Oh, je ne proposais pas qu'elle se mette à cette tâche dès demain, me récriai-je. Mais un jour, lorsque nos problèmes actuels auront été résolus. Comme vos relations avec Evelyn ont été assez épisodiques ces dernières années, vous ignorez peut-être qu'elle est devenue une grande artiste. Elle a déjà effectué une magnifique reproduction du dallage qui a été si stupidement saccagé par notre visiteur nocturne.

Lucas insista pour voir l'œuvre de la jeune femme et, naturellement, s'extasia de façon excessive. La conversation étant ensuite revenue à l'archéologie, je lui rappelai le rouleau de papyrus dont il avait parlé.

— On me l'a rapporté avec mes bagages, répondit-il en fouillant dans une caisse à côté de lui. Tenez, le voici, monsieur Emerson. Je vous ai dit que je vous l'offrirais et je tiens parole.

Le précieux manuscrit était conservé dans une boîte cylindrique en bois peint, à l'exception du morceau que Lucas avait déroulé.

— Je l'ai placé entre deux plaques de verre, expliqua-t-il. Cela m'a semblé le meilleur moyen pour l'empêcher de se désagréger complètement.

— Ah ! vous avez eu au moins cette présence d'esprit, grommela Radcliffe. Donnez-le plutôt à mon frère. Avec mon bras en écharpe, je pourrais le laisser échapper.

Walter saisit le fragment encadré avec autant de respect que s'il s'agissait du Saint Sacrement. Le soleil était en train de se coucher, mais il y avait encore assez de lumière. Walter se pencha vers le papyrus et une boucle de ses cheveux tomba sur son front. Il resta quelques instants immobile, comme hypnotisé par la contemplation de l'antique document, puis ses lèvres se mirent à bouger. On aurait dit qu'il murmurait une prière. Il semblait avoir complètement oublié notre présence.

Je clignai des yeux pour essayer de mieux voir.

Comparé à d'autres que j'avais contemplés dans des boutiques d'antiquités, le papyrus semblait être en assez bon état. Il était bruni par les siècles et ses bords étaient effrangés, mais le texte, écrit à l'encre noire, était parfaitement lisible. De temps à autre, un mot avait été écrit en rouge. A l'origine, c'était sans doute un rouge très vif, mais il avait moins bien résisté au temps que le noir et il était maintenant d'un brun rouille. Naturellement, je n'avais pas la moindre idée de ce qui était écrit. Les caractères avaient quelque ressemblance avec les hiéroglyphes. Çà et là, on distinguait vaguement la forme d'un oiseau ou d'un animal accroupi, dessins qui, comme je l'avais appris, correspondaient à une lettre dans l'alphabet pictographique des anciens Egyptiens. Mais la majorité des signes étaient des formes abrégées et l'ensemble ressemblait plus à de l'arabe ou de l'hébreu qu'à des hiéroglyphes.

— C'est de l'écriture hiératique, déclara Radcliffe qui lisait, penché par-dessus l'épaule de son frère. Un magnifique spécimen ! Beaucoup plus proche des hiéroglyphes que la plupart de ceux qu'il m'a été donné d'étudier. Qu'en penses-tu, Walter ? Crois-tu que tu parviendras à le déchiffrer ?

— Voulez-vous dire que notre jeune Walter est capable de lire ces gribouillis ? demanda Lucas.

Radcliffe lui lança un regard méprisant.

— Notre « jeune Walter », comme vous dites, est l'un des plus grands spécialistes au monde de la langue des anciens Egyptiens. Je la connais aussi un peu, mais je suis avant tout un archéologue de terrain. Alors, Walter ?

— Je te remercie de tes compliments, Radcliffe, mais ils sont excessifs, répondit son frère tout en continuant de dévorer des yeux le manuscrit. Il faudra que je montre ce texte à Frank Griffith. Il est à Naucratis, cette saison. Avec Petrie. Mais tu as raison, c'est un très beau spécimen d'écriture hiératique. L'écriture hiératique, expliqua-t-il en se tournant vers nous, est l'écriture cursive dont les scribes se servaient dans les documents courants et les registres administratifs. Vous comprenez, l'Egypte était alors un pays très actif et les hiéroglyphes ne convenaient guère à un usage de tous les jours, car trop compliqués. Les lettrés avaient donc inventé un autre alphabet, plus simple et plus pratique à utiliser. Cependant, si vous examinez ce texte de près, vous verrez à quel point chaque signe ressemble à son pictogramme original.

— J'en ai reconnu un ! s'écria Evelyn.

Maintenant, nous étions tous penchés sur le papyrus, à l'exception de Lucas qui sirotait son whisky tout en nous observant avec un sourire condescendant.

— Là ! Je suis prête à parier que c'est une chouette — la lettre « m » en hiéroglyphes. Et le mot suivant qui ressemble à un homme assis, doit être le pronom personnel « je ».

— C'est on ne peut plus juste, acquiesça Walter avec un sourire radieux. Et voici le mot qui correspond à « sœur ». Dans l'égyptien ancien, il signifiait également...

Il ne termina pas sa phrase. Sensible au moindre changement de son humeur, Evelyn se redressa et retourna s'asseoir en silence.

— Sœur et frère étaient alors des termes affectueux, poursuivit Radcliffe à la place de Walter. Ils correspondraient aujourd'hui à « ma chérie » ou « mon chéri ». Un amant appelait sa bien-aimée « ma sœur ».

— Et ce texte, ajouta Walter un ton plus bas, est un poème d'amour.

— Magnifique ! s'écria Lucas. S'il vous plaît, lisez-le-nous, monsieur Emerson.

— Je ne suis encore parvenu à déchiffrer que quelques lignes, répondit Walter. Lorsque vous l'avez déroulé, certains mots se sont effacés et d'autres se sont brisés en plusieurs morceaux, avec des manques. Cependant, voici un couplet, qui est presque entier :

Je plonge avec toi dans l'onde
puis, m'en viens vers toi,
un poisson rouge — étincelant de beauté entre mes doigts

« A cet endroit, il y a un manque, expliqua-t-il. Les

amants sont au bord d'un lac ou d'un canal. Ils... ils s'ébattent dans l'eau.

— Jusqu'à présent, cela ne ressemble guère à un poème d'amour, commenta Lucas d'un ton sceptique. Je ne me vois guère offrir à une dame un poisson pour lui prouver ma flamme. Un diamant, ou même un simple bouquet de fleurs, seraient plus appropriés.

Evelyn se déplaça légèrement sur sa chaise.

— Pourtant, il s'agit sûrement d'un amoureux, persista Walter. Tenez, ici, il est de l'autre côté de la rivière.

Ma sœur est de l'autre côté de l'onde,
Le flot nous sépare et nous éloigne,
tapi sur un banc de sable, un crocodile guette sa proie.

Mais je descends dans l'eau et je marche vaillamment,
Mon cœur est brave,
C'est mon amour pour elle qui me rend fort

Lorsqu'il s'arrêta de déclamer, il y eut un bref silence. Je ne sais ce qui m'avait le plus impressionnée — le charme suranné de ces quelques vers ou l'habileté avec laquelle Walter les avait déchiffrés.

— Merveilleux ! m'écriai-je avec enthousiasme. Il est vraiment réconfortant de constater que les plus nobles émotions sont aussi anciennes que l'homme lui-même.

— Il me semble qu'agir ainsi était beaucoup plus téméraire que noble, fit remarquer Lucas avec nonchalance. Un imbécile qui plonge dans un fleuve infesté de crocodiles mérite seulement d'être dévoré.

— Le crocodile est un symbole, répliquai-je. Un symbole des dangers et des difficultés qu'un homme vraiment amoureux doit être capable de surmonter pour conquérir le cœur de sa bien-aimée.

Walter me sourit.

— Votre interprétation est très pertinente, mademoiselle Peabody. Les poètes ont toujours eu une prédilection pour les images et les métaphores.

— Je n'en suis pas si sûr, grommela Radcliffe. Essayer de comprendre la pensée des anciens Egyptiens est une tâche pour le moins hasardeuse. Ce crocodile est une simple forfanterie d'amoureux — forfanterie qui sonne bien, mais à laquelle aucun homme sensé ne se risquerait.

J'ouvris la bouche pour rétorquer, mais une quinte de toux d'Evelyn m'en empêcha.

— Tout cela est excellent, déclara Lucas, et je suis heureux que mon petit présent se soit révélé aussi intéressant. Mais, ne pensez-vous pas le moment venu de mettre au point notre plan de bataille pour cette nuit ? Le soleil est presque couché.

Je demandai à Lucas si les hommes de son équipage pourraient nous aider à garder le camp, mais il secoua la tête.

— Certains d'entre eux ont déjà parlé avec les gens du village. Ils sont contaminés, comme les hommes de votre bateau. Je ne serais pas étonné s'ils prenaient tous la fuite pour échapper aux démons qui rôdent dans cette plaine.

— Ils ne peuvent pas faire une chose pareille ! m'exclamai-je. Je les paie ! Et je ne crois pas non plus que le raïs Hassan nous abandonnerait de façon aussi ignominieuse.

Lucas haussa les épaules.

— Il trouverait une bonne excuse, répliqua-t-il avec cynisme. Des vents contraires, une menace de mauvais temps — tout sera bon pour aller mouiller ailleurs.

A cet instant, je me rendis compte que quelqu'un se tenait à côté de moi. Je me tournai et c'était Michael. Je ne l'avais pas encore vu de toute la journée.

— Sitt Hakim (Il s'adressait toujours à moi de cette façon), il faut que je vous parle en particulier.

— Bien sûr, acquiesçai-je, encore que surprise par sa requête et le fait qu'il ait osé interrompre notre conversation.

— Plus tard, intervint Lucas d'un ton autoritaire. Nous n'avons pas besoin de vous pour le moment, Michael — ou quel que soit votre nom. Mes domestiques attendent de servir le dîner et je leur ai promis qu'ils regagneraient le bateau avant la nuit.

Michael obéit, non sans m'avoir jeté un regard implorant. Dès qu'il fut assez loin pour ne plus nous entendre, je me retournai vers lord Ellesmere.

— Lucas, je ne puis tolérer que vous réprimandiez ainsi l'un de mes domestiques !

— Vous m'avez appelé par mon prénom ! fit-il avec un large sourire. La glace est enfin brisée entre nous, mademoiselle Amelia ! Vous m'avez fait l'honneur de vous adresser à moi comme à un ami. C'est l'occasion ou jamais de trinquer ensemble.

Il remplit mon verre, mais je secouai la tête :

— Nous avons déjà beaucoup trop bu ce soir. Quant à Michael...

— Bonté du ciel, m'interrompit-il avec mépris, nous n'allons tout de même pas nous fâcher à cause d'un domestique ? D'ailleurs, je crois savoir ce dont il veut vous entretenir et, à votre place, je ne serais pas si pressé de l'entendre.

Tout en parlant, il avait levé son verre et admirait la couleur ambrée de son contenu dans la lumière déclinante du soleil.

— Que voulez-vous dire ? questionnai-je.

— Oh, simplement qu'il a envie de rentrer chez lui. Je sais par mes hommes qu'il est terrorisé. S'ils décident de m'abandonner, ce sera sans doute en grande partie à cause de ses bavardages. Naturellement, il aura de bonnes excuses à vous servir. Comme tous ses pareils, il ne manque pas d'imagination.

— Je ne puis le croire ! déclara Evelyn avec fermeté. Michael est un homme courageux. Il est loyal, dévoué et...

— Oui, mais c'est un indigène, l'interrompit Lucas. Avec les faiblesses et les superstitions des indigènes.

— Vous m'avez l'air très au fait des faiblesses des... hum... indigènes, fit Radcliffe.

Jusqu'à présent, il n'était guère intervenu dans notre conversation. Et, pour une fois, le grondement rauque de sa voix me fut presque agréable.

— Vous savez, les êtres humains sont partout les mêmes, répondit Lucas avec suffisance. Les gens du peuple, ici comme en Angleterre, sont fort ignorants et se caractérisent par leurs superstitions, leur âpreté au gain.

— Je m'incline devant tant de savoir et de sapience, ironisa Radcliffe. Néanmoins, j'ai eu maintes fois l'occasion de constater que les hautes sphères de la société étaient également très corrompues par l'amour de l'argent.

— Je ne puis croire que Michael nous abandonnera, dis-je, afin de mettre un terme à leur passe d'armes verbale. J'aurai un entretien avec lui tout à l'heure.

Après le dîner, je fus obligée d'admettre, bien à contrecœur, que Lucas avait eu raison. Michael était introuvable. Au début, voyant qu'il ne venait pas me relancer, je m'étais dit qu'il avait changé d'avis et renoncé à me parler. Ce fut seulement lorsque nous commençâmes à mettre au point nos plans pour la nuit que nous nous rendîmes compte qu'il avait disparu. Les serviteurs de Lucas — un ramassis de pauvres hères comme j'en avais rarement vu — étaient partis depuis longtemps et nous ne pouvions donc pas leur demander ce qu'il était devenu.

— Il n'a même pas eu le courage de venir s'excuser auprès de vous, commenta Lucas avec mépris. Vous pouvez m'en croire : il s'est enfui.

La défection de Michael nous posait un grave problème, mais lorsque j'exprimai la chose, Lucas haussa les épaules avec dérision.

— De toute façon, il ne nous aurait pas été d'un grand secours en cas de danger. Maintenant, poursuivit-il, nous devrions gagner nos postes, même si, avec tout le respect que je vous dois, je ne crois pas que votre plan de bataille soit des meilleurs...

— Faites-nous donc part du vôtre, suggéra Radcliffe avec une modestie qui ne lui ressemblait guère.

Comment diable avait-il pu changer à ce point en si peu de temps ? A part deux ou trois piques ironiques, il avait adopté avec Lucas une attitude étrangement aimable et conciliante. Ni sa maladie, ni son épaule démise n'expliquaient une aussi surprenante modération.

— Volontiers, acquiesça Lucas en se gonflant d'importance. D'abord, je ne vois aucune raison de surveiller le village. Si votre gredin cherche à vous effrayer, il viendra ici et c'est ici que nous devons concentrer nos troupes — en dissimulant notre force, bien entendu. L'autre nuit, avant même que vous n'interveniez, il était déjà sur le qui-vive...

— Vraiment ? questionna Radcliffe. Comment pouvez-vous l'affirmer ?

— Oh, c'est facile à deviner. La première nuit, il s'est aventuré jusqu'à l'entrée de la tombe de ces dames et y est demeuré un certain temps, si les assertions de mademoiselle Peabody sont...

— Elles sont l'expression de ce que j'ai vu et entendu, l'interrompis-je sèchement.

— Bien sûr, bien sûr. Je n'avais nullement l'intention de mettre en doute votre parole. Le lendemain, quand Evelyn l'a vu, nous ne savons pas jusqu'où il s'est aventuré. Il peut très bien ne pas avoir dépassé l'endroit où elle l'a aperçu. Mais, à sa troisième apparition, il est resté sur ses gardes. Il n'est pas monté jusqu'à la plate-forme et, si j'en juge par la façon dont il s'est comporté, il savait que vous étiez réveillés et l'attendiez.

Je sentais grandir l'irritation de Walter. Le ton condescendant que Lucas avait adopté était vraiment difficile à supporter. Je ne fus donc guère surprise lorsqu'il l'interrompit d'une voix dont il ne maîtrisait qu'avec peine les intonations.

— Sous-entendez-vous, lord Ellesmere, que cette canaille nous aurait vus, Abdullah ou moi-même ? Je vous assure...

— Non, non, mon cher, ce n'est pas du tout cela ! se récria Lucas. Je veux simplement dire que votre Muhammad avait été prévenu par un complice.

Radcliffe émit un grognement. Je crus y déceler un juron étouffé, mais Lucas le prit sans doute pour une approbation, car il hocha la tête.

— Oui, vous l'avez deviné. Je suis convaincu que

Michael était de connivence avec les villageois. Sans doute lui avaient-ils promis une part du butin.

— Du butin ? s'écria Evelyn avec une chaleur inattendue. Quelle récompense pourraient lui offrir ces pauvres gens, alors qu'ils n'ont même pas de quoi nourrir et habiller leurs enfants ?

— Je vois, chère amie, que vous n'êtes pas arrivée aux mêmes conclusions que moi. Cela n'est guère étonnant, d'ailleurs. Je n'ai pas été soumis au harcèlement dont vous avez été l'objet ces derniers jours et j'ai donc pu utiliser toutes mes facultés pour résoudre le problème qui vous tracasse.

— Eclairez-nous donc, milord, lança Radcliffe. Nous vous écoutons.

Ses dents avaient brillé fugitivement dans la pénombre, tels les crocs d'un fauve.

Lucas se pencha en arrière et étira ses longues jambes.

— Je me suis demandé quelle raison ces gens pouvaient avoir de souhaiter votre départ. Une simple blessure d'amour-propre n'était pas une explication suffisante. Ils avaient besoin de votre argent pour vivre. La réponse ne vous est-elle pas venue tout de suite à l'esprit ? Depuis des générations, ces fellahs n'ont jamais cessé de piller les tombes de leurs lointains ancêtres. Le produit de leurs rapines remplit les boutiques d'antiquités du Caire et de Louxor, ce dont vous autres, archéologues, êtes les premiers à vous plaindre. Chaque fois que vous ouvrez une tombe, elle est vide. Ou, du moins, tous les objets de valeur qu'elle contenait ont disparu. A jamais pour les objets en or qui sont aussitôt fondus par ces gredins que seul attire l'appât du gain. Selon moi, les villageois de Haggi Qandil ont découvert récemment une sépulture — une riche sépulture. C'est la raison pour laquelle ils veulent vous voir partir. Afin de se partager tranquillement leur butin.

Naturellement, j'avais envisagé moi aussi cette possibilité. Mais, après y avoir réfléchi, je l'avais rejetée.

— Cela voudrait dire, objectai-je, que le chef du village est de mèche avec son fils. Je ne le crois pas.

Si vous aviez vu la terreur qu'il y avait dans ses yeux...

Lucas haussa les épaules.

— Voilà un défaut bien féminin : la crédulité. Ces villageois ne sont que ruses et fourberies, mademoiselle Peabody. Chez eux, le mensonge est inné et ils savent jouer la comédie avant même d'avoir appris à parler.

— Si je croyais réellement qu'ils aient fait une telle découverte, il faudrait un tremblement de terre pour me faire partir d'ici, déclara Radcliffe.

— Je n'en attendais pas moins de vous ! approuva Lucas avec entrain. Je ressens exactement la même chose. Cela nous donne une raison de plus d'attraper cette momie — avant que ces canailles aient détruit irrémédiablement les merveilles qu'ils ont mises au jour fortuitement.

— Si votre hypothèse est exacte, fit observer Walter, la capture de cette momie ne résoudra guère notre problème. Tous les villageois étant de connivence avec Muhammad, le fait de le confondre ne modifiera en rien leur attitude à notre égard. Ils pourraient même devenir franchement hostiles en voyant que leur ruse a échoué.

— Certes, approuva Lucas, mais nous disposerons alors d'un otage. Le propre fils du chef. Nous le forcerons à nous conduire jusqu'à la tombe, après quoi nous enverrons un message au Caire afin d'obtenir des renforts. Et, lorsque nous aurons démontré que la malédiction n'était qu'une supercherie, nous pourrons engager les hommes de nos équipages pour monter la garde devant la tombe. Les villageois ne sont pour eux que des sauvages. Ils n'ont en commun que leur crainte superstitieuse des revenants.

— Une autre objection, dis-je. Si Michael est un traître — ce que j'ai encore de la peine à croire —, il aura prévenu le village de nos plans pour cette nuit. La momie sera donc à nouveau sur ses gardes.

— Bravo, mademoiselle Peabody ! s'écria Lucas. Vous témoignez d'une logique admirable ! Votre objection est tout à fait justifiée, et elle constitue une excellente introduction à la proposition que je m'apprêtais à vous faire. Nous allons lui tendre un piège, afin de l'inciter à se jeter dans nos griffes.

— Quelle sorte de piège ? s'enquit Walter d'un ton soupçonneux.

— Je n'y ai pas encore réfléchi, répondit Lucas avec nonchalance. Je fais confiance à votre imagination. A vous l'honneur, messieurs !

Walter proposa d'aller monter la garde à une certaine distance du camp. Au bout d'un moment, il bâillerait et ferait semblant de s'endormir.

— Et si je m'attardais à table après votre départ ? suggéra Radcliffe. Je finirais la bouteille de whisky et m'effondrerais, ivre mort. En apparence, du moins.

Cette dernière idée fut accueillie par un silence méprisant, des plus mérités. Puis, Evelyn remua sur sa chaise.

— Je pense qu'une seule chose pourrait inciter cette créature à s'approcher assez près pour être capturée, dit-elle. Peu après minuit, je sortirai de ma tombe. Par cette chaleur, quoi de plus naturel que d'avoir envie de faire une promenade dans la fraîcheur de la nuit ? Si je m'aventure assez loin du camp, je suis sûre...

La fin de sa phrase se perdit dans un torrent de protestations. Lucas fut le seul à rester imperturbable.

— Pourquoi pas ? lança-t-il lorsque nos éclats de voix se furent apaisés. Il n'y aura aucun danger. Si cette canaille désire s'en prendre à l'un d'entre nous — ce qui n'est pas sûr —, ce sera seulement pour l'effrayer avec une autre de ses blagues stupides.

— Est-ce là une blague stupide ? s'enquit Radcliffe en indiquant son épaule bandée. Walter, je t'en prie, reste calme, ajouta-t-il en posant la main sur le bras de son frère. Il ne sert à rien de t'énerver.

— Je devrais rester calme ? s'exclama Walter, le visage rouge de fureur. Après avoir entendu une chose pareille ? En d'autres circonstances, cette idée ne serait qu'exécrable. Mais quand je pense à ce qu'a dit cette ordure de Muhammad, quand nous étions au village...

Il s'interrompit et jeta un regard inquiet en direction d'Evelyn.

— Lucas n'est pas au courant de ce détail, dit-elle posément. Mais moi, si. J'ai entendu Amelia et votre frère en parler. Je pense que cela ajoute seulement aux chances de succès de mon plan.

Walter en resta sans voix. Lucas, naturellement, voulut savoir à quoi ils faisaient allusion. Evelyn étant déjà au courant de l'essentiel, je ne vis aucun inconvénient à lui répéter l'odieuse suggestion de Muhammad.

— Après tout, Evelyn, ajoutai-je, je vous trouve un peu vaniteuse de présumer que la momie s'intéresse seulement à vous. C'était *moi* que Muhammad regardait lorsqu'il a fait cette remarque. J'estime donc devoir vous accompagner. Ainsi, il pourra choisir sa proie. Qui sait ? Peut-être préfère-t-il les brunes un peu mûres.

Du coup, ce fut Radcliffe qui protesta avec véhémence et je lui lançai :

— Vous paraîtrais-je dépourvue d'attraits, même pour une momie ?

— Vous êtes folle ! s'écria-t-il avec fureur. Complètement folle ! Si vous pensez que je vais vous laisser...

Je finis par avoir gain de cause et, à mesure que nous l'élaborions, notre plan devint de plus en plus complexe. Par « nous », j'entends Evelyn, Lucas et moi. La participation de Radcliffe se limita à de sourds grondements évoquant assez le bruit d'un volcan sur le point d'entrer en éruption. Walter, lui, se cantonna dans un silence réprobateur. Visiblement, il considérait l'attitude d'Evelyn comme une preuve supplémentaire de sa connivence avec Lucas. Nous nous séparâmes sur des paroles qui n'avaient rien d'aimable. En se levant, Walter tenta d'émettre une ultime protestation, mais Lucas la balaya d'un geste :

— Je ne serai jamais à plus de trois mètres d'Evelyn, dit-il en lui laissant entrevoir le pistolet qu'il avait dans sa poche. Je pense que la vue de ce joujou suffira à décourager notre visiteur en bandelettes. Sinon, je n'hésiterai pas à m'en servir, faites-moi confiance !

— Et moi ? questionnai-je.

L'occasion était trop belle pour que Radcliffe la laisse échapper.

— Dieu vienne en aide à la pauvre momie qui aura le malheur de vous rencontrer, Peabody ! déclara-t-il en levant les yeux au ciel. Je me demande si nous ne devrions pas lui offrir un pistolet, afin qu'elle soit au moins à armes égales.

Sur cette ultime pique, il nous tourna le dos et s'éloigna, suivi par Walter. Lucas s'esclaffa :

— Quelle aventure ! Mon Dieu, quelle aventure ! Il me tarde d'être à minuit.

— A moi aussi, déclara Evelyn. Amelia, vous ne voulez pas reconsidérer...

— Sûrement pas !

J'avais délibérément forcé le ton, afin d'accréditer encore plus notre dispute, si l'on nous épiait et je m'en fus d'un air hautain. Je n'avais guère envie de les laisser seuls ensemble, mais je jugeais bon de jouer le jeu jusqu'au bout. Cela nous servirait plus tard, lorsque Evelyn et moi ferions semblant de nous quereller.

Ce fut une dispute à sens unique, car Evelyn s'avéra incapable de s'emporter contre moi — même s'il ne s'agissait que d'une comédie. Je fis donc du bruit pour deux et, finalement, sortis comme un ouragan de notre tombe, mon oreiller sous un bras et mon couvre-pied sous l'autre. Descendant le sentier, j'allai m'installer sous la petite tente que Michael avait occupée. Si quelqu'un nous surveillait, il en conclurait qu'Evelyn et moi avions eu un différend et que j'avais refusé de passer le reste de la nuit avec elle.

La tente en question n'était guère qu'un abri de fortune en mauvaise toile, et si basse que je ne pouvais m'y tenir debout. Accroupie sur le sable — il n'y avait pas de tapis de sol —, je me demandais ce qu'il était advenu de son occupant, nullement convaincue que Michael nous ait quittés de son plein gré. Je me mis à fouiller autour de moi, en quête de quelque indice révélateur.

Il était exclu que je fasse de la lumière et celle filtrant de l'extérieur était juste suffisante pour me permettre de voir que les effets personnels de Michael avaient disparu. Mais, comme je me tortillais pour tenter de m'installer plus confortablement, mes doigts rencontrèrent un objet dur enfoui dans le sable. Je l'exhumai et n'eus pas besoin d'un rayon de lune pour comprendre de quoi il s'agissait. Un crucifix. Un fragment de la chaîne y était encore attaché. Juste un fragment. La chaîne n'avait donc pas été ouverte normalement.

Mes doigts se crispèrent sur la petite croix. Michael ne serait jamais parti sans elle. C'était la seule chose de valeur qu'il possédait et, de plus, elle était son talisman contre l'esprit du mal et les démons. La chaîne avait dû se rompre au cours d'une bagarre.

Sans plus me soucier des éventuels espions, je grattai le sol à la recherche d'autres indices, mais en vain. J'en fus soulagée. J'avais eu peur de découvrir des taches de sang.

J'étais tellement absorbée par les conjectures et les soupçons que ma découverte avait fait naître dans mon esprit que le temps passa très vite. Un bruit provenant de l'extérieur me rappela à la réalité. Je rampai jusqu'à l'entrée de la tente, soulevant un coin de toile.

Rien en vue. Mais la tente étant plantée derrière un éboulis se prolongeant jusqu'au pied de la falaise, je ne pouvais voir ni les plates-formes, ni les entrées des tombes. Je risquais donc de ne pas être en mesure d'aider Evelyn si jamais la momie devenait menaçante. Je sortis de ma tente en rampant, puis, me redressant légèrement, je risquai un coup d'œil au-dessus du tas de pierraille.

Je me suis toujours targuée d'avoir du sang-froid, mais je faillis pousser un cri en découvrant l'horrible créature à quelques mètres seulement de l'endroit où j'étais tapie. Je ne l'avais jamais vue d'aussi près. Nous prétendons être des gens rationnels, mais les vieilles peurs de nos ancêtres sont toujours présentes au fond de nous. Je frissonnai et me recroquevillai instinctivement.

La lune l'éclairait d'une manière étrange. Certains détails se détachaient comme en plein jour, alors que d'autres étaient déformés ou disparaissaient dans l'ombre de la falaise et des rochers. L'espace d'un instant, j'eus même l'impression que la momie était luminescente. Ses mains bandées ressemblaient à des moignons de lépreux. Elle avait les bras levés, comme pour une invocation. Je ne voyais que son dos, car elle regardait fixement les plates-formes et les entrées des tombes, la tête un peu inclinée de côté.

Si Evelyn se conformait à notre plan, elle n'allait pas tarder à apparaître et descendre le sentier. Je n'étais pas inquiète, sachant que, cachés non loin de nous, quatre hommes vifs et robustes étaient sur le qui-vive. Néanmoins, quand je vis sa silhouette blanche sortir de notre tombe, je sursautai aussi violemment que si j'avais vraiment vu un fantôme.

L'espace de quelques secondes, elle resta immobile, ayant sans doute besoin de rassembler son courage avant de s'aventurer au-delà de la plate-forme. Elle ne pouvait pas voir la momie qui, lorsqu'elle était apparue, avait plongé derrière un rocher.

J'ai dit que quatre vigoureux défenseurs étaient prêts à intervenir, mais je n'étais pas absolument certaine que tous les quatre se porteraient au secours d'Evelyn. J'avais déjà envisagé une hypothèse à laquelle certains de mes lecteurs ont sans doute également pensé.

Je n'étais pas souvent d'accord avec Radcliffe mais il me fallait bien convenir qu'une telle machination était trop compliquée — et surtout trop romanesque — pour l'esprit d'un fellah égyptien. Il était plus facile de l'imaginer tramée par un lecteur assidu de romans d'aventures, style Rider Haggard.

Si Muhammad n'était pas la momie, alors qui ? Un nom m'était venu tout de suite à l'esprit. Quelqu'un à l'imagination fertile, mais dévoyée, et dont le sens de l'humour correspondait bien à une telle entreprise.

Mais le mobile ? Pourquoi Lucas, le jeune lord Ellesmere, aurait-il pris la peine de monter une pareille comédie pour effrayer sa cousine ? A moins que ce ne fût moi qu'il ait voulu effrayer ? Mais ce n'était pas l'absence de mobile qui me préoccupait le plus. Lucas avait l'esprit retors et il avait jeté son dévolu sur Evelyn. Rien d'impossible donc à ce qu'il ait eu l'idée de la terrifier afin de l'obliger à quitter l'Egypte et accepter sa « protection ».

D'autres objections étaient plus difficiles à réfuter. Lucas pouvait nous avoir rattrapées juste à temps pour monter sa petite comédie — nous avions flâné en cours de route et nous étions arrêtées plusieurs fois — mais comment aurait-il pu prévoir notre halte à Amarna ? Elle qui avait été purement fortuite ?

En dépit de quoi, je me raccrochai à mon idée. J'avais, je l'avoue, un certain parti pris à l'encontre de Lucas. Je ne l'imaginais que trop volontiers sous les traits du traître, ou comme le crocodile de l'antique poème d'amour que Walter nous avait traduit — tapi sur son banc de sable et prêt à dévorer l'amant qui se hasarde dans l'onde pour rejoindre sa bien-aimée. J'ai toujours eu la conviction que l'intuition féminine est supérieure à toutes les logiques. Vous comprenez donc combien j'étais impatiente de voir si Lucas allait se joindre à Walter et Radcliffe pour voler au secours d'Evelyn.

Lorsque je la vis descendre le sentier, mon cœur battit à l'unisson du sien. Je ne pus m'empêcher d'admirer son courage et sa feinte nonchalance. Elle marqua une hésitation devant l'entrée de la tombe de Walter et de Radcliffe, jetant un bref coup d'œil de côté, mais elle poursuivit bravement son chemin.

Si elle continuait dans la même direction, elle passerait très près de la momie. Etais-je seule à savoir où celle-ci se trouvait ? Si tel était le cas, il me fallait intervenir avant qu'Evelyn ne coure un réel danger. J'ignorais les intentions de la momie. Allait-elle seulement bondir au milieu du sentier et gémir en agitant les bras ? Evelyn éprouverait déjà un choc terrible, mais je n'osais imaginer sa réaction si cette apparition d'outre-tombe portait la main sur elle, si fragile, si sensible ! Aurait-elle une crise de nerfs ou pire encore ? Toutefois, je ne voulais pas agir avec trop de précipitation au risque de voir encore la momie nous échapper. Horrible dilemme !

Evelyn continuait d'avancer vers le gros rocher derrière lequel s'était dissimulée la créature. Mais... celle-ci n'était plus là ! Elle avait dû s'éclipser pendant que mon attention était fixée sur le sentier. Où se trouvait-elle maintenant ? Qu'allait-il se passer ? Et les autres ? Etaient-ils prêts à intervenir ? A l'exception de la blanche silhouette d'Evelyn, rien ne bougeait. Le silence était si total que j'entendais les battements de mon cœur.

Soudain, je vis une ombre grise se déplacer parmi les rochers au bas du sentier. Jamais je n'aurais cru qu'un être humain pût se mouvoir aussi silencieusement. La créature était maintenant entre Evelyn et la plate-forme, lui coupant la retraite. Le suspense m'était insupportable. Il fallait que j'agisse. Au même instant, la momie sortit à découvert et poussa un long gémissement rauque. Evelyn s'arrêta net.

Trente pas, à peine, séparaient la macabre apparition de sa proie. Evelyn porta les mains à sa gorge et chancela. Je tentai de me relever, mais, dans mon affolement, je marchai sur le bas de ma robe, m'empêtrai dans ses plis et tombai à plat ventre sur le sable. Ce fut dans cette position — fort dommageable pour mon amour-propre — que j'assistai à l'acte suivant.

La momie avançait avec une menaçante lenteur vers Evelyn absolument immobile. Si elle n'était pas paralysée par la peur, elle appliquait le plan que nous avions mis au point avec une abnégation aussi louable qu'excessive. A sa place, je me serais déjà enfuie, je n'ai aucune honte à l'avouer.

Je criai, tout en donnant des coups de pieds furieux pour dégager mes jambes empêtrées, mais Evelyn ne tourna même pas la tête. Elle était littéralement pétrifiée. Les mains croisées sur la poitrine, elle ne parvenait pas à détacher son regard de la « chose ». Puis — alors que je devenais folle de terreur et de frustration — les secours arrivèrent. Walter fut le premier à jaillir tel un éclair de la tombe où il s'était caché. Au même instant, Lucas apparut, comme par magie, à quelques pas seulement derrière la créature et brandit son pistolet.

— Halte ! Les mains en l'air !

Son injonction fit s'arrêter la momie. Elle resta immobile un instant, puis tourna la tête à gauche et à droite, comme se demandant quoi faire. Sa lenteur à réagir ne fit qu'accroître mon angoisse. Finalement, je parvins à me relever. Un autre cri de Lucas m'empêcha de courir vers Evelyn, un cri dont la signification n'était que trop claire. Il ne voulait pas que je me mette dans sa ligne de tir. Le canon du pistolet était braqué sur la poitrine de la momie, mais il ne tira pas. Malgré moi, j'admirai son sang-froid. Il voulait prendre l'imposteur vivant.

Le doigt sur la détente, il fit un pas en avant. La tête sans yeux se tourna vers lui et un horrible gémissement s'en échappa. Pour Evelyn, c'en fut trop. Elle vacilla et s'affaissa sur elle-même. Poussant un autre gémissement, encore plus effroyable, la momie s'approcha d'elle d'un pas lourd et maladroit.

Je fus alors convaincue que ce n'était pas Muhammad qui se dissimulait sous ces bandelettes. Les gens du village connaissaient les armes à feu et en éprouvaient une crainte salutaire. Au moment même où cette pensée me traversait l'esprit, Lucas fit feu.

La détonation eut l'effet d'un coup de tonnerre. La momie tressauta, portant à sa poitrine l'un de ses moignons enveloppé de bandelettes. Je retins mon souffle, m'attendant à la voir tituber et s'effondrer sur le sol. Il n'en fut rien. Elle continua d'avancer, mais plus lentement et en émettant un grondement sourd. Lucas fit feu à nouveau. Une douzaine de pas à peine les séparaient. Cette fois, j'aurais pu jurer que la balle avait atteint sa cible. Au ventre — si une telle créature avait un ventre. De nouveau, son moignon se porta à l'endroit où elle avait été touchée, mais elle continua d'avancer.

Lucas recula de plusieurs pas. Son visage luisait de sueur. La bouche ouverte et les yeux exorbités, il se mit à fouiller fébrilement dans les poches de sa veste. J'en déduisis que le chargeur de son arme était vide.

Walter s'était arrêté au bord de la plate-forme.

Inutile de dire que la scène que je viens de décrire n'avait duré que quelques secondes. Voyant Lucas en mauvaise posture, Walter poussa un cri d'avertissement et, sautant par-dessus le rebord de la plateforme, courut en direction de la créature. Les talons de ses bottes frappaient le sol avec une telle violence qu'ils provoquèrent un début d'éboulement, mais il réussit à garder l'équilibre. Glissant, sautant, courant, il parvint en bas sur ses deux jambes et continua de courir.

Lucas cria quelque chose, que je ne pus comprendre à cause du fracas de l'éboulement. Il avait rechargé son pistolet et levait à nouveau le bras. Je hurlai... trop tard. Entraîné par son élan, Walter traversa la ligne de tir de Lucas juste au moment où celui-ci appuyait pour la troisième fois sur la détente. Cette fois, la balle rencontra une cible vulnérable. Walter s'arrêta net et tourna vers Lucas un visage exprimant une totale stupeur. Puis sa tête tomba sur sa poitrine, ses genoux plièrent et il s'effondra sur le sable.

Durant une fraction de seconde, il n'y eut aucun bruit. Lucas était comme pétrifié, son pistolet encore fumant à la main. Puis, un gargouillement rauque s'échappa des lèvres de la momie. Mon sang se glaça dans mes veines. Elle riait ! Un rire hideux, qui ressemblait aux ricanements des âmes damnées. Quand elle s'éloigna, sans se presser, aucun d'entre nous ne tenta de l'arrêter. Après qu'elle eut disparu, nous entendîmes pendant encore un long moment ses éclats de rire démoniaques que répercutaient les parois des falaises.

CHAPITRE 9

J'arrivai auprès de Walter en même temps que Radcliffe. D'un geste fébrile, il ouvrit la chemise tachée de sang de son frère, puis leva les yeux vers Lucas qui, nous ayant rejoints, regardait, immobile et le visage décomposé, le corps inanimé de sa victime.

— Une balle dans le dos ! commenta Radcliffe d'une voix que je ne lui avais encore jamais entendue. Voilà une maladresse que vos amis chasseurs n'apprécieraient guère, lord Ellesmere.

— Mon Dieu, balbutia Lucas, je... je n'avais pas l'intention... je lui ai crié de s'écarter. Il... il s'est jeté devant le canon de mon pistolet. Je n'ai rien pu faire... Pour l'amour du ciel, monsieur Emerson, ne me dites pas qu'il... qu'il est...

— Non, il n'est pas mort, répondit Radcliffe très calmement. Croyez-vous que je réagirais de la sorte si vous l'aviez tué ?

Mes genoux cédèrent et je dus m'accroupir sur le sable.

— Dieu soit loué ! murmurai-je.

Radcliffe me regarda d'un air réprobateur.

— Reprenez-vous, Peabody ! Ce n'est pas le moment de flancher. Vous feriez mieux d'aller vous occuper de l'autre victime. Je pense qu'elle est seulement évanouie. La blessure de Walter n'est pas grave. La balle l'a touché à l'épaule, mais juste en l'effleurant et la plaie est bien nette. Heureusement, l'arme de notre jeune ami était chargée avec du petit plomb.

Les joues de Lucas reprirent un peu de couleur.

— Je sais que vous ne m'aimez pas, monsieur Emerson, dit-il avec humilité, mais j'espère que vous me croirez si je vous dis que vous ne pouviez m'annoncer une meilleure nouvelle.

Radcliffe le considéra en silence pendant une seconde ou deux, puis il hocha la tête.

— Si cela peut vous consoler, milord, je vous crois. Maintenant, allez avec Amelia l'aider à ranimer Evelyn.

Lorsque nous arrivâmes près d'elle, Evelyn remuait faiblement. Dès qu'elle apprit ce qui était arrivé à Walter, elle recouvra tout de suite ses esprits. La force qu'on peut puiser dans l'amour, est quelque chose d'extraordinaire. Ses terreurs oubliées, elle se leva et courut vers Walter que son frère emportait dans ses bras. Lorsque le blessé eut été allongé sur son lit, elle insista pour m'aider à nettoyer et panser la plaie.

Je fus soulagée de constater que Radcliffe ne s'était pas trompé dans son diagnostic.

Je n'avais pas eu le cœur de refuser l'aide d'Evelyn, mais, à vrai dire, elle me gênait plutôt. Chaque fois que je tendais la main pour qu'elle me donne la bande ou la compresse qu'elle était censée m'avoir préparée, j'attendais en vain et, quand je tournais la tête vers elle, je la trouvais perdue dans sa contemplation du blessé, les yeux noyés de larmes et d'amour.

Je ne pouvais guère la blâmer. Walter me faisait penser à un tableau que j'avais vu au British Museum. Représentait-il Adonis ou Antinoüs ? Peu importe. Le jeune dieu est couché au milieu des roseaux, au bord d'une rivière et j'avoue que l'image de sa glorieuse nudité s'était gravée à jamais dans ma mémoire. Le frère de Radcliffe n'était pas bâti en athlète, mais sa musculature était toute finesse et souplesse. Son front haut, ses longs cils, ses boucles noires, la courbe juvénile de ses lèvres... Comment une femme sensible aurait-elle pu résister à une beauté aussi sculpturale ?

Lorsqu'il reprit conscience, j'étais en train d'enrouler la dernière bande autour de son épaule. Il me laissa faire en silence, puis, quand j'eus terminé, me gratifia d'un pâle sourire. Son premier regard, cependant, avait été pour Evelyn. S'étant assuré qu'elle était saine et sauve, il n'avait plus tourné la tête vers elle. Tandis qu'elle s'éloignait, avec la bassine d'eau, je vis que ses lèvres tremblaient.

Radcliffe, entre-temps, avait sorti de sa poche une nouvelle abomination — une pipe qui produisait une fumée âcre et nauséabonde — et s'était assis dans un coin. Quand j'en eus terminé avec son frère, il se leva et bâilla.

— Apparemment, le spectacle est fini pour cette nuit, déclara-t-il avec nonchalance. Il ne nous reste plus que quelques heures avant l'aube et le mieux que nous ayons à faire est encore d'aller dormir...

— Comment pouvez-vous songer à dormir ? m'exclamai-je. Tant de questions et d'hypothèses se bousculent dans ma tête que jamais je...

— Vous connaissant, je suppose que les hypothèses sont largement majoritaires, m'interrompit-il en tirant imperturbablement sur son infernale pipe. Walter n'est pas en état de supporter votre bavardage, Peabody. Il faut un homme en bonne santé et en pleine possession de ses moyens pour affronter...

— Radcliffe, je t'en prie, arrête ! l'interrompit son frère.

Sa voix était faible, mais le sourire qu'il m'adressa avait recouvré tout son charme et sa douceur.

— Je ne me sens pas si mal, poursuivit-il, et je suis d'accord avec Amelia. Nous avons beaucoup de problèmes à débattre.

Pour la première fois depuis notre retour, Lucas ouvrit la bouche.

— C'est aussi mon sentiment. Mais, d'abord, puis-je vous proposer un remontant ? Quelques gouttes de cognac ne pourront qu'apaiser les souffrances de Walter...

— Je n'en vois pas l'utilité, l'interrompis-je avec fermeté. Je suis d'accord avec les médecins qui proscrivent l'alcool en cas de blessure par balle — même si beaucoup de gens pensent le contraire.

Radcliffe grommela deux ou trois mots indistincts, tout en laissant échapper un nuage de fumée. Eût-il craché des flammes, comme un dragon, que je n'en aurais pas été surprise.

— Je ne souffre pas beaucoup, déclara Walter, mais un peu de cognac nous ferait du bien à tous, surtout aux dames. Leurs nerfs ont été à rude épreuve.

Nous eûmes donc notre cognac. Radcliffe sembla apprécier le sien tout particulièrement. L'alcool me donna le coup de fouet dont j'avais besoin et atténua quelque peu la pâleur d'Evelyn. N'ayant pas eu le temps d'aller s'habiller, elle était encore en robe de chambre. Une robe de chambre en batiste brodée qui, visiblement, faisait l'admiration de Lucas.

— Alors, Peabody, quelle est votre première question ?

La voix de Radcliffe me fit sursauter.

— Vous me prenez au dépourvu, dis-je avec embarras. Toute cette affaire a été tellement ahurissante... Cependant, j'aimerais d'abord savoir ce qu'il est advenu d'Abdullah.

— Bonté du ciel ! s'écria Lucas. Je l'avais complètement oublié. Où diable peut-il bien être ?

— Inutile de perdre notre temps à soupçonner ce pauvre Abdullah, trancha Radcliffe. Il est probablement en train de suivre la momie, comme je lui avais demandé de le faire, si nous ne parvenions pas à la capturer. Il ne devrait pas tarder... D'ailleurs, je crois que je l'entends.

Il sourit avec satisfaction, comme s'il avait lui-même orchestré l'apparition théâtrale d'Abdullah. La haute silhouette du contremaître se profila à l'entrée de la tombe. Ses yeux s'agrandirent en voyant Walter et nous perdîmes un moment en explications, avant qu'il ne commence à nous raconter sa filature. Pour gagner du temps, je vais vous résumer l'essentiel de son récit.

Il s'était caché derrière un rocher, à une certaine distance du camp. Il avait entendu les coups de feu, mais, naturellement, n'avait pas su qui était visé. Il s'était rapproché sans faire de bruit et avait aperçu la momie au moment où elle s'enfuyait. La vitesse avec laquelle elle se déplaçait était telle qu'il n'avait pas réussi à la rattraper. A vrai dire, je doutais fort qu'il ait réellement tenté de le faire. Néanmoins, il avait eu le courage de la suivre, à distance.

— Où est-elle allée ? demandai-je. Au village ?

Abdullah secoua la tête.

— Non. Dans l'oued, vers la tombe royale. Je n'ai pas osé la poursuivre dans ce dédale de rochers. Pensant que vous aviez peut-être besoin de moi, j'ai fait demi-tour.

Un bref éclat de rire s'échappa des lèvres de Radcliffe.

— Ainsi, ce serait le fantôme d'Akhenaton ou de l'un de ses dignitaires qui viendrait nous rendre visite ! Allons, Abdullah, cela n'a pas de sens. Je comprendrais, à la rigueur, qu'un prêtre d'Amon ne veuille pas que l'on fasse renaître la capitale du pharaon hérétique, mais sûrement pas ce pharaon lui-même ou l'un de ses plus fidèles sujets.

— Oh, arrêtez ! l'interrompis-je avec impatience. Nous ne pouvons guère reprocher à Abdullah de ne pas avoir suivi cette créature dans la pénombre d'un si étroit défilé. A sa place, nous aussi aurions hésité. Le gredin, quel qu'il soit, s'est simplement rendu à l'endroit où il cache son déguisement. Ensuite, après s'être changé, il est rentré tranquillement au village.

Radcliffe ouvrit la bouche pour répliquer, mais la voix calme d'Evelyn l'en empêcha.

— Je pense que nous devrions mettre un terme à cette discussion. Walter a besoin de se reposer.

En entendant la voix de la jeune femme, le blessé ouvrit les yeux, mais j'avais remarqué, depuis quelques instants déjà, qu'il avait de plus en plus de peine à suivre notre conversation.

— Evelyn a raison, déclarai-je avec fermeté en me levant. D'ailleurs, nous sommes tous fatigués.

— Je ne suis pas malade, protesta faiblement Walter.

— Bien sûr que non ! approuvai-je d'un ton faussement enjoué...

Au fond de moi-même, j'étais beaucoup moins rassurée. Dans les pays chauds, comme l'Egypte, une plaie est toujours susceptible de s'infecter. Mais, pour le moment, nous n'avions aucune raison de nous inquiéter.

— Vous avez seulement besoin de vous reposer. Vous venez, Evelyn ? Lucas...

— J'arrive tout de suite, murmura lord Ellesmere, en s'approchant du lit. Mais je veux encore vous demander de me pardonner ma maladresse, Walter. Je n'avais nullement l'intention...

— Ce n'est pas une excuse ! l'interrompit Radcliffe avec sévérité.

— Vous avez raison, concéda-t-il en soupirant. Mais si vous aviez été à ma place... Quand j'ai vu cette chose horrible continuer d'avancer vers moi, je... j'ai perdu mon sang-froid.

D'un mouvement brusque, il sortit le pistolet de sa poche.

— Jamais plus je ne me servirai de cette arme maudite ! Il reste encore une balle et...

Tendant le bras, il pointa le pistolet vers l'entrée de la tombe, mais, alors que son doigt frémissait déjà sur la détente, Radcliffe bondit. Sa rapidité et sa souplesse me surprendront toujours, chez un homme de sa corpulence. En une fraction de seconde, l'ours s'était métamorphosé en tigre.

— Espèce d'imbécile ! grogna-t-il en lui arrachant l'arme et la mettant à sa ceinture. Tirer un coup de feu dans un espace aussi réduit ! Chercheriez-vous à nous rendre sourds ? Vous n'avez même pas pensé que la balle pourrait ricocher ? Il est donc plus prudent que je vous confisque ce pistolet jusqu'à nouvel ordre. Allez vous coucher. C'est encore ce que vous avez de mieux à faire.

Lucas s'en fut sans un mot de plus. En le regardant partir, les épaules basses et traînant les pieds, j'éprouvai une vague pitié. Nous aussi, nous nous retirâmes. Dès qu'Evelyn se fut endormie, je ressortis sur la plate-forme et ne fus qu'à demi surprise de trouver Radcliffe, assis, les pieds dans le vide et la pipe aux lèvres. Le regard empreint d'une étrange allégresse, il contemplait le désert et le ciel constellé d'étoiles.

— Venez donc vous asseoir près de moi, Peabody,

m'ordonna-t-il gaiement. Notre conversation tout à l'heure ne conduisait nulle part, mais je crois que vous et moi gagnerions à avoir un petit entretien en particulier.

J'obéis et pris place à côté de lui.

La remarque que je fis ensuite me surprit moi-même.

— Vous m'avez appelée Amelia, tout à l'heure...

— Vraiment ? murmura-t-il sans se retourner. Un moment d'égarement, sans doute.

— Vous aviez de quoi être bouleversé, concédai-je. La vue de votre frère blessé, mort, peut-être... Vous savez, cela n'a pas été entièrement la faute de Lucas. Walter s'est littéralement jeté devant son pistolet.

— Après ses deux premiers coups de feu, notre jeune lord aurait peut-être dû changer de tactique, rétorqua-t-il d'un ton sarcastique. C'était vraiment gâcher des munitions pour rien.

Je frissonnai.

— Si vous avez froid, vous devriez aller mettre un châle, me conseilla-t-il entre deux bouffées de fumée.

— Je n'ai pas froid. J'ai peur. Aucun d'entre nous ne voudra-t-il admettre ce que nous avons vu de nos propres yeux ? Les balles ont atteint ce... cette créature.

— En êtes-vous sûre ?

— Oui ! Où étiez-vous donc pour n'avoir rien vu ?

— J'ai vu ses mains — ou plutôt ses griffes — se porter à sa poitrine, admit-il. J'attendais mieux de vous, Peabody. Seriez-vous en train de devenir une adepte des sciences occultes ?

— J'espère seulement être assez raisonnable pour ne pas nier un fait avéré, simplement parce qu'il est contraire à la raison.

— Pour ma part, répliqua-t-il, j'ai pensé à au moins deux explications rationnelles pour que les balles n'aient pas blessé notre visiteur. Une arme de ce genre est très imprécise, même entre les mains d'un bon tireur, et lord Ellesmere ne m'a pas donné l'impression d'être très adroit. Il peut avoir raté deux fois sa cible et la momie donné l'impression d'avoir été touchée, afin d'accréditer encore plus sa mystification.

— C'est possible, concédai-je. Cependant, si j'avais été dans ses souliers — ou plutôt dans ses sandales — j'aurais hésité à m'exposer de cette façon. Quelle est votre deuxième explication ?

— Une sorte d'armure, peut-être ? suggéra-t-il. Vous n'êtes pas une lectrice assidue de romans, n'est-ce pas ? Sans quoi, vous sauriez qu'un gentleman répondant au nom de Rider Haggard a acquis, depuis quelque temps, une certaine notoriété avec ses romans d'aventures. Le dernier qu'il a publié, *Les Mines du roi Salomon*, relate l'odyssée fantastique de trois explorateurs anglais qui partent à la recherche des mines de diamant de ce monarque des temps bibliques. A un moment de son récit, il parle de cottes de mailles et de leur efficacité à résister aux épées comme aux lances des sauvages. Je crois qu'elles seraient capables aussi d'arrêter une balle de petit calibre. N'avons-nous pas tous entendu parler d'hommes sauvés par un livre — le plus souvent la Bible — qu'ils portaient dans la poche intérieure de leur veste ? Souvent, j'ai regretté que personne n'ait songé à équiper nos troupes au Soudan d'une protection de ce genre. Ne serait-ce qu'une cuirasse en cuir, comme en portaient autrefois les fantassins anglais ! Cela aurait permis d'épargner de nombreuses vies.

— Oui, acquiesçai-je. Ce n'est pas impossible. En outre, j'ai lu quelque part qu'on avait retrouvé de nombreuses armures de Croisés en Egypte — jusque dans certaines boutiques d'antiquités du Caire. Mais un homme fruste, tel que Muhammad, aurait-il pu avoir une idée aussi ingénieuse ?

— Ce n'était pas Muhammad qui se cachait sous les bandelettes de cette momie.

— Comment pouvez-vous être aussi affirmatif ?

— A cause de sa stature, répondit-il calmement. A un moment, Walter s'est trouvé assez près d'elle pour que je puisse comparer leurs tailles respectives. Elle était presque aussi grande que lui. Muhammad et les autres villageois sont petits et chétifs. Probablement à cause de leur mauvaise alimentation et de leurs conditions de vie. S'ils étaient mieux nourris, je suis persuadé qu'il suffirait d'une génération ou deux pour...

Je l'interrompis avec agacement.

— Seigneur Dieu, croyez-vous que ce soit le moment de discuter d'un tel sujet ?

Il sourit malicieusement et tira sur sa pipe.

— Pardonnez-moi, mais il y avait longtemps que je ne m'étais autant amusé. J'ai dû être contaminé par la bonne humeur de notre jeune lord, et son goût du risque comme de l'aventure. Il m'a remis en mémoire tous les beaux préceptes des hommes qui ont bâti l'Empire et forgé notre nation. Un Anglais doit toujours savoir garder son flegme et son humour, même lorsqu'il est attaché à un arbre et qu'une bande de cannibales s'affairent autour du chaudron dans lequel ils envisagent de le faire cuire.

Je souris malgré moi :

— J'imagine très bien la scène ! Vous auriez encore assez de sang-froid pour prendre des notes sur leurs techniques culinaires ! Cependant, je suis persuadée que vous ne réagiriez pas aussi calmement si la blessure de Walter venait à s'infecter.

— Sur ce point, vous avez raison, acquiesça-t-il. Je suis bien décidé à mettre la main au collet du gredin qui, au moins indirectement, est responsable de cet accident.

Je n'eus aucune peine à le croire. Il n'avait pas élevé la voix, mais sa détermination me fit froid dans le dos.

— Vous n'avez plus vos pansements ni votre écharpe, lui fis-je soudain remarquer.

— Vous êtes très observatrice, ce soir, grommela-t-il sur un ton sarcastique.

— Votre épaule n'est pas encore consolidée ! protestai-je. Vous ne devriez pas...

— Je ne peux pas me permettre de me dorloter, répliqua-t-il. Le moment de la confrontation est maintenant tout proche.

— Qu'allons-nous faire ?

— Est-ce vous qui me le demandez ? ironisa-t-il.

Laissez-moi toucher votre front, Peabody. Vous avez sûrement de la fièvre.

— Vous êtes vraiment insupportable ! m'exclamai-je avec colère.

Aussitôt, il leva la main pour m'intimer le silence.

— Nous ferions mieux d'aller nous promener, suggéra-t-il. A moins que vous n'ayez envie de réveiller Evelyn. Vous êtes incapable de prendre part à une discussion raisonnable sans forcer la voix.

Il me tendit la main pour m'aider à me relever, mais la brutalité avec laquelle il me remit sur mes pieds manqua pour le moins de courtoisie. Il me lâcha avec la même brusquerie et s'éloigna à grandes enjambées. Je le rattrapai en bas du sentier. Nous marchâmes en silence pendant un moment. La nuit était d'une beauté presque irréelle. Devant nous, la lumière argentée de la lune illuminait la morne étendue de sable et de pierraille où, jadis, s'était élevée la fière capitale d'Akhenaton. Soudain, j'eus une vision : les murs jaillissaient à nouveau du sol. Ici, de riches villas entourées de jardins et de fontaines, là des palais et des temples et, partout, des murs peints, des statues majestueuses. Les drapeaux et les pennons claquaient dans le vent au bout de leurs hampes dorées et, le long des larges avenues bordées de palmiers, une foule joyeuse, vêtue d'étoffes aux couleurs chatoyantes, applaudissait les dignitaires de la cour et le pharaon qui les précédait, debout sur un char de cérémonie tiré par deux fringants chevaux, d'un blanc immaculé... Disparu. Tout cela... Disparu dans la poussière où nous retournerons, nous aussi, lorsque notre heure aura sonné.

— Alors ? questionnai-je en chassant d'un mouvement d'épaules mon humeur mélancolique. Vous ne m'avez pas répondu, tout à l'heure, quand je vous ai demandé ce que nous allions faire.

— Que diriez-vous si je vous proposais de lever le camp demain matin ?

— Céder à la menace ? Jamais !

— Exactement la réaction que j'attendais d'une vraie Anglaise. Etes-vous disposée à risquer également la vie — ou l'honneur — d'Evelyn ?

— Vous pensez que la momie a des vues sur elle ?

— Je ne voudrais pas me hasarder à préjuger de ses intentions, répondit-il, mais il semble assez clair que c'est vers elle que vont ses préférences. Je ne mets nullement en doute vos charmes, Peabody, mais je n'ai pas l'impression qu'elle éprouve grand intérêt à votre égard. Elle savait où vous étiez. Je surveillais la scène et, un moment, je me suis demandé si vous n'alliez pas recevoir cette malheureuse tente sur la tête, tellement vous vous agitiez là-dedans. Que faisiez-vous, au juste ? Vos exercices de gymnastique ?

Ses taquineries étaient trop puériles pour que je prenne la peine de les relever.

— Je cherchais des indices touchant la disparition de Michael.

— Avez-vous trouvé quelque chose ?

— Ceci.

Je sortis le crucifix de ma poche et lui montrai la chaîne brisée.

— Son agresseur a été bien imprudent, commenta-t-il en hochant la tête. Laisser une preuve pareille derrière lui...

— Vous croyez que Michael a été enlevé ?

— C'est plausible.

— Et vous ne faites rien ? Alors que nous avons tant besoin...

— Que pourrais-je faire ? questionna-t-il avec un calme surprenant. L'un des buts de toutes ces manigances était de nous tenir occupés. Pendant que nous organisions notre défense, nous n'avions ni le temps, ni les hommes pour envisager une contre-attaque. D'ailleurs, je suis persuadé que Michael n'a pas été molesté.

— J'aimerais avoir la même certitude, murmurai-je en soupirant. Hélas, nous ne pouvons descendre en force au village pour exiger qu'on nous le rende. Quel dommage que nous n'ayons pas réussi à capturer la momie ! Nous aurions pu effectuer un échange de prisonniers.

— La garder entre nos mains serait beaucoup plus efficace, répondit-il en tapotant sa pipe distraitement et la remettant dans sa poche. J'ai l'impression que le sort est contre nous depuis quelque temps. Par deux fois, elle a réussi à nous échapper... Mais inutile de perdre notre temps en regrets. Je suis inquiet pour Evelyn et...

— Moi aussi ! l'interrompis-je. Pour sa sécurité, il serait préférable qu'elle aille dormir sur la dahabieh.

— Votre bateau n'est qu'à quelques miles d'ici, me fit-il remarquer. Or, notre visiteur nocturne semble avoir des capacités de déplacement hors du commun.

— Il ne s'aventurerait sûrement pas jusque là-bas ! protestai-je. Si son but principal est de nous forcer à partir...

— Une fois de plus, m'interrompit-il, je préfère ne pas préjuger de ses intentions. Pour le moment, nous n'en sommes qu'aux hypothèses. Cependant, si tel est son but, il compte peut-être y parvenir en s'attaquant à votre amie. Walter ne resterait pas longtemps ici s'il la savait en danger.

— Ah ! vous avez remarqué...

Il haussa les épaules.

— Je ne suis ni sourd, ni aveugle et pas non plus complètement dépourvu de sentiments. Elle ne lui est pas indifférente, c'est indéniable.

— Et, naturellement, vous désapprouveriez leur amour, s'il venait à se déclarer ?

Un sourire sarcastique erra sur ses lèvres.

— Vous connaissez ma nature mercenaire, Peabody. J'ai besoin d'argent pour mes fouilles. Le but est noble — il s'agit de sauver les souvenirs irremplaçables d'un temps révolu depuis plusieurs millénaires. Walter a tout ce qu'il faut pour prétendre à un riche mariage. Il est intelligent et beau garçon, tout ce qui plaît aux femmes. Je suppose que vous ne me contredirez pas sur ce point ? Dans ces conditions, vous pensez bien que je n'ai aucune envie de le laisser s'enticher d'une fille sans dot. Car Evelyn n'a pas de dot, n'est-ce pas ?

Tandis qu'il parlait, je crus déceler une légère odeur de roussi.

— C'est vrai, admis-je sèchement.

— Dommage, fit-il. Enfin, même si elle n'est pas

un bon parti pour Walter, elle est trop charmante pour être livrée à une momie. Nous allons donc suivre votre suggestion. Demain, Evelyn ira dormir sur la dahabieh et nous verrons ce qui se passera. Vous allez avoir besoin de toute votre finesse pour la persuader de rester là-bas. Elle ne manque pas de courage et elle ne quittera pas volontiers Walter. Le mieux serait de suggérer une expédition au bateau pour rapporter des effets personnels et renouveler nos provisions. Je laisserais Abdullah monter la garde à côté de Walter.

— Pourquoi ne l'emmènerions-nous pas avec nous ? Il aurait plus de confort sur le bateau.

— Mieux vaut ne pas trop le déplacer pour le moment. Au moins tant que sa blessure ne sera pas refermée.

— Peut-être, concédai-je, mais n'est-il pas dangereux de le laisser seul avec Abdullah ? Je crains qu'on ne puisse avoir totalement confiance dans votre contremaître. Il est superstitieux et, de plus, je le crois terrorisé.

— Ce sera en plein jour et Walter ne restera seul que quelques heures. Je reviendrai dès que je vous aurai conduites à la dahabieh. Une fois là-bas, vous feindrez d'être malade. Ainsi, Evelyn se sentira obligée de rester avec vous.

— Oui. Et ensuite ?

— Ensuite, il vous faudra demeurer sur vos gardes. Naturellement, je peux me tromper et la momie ne pas venir. Mais dans le cas contraire, vous serez seule pour protéger votre amie. Vous en sentez-vous capable ?

L'odeur de roussi avait augmenté. J'ai l'odorat très affiné.

— Oui, affirmai-je sans la moindre hésitation.

— Je ne mets pas en doute vos capacités, mais prenez quand même ceci, dit-il en me tendant le pistolet de Lucas.

J'eus un recul horrifié.

— Oh non ! protestai-je. Je ne me suis jamais servie d'une arme à feu. Je risquerais de blesser quelqu'un involontairement. Je n'aurai pas besoin d'une arme pour défendre Evelyn, croyez-moi.

— Enfin une réaction féminine ! Je commençais à désespérer.

Un mince filet de fumée montait de la poche dans laquelle il avait mis sa pipe. J'avais été sur le point de le lui faire remarquer, mais sa nouvelle pique m'incita à attendre encore un peu.

— Je vous ai dit être capable de me défendre sans arme, répliquai-je. Connaissez-vous beaucoup d'hommes qui pourraient en faire autant ? Bonne nuit, monsieur Emerson. J'accepte votre plan et, soyez sans crainte, je saurai faire face.

Il ne répondit rien. Une étrange expression avait envahi son visage. Je demeurai quelques instants à jouir de la situation avec, je l'avoue, une joie malicieuse tout à fait indigne d'une chrétienne.

— Votre poche est en feu, dis-je enfin. Quand vous y avez mis votre pipe, il restait encore un peu de braise dans le fourneau, mais vous avez une telle horreur des conseils, surtout quand ils émanent d'une femme... Bonne nuit, monsieur Emerson.

Sur ces mots, je m'en allai, le laissant s'agiter au clair de lune en tapant des deux mains sur sa poche.

II

Au matin, à mon grand soulagement, Walter allait mieux. La fièvre que j'avais redoutée ne s'était pas déclarée, ce qui était bon signe. Sauf complications, la cicatrisation allait intervenir rapidement. Ce matin-là, je n'eus le temps d'échanger que quelques phrases avec Radcliffe mais nous fûmes tous les deux du même avis : mieux valait que Walter reste au camp.

Evelyn trouva nombre de raisons pour ne pas nous accompagner au bateau, mais, finalement, elle céda car je lui avais dit qu'il s'agissait d'un simple aller-retour. Alors que notre caravane s'ébranlait, je jetai un coup d'œil en arrière et vis Abdullah, accroupi sur la plate-forme, contemplant le désert d'un air sombre et mélancolique. On aurait dit le fantôme d'un scribe scrutant la pierraille, à la recherche de la plaine verdoyante où avaient été édifiés jadis sa maison et le palais de son roi.

Notre marche dans le sable, sous les rayons brûlants du soleil, n'eut rien d'une partie de plaisir et, lorsque nous aperçûmes enfin les mâts de la *Philae*, je poussai un soupir de soulagement. Elle tanguait doucement au bout de son amarre. Le bateau de Lucas était ancré à quelques encablures d'elle. La *Cléopâtre* était plus petite que la *Philae* et, même de loin, je vis tout de suite que son état n'était vraiment pas digne de l'illustre reine dont elle portait le nom. Lorsque nous approchâmes, nous pûmes distinguer quelques-uns des membres de son équipage allant et venant sur le pont, aussi sales et débraillés que leur bateau était mal entretenu. L'indifférence avec laquelle ils nous regardèrent contrasta d'éloquente façon avec l'accueil enthousiaste que nous reçûmes de mes hommes. Le raïs Hassan connaissait Radcliffe. Il lui serra la main avec un grand sourire et ils eurent aussitôt une conversation animée.

Point n'était besoin de comprendre le flot rapide de leurs paroles pour deviner que les premières questions de Radcliffe avaient trait à la disparition de Michael. Les réponses du raïs furent claires : il ne savait rien.

Pourtant, en dépit de mon ignorance de l'arabe, j'eus l'impression qu'il cachait quelque chose. Depuis quelque temps, je soupçonnais tout le monde. Mais, Hassan pouvait être innocent sans être totalement sincère. Avait-il accepté de cacher Michael ? Par amitié, parce qu'il comprenait sa honte et les raisons de sa fuite ? Il avait dû entendre les histoires des gens du village et il était probablement superstitieux lui aussi, mais jamais il ne l'admettrait. Par fierté et afin de garder le prestige dont il jouissait auprès de ses hommes. En Orient, un chef n'a pas le droit de perdre la face devant ses inférieurs.

Radcliffe éprouvait les mêmes doutes que moi, cela se lisait dans son regard. Il insista, multiplia ses questions, mais n'obtint que des réponses évasives.

Personne n'avait vu Michael. Il avait dû s'ennuyer de sa famille. On ne pouvait pas compter sur ces « Chrétiens ». Dès qu'il y avait le moindre problème, ils disparaissaient et on ne les revoyait plus.

Lorsque Hassan nous eut quittés, Radcliffe tapa rageusement du pied. Il lui arrivait parfois de se conduire comme un enfant capricieux. En l'occurrence, cependant, j'aurais eu mauvaise grâce de le blâmer. Ayant hâte de retourner auprès de Walter, il ne pouvait se livrer à un fastidieux et interminable interrogatoire. Quand un Egyptien a décidé de ne pas parler, il faut toute l'habileté d'un Grand Inquisiteur pour lui arracher un aveu. Entre-temps, Evelyn s'était rendue à nos cabines pour rassembler ce qui motivait officiellement notre déplacement. Lucas nous avait quittés pour aller à son propre bateau. Radcliffe et moi étions donc seuls sur le pont supérieur.

— Il faut que je rentre, marmonna-t-il. Il y a quelque chose qui ne va pas. Les hommes d'équipage ont parlé avec les villageois. L'un d'entre eux s'est déjà enfui et je pense que Hassan n'est pas sûr de pouvoir retenir les autres — même s'il prétend maîtriser parfaitement la situation.

Je hochai la tête.

— J'ai senti, moi aussi, qu'il régnait ici une ambiance bizarre. Mais il est inutile que vous vous attardiez ! Je suis trop inquiète pour Walter. Allez le rejoindre !

— Vous n'oublierez pas ce que je vous ai dit ?

— Non.

— Et vous agirez comme je vous ai demandé de le faire ?

— Oui.

L'auvent avait été relevé et la chaleur était torride. Le visage de Radcliffe ruisselait de sueur.

— Cette situation est intolérable ! s'exclama-t-il. Amelia, jurez-moi que vous ferez exactement ce que je vous ai dit de faire et ne prendrez aucune initiative irréfléchie !

— Je vous l'ai déjà dit, répliquai-je avec agacement. Ne comprenez-vous donc plus l'anglais ?

— Seigneur Dieu, c'est vous qui ne comprenez pas ! Il n'est aucune autre femme au monde en qui...

Il s'interrompit car Lucas venait d'apparaître à l'autre bout du pont. Les mains dans les poches, il sifflotait les premières notes de : « Rule, Britannia... Britannia rules the waves ».

Radcliffe me jeta un regard perçant, qui semblait vouloir pénétrer jusqu'au fond de mon âme. Puis, sans un mot de plus, il pivota sur les talons et dévala l'échelle donnant accès au pont inférieur.

Ne me sentant pas la force d'affronter Lucas j'imitai Radcliffe, mais il était déjà hors de vue lorsque je parvins sur le pont inférieur. Avec un soupir, je décidai alors de me rendre à nos cabines. Les joues brûlantes, j'éprouvais l'étrange envie de me mettre à siffloter comme Lucas et je savais que la chaleur de mon visage ne devait rien au soleil.

Dans l'étroit corridor, je me heurtai à Evelyn.

— Amelia ! s'écria-t-elle en s'agrippant à mon bras. Je viens d'apercevoir M. Emerson par le hublot de votre cabine ! Il s'en va... Sans nous ! Je vous en prie, arrêtez-le ! Il faut que je rentre avec lui...

En dépit de ma répugnance à jouer une aussi odieuse comédie, je me souvins du rôle que m'avait assigné Radcliffe.

— Je ne me sens pas bien, marmonnai-je. Il faut vraiment que je m'étende...

Evelyn réagit comme je l'avais prévu. Elle me soutint jusqu'à ma cabine et m'aida à ouvrir le col de mon corsage, desserrer mes vêtements. Je fermai les yeux et fis semblant de défaillir. Je ne devais guère être convaincante — comment aurais-je pu bien jouer la comédie alors que j'avais honte de trahir sa confiance ? Sans parler de cette joie de vivre, aussi étrange qu'imprévue, qui bouillonnait en moi. Mais cette pauvre Evelyn était trop naïve pour me percer à jour. Elle me prodigua ses soins avec toute l'ardeur dont elle était capable. Compresse humide sur le front, flacon de sels... Elle agita tellement ce dernier sous mes narines que je fus prise d'une quinte de toux.

— Arrêtez, je vous en prie ! m'écriai-je entre deux éternuements. Ma tête va exploser !

— Vous allez déjà mieux, dit-elle avec soulagement. Vous avez recouvré votre voix. Votre malaise est-il vraiment passé, Amelia ? Puis-je vous laisser quelques instants, le temps de rejoindre M. Emerson pour lui demander d'attendre... ?

Je retombai sur mon oreiller avec un gémissement déchirant.

— Je ne suis pas en état de marcher, Evelyn. Je... Sans doute un commencement d'insolation... Je crois qu'il me vaut mieux passer la nuit ici. Mais, naturellement, ajoutai-je avec perfidie, si vous estimez devoir partir à tout prix je ne chercherai pas à vous retenir...

Je la surveillai entre mes paupières mi-closes. Le combat qui se livrait sur son visage me donna mauvaise conscience. J'étais pire que Judas ! Je faillis fléchir, puis me souvins du regard de Radcliffe et de ses dernières paroles : « Il n'est aucune autre femme au monde en qui... » Qu'avait-il voulu dire ?... en qui j'aie confiance, comme j'ai confiance en vous ? Etait-ce à ma force et mon courage qu'il faisait allusion ? Si telle était la signification de la phrase que Lucas avait interrompue — et je ne pouvais en imaginer aucune autre — c'était une extraordinaire marque d'estime et je n'avais pas le droit de le décevoir. J'avais réussi à faire admettre à ce misogyne impénitent qu'une femme — en l'occurrence ma modeste personne — pouvait posséder de grandes qualités et ne pas être uniquement un poids mort. En soi, cela constituait déjà un beau triomphe. Oui, si je devais choisir entre Evelyn et Radcliffe — ou, plutôt, entre Evelyn et mes principes — je ne devais pas avoir la moindre hésitation. D'autant que c'était pour son bien à elle.

Néanmoins, je me sentis mal à l'aise en devinant son débat intérieur. Ses mains étaient si crispées que les articulations en avaient blanchi, mais quand elle parla, ce fut d'un ton résigné.

— Bien sûr que je vais rester avec vous, Amelia. Comment avez-vous pu imaginer que j'aurais le cœur de vous abandonner, quand vous avez besoin de moi ? Une bonne nuit de sommeil suffira peut-être à vous remettre sur pied.

— J'en suis persuadée, marmonnai-je.

Elle n'avait pas la moindre idée de la nuit que je redoutais !

J'aurais dû rester au lit, refuser toute nourriture et continuer de jouer le rôle que m'avait assigné Radcliffe. Mais, les heures passant, les affres de la faim me firent souffrir cruellement. A la tombée de la nuit, j'estimai ne plus risquer grand-chose. Je sortis de ma léthargie et, après m'être fait longuement prier, acceptai de me lever pour aller dîner. Le cuisinier s'était surpassé, comme s'il avait voulu fêter notre retour, et Lucas avait, de surcroît, rapporté du champagne de sa dahabieh. J'eus beaucoup de peine à faire semblant de chipoter dans mon assiette, alors que j'éprouvais un appétit d'ogresse.

Lucas était en tenue de soirée. L'austérité de sa veste noire et de sa chemise blanche mettait en valeur la régularité de ses traits, son corps solide et bien découplé. Le soleil d'Egypte avait hâlé son teint d'Européen. Malgré moi, je l'imaginai en maharadjah ou en cheikh arabe. Avec un pantalon bouffant et écarlate, un gilet brodé de fils d'or et d'argent, ou en longue djellaba immaculée, il aurait été splendide.

Nous dînions sur le pont supérieur. L'auvent était roulé et le ciel étoilé formait un plafond d'une splendeur qu'aucun palais oriental n'aurait pu égaler. Tandis que nous mangions, un sentiment d'irréalité m'envahit. Le temps semblait avoir fait un bond en arrière, en effaçant la semaine qui venait de s'écouler. Je me crus revenue aux premières nuits que nous avions passées à bord de la *Philae*. Tout était si familier et paisible... Le doux clapotis de l'eau contre la coque ; le balancement léger du bateau ; les voix chantantes des marins sur le pont inférieur ; la brise légère qui charriait les odeurs âcres de la cuisine égyptienne ; et, par-dessus tout, le parfum indéfinissable du désert lui-même. Un désert qui m'avait envoûtée. Je sentais déjà confusément que je resterais à jamais sa captive, même lorsque j'aurais regagné les brumes de la lointaine Albion. Les événements des derniers jours n'avaient peut-être été qu'un rêve, mais ils avaient donné à notre voyage un merveilleux goût d'aventure.

Lucas buvait trop, mais je dois reconnaître qu'il tenait l'alcool comme un vrai gentleman. Son état ne transparaissait ni dans ses gestes, qui restaient bien assurés, ni dans sa voix, qui avait gardé toute sa clarté. Seuls ses yeux avaient changé. Au fil des verres, ils s'étaient dilatés en devenant plus brillants. Quant à son discours, il était encore plus rapide et plus extravagant que d'ordinaire. Il nous déclara d'abord que, dès la fin du repas, il allait rentrer au camp pour ne pas manquer une nouvelle rencontre avec la momie. Puis, sans transition, il tourna toute l'affaire en dérision — les frères Emerson, leur mode de vie misérable, l'absurdité de passer les plus belles années de sa jeunesse à gratter la terre en quête de vieux tessons de poteries. Au terme de cette diatribe dont je ne comprenais guère l'utilité, il déclara avoir assez perdu de temps. Le lendemain matin, il allait lever l'ancre pour rejoindre les lumières et le luxe de Louxor et de Thèbes. Là-bas, au moins, il y avait réellement quelque chose à voir.

Assise en face de lui, le dos très droit, le visage pâle, Evelyn avait l'air de ne même pas entendre ce qu'il disait, restant de marbre devant les plaisanteries et les œillades qu'il ne cessait de lui décocher. Ne s'étant pas habillée pour le dîner, elle portait une robe d'après-midi, toute simple, en batiste jaune paille avec un semis de boutons de rose.

A plusieurs reprises, Lucas avait détaillé sa toilette d'un œil critique. Finalement, il n'y tint plus.

— Chère cousine, je ne voudrais pas décrier votre robe, mais sa modestie ne va pas de pair avec votre beauté ni votre rang dans le monde. Vous méritez autre chose. Les plus belles soies, les plus fines dentelles, une rivière de diamants... Un joyau brut est magnifique, mais il est encore plus beau lorsqu'il a été taillé et serti dans une monture en platine. Ah, combien je regrette de ne pas avoir été en mesure de vous apporter vos bagages !

— Vos regrets sont inutiles, Lucas, dit Evelyn. Si cela peut vous apaiser, je n'éprouve aucun désir d'ouvrir ces malles. Je ne porterai jamais plus les robes qu'elles contiennent. Leur luxe me rappellerait trop douloureusement la générosité de Grand-père.

— Si vous le souhaitez, nous pourrons les brûler sans les avoir ouvertes ! s'exclama-t-il avec une emphase ridicule. Un bel autodafé du passé ! Ensuite, nous irons ensemble chez les plus grands couturiers et je vous offrirai une garde-robe digne d'une reine — une garde-robe qui ne sera entachée d'aucun mauvais souvenir.

Evelyn sourit. Un sourire empreint de tristesse et de mélancolie.

— Je possède déjà la garde-robe qui convient à ma situation, répliqua-t-elle en m'adressant un regard plein d'affection. Nous ne pouvons effacer le passé, Lucas ; aussi bien, je préfère l'affronter, avec toute la force de ma foi chrétienne. J'ouvrirai ces malles, toute seule. Elles contiennent des bibelots et des souvenirs dont je ne veux pas me séparer. Ils me rappelleront mes erreurs. Pas dans un esprit d'auto-flagellation, naturellement, ajouta-t-elle avec un nouveau coup d'œil affectueux dans ma direction. J'ai trop de gratitude envers ceux qui m'ont aidée, pour me complaire dans la contemplation de mes péchés.

— Voilà qui est parler en vraie chrétienne ! m'exclamai-je avant d'ajouter : je ne sais si vous l'avez remarqué, mais il y a beaucoup de bruit en bas depuis un moment...

Je souhaitais créer une diversion, car je sentais cette conversation très pénible pour Evelyn, mais je n'avais rien inventé. Le bruit des voix montant du pont inférieur avait enflé peu à peu, au point de confiner au tintamarre, mais sans rien de menaçant. Des éclats de rire et des chants, plus ou moins justes, se mêlaient aux propos animés des marins.

Lucas sourit.

— Ils fêtent votre retour. J'ai ordonné qu'on leur serve une ration de whisky. Quelques-uns l'ont refusée pour des raisons religieuses, mais la grande majorité a choisi d'oublier, le temps d'une soirée, les saints préceptes du Prophète. Par certains côtés, les musulmans ressemblent beaucoup aux chrétiens.

— Vous n'auriez pas dû faire cela ! lui reprochai-je avec sévérité. Nous devrions fortifier les principes de ces malheureux, au lieu de les corrompre avec nos vices décadents de gens prétendument civilisés.

— Je ne vois pas quel vice vous pouvez trouver dans un verre de vin, protesta-t-il.

— En tout cas, vous avez assez bu pour ce soir, répliquai-je en lui enlevant la bouteille qu'il s'apprêtait à saisir. Veuillez vous rappeler, milord, que nos amis demeurés au camp ne sont pas encore hors de danger. Si nous devions recevoir un appel au secours au milieu de la nuit, il...

Evelyn eut un cri d'effroi et Lucas me décocha un regard noir.

— M. Emerson n'appellerait pas au secours, fût-il attaché à un poteau sur un bûcher en flammes !

Sa remarque aurait pu être un compliment si elle ne s'était accompagnée d'un rictus sardonique.

— Croyez-vous qu'il soit vraiment nécessaire d'effrayer ma cousine inutilement ? ajouta-t-il en coulant un regard inquiet en direction de la jeune femme.

— Je n'ai pas peur, affirma Evelyn. Et je suis d'accord avec Amelia. Je vous en prie, Lucas, cessez de boire.

— Vos moindres désirs sont des ordres, ma chère, murmura-t-il d'une voix à nouveau mielleuse.

Je craignis que cette requête n'arrive un peu tard. Il avait déjà bu beaucoup plus que de raison.

Après cette escarmouche, Evelyn se plaignit d'être fatiguée et suggéra que je me retire également, afin que je puisse reprendre des forces. Ce rappel venait à point, car j'avais complètement oublié que j'étais censée être malade ! Je lui souhaitai une bonne nuit, puis je fis appeler le raïs. Le tintamarre était tel que je craignais qu'Evelyn ne parvienne pas à trouver le sommeil. Hassan ne présentait aucun signe d'ébriété, mais j'eus quelque peine à communiquer avec lui, car, bien sûr, il parlait très mal l'anglais. Jamais je n'avais autant regretté l'absence de notre dévoué Michael ! Finalement, je réussis à lui faire comprendre que nous désirions nous retirer et qu'un peu moins de bruit serait souhaitable. Il s'inclina et, peu après son départ, une légère accalmie se fit.

Lucas était resté assis en silence, les yeux fixés mornement sur la bouteille de vin que j'avais placée à côté de moi, hors de portée de sa main. Allais-je l'emporter dans ma cabine ? Non, car de toute façon, il devait en avoir d'autres sur son bateau.

Lorsque je me levai, il bondit et tira ma chaise avec empressement.

— Veuillez me pardonner mes mauvaises manières, mademoiselle Peabody, s'excusa-t-il à voix basse. Je n'ai pas trop bu. J'ai seulement voulu en donner l'impression... pour tromper un espion éventuel.

— Apparemment, c'est le genre de plan que vous affectionnez, répliquai-je en me dirigeant vers l'escalier.

Lucas me suivit.

— Je dors dans l'une des cabines en dessous, me confia-t-il toujours à voix basse. En cas de danger, vous n'aurez qu'à m'appeler.

Je ne lui avais rien dit de ma conversation de la veille avec Radcliffe. Sa remarque signifiait qu'il était arrivé aux mêmes conclusions que nous. J'en fus aise mais aussi quelque peu inquiète.

— En cas de danger ? répétai-je. Je ne vois vraiment pas quel danger nous pourrions courir à bord de ce bateau !

L'un derrière l'autre, nous descendîmes l'étroit escalier. Dans le couloir, Lucas posa la main sur mon bras.

— Voici la cabine que j'occupe, murmura-t-il. Voulez-vous attendre un instant ? J'ai quelque chose à vous montrer.

Je patientai dans l'obscurité. Lorsqu'il réapparut, il tenait à la main quelque chose ressemblant à une canne... Un fusil ! J'ouvris la bouche pour protester, mais il m'arrêta aussitôt.

— N'ayez crainte : il n'est pas chargé. Je ne veux pas recommencer l'erreur d'hier soir.

— Alors pourquoi vous être encombré de cette arme ?

Il posa un doigt sur ses lèvres.

— Chuuut ! Vous et moi sommes seuls à le savoir. La momie avait peut-être de bonnes raisons pour ne pas craindre un pistolet de petit calibre, mais elle se sentira moins assurée devant une arme capable d'abattre un éléphant. D'ailleurs, si cela ne suffit pas pour la dissuader, je peux m'en servir comme d'une matraque.

Il leva l'arme au-dessus de sa tête pour m'en faire la démonstration.

— Je pense que c'est une idée stupide, répliquai-je sèchement. Mais je ne puis vous empêcher de dormir avec ce fusil, si bon vous semble... Bonne nuit, Lucas.

Sur ces mots, je lui tournai le dos et m'en allai.

D'habitude, Evelyn et moi occupions des cabines séparées, mais je n'avais pas l'intention de la laisser seule cette nuit-là. Ne voulant pas l'inquiéter inutilement, je ne cherchai pas à la persuader de venir se coucher avec moi, et me contentai de feindre un nouvel accès de faiblesse. Elle m'aida à me mettre au lit avec la plus grande sollicitude et me rejoignit quelques instants plus tard. Dès qu'elle eut éteint la lampe, l'obscurité envahit la cabine et, bientôt, sa respiration devint profonde et régulière. La fatigue avait eu raison de ses angoisses.

Pour ma part, j'eus plus de peine que je ne l'avais escompté à résister aux instances de Morphée. Pourtant, en dépit des tentatives de Lucas afin de m'inciter à boire, je n'avais pris qu'un seul verre de vin — et encore ne l'avais-je même pas terminé. Une aussi faible quantité d'alcool n'aurait dû avoir aucun effet sur mon organisme, mais à mesure que les minutes passaient, une étrange somnolence me gagnait. Je finis par me lever — aussi silencieusement que possible pour ne pas réveiller Evelyn — et me rendis dans le petit réduit, attenant à la cabine, qui servait à nos ablutions. Il s'y trouvait une cuvette d'eau fraîche. J'y trempai plusieurs fois mon visage, mais le répit ne fut que de courte durée. Bientôt, mes paupières s'appesantirent de nouveau et je dus me pincer à intervalles réguliers.

Un silence impressionnant enveloppait la *Philae*. L'équipage dormait, assommé par l'alcool, les bruits du fleuve, doux et réguliers, étaient comme une berceuse. Si je n'étais restée debout, j'aurais sans doute été tout de suite vaincue par le sommeil. Je n'avais aucune idée de l'heure qu'il pouvait être. Le temps semblait s'être arrêté et toute mon énergie était polarisée vers un seul but : ne pas dormir, *ne pas dormir...*

Finalement, mon esprit s'éclaircit légèrement. Je retournai dans la cabine et m'approchai de la fenêtre. Il ne s'agissait pas d'un hublot, comme on en trouve sur les bateaux de haute mer, mais d'une large ouverture, une fenêtre, comme dans une maison. Le rideau était tiré — il était assez opaque pour protéger notre intimité et arrêter les rayons du soleil. Cette fenêtre donnait vers l'avant du bateau. Son appui était un peu surélevé par rapport au pont inférieur, mais, néanmoins, un homme n'aurait eu aucune peine à l'enjamber. Je sentais que si danger il y avait, il viendrait de là. Notre porte était soigneusement verrouillée, mais il n'était pas possible de fermer la fenêtre, car la chaleur aurait été trop étouffante. Je soulevai un coin du rideau et attendis, les coudes posés sur la tablette en bois...

D'où j'étais, je découvrais une partie du pont et la surface paisible du fleuve. La lune était pleine et ses rayons illuminaient jusqu'aux moindres recoins. Aucun mouvement, à part les reflets argentés de l'eau.

Je n'aurais pu dire combien de temps je restai ainsi. Finalement, je sombrai dans une semi-léthargie. J'étais debout, mais pas totalement consciente. Puis, alors que je dodelinais de la tête, j'eus le sentiment que quelque chose bougeait sur la droite. La cabine de Lucas se trouvait de ce côté, mais je savais qu'il ne s'agissait pas de Lucas. Mon attente allait trouver sa justification.

La chose restait dans l'ombre, mais je n'eus aucune

peine à reconnaître la haute silhouette. Cette fois, je n'éprouvai pas la terreur superstitieuse qui m'avait paralysée lors de mes précédentes rencontres avec elle. Etait-ce parce que je me trouvais dans une ambiance familière ? Peut-être, mais il y avait également sa façon de se mouvoir — furtivement, comme un voleur de poules. Cela tournait au ridicule tant son répertoire était limité ! Ne pouvait-elle tenter quelque autre chose, au lieu de se borner à déambuler, les bras levés pour invoquer le ciel ?

Je réfléchis posément à ce que j'allais faire. J'imaginais déjà la façon dont je pourrais narguer Radcliffe si je parvenais, toute seule, à capturer notre mystérieux adversaire. J'en oubliai complètement ses mises en garde. Je ne pouvais me satisfaire de mettre ce visiteur simplement en fuite, comme prévu. Il fallait que je l'attrape !

Appeler d'abord à l'aide ? Ou valait-il mieux que je l'attaque d'emblée ? Les hommes d'équipage dormaient à l'avant et, après les libations auxquelles ils s'étaient adonnés, mes cris ne suffiraient pas pour les arracher aux vapeurs éthyliques. Du moins, pas assez vite pour qu'ils puissent m'aider à appréhender notre visiteur nocturne. Quant à Lucas, j'étais convaincue qu'il ronflait comme un sonneur. Non, j'allais attendre — voir d'abord quelles étaient ses intentions. S'il essayait d'entrer dans notre cabine par la fenêtre, je saurais l'accueillir. Ma main droite saisit la poignée d'une cruche en terre qui était posée sur un guéridon. Elle était lourde et un crâne humain ne devrait pouvoir lui résister sans dommage.

Tandis que je débattais ainsi en moi-même, la momie sortit de l'ombre. Alors qu'elle approchait, une brusque inquiétude m'envahit tant elle était grande ! Beaucoup plus grande qu'un être humain. Je me dis que ce gigantisme apparent était dû aux bandelettes, mais, au fond de moi, je n'en étais pas totalement convaincue. Ma cruche serait-elle suffisante pour la mettre hors de combat ?

Dans mon enthousiasme, j'avais négligé le fait que sa tête était complètement enveloppée. Mon coup serait amorti et il suffirait qu'il soit mal ajusté pour perdre la plus grande partie de son efficacité. J'avais une certaine confiance dans mes capacités physiques, mais je n'étais pas assez folle pour imaginer pouvoir sortir victorieuse d'une lutte à mains nues avec cette créature. Même si c'était un être humain ordinaire et non un monstre doté d'une force surnaturelle. Et puis... Evelyn dormait dans son lit. Non. Non, je ne pouvais pas prendre un risque pareil ! Il fallait que je la réveille en criant. Je n'avais pas d'autre solution. Mieux valait qu'elle s'enfuie, plutôt que...

Je respirai à fond.

— Lucas ! Lucas ! *A moi* !* Au secours !

Je ne sais pas pourquoi je criai en français. Peut-être parce que le moment était dramatique.

Mes nerfs étaient tellement à bout que j'eus l'impression que mes cris restaient sans effet, mais la momie s'était arrêtée, comme surprise d'entendre ma voix. Derrière moi, Evelyn remua et marmonna dans son sommeil. Puis, il y eut un grand fracas de verre brisé et Lucas jaillit sur le pont à travers la fenêtre de la cabine.

En dépit du danger que nous courions, je fus contente qu'Evelyn n'ait pas assisté à ce coup d'éclat de son cousin. Il était habillé, mais le col de sa chemise était ouvert et il avait roulé ses manches, découvrant ainsi des avant-bras musclés, il tenait avec fermeté le fusil dans sa main droite. Une telle apparition avait de quoi faire battre le cœur de n'importe quelle fille romantique. J'éprouvai moi-même une sorte d'euphorie lorsqu'il épaula son arme et mit en joue l'horrible créature qui s'était retournée pour lui faire face.

— Halte ! ordonna-t-il d'une voix mesurée mais impérative. Un pas de plus et je tire !

La momie le considéra en silence, puis tourna la tête vers moi. Je vis même ses yeux briller fugitivement à travers les bandelettes. Je l'aurais juré. Elle leva les bras et émit un feulement rauque de fauve aux abois.

Evelyn m'appela et j'entendis les ressorts de son lit craquer.

— Restez où vous êtes ! lui ordonnai-je sans me retourner. Ne bougez pas ! Votre cousin a la situation en main.

— Que fais-je, maintenant ? questionna Lucas en se tournant vers moi. J'ai l'impression qu'elle ne me comprend pas. Et vous savez, mademoiselle Peabody...

— Assommez-la ! criai-je. Courez et assommez-la avec votre fusil ! Seigneur Dieu, pourquoi restez-vous ainsi ? Je vais le faire moi-même.

J'enjambai l'appui de fenêtre. Evelyn ne m'avait pas obéi. Elle me retint par la taille en poussant un cri angoissé. Un large sourire barrait le visage de Lucas. Décidément, il n'avait aucun sens des convenances ! Cependant, son sourire ne dura pas. Alors que je me débattais pour échapper à Evelyn, la momie fit un geste brusque avec le bras droit, comme pour lancer quelque chose. Aucun projectile ne quitta sa main, mais Lucas eut un haut-le-corps et un cri jaillit de ses lèvres. Puis, son fusil lui échappa des mains et il s'effondra à plat ventre sur le pont.

Evelyn et moi étions dans les bras l'une de l'autre, complètement paralysées par la terreur. Le rire hideux de la momie résonna dans le silence de la nuit et elle fit un pas vers nous.

Puis il y eut un bruit de voix à l'autre bout du pont. L'équipage était réveillé. La momie se retourna et, levant son bras recouvert de bandelettes, proféra un flot d'incantations aussi menaçantes qu'incompréhensibles. Les marins étaient encore dans l'ombre du gaillard d'avant, mais je devinai qu'ils s'étaient arrêtés.

Qu'allait-il se passer ?

Je craignais déjà le pire, lorsque, soudain, la créature effectua un bond acrobatique et disparut dans les eaux noires du Nil. Evelyn était devenue toute molle entre mes bras. Je la secouai, sans trop de gentillesse.

— Allongez-vous, lui ordonnai-je. Vous ne risquez plus rien. Il faut que j'aille auprès de Lucas.

Elle se laissa glisser sur le parquet et j'enjambai l'appui de fenêtre — entreprise qui n'avait rien de facile avec mes volumineux vêtements de nuit. Les hommes d'équipage étaient serrés les uns contre les autres à l'avant. On aurait dit un troupeau de moutons cernés par une bande de loups affamés.

Lucas était toujours inanimé.

Je le retournai sur le dos, non sans peine. Il était très lourd. S'il continuait de boire et manger plus que de raison, il ne tarderait sans doute pas à s'empâter — comme mes frères. Il ne semblait pas blessé. Son pouls était un peu rapide, mais régulier, et son teint n'avait rien d'inquiétant. Cependant, il avait une respiration saccadée, légèrement sifflante, et, de temps à autre, son corps était agité par une sorte de spasme.

Au début, les hommes refusèrent d'approcher et, quand ils s'y résignèrent, aucun d'entre eux n'accepta de toucher Lucas, fût-ce pour le porter jusqu'à sa cabine. Mais, enfin, le raïs Hassan arriva. Il lui suffit de deux ou trois ordres brefs pour reprendre en main son équipage. Sa voix claquait comme un fouet et les marins semblaient le craindre encore plus que l'apparition surnaturelle qu'ils venaient de voir. Dès qu'ils eurent déposé Lucas sur son lit, ils s'enfuirent.

Hassan resta debout sur le seuil de la cabine. Jamais je n'avais autant regretté de ne pas avoir appris l'arabe, au lieu du latin, du grec et de l'hébreu. Hassan ne mettait guère d'empressement à s'expliquer, sans doute parce que mes questions étaient aussi incompréhensibles pour lui que ses réponses l'étaient pour moi. J'avais l'impression qu'il éprouvait de la honte, mais pour quelle raison ? Plusieurs fois il répéta d'un air coupable qu'il avait dormi trop profondément, à l'instar de tout l'équipage. Ce n'était pas un sommeil naturel, mais comme s'ils avaient été sous l'emprise d'un charme magique. Sans quoi, bien sûr, ils auraient accouru à mon premier appel.

Du moins, c'est ce que je crus avoir saisi et ce n'était guère fait pour me rassurer. Je le congédiai aimablement après lui avoir demandé de laisser un garde en faction pendant le reste de la nuit. Lucas avait besoin de toute mon attention et je sentais que je ne pouvais plus guère compter sur l'équipage de la *Philae* ni même sur son capitaine. L'aventure de cette nuit avait achevé de les terroriser.

Lucas était toujours inconscient. Je cherchai une blessure, n'en trouvant pas, je décidai de le soigner comme s'il s'agissait d'un simple évanouissement. Mais aucun de mes remèdes habituels n'eut d'effet. Ses yeux restaient fermés et sa respiration continuait d'être rauque, étrangement saccadée.

Je me mis à avoir peur. Si c'était une syncope, elle n'était pas naturelle. Je lui frottai les mains, lui appliquai des compresses humides sur le front et surélevai ses pieds — sans résultat. Finalement, je me retournai vers Evelyn qui était debout, immobile et silencieuse, au milieu de la cabine.

— Il n'est pas...

Elle n'acheva pas sa phrase.

— Non, la rassurai-je, il n'est pas mort, mais je ne comprends pas ce qu'il a.

Elle poussa un long soupir et secoua la tête.

— C'est trop affreux. J'ai toujours eu beaucoup d'affection pour lui et après ce qu'il a fait cette nuit, je ne puis m'empêcher de l'admirer. Mais la peine que je ressens en le voyant ainsi est seulement celle d'une amie et d'une cousine. Je commence à croire que je porte malheur, poursuivit-elle avec un sanglot dans la voix. Dois-je abandonner les gens qui m'aiment, afin qu'ils ne soient pas exposés à la malédiction pesant sur moi ? Par ma faute, Walter a été blessé et voilà que maintenant, Lucas, lui aussi... Oh, ne croyez-vous pas que je devrais partir, vous quitter, Amelia ?

— Arrêtez de dire des bêtises, lui répliquai-je d'un ton brusque.

Si elle continuait ainsi, j'allais écoper en sus d'une crise d'hystérie !

— Allez plutôt me chercher mon flacon de sels. Si j'en crois leurs précédents effets, ils sont assez forts pour réveiller un mort et notre jeune lord, grâce à Dieu, n'est qu'évanoui.

Evelyn hocha la tête. Je savais pouvoir toujours faire appel à son sens du devoir. Alors qu'elle s'apprêtait à sortir, je ne pus réprimer une exclamation de surprise. Les lèvres de Lucas avaient remué. Enfin ! Je me penchai et écoutai le murmure presque inaudible qui sortait de sa bouche.

— Il vous appelle ! m'écriai-je en me retournant vers Evelyn. Venez vite ! Il faut lui répondre.

Evelyn s'agenouilla contre le lit.

— Lucas ! Je suis ici, à côté de vous. Parlez-moi !

Les doigts de Lucas se crispèrent et Evelyn, impulsivement, posa sa main sur la sienne.

— Evelyn, Evelyn... Ma chérie...

— Je suis ici, répéta-t-elle. Pouvez-vous m'entendre, Lucas ?

Il inclina la tête très lentement.

— Vous êtes si loin...

Sa voix était presque éteinte.

— Où êtes-vous, ma chérie ? Ne me quittez pas. J'ai froid... Il fait noir...

Evelyn se pencha sur lui, les yeux embués de larmes.

— Je ne vous quitterai pas, Lucas. Réveillez-vous, je vous en supplie ! Parlez-nous... Que ressentez-vous ? Souffrez-vous ?

— Prenez ma main. Ne me laissez pas m'en aller... Sans vous, je suis perdu...

A la voix plaintive et morne de Lucas, Evelyn répondait sans se lasser par les mêmes paroles rassurantes. Au bout d'un moment, je commençai à m'impatienter. Je soupçonnais Lucas d'avoir recouvré ses esprits et de faire durer la scène. Il ne délirait pas, du moins pas comme on l'entend ordinairement. Ce dialogue inepte allait-il se poursuivre encore longtemps ? Les supplications de Lucas devenaient de plus en plus pressantes.

— Ne me quittez pas, mon amour ! Le seul espoir qui me reste encore... Promettez-moi de ne jamais m'abandonner !

La tête d'Evelyn était si proche de la sienne que ses

boucles blondes lui caressaient la joue. Elle était comme transfigurée par la compassion et je craignis que, dans son exaltation, elle ne se laisse arracher une promesse. Une promesse qu'elle tiendrait, car elle était trop pure, trop innocente pour reprendre sa parole, une fois qu'elle l'aurait donnée.

— Il reprend ses esprits, Evelyn, déclarai-je d'un ton acide. Si vous lui offrez votre main, je suis sûre que cela achèvera de le réveiller, mais, avant d'en arriver à pareille extrémité, nous pourrions peut-être essayer mes sels.

Evelyn se redressa, les joues et le front en feu. Lucas consentit enfin à ouvrir les yeux.

— Est-ce vraiment vous, Evelyn ? questionna-t-il en reprenant sa voix chaude et grave. J'ai rêvé. Dieu me garde de faire à nouveau un rêve pareil !

— Le ciel soit loué ! s'écria-t-elle avec élan. Comment vous sentez-vous, Lucas ? Nous avons eu tellement peur pour vous !

— Juste un peu faible... C'est votre voix qui m'a ramené à la vie, Evelyn. J'avais l'impression de ne plus avoir de corps. J'étais perdu et seul dans le noir, sans même une étincelle de lumière pour me guider. Puis, j'ai entendu votre voix et je l'ai suivie, comme le capitaine d'un navire que guide une corne de brume.

— Je suis heureuse d'avoir pu vous aider, Lucas.

— Vous m'avez sauvé la vie. Désormais, elle vous appartient.

Evelyn secoua la tête et tenta de dégager sa main. Après un temps, Lucas consentit à la lâcher.

— Cela suffit ainsi, dis-je en m'interposant. Ce ne sont pas vos rêves qui m'intéressent, Lucas, mais plutôt ce qui les a suscités. Que s'est-il passé ? Je vous ai vu sursauter et vous effondrer sur le pont, mais je pourrais jurer que cette créature n'a lancé aucun projectile.

— Je ne sais pas, avoua-t-il. En tout cas, vous avez raison. Il ne s'agissait pas d'un projectile... D'ailleurs, je suppose que vous n'avez décelé aucune blessure, pas même un bleu...

Il baissa les yeux et rougit en se rendant compte

qu'il était torse nu. Evelyn se troubla encore plus et s'écarta impulsivement.

— Non, acquiesçai-je. Absolument aucune marque. Qu'avez-vous ressenti ?

— C'est impossible à décrire ! Je suppose qu'un homme frappé par la foudre doit éprouver à peu près la même sensation. D'abord un choc intense, comme une décharge électrique. Puis, j'ai eu l'impression que mes jambes se liquéfiaient. Je me suis rendu compte que je tombais, mais je n'ai rien senti quand mon corps a touché le pont.

— Magnifique ! déclarai-je d'un ton sarcastique. Maintenant, nous avons une momie capable de foudroyer ses adversaires. Emerson va sauter de joie quand il apprendra cela.

— Les opinions de M. Emerson ne présentent aucun intérêt pour moi, répliqua sèchement Lucas.

III

Je dormis profondément pendant tout le reste de la nuit. Je crois qu'Evelyn ne parvint pas à fermer les yeux une seule minute ; quand je me réveillai, ce fut pour voir les premières lueurs de l'aube poindre à l'horizon et sa silhouette devant la fenêtre. Elle s'était habillée et portait une robe de voyage en coton léger, couleur sable. Dès que je remuai dans mon lit, elle se retourna vers moi.

— Je vais au camp, annonça-t-elle d'un ton décidé. Il est inutile que vous m'accompagniez, Amelia. Je serai bientôt de retour. J'espère convaincre M. Emerson de transporter son frère à bord de ce bateau et de faire ensuite voile immédiatement vers Louxor. Mais, s'ils refusent de venir, je... je pense que nous devrions nous en aller sans eux. Je sais que vous n'avez pas envie de partir, Amelia, l'archéologie étant devenue pour vous une véritable passion. Mais je crois que Lucas s'en ira, si je le lui demande. Je partirai donc avec lui, si, vous aussi, vous préférez rester.

En la voyant si pâle et résolue, je retins la

remarque acerbe qui était déjà sur mes lèvres. Il me fallait du tact et beaucoup de diplomatie. Elle se croyait réellement maudite, comme elle me l'avait raconté la veille ! Le plus drôle était qu'elle n'éprouvait aucun scrupule à mettre en danger par sa présence la vie de Lucas. A moins qu'elle n'ait choisi ? Walter, plutôt que Lucas ?

— Comme vous voudrez, déclarai-je en sortant de mon lit. Mais j'espère que vous n'allez pas vous mettre en route sans avoir déjeuné. Vous tomberiez d'inanition au milieu du désert.

A contrecœur Evelyn consentit à partager mon repas. Tandis qu'elle marchait de long en large sur le pont, comme une lionne en cage, j'envoyai un serviteur réveiller Lucas. Je pus mesurer combien les événements de la nuit avaient affecté l'équipage. Ce matin, Habib, notre jeune et enjoué serveur, ne souriait pas. Et nous n'entendions point les joyeux bavardages qui, d'habitude, montaient du pont inférieur.

Nous avions déjà commencé à boire notre thé lorsque Lucas nous rejoignit. Il avait l'air en pleine forme et nous assura avoir très bien dormi, en dépit de sa mésaventure. D'emblée, Evelyn lui dévoila son plan. Lucas n'était pas assez stupide pour ne pas se rendre compte dans quel état d'agitation elle se trouvait. Quand elle eut terminé, il lui adressa un sourire plein de gentillesse.

— Ma chère amie, je comprends fort bien votre désir de vous en aller. Et puis, ne vous ai-je pas dit que vos moindres désirs étaient pour moi des ordres ? Cependant, je suis contraint d'émettre une réserve touchant votre projet. Vous pouvez me demander ma vie, mais pas mon honneur de gentleman et de sujet de Sa Gracieuse Majesté. Jamais je n'abandonnerai nos amis. Non, ne protestez pas ! Je vais ordonner au raïs Hassan de se tenir prêt à lever l'ancre et vous emmener à Louxor, vous et Mlle Peabody. Moi, je resterai ici avec mon bateau. Je serais un lâche, si je m'en allais maintenant.

Evelyn baissa la tête et ne répondit rien. La réaction de Lucas était trop noble pour que j'y trouve à redire, mais il avait réussi à créer une atmosphère de sentimentalité qui m'exaspérait.

— Je m'en irai seulement si ces messieurs Emerson se joignent à nous, déclarai-je avec fermeté. Par ailleurs, vous me permettrez, Lucas, de donner moi-même mes ordres au raïs Hassan. Jusqu'à preuve du contraire, c'est moi qui ai loué ce bateau et je tiens à rester maîtresse de ses déplacements.

— Comme vous voudrez, répondit-il d'un ton blessé.

Tandis qu'il regagnait sa dahabieh, je fis appeler le raïs Hassan et m'efforçai une fois encore de briser la barrière linguistique qui nous séparait. J'avais pensé demander à Lucas de me prêter son drogman afin qu'il nous serve d'interprète, mais le regard fuyant du personnage m'avait fait très mauvais effet. En outre, si Radcliffe n'avait pu décider Hassan à lui dire ce qu'il savait, je doutais que quiconque y parvienne.

Je n'eus aucune peine à comprendre ce que désirait Hassan. Il me répéta plusieurs fois le mot « partir » en pointant la main vers le sud.

— Emerson ? questionnai-je avec un geste en direction du camp.

Hassan acquiesça vigoureusement. Nous devions tous partir. Aujourd'hui.

C'était l'un des mots arabes dont je connaissais la signification, même si en Egypte *bokra*, mot qui correspond à « demain », est d'un usage beaucoup plus courant. Un mot que je répétai plusieurs fois afin qu'il n'ait aucun doute sur mes intentions.

— *Bokra, bokra*...

Sa mine s'allongea, puis il haussa les épaules avec ce fatalisme qui est l'ultime refuge des musulmans.

— *Bokra, inch Allah*, murmura-t-il.

Demain, si Dieu le veut.

CHAPITRE 10

Nous nous mîmes en route peu après le déjeuner. Le soleil n'était pas encore très haut dans le ciel, mais sa réverbération sur le sable était déjà aveuglante. Pendant le trajet nous ne parlâmes guère. Evelyn gardait le silence depuis sa déclaration. Inquiète pour elle, je me demandais comment apaiser ses étranges peurs. Naturellement, je comprenais qu'elle soit bouleversée et il ne me serait pas venu à l'idée de l'en blâmer. A sa place, la plupart des jeunes filles ayant eu, comme elle, une enfance et une adolescence protégées, auraient piqué une crise de nerfs ou même sombré dans l'hystérie.

Comme nous approchions du camp, Walter vint à notre rencontre. Il avait le bras en écharpe, mais, à part cela, il me sembla en pleine forme et je fus bien aise de le voir debout. Il me serra la main avec enthousiasme, bien qu'il n'eût d'yeux que pour Evelyn.

— Vous ne pouvez imaginer combien je suis soulagé de vous voir ! s'écria-t-il. J'ai été furieux contre Radcliffe quand il m'a annoncé que vous étiez parties.

— Vous n'aviez aucune raison de vous inquiéter, lui répondis-je en dégageant ma main avant qu'il ne l'ait broyée. Où est votre frère ?

— Vous ne le devinerez jamais !

— Oh ! si, rétorquai-je. Il a profité de mon absence pour aller reprendre ses fouilles. Il est vraiment inconscient ! Je suppose qu'il a fait une nouvelle découverte. De quoi s'agit-il ? Un autre fragment de dallage peint ?

A mesure que je parlais, les yeux de Walter s'étaient agrandis de stupeur.

— C'est de la magie ! s'exclama-t-il. Auriez-vous un don de double vue, mademoiselle Peabody ? Comment avez-vous pu...

— Je ne connais que trop bien votre frère ! l'interrompis-je avec colère. Il est capable de n'importe quelle bêtise dès que ses précieuses antiquités sont en jeu. Aller perdre son temps et son énergie à un moment aussi crucial ! Où est-il ? Je veux lui parler.

— Le dallage n'est pas très loin de celui qui a été détruit, mais...

— Il n'y a pas de « mais » Walter ! coupai-je. Retournez au camp tous les trois. Je vais le chercher.

Je les quittai sans même attendre de voir s'ils m'obéissaient. Lorsque je réussis enfin à trouver Radcliffe, ma colère avait eu le temps de croître. Je bouillais — pas seulement à cause du soleil ! Il était accroupi devant une excavation de forme irrégulière. Avec son casque colonial poussiéreux et sa veste couleur sable, sa silhouette se confondait presque avec le champ de ruines qui l'entourait. Il était tellement absorbé par son travail qu'il ne m'entendit pas approcher. Un coup d'ombrelle sur l'épaule l'arracha à sa contemplation.

— Ah, c'est vous ! fit-il en levant les yeux brièvement. Je crois que je vous aurais reconnue sans même me retourner, Peabody. Vous êtes bien la seule femme au monde qui salue les gens à coups d'ombrelle !

Je m'accroupis près de lui. Je commençais à m'habituer à cette position qui, au début, m'avait été plutôt pénible. Maintenant, mes genoux ne craquaient plus et j'avais réussi à trouver un point d'équilibre presque confortable.

Il avait dégagé une petite partie du dallage. Le fond était bleu. Le bleu très pur d'une pièce d'eau sur laquelle flottaient trois fleurs de lotus dessinées d'une façon exquise. Les feuilles vertes et les pétales blancs étaient reproduits avec une extraordinaire minutie, jusque dans leurs moindres détails.

— Voici donc l'explication de votre machination ! commentai-je. Vous nous avez éloignées, Evelyn et moi, afin de donner le change à la momie et reprendre tranquillement votre travail. Merci de votre sollicitude, monsieur Emerson ! Vous êtes le plus méprisable, le plus égoïste... Savez-vous que vous perdez beaucoup de temps en travaillant avec vos mains nues ? Vous ne réussirez jamais ainsi à dégager le dallage. Le sable revient presque aussi vite que vous l'enlevez.

Il me regarda par-dessus son épaule et un sourire sarcastique se forma sur ses lèvres.

— Allez au moins jusqu'au bout de vos phrases, Peabody. Je suis méprisable, égoïste...

— N'éprouvez-vous donc aucune curiosité ? répliquai-je avec colère. N'avez-vous même pas envie de savoir ce qui s'est passé la nuit dernière ?

— Je le sais déjà, répondit-il en basculant sur ses talons. Je suis allé au bateau avant l'aube, ce matin, et j'ai eu une conversation avec Hassan.

En le regardant mieux, je me rendis compte qu'il avait des cernes autour des yeux et que ses joues étaient plus creuses que la veille. Cette constatation et le ton posé de sa réponse me calmèrent un peu, mais rien que momentanément.

— Vraiment ? Quelles conclusions avez-vous tirées de cette nouvelle péripétie ?

— Oh, les choses se sont déroulées comme je l'avais prévu. La momie vous a rendu visite et vous l'avez mise en déroute.

— C'est Lucas qui a tout fait.

Il haussa les épaules.

— A ce que j'ai cru comprendre, notre jeune lord n'a pas été très efficace. Sa mise hors de combat a eu pour effet de terroriser tout l'équipage. Même le raïs Hassan qui, pourtant, est loin d'être un lâche. Je suppose que Sa Grâce était complètement remise ce matin et que l'incantation magique de l'horrible créature, comme dirait Hassan, n'a eu aucun effet sur sa précieuse santé.

— Je n'ai pu déterminer ce dont il souffrait. S'il n'avait pas été un garçon aussi courageux et résolu, je l'aurais soupçonné de s'être simplement évanoui.

Et comme Radcliffe s'esclaffait, je m'indignai :

— Vous ne pouvez nier son courage ! Ce n'est pas un lâche !

Il haussa les épaules et se remit à gratter le sable avec ses mains.

— Auriez-vous perdu la tête ? questionnai-je. Avez-vous oublié comment la peinture de l'autre dallage a été détruite ? Si vous dégagez celui-ci, il subira le même sort. Sa meilleure chance de conservation est de rester enfoui... Du moins pour le moment.

— Sa conservation n'est peut-être pas ce dont je me soucie le plus, répliqua-t-il en poursuivant imperturbablement son travail. Il nous faut un nouvel appât pour attirer notre mystérieux visiteur. Ne vaut-il pas mieux perdre cette œuvre d'art, plutôt qu'Evelyn ?

Je le regardai un moment en silence.

— Je ne peux croire que vous soyez sérieux, dis-je enfin.

— Je n'ignore pas la pauvre opinion que vous avez de moi et de mon travail. Néanmoins, je suis sérieux.

Il y avait eu une intonation nouvelle dans sa voix, une intonation que je n'y avais jamais perçue auparavant. Ce n'était ni de la colère, ni du mépris, ni du dégoût, mais de la lassitude avec une pointe d'amertume. J'en fus profondément affectée.

— Je n'ai jamais eu une « pauvre » opinion de vous, protestai-je.

Il se retourna brusquement.

— Qu'avez-vous dit ?

Nous formions un tableau ridicule. A demi accroupi, Radcliffe s'était penché en avant pour mieux scruter mon visage. Ses mains posées sur le sol et sa posture évoquaient un orang-outan. Assise sur les talons avec ma jupe retroussée autour de moi, je n'étais pas moins grotesque. Mais je n'avais conscience que de ses yeux, pareils à des saphirs. Face à l'intensité de leur éclat je battis des paupières et sentis mes joues s'enflammer.

Un bruit de voix brisa le charme. Je levai les yeux et vis Walter venant vers nous.

— Crois-tu, Radcliffe...

Walter s'interrompit net, nous regardant l'un et l'autre d'un air embarrassé.

— Oh, pardonnez-moi. Je ne voulais pas interrompre...

— Tu n'as rien interrompu, dit Radcliffe d'une voix très calme. Parle. Qu'y a-t-il ? Tu parais tout ému ?

— Tu le serais également si tu savais ce qui s'est passé la nuit dernière !

— A bord de la *Philae* ? Je suis au courant.

Je l'examinai à la dérobée. Son visage était aussi impassible que ceux des pharaons du musée de Boulaq. La passion brûlante que j'avais cru déceler dans ses prunelles n'avait sans doute été que le fruit de mon imagination. Fatiguée, après une nuit sans sommeil, il n'y avait rien d'anormal à ce que j'eusse des hallucinations.

— Mlle Peabody t'a déjà raconté ! s'exclama Walter. Il faut faire quelque chose. C'est par trop effrayant ! Ces dames doivent partir sans délai... Aujourd'hui ! Reviens avec moi au camp, je t'en prie, use de ta persuasion ! J'ai essayé de convaincre Evelyn et lord Ellesmere, mais ils ne veulent rien entendre, pas plus l'un que l'autre.

— Oh, bon, si tu veux ! grommela Radcliffe en se levant.

Walter me tendit la main, tandis que son frère, avec son habituelle muflerie, s'éloignait sans nous attendre. Quand nous l'eûmes rattrapé, Walter continua d'exprimer son horreur et ses inquiétudes. Au bout de quelques instants, Radcliffe lui coupa la parole.

— A t'entendre, j'ai l'impression que tu n'as pas suffisamment réfléchi au problème. Je veux bien essayer de convaincre Evelyn de s'en aller, mais son départ ne résoudra rien. Si cette momie est un être surnaturel, ce dont vous êtes, apparemment, tous persuadés, il la suivra où qu'elle aille. Donc, comme tu sembles plus intéressé par sa sécurité que par le succès de nos fouilles, tu m'accorderas que nous devrions d'abord essayer de percer à jour les mobiles de cette créature, pour tenter de la mettre hors d'état de nuire.

Le visage de Walter exprima toute la profondeur de sa détresse. Il comprenait le raisonnement de son frère, mais il voulait voir Evelyn hors de danger. Le plus vite possible.

— Vraiment, intervins-je, je ne comprends pas pourquoi vous vous imaginez tous les deux que cette créature veut du mal à Evelyn. Jusqu'à présent, vous êtes les seuls qui aient eu à pâtir de ses manigances. Avec Lucas. Elle n'a pas attaqué Evelyn — ni moi non plus, d'ailleurs.

Radcliffe hocha la tête et m'adressa un long regard pensif.

— Ce point ne m'avait pas échappé, Peabody...

Nous fîmes le reste du trajet en silence. Walter était trop inquiet pour parler et moi, trop furieuse. J'avais fort bien compris ce que Radcliffe avait voulu insinuer. Me soupçonnait-il vraiment d'être l'instigatrice de ce complot diabolique ? Non, ce n'était pas possible ! Même lui, il n'était pas capable de... Mais, au fond de moi-même, une petite voix me criait le contraire. Un être aussi cynique, qui, de toute sa vie, n'avait jamais eu une pensée altruiste, ne pouvait que prêter aux autres ses propres sentiments.

Evelyn et Lucas nous attendaient. Nous nous assîmes pour une discussion qui, au début, s'avéra infructueuse. Par ma faute. D'habitude, pourtant, je n'ai aucune peine à prendre une décision, non plus qu'à convaincre les autres de son bien-fondé.

Le plus sûr était d'abandonner les fouilles et de partir. Tous ensemble. Je savais que Radcliffe ne s'y résoudrait pas et je comprenais sa réticence — même si je ne l'approuvais pas totalement. L'idée de les laisser ainsi, lui et son frère, m'était tout aussi insupportable. Ni l'un ni l'autre complètement remis de leurs blessures, ils seraient incapables de se défendre si les villageois, après avoir refusé de travailler pour eux, décidaient de les chasser par la force. Quérir du secours ? Ils n'avaient aucun moyen d'alerter les autorités. Par ailleurs, le site d'Amarna n'avait jamais attiré beaucoup de visiteurs et, avec la guerre faisant rage au Soudan, la plupart des Européens avaient renoncé à s'aventurer dans le Sud.

Il y avait une solution : rester avec ma dahabieh, afin d'être en mesure d'évacuer Walter et Radcliffe en cas de danger, tandis que Lucas et Evelyn iraient chercher de l'aide au Caire. Si un chaperon avait pu les accompagner, les apparences eussent été sauves... Mais, vu les circonstances, les convenances étaient le cadet de mes soucis. Elles l'avaient toujours été, d'ailleurs. Cependant, ce plan comportait un certain nombre d'écueils. Evelyn refuserait de me quitter. Quant à Radcliffe, il ne manquerait pas de hurler si je disais vouloir rester pour le protéger. En outre, il avait une opinion absolument déplorable du Service des Antiquités. La seule idée de devoir faire appel à Maspero suffirait à le blesser profondément dans sa fierté d'archéologue libre et indépendant.

Néanmoins, je me devais d'exposer mon plan. L'indignation fut unanime. Comme je l'avais escompté. Ai-je dit unanime ? Pas tout à fait. L'un de mes compagnons n'émit aucune objection. Celui qui, dans mon esprit, aurait dû être le plus farouche adversaire de mon projet, Radcliffe, resta silencieux, les lèvres crispées sur sa pipe.

Lucas se montra particulièrement véhément :

— Abandonner nos amis ? Vous laisser seule sur votre dahabieh, à la merci de cette créature ? Pas question ! En outre, je ne puis accepter que ma cousine compromette sa réputation en voyageant seule avec moi. Je ne vois guère qu'un cas de figure pouvant nous permettre de passer outre aux...

Il n'acheva pas sa phrase et jeta un coup d'œil entendu à Evelyn, qui rougit et détourna la tête.

Ce qu'il avait voulu dire n'était que trop clair. Evelyn pourrait voyager seule avec lui, mais à condition d'être officiellement sa fiancée. Leur mariage serait célébré dès leur arrivée au Caire. Les convenances seraient un peu bousculées, mais personne ne s'en formaliserait vraiment.

Walter comprit en même temps que moi. Sa figure

s'allongea et ses mains eurent une crispation. Radcliffe avait sorti sa pipe de sa poche et la bourrait méthodiquement, tout en nous observant entre ses paupières mi-closes. Ses yeux brillaient malicieusement, comme si notre dilemme l'amusait.

— Tout cela est absurde, m'exclamai-je en me levant d'un bond. Nous devons prendre une décision. Il est tard et je suis épuisée.

— Bien sûr ! acquiesça aussitôt Evelyn avec sollicitude. Il faut que vous vous reposiez. C'est plus important que tout le reste. Allez vous allonger, ma chérie.

— Nous n'avons encore rien décidé, protestai-je.

Radcliffe retira la pipe de sa bouche.

— Vraiment, Peabody, pareille irrésolution ne vous ressemble guère ! D'ailleurs, vous n'êtes pas la seule à me surprendre : une ombre apparaît... et tout le monde s'enfuit, comme une volée de moineaux !

— Une ombre ! m'écriai-je avec indignation. Est-ce une ombre qui vous a démis l'épaule ? Et la blessure de Walter ? L'auriez-vous oubliée ?

— Je ne voudrais pas vous contredire, répliqua-t-il, mais j'ai été blessé par un éboulement. Un simple accident — il insista sur le mot et tourna les yeux vers Lucas — tout aussi regrettable que celui dont Walter a été victime. Allons, Peabody, essayez de vous servir de votre tête. Jusqu'à présent, rien ne laisse supposer que ces accidents ont un quelconque rapport avec notre visiteur nocturne. Quant à l'étrange évanouissement de Sa Grâce, la nuit dernière, il peut avoir eu une cause naturelle. Le corps humain a parfois des faiblesses inattendues. La fatigue, l'émotion, un peu trop de vin...

A mesure qu'il parlait, le visage de Lucas s'était empourpré.

— C'est faux ! s'exclama-t-il. Je m'élève avec force contre une aussi blessante allégation !

— Alors, il ne nous reste plus qu'à croire aux pouvoirs surnaturels de cette momie, rétorqua Radcliffe sèchement. Pour ma part, je m'y refuse et continuerai de chercher une explication rationnelle tant que la raison ne m'aura pas totalement abandonné. Je ne vois donc pas pourquoi l'un d'entre nous pourrait courir le moindre danger. A moins que vous ne me cachiez quelque chose...

Il s'interrompit et nous regarda l'un après l'autre avec ce flegme qui avait le don de m'horripiler. Personne ne dit mot.

— Aucune inimitié personnelle ou familiale ? insista-t-il d'un ton moqueur. Aucun amoureux désespéré ? Pas d'adversaire brûlant de se venger ? Très bien. Alors, nous en revenons à la seule hypothèse plausible. Si je me souviens bien, elle a été émise par notre jeune lord. Les villageois veulent nous chasser parce qu'ils ont fait une découverte intéressante — et monnayable. Personne ne me fera partir d'ici contre ma volonté. C'est aussi simple que cela.

Je ne laissais pas d'être impressionnée par sa détermination et son irréfutable logique. Pourtant, au fond de moi-même, le malaise persistait.

— Que proposez-vous ? questionnai-je.

Il tira longuement sur sa pipe avant de me répondre :

— De prendre l'offensive. Jusqu'à présent, nous nous sommes contentés d'attendre et de nous défendre. En quoi, nous faisions le jeu de nos adversaires. Ils voulaient nous contraindre soit à partir, soit à rester enfermés dans notre camp. S'ils ont découvert une tombe inviolée, rien ne nous empêche de la trouver aussi. D'autant qu'ils auront laissé des traces de leurs fouilles. Nous commencerons les recherches dès demain. Pour ce faire, nous enrôlerons les hommes de vos équipages. Il ne sera pas facile de les convaincre, après ce que les villageois leur ont raconté. Cependant, je suis persuadé qu'avec de l'argent et en flattant leur ego, nous y parviendrons. Il nous faut être suffisamment nombreux pour nous montrer efficaces. Alors ? Qu'en pensez-vous ? Mon plan vous agrée-t-il ?

Je le trouvais excellent, mais pas question que j'en convienne. Les autres étaient tout aussi impressionnés.

— Vous croyez vraiment que cette momie ne

cherche qu'à nous effrayer ? questionna Evelyn d'une voix presque rassurée. Qu'aucun d'entre nous n'est en danger ?

— J'en suis convaincu, répondit-il. Si cela peut vous tranquilliser, nous ferons fi des convenances et dormirons tous ensemble, serrés les uns contre les autres dans la même pièce. Toutefois, je ne pense pas qu'il soit nécessaire d'en arriver là. Sommes-nous tous d'accord ? Parfait. Alors, je suggère que Peabody aille faire une sieste. Elle a visiblement besoin de se reposer, car voilà bien dix minutes qu'elle n'a pas émis de remarque désobligeante.

II

J'étais convaincue que je ne dormirais pas, tant mon esprit était en proie à la confusion. En temps normal, je n'ai aucune peine à remettre de l'ordre dans mes pensées. Mais là, je ne savais par où commencer. C'était comme si j'étais devenue incapable de raisonner clairement. Au bout d'un moment, succombant à ma fatigue mentale et physique, je sombrai dans un état de semi-léthargie, peuplé de rêves chaotiques. Des rêves qui avaient une caractéristique commune : ils étaient traversés de brefs éclairs qui, après m'avoir éblouie, me laissaient dans une obscurité encore plus dense qu'auparavant. Je tâtonnais dans le noir, à la recherche de quelque chose dont je ne connaissais même pas la nature.

Ce fut l'un de ces éclairs qui, finalement, me réveilla. Lorsque le rideau de l'entrée était levé, les rayons du soleil couchant entraient à flots dans les profondeurs lugubres de l'antique sépulture. Je restai immobile, luttant contre les dernières brumes obscurcissant encore mon esprit. Dans l'agitation de mon sommeil, mes couvertures s'étaient enroulées autour de mes jambes et mes cheveux, échappés de leur filet. J'étais moite de transpiration.

Puis j'entendis la voix. Tout d'abord, je ne la reconnus pas. Elle était rauque et tremblante.

— Ne bougez pas ! Surtout ne bougez pas ! Il y va de votre vie !

L'angoisse exprimée par une telle exhortation me fit l'effet d'une douche froide. Je soulevai péniblement mes paupières. Le premier objet que mon regard rencontra ressemblait à un rouleau de grosse corde brunâtre, posé sur le pied de mon lit. Pendant que je le regardais fixement, il se mit à bouger et une tête plate se dressa au milieu du rouleau. Deux petits yeux ronds, étincelants de vie, se fixèrent sur moi.

Le murmure recommença.

— Ne bougez pas ! Ne respirez pas !...

Je n'avais pas besoin d'une telle injonction. L'eussé-je voulu, que je n'aurais pu bouger. Mes yeux ne parvenaient pas à se détacher de ces deux minuscules points noirs qui me fixaient intensément. J'avais lu quelque part que c'était ainsi que les serpents paralysaient les proies qu'ils s'apprêtaient à attaquer. L'espace d'un instant, je sus ce qu'un lapin devait ressentir quand son meurtrier, souple et silencieux, glissait vers lui.

Au prix d'un effort désespéré, je m'arrachai à l'éclat hypnotique des petites billes noires. Radcliffe était debout à quelques pas de mon lit.

Son visage ruisselait de sueur. Ses yeux étaient fixés sur la tête plate du reptile qui, maintenant, se balançait doucement d'avant en arrière. Sa main descendait lentement le long de son corps. Elle toucha la poche de sa veste et, avec la même torturante lenteur, s'insinua à l'intérieur.

Jamais je n'aurais pensé qu'il était aussi difficile de rester parfaitement immobile ! La paralysie avait fait place à une terreur irraisonnée. Tous mes nerfs vibraient. J'avais envie de hurler, de me rejeter désespérément en arrière. Il me fallait combattre cet instinct primitif poussant les êtres à fuir quand ils sont confrontés à un danger mortel. La tension était si violente que mes yeux se voilèrent. Je ne pourrais tenir encore longtemps...

La suite fut si rapide que j'en eus à peine conscience. La main de Radcliffe jaillit et, dans le même temps, j'eus l'impression que le ciel me tombait sur la tête. Il y eut un éclair aveuglant, suivi d'une explosion qui se répercuta à l'infini, comme un coup de tonnerre dans une gorge profonde... Je perdis connaissance.

Pas longtemps. Lorsque je revins à moi, il me fallut un moment pour me souvenir de ce qui m'était arrivé. Ma tête reposait sur une surface dure et tiède, vibrant à un rythme endiablé. Mes oreilles étaient encore pleines de l'écho du tonnerre final. Après quelques instants, je me rendis compte que le battement lancinant qui me vrillait les tempes était celui de mon cœur. Jamais il n'avait battu aussi vite ni de façon aussi désordonnée. Je me sentais étrangement bien, aussi détendue et apaisée qu'un enfant dans les bras de sa mère. Puis, quelque chose m'effleura le visage — mes lèvres, mes paupières, mes joues — par petites touches légères. Ces caresses eurent le plus étrange effet sur mon subconscient. J'avais été sur le point d'ouvrir les yeux. Au lieu de quoi, je m'efforçai de les garder fermés. Je devais être en train de rêver. J'avais déjà éprouvé des sensations similaires au cours de mes rêves. Pourquoi devrais-je renoncer à une expérience aussi agréable pour une réalité forcément beaucoup moins plaisante ? Je me souvenais de tout maintenant. L'horrible serpent avait dû planter ses crocs dans ma chair. J'étais empoisonnée — je délirais —, j'allais mourir.

Une succession de bruits acheva de briser le charme. Des voix criaient, des gens couraient, une lumière aveuglante me faisait mal aux yeux à travers mes paupières. Oui, le rêve était terminé. Je sentis qu'on me déposait sur une surface plane, qu'on me secouait et — comble de l'indignité — qu'on me giflait. J'ouvris les yeux et fronçai les sourcils en reconnaissant le visage de Radcliffe juste au-dessus du mien. Une vision de cauchemar ! C'était lui qui m'avait giflée, bien sûr. Derrière lui, j'aperçus Evelyn, aussi pâle que sa robe. Elle poussa Radcliffe de côté avec une rudesse qui ne lui ressemblait guère et se jeta à genoux près de moi.

— Amelia ! Oh ! ma pauvre, ma pauvre Amelia ! Nous avons entendu le coup de feu et nous sommes accourus. Que s'est-il passé ? Etes-vous blessée ? Vous n'allez pas mourir, dites ?

— Elle n'est ni blessée, ni sur le point de mourir, trancha la voix gouailleuse de Radcliffe. Il s'agit simplement d'un de ces évanouissements auxquels les jeunes femmes sont si facilement sujettes. Toutes mes félicitations, Peabody. C'est la première fois que je vous vois réagir comme il sied à une dame. Il va falloir que je marque cette journée d'une croix sur mes tablettes.

Encore trop ébranlée pour trouver une réplique mordante, je me contentai de lui lancer un regard noir. Il avait reculé d'un pas ou deux et me considérait d'un air amusé, les mains dans les poches. Un cri de Walter interrompit net les questions affolées d'Evelyn. Se penchant au pied de mon lit, il se redressa en tenant à la main le corps inanimé du serpent.

— Seigneur Dieu ! soupira-t-il d'une voix tremblante. Un cobra à capuchon — l'un des serpents les plus venimeux au monde. C'est toi qui as tiré ce coup de feu, n'est-ce pas, Radcliffe ? Es-tu sûr qu'il n'a pas eu le temps de mordre avant que tu ne l'abattes ?

L'espace d'un instant, je me demandai si Evelyn n'allait pas s'évanouir. Finalement, elle se ressaisit et essaya de dégager mes jambes des couvertures afin de les examiner. Je la repoussai avec agacement, me sentant tout à fait bien maintenant. La rudesse de Radcliffe m'avait rendu mes esprits.

— Allons, Evelyn, cessez de vous inquiéter inutilement, dis-je avec agacement. Il ne m'a même pas touchée. C'était une créature à l'esprit lent et M. Emerson n'a eu aucune peine à l'abattre avant qu'il se décide à m'attaquer. Je dois dire qu'il a même pris tout son temps ! J'aurais eu le loisir d'en tuer dix pendant qu'il cherchait son pistolet. Mais, sans doute, voulait-il faire durer le suspense...

— Vous n'avez pas le droit de dire cela, mademoiselle Peabody ! protesta Walter. Il se devait d'agir avec la plus extrême prudence. Un mouvement inconsidéré aurait suffi pour que ce reptile frappe — avec la vitesse de l'éclair. Dire qu'il était ici, au pied de votre lit ! J'en ai froid dans le dos. Heureusement que tu avais une arme, Radcliffe.

— Mon pistolet, je suppose, lança Lucas depuis le seuil. C'est une chance que vous me l'ayez confisqué, ajouta-t-il en entrant lentement dans la pièce.

— Il restait une balle, rétorqua Radcliffe avant de lui tourner le dos.

— Joli coup, apprécia Lucas, avec une nonchalance vaguement insolente. Il n'empêche que vous avez pris un risque assez irréfléchi. Vous auriez pu blesser gravement Mlle Peabody.

— C'était une question de vie ou de mort ! s'exclama Walter, le visage rouge de colère.

— Bien sûr ! renchérit Evelyn.

Elle était toujours aussi pâle, mais elle se leva avec sa grâce habituelle et posa timidement la main sur le bras de Radcliffe.

— Dieu vous bénisse, monsieur Emerson. Votre présence d'esprit et votre adresse ont sauvé la vie d'Amelia. Comment pourrai-je jamais assez vous remercier ?

Radcliffe se détendit. Il se tourna vers elle, la regarda quelques instants en silence, puis un sourire se dessina sur ses lèvres.

— Je vous le ferai savoir, répondit-il.

— Entre-temps, notre jeune ami pourrait peut-être songer à nous débarrasser de cette dépouille, dit Lucas. Sa vue n'est guère plaisante pour ces dames.

Walter sursauta. Il tenait toujours le serpent à bout de bras. Il traversa la pièce sans un mot et sortit.

— Sortons, nous aussi, poursuivit Lucas. Avec cette odeur de poudre, l'air est irrespirable. Venez, mademoiselle Peabody. Laissez-moi vous offrir mon bras.

— Merci, refusai-je. Je n'ai pas besoin d'aide. Par contre, une tasse de thé...

Evelyn et moi bûmes du thé. Les messieurs préférèrent quelque chose de plus fort. Lucas était le seul à ne pas être affecté par ma mésaventure. Il ne cessait de se demander comment ce serpent avait bien pu arriver au pied de mon lit.

— Il a dû se glisser dans la tombe pendant la nuit, suggéra-t-il.

— Alors comment ne l'ai-je pas vu lorsque je me suis couchée ? objectai-je en fronçant les sourcils.

— Sans doute parce qu'il était alors tapi dans un coin. Le bruit que vous avez fait l'aura sorti de sa torpeur. C'est une chance que M. Emerson soit arrivé au bon moment. Si vous vous étiez réveillée ou aviez seulement remué dans votre sommeil...

— Cela suffit, l'interrompis-je. Le chapitre est clos. D'autant plus que le soleil est en train de se coucher et que nous n'avons pris encore aucune décision pour cette nuit.

— Moi, si.

C'était Evelyn qui avait parlé. Nous la regardâmes. Elle était aussi pâle et impassible qu'une statue de marbre, mais une indomptable détermination brillait dans ses yeux.

— J'accepte la demande en mariage de lord Ellesmere. Nous allons partir tout de suite et dès demain nous ferons voile vers Le Caire.

Un silence de mort suivit cette annonce. Il fut rompu par Walter. Le jeune homme se leva d'un bond tandis qu'un cri rauque de fauve blessé s'échappait de ses lèvres. Lucas se mit aussi debout, avec une lenteur délibérée. Le sourire triomphant qui s'étalait sur son visage eut le don de me mettre en rage.

— Je suis le plus heureux des hommes, ma chérie, déclara-t-il d'une voix mesurée. Même si j'eusse préféré moment et lieu plus appropriés. Une promenade au clair de lune, par exemple...

Avant que nous ayons pu deviner ses intentions, il prit les mains d'Evelyn et l'attira violemment vers lui. Je crois que ce vaurien n'aurait pas hésité à l'embrasser devant nous tous, si Walter n'était intervenu. Avec de nouveau un cri rauque, il écarta son rival. L'espace de quelques instants, les deux jeunes gens parurent prêts à en venir aux mains. Walter haletait et son bras en écharpe se soulevait au même rythme que sa poitrine.

Les yeux de Lucas s'étrécirent. Jamais encore le

sang latin coulant dans ses veines n'avait autant transparu.

— Ainsi, vous avez osé... murmura-t-il. Vous m'en donnerez réparation, je vous le jure !

Evelyn s'interposa entre eux.

— Lucas, Walter, par pitié ! Je sais où est mon devoir et je ne m'y soustrairai pas. Rien ni personne ne me fera changer d'avis.

— Evelyn !

Walter se retourna vers elle, sans se préoccuper de son rival.

— Ce n'est pas possible ! Vous ne l'aimez pas ! Vous voulez vous sacrifier parce que vous croyez être la cause de nos malheurs et...

— Elle n'est pas aussi stupide, l'interrompit Radcliffe d'une voix très calme.

Pendant toute la confrontation, il était resté assis, les jambes étendues, et avait continué de fumer sa pipe imperturbablement.

— Asseyez-vous tous ! ordonna-t-il soudain d'un ton qui ne souffrait pas de réplique. Et parlons comme des gens sensés et raisonnables. Si Mlle Forbes souhaite devenir lady Ellesmere, c'est son droit et personne ne peut l'en empêcher. Cependant, je ne voudrais pas qu'elle prenne pareille décision à cause d'une interprétation erronée des mystérieuses apparitions qui nous ont tant perturbés ces derniers jours.

Il se tourna vers Evelyn qui s'était laissée tomber sur une chaise et cachait son visage dans ses mains tremblantes.

— Ma jeune amie, croyez-vous vraiment que votre présence parmi nous soit la cause de nos malheurs ? Ce serait vraiment indigne de la femme intelligente et cultivée que vous êtes.

— Aujourd'hui, Amelia... murmura-t-elle d'une voix presque inaudible. C'était le dernier avertissement. Une menace mortelle pèse sur tous les êtres que j'ai le malheur d'aimer...

— Absurde !

Le mot avait jailli des lèvres de Radcliffe.

— Absolument absurde ! Auriez-vous oublié les

conclusions auxquelles nous sommes parvenus touchant cette macabre comédie ? Elle ne peut avoir qu'un seul mobile : une personne malintentionnée a décidé de nous chasser de ce chantier. A quoi lui servira votre départ, si Walter et moi restons ici ? Pendant que vous voguerez paisiblement vers Le Caire, dans les bras de votre fiancé...

Walter esquissa une muette protestation et Radcliffe lui décocha un regard sardonique avant de poursuivre, sur un ton n'ayant d'autre but que de provoquer encore plus le malheureux jeune homme.

— Pendant que vous folâtrerez au clair de lune, nous serons assiégés ici par ces forces du mal que vous redoutez tant. Non, si votre mobile est vraiment le bien des gens que vous aimez, votre fuite ne les servira en rien. Par contre, si vous désirez réellement épouser votre jeune lord et souhaitez être seule avec lui pour...

Cette fois, ce fut au tour de Lucas de protester.

— Monsieur Emerson, votre ton est absolument intolérable ! Vous insultez mademoiselle et...

— Au contraire, l'interrompit Radcliffe avec un flegme exaspérant. Je lui fais l'honneur de la croire assez intelligente pour comprendre ce qu'impliquent ses décisions. Alors, mademoiselle Forbes ? Votre choix est-il arrêté ?

Le visage toujours enfoui dans ses mains, Evelyn ne broncha pas.

Je ne sais ce qui m'avait poussée à rester silencieuse aussi longtemps. Les motivations de Radcliffe m'échappaient. Cependant, je ne doutais pas que chacune de ses paroles n'ait été mûrement pesée. Je décidai qu'il était temps de donner moi aussi mon avis.

— M. Emerson a exposé les faits avec son habituel manque de tact, mais je dois reconnaître que son raisonnement est fondamentalement correct. Comme il l'a dit, nous ignorons encore quel est le but poursuivi par notre mystérieux adversaire. En vous enfuyant, Evelyn, vous risquez de faire son jeu.

Lucas tourna les yeux vers moi et je sus que si je n'avais pas été une femme, il m'aurait menacée comme il avait menacé Walter. Je me moquais éperdument de son opinion. La seule chose qui comptait pour moi, c'était la réaction d'Evelyn.

— Je ne sais plus que faire, murmura-t-elle. Il faut que je réfléchisse — seule. Je vous en prie, ne me suivez pas !

Elle se leva et, sans un regard vers nous, longea la plate-forme pour gagner le désert.

Lucas ébaucha un mouvement dans sa direction.

— Votre Grâce !

La voix de Radcliffe avait claqué comme un coup de fouet.

— Ne vous mêlez pas de mes affaires ! répliqua Lucas sèchement. Je ne suis pas votre domestique et n'ai pas d'ordres à recevoir de vous !

— Me mêler de vos affaires ?

Les yeux de Radcliffe exprimèrent autant la surprise que l'indignation.

— Je n'en ai jamais eu l'intention. Vous êtes un gentleman et je ne doute pas que vous agirez avec toute la retenue qu'exigent les convenances. Je n'ai nul besoin de vous mettre en garde à ce sujet. Je voulais seulement vous rappeler de rester à proximité. Afin de pouvoir vous porter secours si vous étiez attaqué.

— Très bien, approuva Lucas d'un ton sec.

Arrivée au bas du sentier, Evelyn marchait lentement sur le sable. La pauvre enfant paraissait on ne peut plus lasse. Elle traînait les pieds, le dos voûté, la tête basse. Ses cheveux blonds chatoyaient dans les dernières lueurs du soleil couchant.

Le pas de Lucas était plus rapide. Il la rattrapa vite et ils marchèrent côte à côte. Je ne pouvais entendre ce qu'il disait, mais je n'avais aucune peine à deviner qu'il la pressait de ne pas revenir sur sa décision. En la voyant secouer la tête, je sentis un fragile espoir s'allumer dans mon cœur.

Je me tournai vers Walter, assis à côté de moi. Ses yeux étaient fixés sur le couple qui s'éloignait et il semblait avoir vieilli de dix ans.

— Ils font une jolie paire ! commenta Radcliffe, qui semblait avoir décidé de se surpasser en muflerie. Lord et Lady Ellesmere... Ils iront vraiment très bien ensemble !

— Oh, taisez-vous ! m'exclamai-je.

— Pourquoi me tairais-je ? répliqua-t-il avec ironie. Je croyais que les femmes adoraient jouer les marieuses. S'il se fait, vous pourrez être fière de ce mariage. Lui est riche, beau et titré. Elle est belle, mais pauvre. C'est un parti inespéré pour une fille comme elle.

Brusquement, je perdis mon proverbial sang-froid. Ils me dégoûtaient. Tous : Evelyn et son amour morbide pour la souffrance, Lucas et son arrogance, Walter et sa soumission de chien battu mais, par-dessus tout, Radcliffe et son cynisme. Il croyait avoir gagné et je n'étais pas loin de penser qu'il avait raison. En livrant Evelyn à Lucas, il gardait son frère esclave de ses caprices égoïstes. Et maintenant, il remuait à plaisir le couteau dans la plaie avec des paroles n'ayant qu'un but : convaincre Walter qu'Evelyn épousait Lucas pour sa fortune et son titre. Son sourire me rendait folle et je ne pus tenir ma langue plus longtemps.

— Arrêtez cette comédie ! m'exclamai-je. Je préférerais voir Evelyn enfermée dans un couvent plutôt que mariée à ce misérable. Elle ne l'aime pas. Elle aime... quelqu'un d'autre, et pense le sauver en se sacrifiant. Peut-être a-t-elle raison, après tout. Je ne suis pas loin de penser que l'homme qu'elle aime ne vaut pas cette peine. Quand on est un lâche, incapable de savoir ce qu'on veut et de se battre pour l'obtenir, on ne mérite pas d'être heureux !

Walter me saisit impulsivement les mains. Son visage était transfiguré.

— Vous parlez sérieusement ? Voulez-vous dire que...

— Oui, c'est de vous que je parle, jeune imbécile ! répliquai-je en le gratifiant d'une bourrade si violente qu'il tituba en arrière. Elle vous aime ! Je me demande bien pourquoi, mais c'est ainsi. Maintenant, courez et empêchez-la de prendre une décision qui la rendrait malheureuse tout le reste de sa vie.

Walter me jeta un regard dont la détermination me

fit frissonner. Puis il dévala le sentier comme un forcené. Je me tournai vers son frère en relevant la tête d'un air de défi. J'avais agi avec une folle témérité. Je ne savais ce qui en résulterait, mais, j'étais prête, s'il le fallait, à affronter une horde de momies pour défendre mon point de vue. Alors, Radcliffe... !

Il se balançait sur sa chaise, son grand corps secoué par des éclats de rire silencieux.

— Vous me surprendrez toujours, Peabody ! déclara-t-il entre deux hoquets. Je n'aurais jamais cru que la rudesse de votre écorce dissimulait une âme aussi romantique !

Il était impossible ! Je lui tournai le dos et regardai la scène qui se déroulait au-dessous de nous.

Walter courait à perdre haleine. Il lui suffit de quelques secondes pour rejoindre les autres et une discussion animée s'instaura aussitôt entre eux. Il n'était que trop facile de deviner ce qu'ils disaient. Les gestes exaltés de Walter, les mines pleines d'effroi d'Evelyn et la fureur mal contenue de Lucas étaient assez éloquents.

— Je vais y aller, fis-je en proie à une brusque inquiétude. J'ai peur d'avoir agi avec un peu trop de précipitation.

— Une intervention paraît souhaitable en effet, dit Radcliffe posément. Notre jeune lord serait bien capable de frapper un homme blessé et, avec son bras en écharpe, Walter n'est pas en état de se défendre. Sacrebleu ! J'ai attendu trop longtemps !!!

Lucas venait de lever le poing et de frapper son rival. Sous le choc, Walter tituba. Radcliffe était déjà à mi-pente, bondissant avec la souplesse et la rapidité d'un chamois. Je le suivis à une allure plus mesurée, car je ne parvenais pas à détacher mon regard du drame se jouant.

Evelyn tenta d'intervenir, Lucas la repoussa brutalement. Walter avait été secoué, mais n'était pas encore battu. Il retourna vaillamment au combat. Tête baissée pour parer les coups de son rival, il les lui rendit avec force et j'eus de la peine à réprimer un cri de joie lorsque je vis son poing entrer en contact avec le menton de lord Ellesmere. A ce moment, Radcliffe les rejoignit et saisit le bras de son frère — bien inutilement, car Walter n'était pas du genre à frapper un adversaire à terre. Ne voulant pas risquer de m'empêtrer dans ma robe, je ralentis ma course et arrivai près d'eux alors que Lucas se relevait, l'œil mauvais, une main sur la mâchoire.

Sonné, il avait grand peine à garder son équilibre. Son élégante tenue de soirée était à peine froissée, mais il n'avait plus rien d'un gentleman anglais.

— Deux contre un ? questionna-t-il sur un ton sarcastique. Je reconnais bien là votre sens de l'honneur, messieurs !

— Vous êtes vraiment mal placé pour parler d'honneur ! m'écriai-je avec indignation. Oser frapper un homme blessé !

— Il a employé à mon égard des termes que je ne pouvais laisser passer, m'interrompit Lucas d'une voix encore tremblante de fureur.

— Je veux bien les retirer, déclara Walter, mais à condition que, de son côté, il revienne sur les paroles odieuses qui les ont provoqués. Mademoiselle Peabody, Radcliffe, si vous aviez entendu quelles horribles accusations il a jetées au visage de sa cousine...

— Elles étaient pleinement justifiées, dit Evelyn.

Tous les yeux se tournèrent vers elle.

Son visage était aussi pâle que le col de dentelle de son corsage et je vis que ses mains tremblaient. Néanmoins, elle demeura très droite et fit face courageusement aux regards fixés sur elle.

J'amorçai un pas dans sa direction, mais elle m'arrêta aussitôt.

— Non, Amelia, dit-elle d'une voix étonnamment claire. Longtemps, j'ai espéré pouvoir éviter cette confession, mais, par honnêteté envers Walter, je ne puis rester silencieuse. Dans le feu de sa colère, Lucas a dit la vérité. Non seulement j'ai perdu le plus précieux joyau qu'une femme possède, mais en plus je l'ai donné à un homme dont la lâcheté n'avait de paire que la bassesse. Je l'ai suivi de mon plein gré et, ce faisant, j'ai abandonné un grand-père qui m'avait élevée et chérie avec toute la tendresse dont il était capable. Après avoir été honteusement abandonnée, j'étais sur le point d'attenter à la vie que Dieu m'a donnée — lorsque Amelia m'a recueillie et ramenée à la raison. Jamais je ne lui en serai assez reconnaissante. Bien qu'il n'ignorât rien de mes crimes, Lucas a eu la noblesse de vouloir m'épouser, mais je sais maintenant que je n'ai pas le droit d'accepter. Ce serait vraiment trop mal récompenser sa gentillesse et sa générosité.

Lucas tenta de lui prendre les mains.

— Evelyn, ma chérie...

Elle secoua la tête. Son refus avait été empreint d'une grande douceur, mais Lucas comprit que sa cause était perdue et laissa retomber ses bras le long de son corps.

— Je ne me marierai jamais, poursuivit Evelyn. En consacrant le reste de ma vie aux pauvres et aux œuvres charitables, je parviendrai peut-être un jour à expier les fautes que j'ai commises et sauver mon âme des feux de l'enfer.

Elle aurait voulu se fustiger encore plus, mais un sanglot brisa sa voix et l'empêcha de continuer. La tête haute, elle s'offrait à notre opprobre — ou plutôt à l'opprobre de Walter. Elle avait parlé comme si elle s'adressait à nous tous, mais en fait c'était à Walter seul que sa confession était destinée.

Il avait l'air d'un homme venant d'être mortellement blessé, mais n'ayant pas encore réalisé qu'il devrait tomber. L'expression de Radcliffe était aussi impénétrable qu'un bloc de granit. Seuls ses yeux étaient vivants, qui scrutaient alternativement le visage blême d'Evelyn et le regard pétrifié de son frère.

Brusquement, Walter reprit des couleurs et ses prunelles s'avivèrent, comme si un feu intense s'était allumé en lui. Il fit un pas en avant et se jeta aux genoux d'Evelyn.

J'avais tout prévu, sauf une réaction aussi théâtrale, et j'éprouvai une indescriptible émotion lorsque saisissant la main d'Evelyn, il la pressa contre ses lèvres. Je n'avais pas besoin d'entendre ce qu'il allait dire pour comprendre qu'il avait atteint des sommets que je croyais seulement à la portée des héros antiques.

— Vous êtes la plus noble femme que j'aie jamais

rencontrée ! s'écria-t-il, le regard levé vers le visage stupéfait d'Evelyn. La plus honnête, la plus courageuse, la plus adorable... Aucun homme n'aurait eu la force de faire ce que vous venez de faire ! Mais, ma chérie, poursuivit-il avec un tendre reproche dans la voix, mon amour, aviez-vous donc si peu foi en moi pour penser que je ne comprendrais pas l'histoire tragique que vous avez vécue ? Evelyn, vous auriez dû me faire confiance !

Peu à peu, l'expression d'Evelyn s'était transformée. L'incrédulité avait fait place à l'étonnement, puis, au plus pur des émerveillements. Pendant un long moment, leurs regards se perdirent l'un dans l'autre, puis elle ferma les yeux et un soupir s'échappa de ses lèvres. La prenant alors par la taille, Walter la serra passionnément contre lui.

Cette scène me procura une satisfaction d'une intensité que je n'avais encore jamais ressentie. Je ne pris même pas la peine d'essuyer les larmes qui roulaient sur mes joues. Au fond de moi, cependant, je me dis qu'il était temps qu'Evelyn me quitte : encore quelques mois avec elle et je deviendrais affreusement fleur bleue !

— Dieu merci, voilà un problème réglé, déclara Radcliffe. Je commençais à trouver exaspérante cette valse-hésitation. Viens, Walter, embrasse ta fiancée et rentrons au camp. J'ai faim. Cela fait au moins une heure que nous aurions dû dîner.

Je ne pense pas que Walter perçut un seul mot de cette sortie, mais c'était exactement le genre de propos dont j'avais besoin pour libérer mon trop-plein d'émotion.

— Personne, en tout cas, ne songerait à vous accuser d'être sentimental ! m'écriai-je avec colère. Je suppose que, de surcroît, vous allez prétendre avoir prévu un tel dénouement ? Ne voyez-vous donc plus aucune objection à ce que votre frère épouse une fille sans dot ?

— Pas seulement sans dot, répliqua-t-il joyeusement. Déshonorée ! Même si je ne vois pas où se situe l'honneur dans une affaire de ce genre. Pour ma part, je trouve ma future belle-sœur parfaitement honorable et charmante. J'avais justement besoin d'une artiste comme elle pour compléter notre équipe. Et je n'aurai même pas à lui payer un salaire. Pensez aux économies que je vais faire !

— C'est une plaisanterie.

La voix avait parlé juste derrière moi. Je sursautai et me retournai. Aussi incroyable que cela puisse paraître, j'avais complètement oublié Lucas.

Il avait réussi à se maîtriser et seul l'éclat de ses yeux trahissait la violence des sentiments qu'il éprouvait.

— Une mauvaise plaisanterie, répéta-t-il en s'avançant vers Radcliffe. Vous ne pouvez envisager sérieusement de donner votre accord à un mariage aussi absurde !

— Votre Grâce ne me comprend vraiment pas, rétorqua Radcliffe d'un ton très posé. Devant un amour aussi pur, aussi sincère, je ne puis que me taire. C'est quelque chose de trop rare, trop magnifique... Et, à la vérité, ajouta-t-il en regardant Lucas avec insistance, je crois que c'est la meilleure solution. Pour nous tous. N'êtes-vous pas d'accord avec moi, milord ?

Lucas ne répondit pas tout de suite. En le voyant lutter contre ses sentiments, j'éprouvai un léger pincement au cœur. Son amour pour Evelyn était-il sincère ? J'en avais longtemps douté, mais je n'étais plus sûre de rien. Lorsqu'il parla, je ne pus m'empêcher d'admirer son attitude.

— Vous avez peut-être raison, dit-il en soupirant. On ne peut lutter contre le destin.

Radcliffe hocha la tête.

— Laissez-moi vous féliciter, Votre Grâce. Vous vous conduisez en vrai gentilhomme. Accepterez-vous de vous joindre à nous et de porter un toast au bonheur de nos jeunes fiancés ? Walter... Walter, réveille-toi !

Il donna une bourrade à son frère qui avait le visage enfoui dans les cheveux d'Evelyn. Walter leva la tête et le regarda comme un homme qui, arraché au plus merveilleux des rêves, découvre que la réalité est encore plus belle que son rêve.

Lucas jeta un regard en direction d'Evelyn et hésita un bref instant. Elle ne le voyait même pas, dévorant Walter des yeux, comme une novice en adoration devant l'image d'un saint.

— Je ne suis pas si beau joueur que cela, répondit Lucas avec un sourire un peu contraint. Pardonnez-moi, mais j'ai besoin d'être seul un moment.

Tandis qu'il s'éloignait dans le soleil couchant, Radcliffe secoua la tête.

— Ces jeunes gens ont vraiment la fibre théâtrale ! Dieu merci, nous avons passé l'âge de ces fadaises, n'est-ce pas, Peabody ?

Je suivais des yeux le jeune couple qui remontait vers le camp. Walter avait passé un bras autour de la taille d'Evelyn et la tête de la jeune femme était posée contre son épaule, juste à l'endroit de sa blessure, mais il ne semblait même pas en avoir conscience.

— Oui, répondis-je d'un ton acide. Et Dieu en soit loué !

CHAPITRE 11

Je n'avais jamais pensé devoir me tourmenter un jour pour Lucas, mais comme les heures passaient et qu'il ne revenait pas, je commençai à m'inquiéter.

Nous avions mangé le plus exécrable dîner que l'on puisse imaginer. C'était Abdullah qui l'avait préparé, nous expliquant que le cuisinier de Lucas était introuvable — ainsi, d'ailleurs, que le serviteur qui nous avait accompagnés le matin. Je trouvais ces disparitions préoccupantes, mais Radcliffe, d'une bonne humeur inexplicable, balaya mes inquiétudes d'un revers de la main.

Nous étions tous assis sur la plate-forme et regardions la lune se lever. Radcliffe et moi aurions pu aussi bien être seuls, tellement les deux jeunes fiancés participaient peu à la conversation. Ils ne tournaient même pas la tête quand nous leur parlions. Je n'avais donc que Radcliffe à qui me confier — et, naturellement, je n'escomptais guère qu'il manifeste la moindre compréhension touchant mes angoisses au sujet de Lucas. A cet égard, je ne me trompais pas.

— Il a dû repartir avec son bateau, me répondit-il avec indifférence. Nous ne le reverrons probablement jamais.

— Vous voulez dire qu'il nous aurait abandonnés ? Je ne peux le croire ! Jamais il ne se conduirait avec une telle lâcheté.

— Je n'en suis pas si sûr. Mais, rendons-lui justice : ce n'est tout de même pas une désertion devant l'ennemi ! En outre, je ne serais pas étonné si notre visiteur nocturne décidait aussi de nous laisser en paix.

— C'est absurde ! répliquai-je avec irritation. Lucas et cette créature sont deux personnes différentes. Nous les avons vus plusieurs fois ensemble.

— Peut-être ai-je tort, concéda-t-il d'un ton contredisant la fausse modestie de ses paroles. Je ne refuse pas a priori son hypothèse : une tombe inviolée que les villageois auraient découverte. En tout cas, Peabody, vous ne me contredirez pas si j'affirme que l'instigateur de cette macabre comédie n'est pas un Egyptien. Elle présente trop de détails ne pouvant avoir été inventés que par un Européen. Ou un Américain. Les collectionneurs peu scrupuleux ne manquent pas outre-Atlantique...

— De quoi parlez-vous ?

— De la jalousie professionnelle, chère amie. Il vous semblera sans doute incroyable que des gens raisonnables agissent ainsi, mais je connais certains de mes collègues qui seraient prêts à tout pour exploiter une découverte sensationnelle, comme une tombe royale, par exemple. Je suis titulaire de la concession d'Amarna. J'ai eu un mal fou pour l'arracher à Maspero, mais maintenant il lui serait difficile de me la retirer sans une raison valable. Il serait toutefois très capable d'employer des moyens détournés pour m'obliger à abandonner mes fouilles et lui laisser le champ libre. Naturellement, Maspero n'est pas le seul à...

— Oh, comment pouvez-vous avoir des idées aussi absurdes !

— Voyez-vous une autre explication ? Si ce n'est pas le site qui est convoité, c'est une personne que l'on veut atteindre. Je n'ai aucun ennemi...

— Vous en êtes sûr ? m'enquis-je ironiquement.

Il haussa les épaules.

— Oh, il doit bien y avoir quelques-uns de mes collègues m'en voulant pour mes critiques justifiées, répondit-il d'un air pensif. Oui, des gens très imbus de leur personne, qui seraient capables d'éprouver une certaine rancœur pour...

— Si quelqu'un décide de vous tuer, l'interrompis-je, ce sera sous l'emprise de la colère, avec un bâton ou n'importe quel instrument contondant à portée de sa main. La seule chose qui m'étonne, c'est que ce ne soit pas encore arrivé.

— Mes ennemis n'ont que des griefs à mon égard, insista-t-il. Rien qui puisse justifier un meurtre. Quant à Walter, il n'en a aucun. Et son caractère est d'une déplorable douceur. Etes-vous sûre de n'être pas poursuivie par un amoureux éconduit, Peabody ?

Pareille question ne méritait même pas réponse.

— Alors, je ne vois que Mlle Forbes. C'est à cause d'elle que notre mystérieux adversaire a imaginé toute cette mise en scène. Si tel est le cas, les événements de ce soir ont probablement résolu le problème. Notre jeune lord a reçu son *congé** et il est parti.

Au même instant, il y eut un bruit de pas sur le sentier. Un pas que je reconnus immédiatement.

La lune était pleine, son disque majestueux enveloppait d'un halo argenté le désert et le cirque de collines qui nous entourait. Néanmoins, il n'y avait pas assez de lumière pour que je puisse distinguer l'expression de Radcliffe — à mon grand regret.

— Lucas !

Je me retournai et accueillis le cousin d'Evelyn avec une chaleur que je ne lui avais encore jamais témoignée.

— Que je suis aise de vous voir de retour ! J'étais si inquiète pour vous !

— C'est bien aimable de votre part...

Son regard se dirigea vers Evelyn et Walter qui, serrés l'un contre l'autre, étaient assis dans l'ombre derrière nous. Voyant qu'il ne recevait aucun accueil de ce côté-là, il se retourna vers moi.

— J'ai éprouvé le besoin de marcher, expliqua-t-il. Pour être de nouveau en paix avec moi-même. J'y suis parvenu. Vous n'avez pas, j'espère, pensé que je vous avais abandonnés ?

— J'étais sûre que vous reviendriez.

Radcliffe ne fit aucun commentaire.

Lucas grimaça un sourire.

— Je vous remercie de votre confiance, mademoiselle Peabody. Demain, une dure journée nous attend et le travail devrait m'aider à oublier ma... déception. Je suis sûr que je prendrai beaucoup de plaisir à battre les collines en quête d'un trésor perdu. Entre-temps, je me suis souvenu de la suggestion de M. Emerson et je suis allé chercher une bouteille de champagne à bord de mon bateau. Pour boire au bonheur de ma cousine et de son fiancé.

Je ne pus m'empêcher de jeter un coup d'œil triomphant à Radcliffe. Il avait le visage dans l'ombre, mais son mutisme était éloquent. Je ne voyais que sa main, crispée nerveusement sur l'accoudoir de son fauteuil. Je ne sais pas pourquoi j'étais si heureuse que Lucas se conduise en gentleman. Je ne l'avais jamais aimé... Mais, bien sûr, maintenant, je ne me pose plus de question à cet égard. Dans l'état d'esprit où je me trouvais, j'aurais pris le parti de Satan lui-même si j'avais pu voir en lui un allié contre Radcliffe.

Lucas avait réellement décidé de faire contre mauvaise fortune bon cœur. Il posa sa bouteille de champagne sur la table et alla lui-même chercher des verres.

— Ne voudriez-vous pas essayer de persuader Evelyn de se joindre à nous ? me demanda-t-il à voix basse, tout en commençant à dénouer le fil de fer qui maintenait le bouchon. Je n'ose le faire moi-même. A vrai dire, j'ai honte de ma conduite de tout à l'heure. Vous comprenez, j'ai une nature qui s'emporte facilement. Mon cher vieux grand-père n'aurait pas manqué de mettre cela au compte de mon sang méditerranéen.

J'accédai à sa requête et Evelyn sortit timidement de l'ombre, en tenant Walter par la main. En mon for intérieur, je trouvai les excuses de Lucas un peu minces. Je comprenais son dépit et ne lui en voulais pas d'avoir frappé son rival, mais rien ne pouvait justifier la façon dont il avait trahi la jeune femme. D'un autre côté, cette trahison n'était-elle pas la cause de l'heureux dénouement qui s'était ensuivi ? En outre, je dois dire que Lucas n'en resta pas là. Il fit amende honorable, en bonne et due forme, comme un digne Anglais. Walter accepta l'expression de ses regrets avec le même fair-play. Je fus émue aux larmes en voyant ces deux jeunes hommes se serrer la main sous les rayons bienveillants de la lune.

Puis Lucas tendit un verre à chacun de nous et leva le sien.

— A Evelyn ! s'écria-t-il. Que l'avenir lui apporte tout le bonheur que son plus proche cousin peut lui souhaiter !

Nous bûmes. Même Radcliffe trempa ses lèvres dans le vin pétillant, avec une grimace qui le fit ressembler à un petit garçon que l'on oblige à prendre un médicament. Il avait rapproché son fauteuil de la table et je distinguais mieux son visage. Je me délectai sans vergogne de son expression acerbe et désapprobatrice. Voyant qu'il n'était pas d'humeur à accomplir son devoir et me rendant compte que je ne pouvais pas trop en demander à Lucas, je proposai le toast suivant.

— A Walter ! Qu'il rende Evelyn aussi heureuse qu'elle le mérite ! Sinon, il aura affaire à moi !

— Voilà qui est parler avec votre tact coutumier, marmonna Radcliffe entre ses dents.

Walter se pencha en avant et posa sa main sur la mienne.

— Si je le mérite, n'hésitez pas à me punir, mademoiselle Peabody, déclara-t-il avec un sourire plein de chaleur. Jamais je n'oublierai que, dans une large mesure, c'est à vos exhortations que je dois mon bonheur. J'espère que vous viendrez souvent nous voir. Ainsi, vous pourrez me surveiller et vous assurer que je me conduis conformément à vos attentes.

— Attention ! dis-je, tandis que Radcliffe levait les yeux au ciel. Je suis bien capable de vous prendre au mot, car je me sens de plus en plus intéressée par l'archéologie.

J'avais la tête qui tournait et me sentais aussi légère qu'une plume — l'effet du champagne, sans doute. Grâce à son influence, la bonne humeur était générale. Nous étions tous joyeux, sauf Radcliffe qui boudait dans son coin, aussi morne et impassible qu'une statue de pierre. Lorsque la bouteille fut vide, Lucas donna le signal de la retraite.

— Si tout va bien, nous aurons demain une journée chargée, déclara-t-il après avoir reposé son verre sur la table. Nous avons donc besoin de nous reposer. Je vous suggère, messieurs, d'instituer un tour de garde pour cette nuit — afin d'empêcher toute nouvelle incursion de notre visiteur nocturne. Tant que nous n'aurons pas résolu le mystère de cette tombe, il peut revenir.

— Exactement ce que je m'apprêtais à proposer, acquiesça Radcliffe en lui décochant un regard perçant. Préférez-vous le début, le milieu, ou la fin de la nuit ?

Lucas répondit que cela lui était indifférent. Il fut convenu qu'il prendrait le premier quart, Radcliffe le suivant et Walter le dernier. Je donnai le bras à Evelyn pour aller jusqu'à notre chambre. Elle était comme sur un petit nuage, et après encore quelques exclamations de joie et de gratitude, elle s'endormit profondément.

Moi aussi, j'étais fatiguée. Mes paupières se fermaient toutes seules, sans que j'arrive pour autant à trouver le sommeil. Quelque chose me tracassait. J'étais mal à l'aise, mais de façon purement mentale, car je m'étais habituée depuis longtemps à la dureté de mon matelas et la simplicité rudimentaire de notre installation. Il n'y a rien de plus pénible que d'être épuisée physiquement et d'avoir, en même temps, l'esprit tourmenté par une sourde inquiétude. J'étais trop lasse pour me lever et chercher une occupation, mais trop énervée pour m'endormir. En dépit de mes efforts, je ne réussis pas à déterminer la cause de mon inquiétude. Nous risquions, certes, de recevoir une visite désagréable, mais ce n'était pas cela qui me tracassait. Je commençais à m'y habituer, un peu comme on s'habitue à une douleur familière. Non, il y avait autre chose. Quelque chose que je ne parvenais pas à préciser. J'aurais dû être dans un état de complète euphorie. Mon vœu le plus cher s'était réalisé — Evelyn avait enfin trouvé le bonheur — et j'avais damé le pion à Radcliffe.

Au fait, lui avais-je réellement damé le pion ?

Plus je me remémorais ses faits et ses gestes pendant la journée et moins j'en étais assurée. C'était comme s'il avait cherché à atteindre le même but que moi. Ses paroles et ses piques avaient sans doute eu un seul but : pousser son frère hors de ses retranchements et le forcer à déclarer son amour.

Un tel changement d'attitude était par trop étrange. Il devait avoir une raison cachée.

J'en étais là de mes pensées, lorsqu'il y eut un bruit à l'entrée de la tombe. Soudain, une main souleva le rideau.

Je roulai de côté.

— Qui est là ? chuchotai-je. Est-ce vous, Lucas ?

— Oui, c'est moi. Qu'y a-t-il, mademoiselle Peabody ? Vous n'arrivez pas à dormir ?

Au prix d'un grand effort, je m'arrachai à mon lit et enfilai ma robe de chambre. Evelyn dormait comme un bébé. Je la contemplai avec affection, puis marchai sur la pointe des pieds jusqu'à la porte.

— Je ne parviens pas à trouver le sommeil. Peut-être suis-je trop fatiguée. Et vous Lucas ? Vous vouliez me demander quelque chose ?

— Non, rien... Mais je me sens tout bizarre, ce soir. Vous entendant remuer, je me suis inquiété, pensant à ce serpent...

— Je ne me sens pas à mon aise, moi non plus, avouai-je.

Je le rejoignis sur la plate-forme. La nuit était idéale. L'air était frais. Je frissonnai et remontai le col de ma robe de chambre.

— Vous devriez dormir, me reprocha-t-il avec douceur. Peut-être qu'un dernier verre de vin vous y aiderait ?

— J'espère que vous n'avez pas continué à boire, Lucas ? protestai-je. Ce ne serait vraiment pas raisonnable.

— Raisonnable ! fit-il. Je veux bien monter la garde, mais je ne suis pas de bois et je n'ai pas oublié ma mésaventure sur votre dahabieh. L'alcool m'aide à surmonter ma peur. Et à oublier ma déception. Venez. J'insiste pour que vous me teniez compagnie.

Comme une idiote j'eus pitié de lui. Son émotion avait l'air sincère et elle me touchait. Il était en train de remplir les verres lorsque Radcliffe sortit de sa tombe et s'avança vers nous.

— Il y a une fête et on ne m'invite pas ! Mais peut-être ai-je interrompu une réunion intime... ?

— Ne vous montrez pas plus stupide que vous ne l'êtes !

La fin de ma réplique se perdit dans un énorme bâillement.

— Oh, Seigneur Dieu, je suis vraiment très fatiguée. Je ne comprends pas pourquoi je n'arrive pas à dormir.

— Evelyn semble être la seule à avoir la conscience tranquille, commenta Lucas d'un ton grinçant. A moins que l'heureux élu ne dorme également ?

— Il dort, confirma Radcliffe. Comme un bienheureux.

— Et vous, pourquoi êtes-vous debout ? Il est encore bien tôt pour que vous preniez ma relève.

Radcliffe haussa les épaules.

— C'est vrai, mais vous pouvez aussi bien aller vous coucher, maintenant que je suis là. Inutile que nous restions éveillés tous les deux. Parfois, je ne me couche pas de la nuit. Je crois que cela va être le cas. Je ne sais pourquoi... Un excès de vitalité, peut-être. Toujours est-il que pour le moment, je n'ai absolument aucune envie de dormir.

Je sentis alors qu'il se passait quelque chose d'anormal et que Radcliffe en était conscient.

Il mentait, et d'une manière fort peu convaincante. Les paupières mi-closes, il avait les épaules avachies et, maintenant qu'il était plus proche, je voyais que ses cheveux étaient mouillés, comme s'il s'était versé de l'eau sur la tête... Pour rester éveillé ? J'avais employé le même artifice la nuit précédente. Du coup, tous mes sens furent en alerte.

— Oh, très bien, fit Lucas d'un ton boudeur. Puisque je ne suis plus bon à rien, je vais me retirer et finir ma bouteille tout seul — à moins que l'un de vous deux n'accepte de trinquer avec moi ? Non ? Bonne nuit, alors. Ce soir, je n'ai aucune envie de m'enterrer dans la chaleur étouffante de l'une de ces tombes. Je vais aller dormir sous la tente en dessous. Mais, si nous avons de nouveau une visite, n'hésitez pas à crier pour me réveiller.

Sa précieuse bouteille serrée contre lui, il descendit le sentier en titubant. Je ne m'étais pas rendu compte qu'il était ivre à ce point. Radcliffe craignait-il que l'alcool l'empêche de monter la garde convenablement ?

Dès que Lucas fut hors de vue, Radcliffe se retourna vers moi et, me prenant par les bras, m'obligea à me lever du fauteuil dans lequel je m'étais laissée tomber. Il me secoua si fort, que ma tête se mit à rouler d'un côté à l'autre tandis que mes cheveux s'échappaient de leur filet.

— Réveillez-vous, bon sang ! Si vous vous endormez, je vais vous gifler jusqu'à ce que vous hurliez ! N'avez-vous donc pas compris que nous avons été drogués ?

— Drogués ? répétai-je stupidement.

— Cela fait plus d'une heure que je lutte pour ne pas succomber au sommeil ! N'auriez-vous pas quelque chose dans votre boîte à pharmacie qui pourrait annuler les effets du laudanum ?

Mon esprit était engourdi et la moindre pensée me demandait un douloureux effort.

— Il y a mes sels, répondis-je au bout d'un moment. Ils sont assez forts pour réveiller un mort.

Radcliffe leva les yeux au ciel.

— Des sels ! Seigneur Dieu ! Enfin, c'est mieux que rien. Allez les chercher. Vite !

Me dépêcher était impossible. J'avais déjà de la peine à lever les pieds. Néanmoins, je réussis à trouver le flacon. En passant à côté d'Evelyn, je compris que Radcliffe avait raison. Elle dormait beaucoup trop profondément. Je la secouai. En vain. Elle avait dû absorber une dose de drogue plus forte que la mienne.

J'appliquai le flacon sous mes narines et inspirai profondément. Le résultat ne se fit pas attendre. D'un pas déjà beaucoup plus alerte, je rejoignis Radcliffe qui était adossé à la falaise, la tête en arrière et les jambes vacillantes. Je lui mis le flacon sous le nez. Il sursauta et se cogna le crâne contre la paroi rocheuse. Je préfère vous épargner les jurons dont il m'abreuva !

— Maintenant, dites-moi ce qui ne va pas, demandai-je en rebouchant le flacon. Avez-vous peur de quelque chose ? Si vos déductions étaient exactes...

— Elles étaient complètement erronées ! s'exclama-t-il. Aussi stupides qu'erronées. Il me manque un indice capital — une information qui donnerait un sens à toute cette histoire. Je vous soupçonne de détenir cette information, Peabody. Il faut que vous me disiez...

Il s'interrompit. Sans doute parce que mon visage s'était décomposé. J'avais l'impression que mes cheveux s'étaient dressés sur ma tête. En bas du sentier, juste devant moi, quelque chose avait bougé. Soudain, nous entendîmes un gémissement plaintif.

Je sus tout de suite qu'il ne provenait pas de la gorge rauque de la momie. C'était l'appel douloureux d'un être humain qui souffre et qui a peur. Un appel auquel je ne pouvais résister, même s'il me fallait affronter une horde de momies gesticulantes.

En dépit de ma rapidité, Radcliffe me devança. Lorsque je le rejoignis, il était agenouillé près d'un corps inanimé. Un rayon de lune éclairait le visage du malheureux. Je le reconnus aussitôt mais, Dieu me pardonne, je l'avais presque oublié. C'était Michael, mon fidèle drogman.

— Est... est-il mort ?

Radcliffe secoua la tête.

— Pas encore, mais fort mal en point. Il a une plaie à la tête, ajouta-t-il en me montrant sa main maculée d'une substance sombre et poisseuse... Du sang !

Le drogman portait la vieille djellaba à rayures bleues et blanches qu'il avait le jour de sa disparition. Elle était maintenant déchirée et fripée. Je tendis la main pour prendre son pouls, mais en relevant sa manche, je ne pus réprimer une exclamation horrifiée. Son bras était enflé, avec la chair profondément entaillée à plusieurs endroits.

— Il a été retenu prisonnier, dis-je en faisant un effort pour toucher son poignet martyrisé.

— Comment bat son cœur ?

— Il est faible, mais régulier. Il a besoin de soins médicaux. Au plus vite. Je ferai ce que je pourrai, mais je ne suis guère qualifiée pour... Il faut le remonter à la tombe. Lucas pourrait peut-être nous aider.

— C'est inutile.

Radcliffe saisit le frêle drogman à bras-le-corps et le souleva dans ses bras, sans effort apparent.

Au même moment... Seigneur Dieu, ma main tremble à la seule évocation des cris aigus qui vrillèrent l'air de la nuit ! C'était une femme qui criait. Des hurlements de terreur, qui s'achevèrent en un long gémissement d'agonie.

Radcliffe bondit en avant, comme si le blessé qu'il portait n'était qu'un sac de plumes. Je le suivis et, lorsque nous arrivâmes à mi-pente, toute l'horrible scène nous apparut.

La momie était debout sur la plate-forme, sa tête aveugle et bandée tournée dans notre direction. L'horrible créature serrait dans ses bras décharnés le corps inanimé d'Evelyn. La pauvre fille s'était évanouie.

Devant moi, Radcliffe me barrait le chemin et je frappai son dos pour qu'il me laisse passer. Le cri d'Evelyn résonnait dans ma tête. Je me souvins brièvement du jour où un marchand plus hardi que les autres avait essayé de nous vendre une main de momie. La malheureuse enfant avait dit qu'elle mourrait si jamais elle devait toucher une chose aussi horrible... Mais nous tenions le monstre, maintenant. Il ne pouvait s'enfuir. Il allait vraiment avoir besoin de tous ses pouvoirs surnaturels pour m'échapper !

J'allais dépasser Radcliffe, lorsque Lucas sortit de sa tente. Il avait dû être réveillé par les cris d'Evelyn, mais les vapeurs de l'alcool expliquaient la lenteur de sa réaction. Comprenant la situation, il se mit à courir avec une vitesse inattendue. Dans son impétuosité, il ne nous vit pas et nous ne pûmes éviter la collision. Radcliffe réussit à garder l'équilibre et ne pas lâcher le corps de Michael, mais le choc me projeta au sol avec violence. Naturellement, la momie profita de la diversion. Pliant les genoux, elle bondit. Dans l'état d'esprit où je me trouvais, je n'aurais pas été étonnée qu'elle déploie des ailes et s'envole au-dessus de nous comme une gigantesque chauve-souris. Mais elle atterrit sur ses deux jambes, au milieu de l'éboulis, et dévala la pente en courant, les cheveux blonds d'Evelyn flottant sur son épaule.

— Poursuivez-la ! criai-je. Ne la laissez pas s'échapper !

Mais Radcliffe ne pouvait pas faire grand-chose, encombré qu'il était par le corps inanimé de Michael. Il lui était difficile de le laisser choir afin de se lancer à la poursuite de la créature. Pour ma part, empêtrée dans ces robes abominables que les convenances imposent aux femmes, je n'avais même pas réussi à me relever. Il ne restait que Lucas. Une fois le premier moment de confusion passé, il se montra à la hauteur de la situation.

— N'ayez crainte ! cria-t-il en s'élançant. Elle ne m'échappera pas ! Restez ici — n'abandonnez pas le camp ! Je vous jure que je vais ramener Evelyn. Saine et sauve.

Il était déjà loin lorsque ses derniers mots nous parvinrent.

A cet instant, un autre cri résonna au-dessus de nous. Je levai les yeux et vis Walter émerger de sa tombe. S'il avait été drogué, le drame qui venait de se dérouler lui avait rendu instantanément ses esprits. Avec un hurlement de rage, il se lança à la poursuite de Lucas et de la momie.

Comme je m'apprêtais à l'imiter, Radcliffe me donna un coup de pied dans les jambes. Je dois convenir que, ses bras étant occupés, c'était le seul moyen dont il disposait pour m'arrêter.

— Vous n'allez pas perdre la tête vous aussi, Peabody ? Il faut que quelqu'un au moins agisse raisonnablement. Suivez-moi. Nous devons d'abord nous occuper de Michael.

Il avait raison. Lucas et Walter parviendraient peut-être à rejoindre la créature, mais moi je réussirais seulement à me tordre une cheville ou m'empêtrer de nouveau dans mes robes. J'apercevais toujours la silhouette blême de la momie bondissant à travers la plaine. Walter n'était pas loin derrière elle. Tout cela, naturellement, avait duré beaucoup moins de temps qu'il n'en faut pour l'écrire.

Je me détournai à contrecœur et rejoignis Radcliffe qui remontait le sentier à grands pas rapides. Il fallait parer au plus pressé.

Tandis qu'il déposait Michael sur son lit, je saisis la lampe à pétrole et la boîte d'allumettes.

— Il faut que j'aille au secours de Walter, dit-il. Nous ne serons pas trop de trois pour maîtriser ce monstre et lui arracher Evelyn.

Je venais de craquer une allumette lorsque le coup de feu claqua. Je tournai la tête. La haute silhouette de Radcliffe se découpait dans le rectangle gris de la porte. Horrifiée, je la vis vaciller et tomber.

CHAPITRE 12

Inutile que j'essaie de décrire ce que je ressentis à ce moment. Lâchant ma lampe, je me précipitai vers Radcliffe, oubliant instantanément Michael et les mortels dangers auxquels Evelyn était exposée.

Avant que j'aie réussi à l'atteindre, sa main me saisit la cheville et je m'affalai à plat ventre sur lui. Sous le choc, il poussa un grognement de douleur. Mes mains cherchèrent son visage à tâtons, rencontrèrent un liquide tiède et poisseux.

— Vous êtes blessé ! m'écriai-je avec un sanglot dans la voix. Mon Dieu...

Il éternua et secoua ses épaules.

— Vous me chatouillez et vous m'avez mis les doigts dans les narines ! protesta-t-il. J'ai le menton et le dessous du nez particulièrement sensibles. Et puis, pour l'amour du ciel, ne vous mettez pas à pleurnicher, Peabody ! Ce n'est qu'une simple égratignure. Un éclat de pierre.

Je poussai un soupir de soulagement.

— Peut-être, mais on vous a visé ! Que faites-vous ? Vous n'allez pas...

Il s'était mis à ramper en direction de l'entrée.

— Ce coup de feu n'était qu'un avertissement, répondit-il par-dessus son épaule. Nous ne craignons pas grand-chose — sauf si nous essayons de sortir. Donnez-moi la chemise de Walter — là-bas sur son lit — et mon alpenstock. Merci. Maintenant, voyons si...

Il agita la chemise à l'extérieur et, aussitôt, un deuxième coup de feu retentit.

— Il est là-bas, au milieu des rochers.

— Qui donc ?

— Parfois, je me demande si vous avez même autant de jugeote que l'un des petits ânes gris du village ! répliqua-t-il. Qui d'autre cela pourrait-il être ? Vous n'allez tout de même pas me dire que vous n'avez pas encore deviné qui est notre adversaire ? Cela faisait longtemps que je le soupçonnais. Mais, malgré cela, son mobile continue de m'échapper. Il faut vraiment avoir le diable au corps pour espérer conquérir l'amour d'une femme de pareille façon ! Une passion aussi démentielle... Je ne l'en aurais pas cru capable.

Quelques heures plus tôt, sa voix calme et gouailleuse m'aurait mise en fureur. Là, elle eut au contraire le don de me calmer et de me rendre mes facultés de réflexion. Nous avions tergiversé trop longtemps. Nous aurions de la chance si nous parvenions à sortir indemnes de cette embuscade. Quant à Evelyn et son ravisseur, ils étaient sans doute hors de vue. Seul Walter pouvait encore la sauver. Du moins, n'aurait-il qu'un seul ennemi à affronter. L'autre était dehors, son fusil à la main.

— Il y a un mobile, déclarai-je. Je commence seulement à l'entrevoir... Non, non, c'est impossible ! Moi aussi, j'ai soupçonné Lucas dès le début. Mais il n'était pas là, lors de la première apparition de cette momie. Il n'est arrivé que plus tard et il ignorait que nous devions nous arrêter ici...

— Je pense qu'il est vraiment temps que nous comparions nos tablettes, me rétorqua Radcliffe, toujours couché devant la porte. Mais, auparavant, vous devriez donner un peu d'eau à notre blessé. Je crains que nous ne puissions faire grand-chose d'autre pour ce pauvre garçon, car il n'est pas question d'allumer une lampe et encore moins d'aller chercher la boîte à pharmacie dans votre tombe.

Je bassinai le visage de Michael et instillai quelques gouttes d'eau entre ses lèvres. C'était toujours mieux que rien. Il respirait encore, mais je n'avais aucune idée de la gravité de ses blessures. Cela fait, je rejoignis Radcliffe en rampant. Il regardait dehors, le menton posé sur ses bras croisés.

— Depuis que nous nous sommes rencontrés tous les deux, murmura-t-il, nous n'avons cessé de nous chamailler. C'est regrettable, car si nous avions uni nos efforts nous aurions sans doute réussi bien plus tôt à mettre un terme à cette comédie macabre. Voyez-vous, il y a déjà un certain temps que j'ai compris que notre jeune lord mentait. Hassan s'est entretenu avec le raïs de la *Cléopâtre* et il m'a répété une partie de leur conversation. Lucas les a payés royalement, lui et son équipage. Grâce à cela, il a réussi à quitter Boulaq le lendemain de votre départ. Il était amarré à Minieh, le jour où vous êtes arrivées ici.

« Mais cela n'est pas le plus important. Lord Ellesmere a un complice — pas un indigène, mais un Européen. C'est lui qui a joué le rôle de la momie. Il est arrivé avant Lucas et a mis le décor en place, achetant la collaboration de Muhammad et introduisant discrètement dans une tombe vide la momie que Walter a trouvée. Son déguisement et son rôle avaient dû être mis au point longtemps à l'avance — au Caire, probablement. Lord Ellesmere est sans doute arrivé en Egypte plus tôt qu'il ne vous l'a dit. Sauriez-vous, par hasard, quel pourrait être le nom de ce complice ?

— Non, avouai-je. Peut-être l'un de ses amis — un compagnon de débauche aussi dépourvu de morale que lui — ou une canaille à sa solde. Cependant, objectai-je, il y a une faille dans votre raisonnement. Comment pouvaient-ils savoir que nous allions nous arrêter ici ? Nous l'ignorions nous-mêmes !

— Vraiment ? Alors, Hassan est un menteur. Il m'a dit que vous lui aviez soumis votre itinéraire avant votre départ du Caire et qu'il avait essayé, en vain, de vous convaincre d'en changer.

— Ah oui, c'est vrai ! Je lui ai parlé de mon intention de visiter Amarna — ainsi que de nombreux autres sites. Mais comment Lucas a-t-il pu l'apprendre ?

— Par Michael, je suppose. A-t-il eu la possibilité de parler avec lui avant votre départ ?

Je ne pus réprimer une grimace.

— Oui, acquiesçai-je. Dire que nous le lui avons présenté pour qu'il l'aide à choisir un drogman ! Seigneur Dieu, comment ai-je pu être aussi stupide ?

— Vous n'aviez aucune raison de vous méfier, Michael non plus, d'ailleurs. Lord Ellesmere était votre ami et un parent d'Evelyn. Ce n'est qu'ici, après les premiers incidents, que Michael a dû s'interroger quant au caractère inoffensif de son indiscrétion. C'est un homme intelligent, qui vous est dévoué corps et âme. Rappelez-vous. Le jour de sa disparition, il a demandé à vous parler, seul à seule.

— Et pour l'en empêcher, Lucas l'a assommé puis enlevé !

— Pas lui, mais l'un de ses hommes. Il l'a gardé prisonnier dans l'une des grottes qui abondent aux alentours. Puis, ce soir, quand il s'est rendu compte que nous refusions obstinément de succomber au laudanum qu'il avait versé dans notre champagne, il l'a traîné sur le sentier pour créer une diversion pendant que son complice enlevait Evelyn.

« Je dois reconnaître que le gaillard a de l'imagination et ne manque pas d'une certaine habileté lorsqu'il s'agit de tirer profit des circonstances. Ma maladie a été l'une de ces circonstances favorables — favorable pour lui, naturellement. Je suppose, néanmoins, qu'il aurait trouvé quelque chose d'autre pour vous obliger à passer plusieurs jours ici — le sabotage de votre dahabieh, par exemple. A ce moment-là, il n'avait pas encore dû envisager de recourir au meurtre, espérant arriver à ses fins par des moyens pacifiques, mais, de toute évidence, il était résolu au pire, si cela devenait nécessaire. Par ailleurs, je me suis longtemps égaré sur une fausse piste. Jusqu'à cet après-midi, je n'avais pas compris que c'était Evelyn — et seulement elle — qui était visée. Ensuite, quand elle a accepté la demande de Walter, j'ai eu la folie de croire que notre jeune lord allait renoncer à sa macabre comédie.

Il agita de nouveau la chemise au bout de son bâton. Aussitôt, un coup de feu claqua et des éclats de pierre s'éparpillèrent autour de nous.

— Toujours là, commenta-t-il. Je me demande

pendant combien de temps il a l'intention de nous garder ainsi prisonniers. Tant que nous ne sortons pas, nous ne risquons rien. Il trouvera sans doute quelque excuse spécieuse pour ne pas avoir réussi à délivrer Evelyn. Il est assez inconscient — et vaniteux — pour se croire encore capable de nous donner le change. Que devons-nous faire, à votre avis ? Ne pas bouger, afin de ne point mettre notre vie en péril ?

— Alors qu'Evelyn est entre les griffes de ce monstre ? m'écriai-je. Allons donc, Radcliffe ! Vous n'avez pas plus que moi l'intention de rester inactif, pendant que Walter...

— Je suis inquiet pour lui, avoua-t-il, mais, pour le moment, nous ne pouvons rien faire.

Je le connaissais trop bien pour ne pas me rendre compte de l'horrible angoisse que masquait son calme apparent.

— Je me demande, poursuivit-il pensivement, s'il n'y aurait pas derrière toutes ces manigances un autre mobile que l'amour. Réfléchissez, Peabody. C'est le moment ou jamais de faire travailler vos cellules grises.

— Je crois commencer à entrevoir vaguement la vérité, déclarai-je d'une voix sourde. Si j'ai raison, nous nous sommes, l'un et l'autre, conduits comme des imbéciles. Si je vous avais su au courant des déplacements de Lucas et si je vous avais raconté...

— Ne pourriez-vous être plus directe ? m'interrompit-il avec agacement. L'ennui avec les femmes — même les meilleures d'entre elles — c'est qu'elles sont incapables d'aller droit au but. Il faut toujours qu'elles s'embarrassent de « Si seulement... » et de « si j'avais su... »

— Pour une fois, concédai-je, votre critique est justifiée. Je vais m'efforcer d'être brève.

En quelques phrases, je lui racontai l'histoire d'Evelyn. Il m'écouta sans piper et quand j'eus terminé, il hocha la tête.

— Oui, c'est dans cet héritage que se trouve le fin mot de l'histoire. Seul l'argent — beaucoup d'argent — peut inciter un homme à organiser pareille comédie. Vous aurait-il menti quant à la mort du grand-père d'Evelyn ? Si le vieux lord vit encore et qu'il envisage de rendre à...

Je secouai la tête.

— Non, il est vraiment mort. L'une de mes relations au Caire me l'a confirmé.

Emerson frappa le sol de son poing :

— Pourtant, c'est la seule explication, Peabody ! Pour une quelconque raison, Evelyn est un obstacle entre Lucas et la fortune qu'il convoite. Il a fait tout ce qu'un homme pouvait faire pour la convaincre de l'épouser. Et non par amour, comme je l'avais cru d'abord. Maintenant, il l'a enlevée, mais de nos jours, grâce à Dieu, un mariage sous la contrainte n'a aucune valeur devant la loi. Alors, qu'espère-t-il ? Si seulement nous savions...

— Je crois avoir compris, l'interrompis-je. Je vous ai dit qu'avant de mourir, lord Ellesmere avait entassé tous les effets personnels d'Evelyn dans des malles et les lui avait envoyés. Or, Lucas m'a dit — il s'en est même vanté — avoir profité de la maladie du vieux comte pour prendre le contrôle de la situation au château d'Ellesmere. Sans doute pour veiller à ce que son grand-père, au cas où il se raviserait à propos d'Evelyn, n'ait pas la possibilité de joindre ses hommes de loi et de rédiger un nouveau testament. Mais le vieux monsieur a très bien pu en écrire un entièrement de sa main — je crois qu'on appelle cela un testament olographe. Connaissant Lucas comme il le connaissait, il n'a vu qu'un moyen de l'empêcher de détruire le précieux document. L'envoyer à Evelyn, caché au milieu de ses affaires.

— Bonté divine, je crois que vous avez trouvé, Peabody !

— Je le pense également. Lucas a essayé par tous les moyens de s'emparer des bagages d'Evelyn. Il est même allé jusqu'à lui proposer de les brûler sans les ouvrir ! Ils ont dû lui échapper à Rome — de justesse, probablement — et quand ils sont arrivés en Egypte, ils ont été pris en charge par Baring qui est l'homme le plus puissant de ce pays. C'était un ami de mon père et il n'ignorait rien de la réputation de Lucas.

Avec un pareil gardien, Lucas n'avait aucune chance d'avoir accès à ces malles. Hélas, car s'il avait obtenu ce qu'il voulait...

Radcliffe termina la phrase à ma place.

— ... Evelyn ne serait pas en danger. Il n'est peut-être pas certain que ce testament existe, mais Lucas doit avoir de bonnes raisons de le croire. S'il parvenait à le détruire, il aurait gagné. Certes, en épousant Evelyn, il serait arrivé aussi à ses fins. Mais, tous ses efforts ayant échoué — à cause de nous —, il ne lui reste plus qu'une seule solution... Vous n'avez aucun reproche à vous faire, Peabody. Comment auriez-vous pu déjouer un plan aussi machiavélique ?

— Je ne me fais aucun reproche, affirmai-je en essuyant les larmes qui roulaient sur mes joues. Comme vous l'avez dit, toute cette affaire est absolument diabolique. Seul un homme dépourvu de tout sens moral a pu imaginer un complot aussi noir. Je vais sortir d'ici et partir à la recherche d'Evelyn. Si jamais il a touché à un cheveu de sa tête, je le tue !

Je me redressai, mais Radcliffe, pesant d'une main sur mon dos, me força à m'allonger de nouveau.

— J'approuve complètement votre plan, déclara-t-il, mais il y a sûrement un moyen moins dangereux de le mettre en œuvre.

— Ne pouvons-nous espérer aide de quiconque ? questionnai-je. Abdullah ? Il a sûrement entendu les coups de feu...

— J'ai de graves soupçons à son sujet.

— Et Hassan ? Croyez-vous qu'il ait pu nous trahir aussi ? J'ai trouvé qu'il avait l'air bizarre l'autre jour, quand vous l'avez interrogé.

Radcliffe soupira.

— Hassan est un des rares Egyptiens honnêtes que je connaisse. Malheureusement, il est superstitieux. Il a eu honte d'admettre qu'il était terrorisé par ces histoires de momies et de malédictions. Je crois qu'il viendrait à notre secours — s'il parvenait à surmonter sa peur et convaincre ses hommes de l'accompagner. Cependant, nous ne pouvons guère compter sur lui, car il y a l'équipage de l'autre bateau. Je ne serais pas étonné si Lucas avait donné des ordres à son capitaine pour qu'il empêche Hassan de venir à notre aide. Non, Peabody, nous ne devons compter que sur nous-mêmes. Et je pense le moment venu de tenter quelque chose.

— Mais quoi ?

— Il y a des cailloux à portée de votre main. Quand je vous en donnerai le signal, vous les lancerez sur le sentier et dans l'éboulis. Cela fera diversion et, pendant que Lucas regardera ailleurs, je ramperai de l'autre côté. J'ai vu où il se cachait. Je ferai un détour et le prendrai à revers.

— C'est de la folie ! Il vous verra ou vous entendra !

— J'aurai l'obscurité pour moi et, si je ne me redresse pas, il y a peu de chance qu'il puisse m'atteindre d'où il est. Vous devrez faire le plus de vacarme possible pour couvrir le bruit de mes pas et l'inciter à vider son chargeur. Du nerf, que diable, Peabody ! Si vous avez un meilleur plan, je suis prêt à l'écouter. Je n'ai nulle envie de mourir en héros, mais le temps presse et il nous faut faire quelque chose.

Je n'avais rien à lui proposer — du moins rien de mieux. Il y avait beaucoup d'autres choses que j'aurais aimé lui dire. Je dus me mordre les lèvres pour ne pas laisser échapper des mots que j'aurais sans doute regrettés par la suite. Je détournai la tête afin de lui cacher mon trouble.

Pour exécuter son plan, il nous fallait changer de place. A quatre pattes, il passa au-dessus de moi. Un instant, je fus telle une souris prisonnière d'un gros chat. Son visage était si près du mien que je distinguai tous les poils de ses favoris.

— Nous n'avons peut-être plus que quelques instants à vivre, dit-il d'une voix rauque. Je ne voudrais pas mourir sans avoir... Oh, et puis tant pis ! Je vais le faire, au diable les conséquences !

Avant que j'aie eu le temps de comprendre ses intentions, il se pencha et m'embrassa à pleine bouche.

D'abord, je fus trop stupéfaite pour réagir. Puis, je

n'en eus plus envie. Ce n'était pas la première fois qu'un homme m'embrassait. Les soupirants qui m'avaient courtisée après la mort de mon père en avaient eu parfois la hardiesse... Non, je ne voudrais pas abuser mon Aimable Lecteur : je les avais encouragés à m'embrasser. Par curiosité. Je voulais savoir ce que je ressentirais. Chaque fois, je n'avais éprouvé qu'un profond ennui, teinté d'un vague dégoût. Après que Radcliffe eut commencé à m'embrasser, je me rendis compte que l'expérience en ce domaine n'était pas toujours très fiable.

Je dus fermer les yeux sans m'en rendre compte. Je les gardai fermés après que ses lèvres eurent quitté les miennes. Ainsi, je ne le vis pas sortir. Il était, je suppose, quelque peu bouleversé lui-même, sans quoi, il n'aurait pas oublié de me donner le signal convenu. Un coup de feu me rappela à la réalité. La balle ricocha au-dessus de ma tête, m'arrosant de poussière et d'éclats.

Je roulai sur le côté, saisis une poignée de cailloux et la jetai dans l'éboulis. Ils firent beaucoup de bruit, mais j'eus l'impression que les pas de Radcliffe en faisaient encore plus. Je me mis alors à lancer tout ce qui me tombait sous la main. Des livres, des bouteilles, les bottes de Radcliffe. Ils rebondirent dans les rochers, suivis bientôt par des boîtes de petits pois et de pêches au sirop, un miroir et un nécessaire de rasage. Il est difficile d'imaginer ce que Lucas a pu penser devant une avalanche aussi hétéroclite. Sans doute a-t-il cru que nous avions perdu la tête. Jamais, en tout cas, je n'avais entendu pareil tintamarre.

Le vacarme eut l'effet que nous avions escompté. Il rendit Lucas nerveux et provoqua une véritable fusillade. Aucune des balles ne pénétra à l'intérieur de la tombe et j'en conclus qu'il avait pris pour cible les objets que j'avais lancés. Ensuite, il y eut un silence. Je voulais compter les détonations, mais j'avais oublié de le faire. De toute façon, cela ne m'aurait pas servi à grand-chose, car je n'avais aucune idée de la contenance d'un chargeur. Je pouvais seulement espérer que la fin des coups de feu signifiait qu'il avait vidé son arme et était occupé à la recharger. Radcliffe avait-il réussi à le contourner sans être blessé ?

Des cris, des coups sourds et un bruit de lutte acharnée m'indiquèrent que notre plan s'était déroulé comme prévu. Un miracle ! Je me levai d'un bond et sortis en courant pour aller participer à la bataille. J'espérais bien pouvoir distribuer quelques coups de poing moi aussi.

En approchant du théâtre des opérations, je vis que Radcliffe était aux prises, en apparence du moins, avec deux adversaires. La longue djellaba blanche de l'un d'entre eux m'aida à l'identifier : Abdullah.

Le traître !

Ayant réussi à se dégager, Lucas saisit son fusil et le pointa sur le torse sans défense de Radcliffe tombé à terre.

J'étais encore à plusieurs mètres, trop loin pour faire quoi que ce soit, sauf hurler — ce dont je ne me privai pas. Un cauchemar ! Je courais, mais j'avais l'impression que mes jambes avaient cessé d'avancer. Jamais je n'arriverais à temps !

Puis, Abdullah bondit et détourna l'arme de Lucas. Le coup partit vers le ciel. Sans chercher les raisons d'un tel changement d'attitude, je me jetai sur Lucas. Je ne sais dans quel état je l'aurais laissé, si Radcliffe ne m'avait devancée. L'empoignant à la gorge, il le secoua jusqu'à ce qu'il eût cessé toute résistance. Voyant que j'aurais volontiers achevé son travail, il me repoussa avec son coude.

— Calmez-vous ! Nous ne pouvons pas tuer cette canaille avant qu'elle nous ait dit ce que nous désirons savoir. Quant à toi, Abdullah, ajouta-t-il en se tournant vers son ancien contremaître, il te faut choisir un camp ou l'autre. Je veux bien tirer un trait sur tes fautes passées en échange d'une coopération franche et sincère.

— Je ne sais plus ! marmonna Abdullah en tenant le fusil de Lucas comme s'il lui brûlait les doigts. Il m'a dit qu'il voulait reprendre la femme. Qu'elle était à lui. Je ne comprends pas... Tout cela pour une femme...

— Je reconnais bien là toute la philosophie de l'Islam, commenta Radcliffe sèchement. Il t'a menti, Abdullah. J'espère que tu l'as compris. Il était prêt à tuer et tu aurais été sa prochaine victime. Il ne pouvait laisser derrière lui un témoin de ses forfaits. Maintenant...

Le visage de Lucas avait viré au gris verdâtre. Pour faire bonne mesure, Radcliffe le secoua encore un peu.

— Où sont-ils allés ? Ne me dis pas que tu l'ignores, car c'est la seule chose qui me retienne de t'étrangler.

Il avait parlé d'un ton presque débonnaire, mais Lucas ne s'y trompa point.

— A... à la tombe royale, bredouilla-t-il. Je lui ai dit de l'emmener là-bas.

— Si jamais tu as menti...

Les doigts de Radcliffe se crispèrent. Lucas émit un horrible gargouillement. Quand il eut recouvré sa respiration, il protesta avec véhémence.

— Non, non, c'est la vérité ! Me laisserez-vous m'en aller, maintenant ? Je ne peux vous faire aucun mal...

— Tu veux rire ! s'exclama Radcliffe en le plaquant au sol, face contre terre, et lui plantant son pied au milieu du dos. Peabody, vous allez devoir sacrifier à nouveau un jupon, ajouta-t-il en se retournant vers moi. Dépêchez-vous ! Nous avons déjà perdu trop de temps !

Nous laissâmes Lucas pieds et poings liés là où il était tombé. Nous ne l'avions pas attaché avec mon jupon, bien sûr — le tissu n'aurait pas été assez solide — mais avec une bonne corde de chanvre que j'étais allée chercher dans la tombe.

Abdullah resta pour le garder. Radcliffe semblait avoir recouvré toute sa confiance en lui. A la vérité, Abdullah ne l'avait pas attaqué, il avait seulement essayé de les séparer.

Si nous n'avions pas été aussi tenaillés par l'angoisse, j'aurais sans doute trouvé notre promenade au clair de lune fort excitante. Dans la vallée encaissée de l'oued, les jeux d'ombres et de lumières créaient un paysage fantasmagorique — dantesque.

Mais, pour que je puisse l'admirer, il aurait fallu, également, que mes pensées ne fussent pas accaparées par les événements que nous venions de vivre. Comment aurions-nous pu imaginer triomphe plus total, après être passés si près du désastre ? A mesure que nous marchions, je sentais un peu d'espoir renaître en moi. Si le complice de Lucas avait emmené Evelyn aussi loin, cela voulait dire que sa vie n'était pas en danger — du moins, dans l'immédiat. Nous arriverions peut-être à temps pour la sauver.

Radcliffe marchait d'un pas qui excluait toute conversation, mais, aussi bien, je n'aurais pas parlé. Je ne voudrais pas laisser croire à mon lecteur que j'avais oublié le geste effronté qu'il s'était permis — je veux parler de son baiser. Comment allais-je répondre à cet instant d'égarement ? Je balançais entre l'ironie et une indifférence hautaine. Afin de ne pas trop penser à Evelyn, j'occupai mon esprit à chercher des répliques cinglantes.

Avec de telles pensées pour me distraire, le trajet me sembla beaucoup moins long que je ne l'avais craint, mais, malgré tout, j'étais hors d'haleine lorsque nous parvînmes dans le canyon où était située la tombe royale.

Au pied de l'éboulis, Radcliffe ouvrit la bouche pour la première fois. Afin de m'intimer le plus grand silence. En rampant, nous montâmes jusqu'à l'entrée. Une précaution parfaitement inutile. Comme elle s'attendait au triomphe de Lucas, la momie ne s'était pas donné la peine de monter la garde au seuil de la tombe. En jetant un coup d'œil dans l'ouverture, nous aperçûmes une faible lueur, très loin, tout au bout du couloir.

Maintenant que nous touchions au but, une impatience fiévreuse avait remplacé l'excitation qui m'avait portée jusqu'alors. Je dus me retenir de courir. J'avais peur pour Evelyn, mais aussi pour Walter. Soit il s'était perdu dans le désert, soit il avait succombé, car s'il avait réussi à arracher sa bien-aimée aux griffes de son macabre admirateur, nous les aurions rencontrés en chemin. L'anxiété de Radcliffe était aussi grande que la mienne, mais il me retint d'une main de fer. Il ne souffla mot et se mit à avancer à pas de loup — avec une si grande lenteur que nous devions avoir l'air de conspirateurs d'opérette. Après avoir franchi l'éboulement qui avait failli nous être fatal quelques jours auparavant, nous descendîmes l'escalier et suivîmes l'étroit couloir qui conduisait dans les profondeurs de la sépulture. A part la petite lumière vacillant au loin, l'obscurité était totale.

Le sol était trop jonché de débris disparates pour que nous puissions avancer en silence. Heureusement, nous n'étions pas les seuls à faire du bruit. Je dis « heureusement », mais je me demande si je n'aurais pas préféré risquer d'être entendue, plutôt que d'avancer au milieu d'un nuage de chauves-souris ! La tombe en était pleine, et elles vaquaient fébrilement à leurs nocturnes occupations.

Bientôt, la lumière devint plus vive et nous commençâmes à percevoir un vague murmure — une sorte de soliloque. Ce n'était pas la voix de Walter, mais les intonations m'étaient étrangement familières. Radcliffe devant moi, nous avancions courbés en deux. Maintenant nous commencions à comprendre ce que disait la momie. Car c'était elle qui parlait. Tout était clair, évident ! Comment avais-je pu être aussi stupide ?

Alberto !

Radcliffe me retint par le bras et, tapis dans l'ombre, nous nous arrêtames pour écouter.

— ... Nous avons bien manœuvré, Luigi et moi, n'est-ce pas, mon cœur ? Vous avez dit que j'avais eu de la chance de vous séduire, mais il n'en est rien. Tout a été réfléchi, calculé. Une adolescente romantique surveillée jalousement par un grand-père acariâtre. Comment aurait-elle pu ne pas succomber à mon charme d'artiste ? Quelques compliments, deux ou trois œillades langoureuses et hop ! Vous n'étiez pas de taille à me résister. Je vous ai enlevée et, quelques jours plus tard, Luigi s'est présenté au château. Si son grand-père n'avait pas eu la bonne grâce de modifier son testament en sa faveur, Luigi aurait trouvé autre chose pour le convaincre. Il a de l'imagination. Presque autant que moi. Ensuite, quand le vieux fou s'est remis de son attaque et a rédigé un nouveau testament qu'il a caché dans vos bagages, c'est encore moi qui suis intervenu. Déguisé en dignitaire de l'ancienne Egypte, j'ai fouillé votre chambre au Caire, mais je n'ai rien trouvé. Alors, nous avons imaginé un autre plan. Je suis très fier de mon costume de momie et de la façon dont j'ai joué mon rôle. Je suis sûr que j'aurais eu beaucoup de succès sur les planches. Tout le monde a eu peur de moi, même les gens du village et le brave Hassan ! Le fantôme d'un prêtre d'Amon ! C'était bien trouvé, non ? Et c'est moi encore qui ai prévenu Luigi quand j'ai vu la façon dont vous regardiez ce jeune imbécile au musée. J'étais déguisé en Arabe. Vos yeux brillaient de la même façon qu'au début de notre... hum... liaison. J'ai tout de suite compris...

Une exclamation indignée d'Evelyn interrompit cet odieux *braggadocio.* Sa voix était faible, mais j'éprouvai un grand soulagement en l'entendant.

— S'il n'avait pas été blessé et drogué, jamais vous n'auriez réussi à le maîtriser ! Que lui avez-vous fait ? Il ne bouge même plus ! Je vous en prie, laissez-moi aller le voir... Oh, Seigneur Dieu, il n'est pas... Il ne peut pas être...

L'épaule de Radcliffe était appuyée contre la mienne. Je la sentis se contracter brusquement, mais il resta immobile.

— Non, non, n'ayez crainte, la rassura Alberto avec un horrible rictus. Votre jeune héros est seulement inconscient. Mais ce n'est qu'un répit. Bientôt, vous serez morts tous les deux. Vous mourrez ensemble, comme Aïda et Radamès dans l'opéra du Signor Verdi. Dans les bras l'un de l'autre... Ce sera d'un romantique !

Brusquement, le ton de sa voix changea et il poussa un soupir.

— Luigi m'a ordonné de vous tuer. C'est toujours moi qui dois me charger du sale boulot... Lui, c'est un gentleman et il ne veut pas se salir les mains. Je ne sais pas si j'aurai le courage nécessaire. Je me contenterai peut-être de vous abandonner. Le résultat sera le même, mais ce sera plus facile. Tuer une femme que j'ai tenue dans mes bras...

C'en était trop pour Radcliffe qui, depuis un moment déjà, vibrait comme une chaudière sous pression. Il émit un rugissement et bondit dans la chambre funéraire. Inutile de dire que je n'étais pas loin derrière lui.

— Amelia !

Evelyn poussa un cri de joie et s'évanouit au moment où je la pris dans mes bras.

Je serrai la pauvre fille contre moi et regardai, non sans un certain plaisir, Radcliffe étrangler Alberto. Oui, la momie était bien le complice de Lucas-Luigi, l'odieux amant d'Evelyn qui l'avait abandonnée après lui avoir dérobé ses derniers objets de valeur. Son visage virait au violet, mais je n'éprouvais nulle envie de me porter à son secours.

Les yeux révulsés, il eut un râle horrible et Radcliffe le laissa tomber par terre pour se précipiter près de son frère. Walter était allongé dans un coin, mains et pieds liés. Il était inconscient, mais pas blessé. Alberto l'avait seulement assommé — par-derrière, sans doute. Après l'avoir attiré dans quelque piège.

Le trajet de retour fut long et pénible, mais nous ne sentions pas la fatigue, tant nous étions joyeux. Nous avions laissé Alberto solidement ligoté et bâillonné. Avant de quitter la sépulture, j'avais aperçu le costume de momie et je m'étais demandé comment nous avions pu être terrorisés par ce tas de bandelettes informe. C'était vraiment par trop grotesque !

II

Deux années ont passé depuis les faits que je viens de relater — deux années fertiles en événements, aussi bien dans ma vie privée que dans le cours de l'Histoire. Les craintes que Radcliffe avait émises au sujet du brave Gordon n'étaient que trop justifiées. Il fut horriblement assassiné au mois de janvier suivant, juste avant l'arrivée du corps expéditionnaire de Wolseley. Mais il n'était pas mort en vain. Aujourd'hui, le Mahdi n'est plus et nos forces sont en train d'écraser les derniers rebelles. Mon ami Maspero a quitté le Service des Antiquités où il a été remplacé par M. Grebaut, que Radcliffe déteste encore plus qu'il ne détestait Maspero. Quant à Radcliffe...

J'écris ces pages, assise sur la plate-forme qui domine la plaine d'Amarna et, quand je lève les yeux, je peux distinguer les ouvriers qui, telle une armée de fourmis noires, creusent le sable et font renaître les ruines de l'antique capitale d'Akhenaton. Mon Critique m'a abandonnée pour aller surveiller le dégagement de ce qui semble avoir été jadis un atelier de sculpteur. Plusieurs magnifiques bustes en granit ont déjà été exhumés. Radcliffe se donne beaucoup de mal inutilement, car Abdullah fait un travail admirable et n'a besoin de personne pour le superviser. Il ne parle jamais de la macabre comédie de l'avant-dernier hiver.

Moi, j'ai l'impression que c'était hier. L'aventure, le suspense, le danger... Cette période de ma vie restera à jamais gravée dans ma mémoire. Et j'avoue la regretter un peu, maintenant que j'ai oublié mes peurs et mes nuits sans sommeil.

Après son dénouement, nous avons dû interrompre les fouilles pendant plusieurs semaines. Au grand dam de Radcliffe. Il nous fallait emmener nos prisonniers au Caire et expliquer aux autorités ce qu'ils avaient fait — tâche qui ne s'avéra pas aussi simple que nous l'avions escompté. J'avais suggéré de laisser Alberto dans la tombe — pareil châtiment n'eût été que trop justifié — mais Evelyn avait poussé de tels cris que je n'avais pas insisté.

Au lever du soleil, nous retournâmes donc à ma dahabieh. Je vous épargnerai les explications au raïs Hassan et à l'équipage rassemblé sur le pont. Une fois de plus, Radcliffe se montra brillant orateur. Sa maîtrise de la langue arabe était admirable.

Le lendemain, nous voguions vers Le Caire. A part deux ou trois échouements sur des bancs de sable et un petit accrochage avec un bateau chargé de touristes américains — bruyants et mal élevés —, le trajet sur le Nil s'effectua sans incident. Michael se remettait rapidement et l'équipage faisait tout pour nous être agréable. La cuisine était exquise, nous étions servis comme des princes, et le raïs Hassan se mettait en quatre pour satisfaire mes moindres désirs.

Tout aurait été parfait si Radcliffe n'avait été aussi silencieux.

Je n'avais pas escompté des excuses, mais à tout le moins une allusion à sa conduite... hum... pour le moins hardie, le soir du dénouement. Je veux parler de son baiser. Non seulement il restait silencieux, mais, de plus, il m'évitait. Chaque fois que j'entrais dans le salon, il était justement sur le point de le quitter et, dès que j'apparaissais sur le pont, il trouvait un prétexte pour disparaître. Walter, naturellement, ne m'était d'aucune utilité. Il n'avait d'yeux que pour Evelyn. C'était un garçon intelligent et raisonnable. La fortune d'Evelyn ne l'empêcherait pas d'être heureux. Se pouvait-il que Radcliffe...

Au bout de deux jours, je ne pus attendre plus longtemps. La patience est l'une de mes qualités, mais je ne suis pas du genre à tergiverser indéfiniment, surtout quand je n'ai rien à y gagner. C'était le soir. Les rayons argentés de la lune illuminaient le pont et faisaient chatoyer les flots paisibles du grand fleuve majestueux. Radcliffe, comme à son habitude, contemplait le paysage accoudé au bastingage. Il était seul. Je m'approchai de lui à pas de loup, en m'arrangeant pour ne lui laisser aucune retraite possible. Quand il me vit, son visage s'empourpra et il me regarda comme si j'étais un crocodile sur le point de le dévorer.

Je portais ma robe rouge et j'avais fait un effort pour arranger mes cheveux. En me voyant dans mon miroir, avant le dîner, je m'étais dit que les flatteries d'Evelyn n'étaient peut-être pas aussi exagérées que je le pensais.

— Non ! déclarai-je fermement en voyant qu'il ébauchait un pas de côté. N'essayez pas de m'échapper, Radcliffe. Il faut que je vous parle et vous m'écouterez, dussé-je vous pourchasser tout autour de ce bateau. Asseyez-vous ou restez debout, peu m'importe. Pour ma part, je préfère rester debout.

Il secoua ses épaules et grimaça un sourire embarrassé.

— Allez-y, Peabody. Dites-moi ce que vous désirez. Quand vous êtes dans cet état d'esprit, mieux vaut ne pas trop vous contrarier. Je suis bien placé pour le savoir.

— J'ai une proposition à vous faire, déclarai-je. Une proposition sérieuse. Je ne suis pas riche comme Evelyn, mais j'ai une certaine aisance — beaucoup plus que ce dont j'ai besoin — et suis sans héritiers. J'avais pensé léguer mes biens au British Museum, mais, à la réflexion, je me suis dit qu'il serait plus intelligent de dépenser cet argent de mon vivant pour financer des projets me tenant à cœur. Ainsi, je ferais d'une pierre deux coups. Je contribuerais à une œuvre utile et mettrais un peu de piquant dans mon existence. Amelia B. Edwards a créé une fondation ayant pour but d'aider la recherche archéologique en Egypte. J'ai l'intention de suivre son exemple et je souhaiterais employer vos services. A une seule condition...

Je dus m'interrompre, car j'étais hors d'haleine. C'était plus difficile que je ne l'avais imaginé.

— Quelle condition ? s'enquit-il d'une voix étrangement rauque.

Avant de lui répondre, je respirai bien à fond.

— J'exige de participer personnellement aux fouilles. Après tout, il n'y a aucune raison pour que les hommes aient tout le plaisir.

— Le plaisir ? répéta-t-il. Avoir la peau brûlée par le soleil et mise à vif par le sable ? Manger des rations dont un mendiant ne voudrait pas — quand on n'est pas dévoré par les moustiques ou mordu par des serpents ? Votre conception du plaisir est assez spéciale, chère amie.

— Spéciale ou pas, c'est la mienne. Pourquoi donc mèneriez-vous cette vie, si vous n'y trouviez aucune satisfaction ? Et ne venez pas me parler de devoir ou d'esprit de sacrifice ! Les hommes ont toujours des excuses pompeuses pour aller courir le monde, escalader l'Himalaya ou partir à la recherche des sources du Nil. Pendant ce temps, leurs femmes restent à broder au coin du feu. Je n'ai jamais su broder convenablement, mais, par contre, je suis sûre de pouvoir me rendre utile sur un chantier de fouilles. Si vous le désirez, je vous énumérerai mes compétences, aussi bien dans le domaine pratique que...

— Non, non, ce n'est pas nécessaire, m'interrompit-il d'une voix étranglée. Je ne suis que trop conscient de vos qualités.

Et, sans autre préambule, il me serra dans ses bras avec une telle force que je faillis suffoquer.

— Arrêtez ! protestai-je en le repoussant. Ce n'était pas du tout à cela que je pensais. Lâchez-moi ! Vous m'embrouillez l'esprit. Je ne voulais pas...

— Vraiment ? murmura-t-il en me prenant le menton et m'obligeant à le regarder dans les yeux.

— Oui... Ou plutôt, *non* ! m'écriai-je en jetant mes bras autour de son cou.

Un long moment plus tard, nous reprîmes nos esprits.

— Vous vous rendez compte, je suppose, déclara-t-il, que j'accepte votre proposition de mariage uniquement parce que c'est le seul moyen pratique de mettre la main sur votre argent ? Jamais je ne pourrais vous emmener sur un chantier de fouilles, si nous n'étions mariés. Toute la bonne société du Caire, de Baring à Maspero, serait absolument scandalisée. Et, telle que je connais Mme Maspero, il ne lui faudrait pas longtemps pour convaincre son mari de me retirer ma concession.

— Je le comprends parfaitement, acquiesçai-je. Cela dit, si vous vouliez bien me serrer un peu moins fort... Je n'arrive plus à respirer.

— Est-ce vraiment indispensable ?

Après une nouvelle pause, ce fut à mon tour d'émettre un commentaire.

— Et vous, déclarai-je, ne vous faites aucune illusion non plus. J'accepte *votre* demande en mariage, uniquement parce que c'est le seul moyen dont je dispose pour arriver à mes fins. Un exemple de plus des discriminations intolérables dont de nos jours les femmes sont victimes. Quel dommage que je ne sois pas née un siècle ou deux plus tard ! Je n'aurais pas été obligée d'épouser un homme brutal et arrogant à seule fin de pouvoir participer à un chantier de fouilles archéologiques. Je...

Radcliffe me serra si fort que je fus obligée de me taire.

— Je crois avoir trouvé une excellente façon de vous réduire au silence, dit-il.

Mais, presque aussitôt, son visage perdit son expression sarcastique et une lueur brilla dans ses yeux — lueur qui m'émut tellement que j'eus l'impression de fondre entre ses bras.

— Amelia, je vous dois la vérité. Je suis fou de vous ! Depuis le premier jour, quand vous êtes entrée dans ma tombe et vous êtes mise à donner des ordres à tout le monde. Pourquoi croyez-vous que je vous aie évitée depuis notre départ d'Amarna ? Parce que je pensais à ce que serait ma vie quand vous ne seriez plus là — une existence morne et grise, comme celle qui avait été la mienne pendant tant d'années, avant de vous connaître. Finies nos magnifiques querelles, vos saintes colères... Savez-vous que vous êtes superbe quand vous vous mettez en fureur ? La soumission sied à beaucoup de femmes, mais vous, c'est la rébellion qui vous rend belle. Sublime, même... Je savais que je ne résisterais pas. Si vous n'étiez pas venue ce soir, j'aurais fini par emprunter à Alberto son déguisement de momie et je vous aurais emportée dans le désert. Voilà, je l'ai dit ! Vous avez réussi à me faire sortir de mes retranchements. Votre victoire est-elle assez complète ?

Je ne dis mot, mais je crois que ma réponse eut tout pour le satisfaire. Lorsqu'il reprit son souffle, il partit d'un grand éclat de rire.

— L'archéologie est une discipline passionnante, mais, après tout, on ne peut travailler jour et nuit. Ma chère Amelia, je crois que nous allons passer ensemble des moments merveilleux.

Radcliffe avait raison — comme d'habitude. Nous avons eu des moments merveilleux. Nous nous proposons d'aller travailler à Gizeh, l'an prochain. Il y a encore beaucoup de choses à faire là-bas et, pour des raisons pratiques, nous désirons nous rapprocher du Caire. A ce que j'ai compris, Petrie aimerait venir nous remplacer à Amarna et c'est l'un des rares archéologues auxquels Radcliffe fait confiance. Non que le ciel soit absolument sans nuages entre eux... L'an dernier, quand nous avons rencontré M. Petrie à Londres, Radcliffe et lui ont commencé par dire du mal du Service des Antiquités, avant de s'injurier copieusement à propos de fragments de poterie. Petrie est un jeune homme charmant, mais il ne connaît vraiment rien aux faïences anciennes.

La raison pratique pour laquelle nous désirons nous rapprocher du Caire est la même que celle qui m'oblige à rester assise sur une chaise au lieu de superviser le travail des ouvriers, comme je le fais d'habitude. Radcliffe est d'une prudence excessive, car je me sens parfaitement bien. Il a entendu dire qu'il n'était pas toujours facile pour une femme de mon âge d'avoir un premier enfant et cela suffit pour qu'il se ronge d'inquiétude. Mais, moi, je n'ai aucune appréhension. J'ai tout organisé pour que la naissance se passe bien et qu'elle ne perturbe pas trop notre saison de fouilles.

Nous devrions recevoir bientôt des nouvelles d'Evelyn. Elle aussi attend un enfant. Son deuxième. Elle est déjà l'heureuse maman d'un petit garçon aux cheveux blonds qui adore gratter la terre et se salir les mains — un défaut qu'il doit tenir de son père, ou de son oncle. Je suis sa marraine et manque donc peut-être d'objectivité quand je parle de sa beauté, de son intelligence et de son charme... Walter n'est pas avec nous cette saison. Il étudie les hiéroglyphes en Angleterre et il est en passe de devenir l'un des plus grands spécialistes de notre époque. Sa bibliothèque, au château d'Ellesmere, est pleine de manuscrits et de papyrus.

Lucas ? Nous ignorons ce qu'il est devenu. Il serait quelque part sur le Continent, en France ou en Italie. Je suppose qu'il vit d'expédients. S'il ne sombre pas dans la boisson, il tombera, un jour ou l'autre, sous les coups d'un mari jaloux — à moins qu'il ne décide lui-même de mettre un terme à son existence.

J'aurais aimé qu'il soit traîné devant un tribunal et jugé, mais, à notre arrivée au Caire, Baring nous en a dissuadés. Une condamnation aurait rejailli sur Evelyn et Walter. Il avait dû, néanmoins renoncer à ses titres — il n'était pas concevable qu'un criminel puisse siéger à la Chambre des Lords. Le testament olographe se trouvait bien dans les bagages d'Evelyn, accompagné d'une lettre de son grand-père, lettre qui l'avait émue aux larmes, car, avant de mourir, le vieil homme lui avait pardonné.

Chaque fois que je suis au Caire, je rends visite à Alberto. Je l'avais prévenu : les prisons égyptiennes manquent cruellement de confort.

Michael vient de sonner la cloche du déjeuner et je vois Radcliffe qui remonte vers moi. Nous allons avoir de nouveau une dispute et je m'en délecte à l'avance. Il prétend que l'un des bustes que nous avons trouvés représente Akhenaton. Je ne suis pas d'accord. Pour moi, c'est Toutankhamon, le gendre d'Aménophis IV.

Il y a autre chose que je désire ajouter. Souvent, je songe à ce jour, à Rome, où j'ai secouru une jeune fille anglaise qui s'était évanouie sur le Forum. Jamais je n'aurais imaginé que nos destins seraient aussi intimement liés et que mon geste charitable me permettrait de réaliser mes rêves les plus fous. J'y avais gagné une amie, une sœur, une passion et...

Evelyn avait raison : avec la personne qu'il faut, au moment qu'il faut... c'est tout bonnement splendide !

Composition réalisée par JOUVE

IMPRIMÉ EN FRANCE PAR BRODARD ET TAUPIN
La Flèche (Sarthe)
LIBRAIRIE GÉNÉRALE FRANÇAISE - 43, quai de Grenelle - 75015 Paris.
ISBN : 2 - 253 - 14439 - 8

31/4439/1